Luzifer und der Küster

Sabine Schulze Gronover, Jahrgang 1969, arbeitet als Diplom-Pädagogin und Kunsttherapeutin in Kliniken in Münster und Hamm. Sie lebt in Drensteinfurt, ist verheiratet und hat eine vierzehnjährige Tochter. 2011 erschien im Emons Verlag ihr erster Kriminalroman »Todgeweiht im Münsterland«.

SABINE SCHULZE GRONOVER

Luzifer und der Küster

WESTFALEN KRIMI

emons:

Bibliografische Information der Deutschen Nationalbibliothek
Die Deutsche Nationalbibliothek verzeichnet diese Publikation in der Deutschen Nationalbibliografie; detaillierte bibliografische Daten sind im Internet über http://dnb.d-nb.de abrufbar.

FSC www.fsc.org
MIX
Papier aus verantwortungsvollen Quellen
FSC® C083411

Umschlagfoto: photocase.de / carlitos
Umschlaggestaltung: Tobias Doetsch
Druck und Bindung: CPI – Clausen & Bosse, Leck
Printed in Germany 2012
ISBN 978-3-89705-997-9
Westfalen Krimi
Originalausgabe

Unser Newsletter informiert Sie
regelmäßig über Neues von emons:
Kostenlos bestellen unter
www.emons-verlag.de

EINS

Meine Beerdigung war eine enttäuschende Aneinanderreihung von Geschmacklosigkeiten. Aber die Organisation dieser so persönlichen Veranstaltung war mir leider nicht vergönnt.

Der Pfarrer hielt eine Ansprache über meinen Einsatz in der Jugendarbeit, über die vielen jungen Seelen, denen ich angeblich eine neue geistige Heimat bereitet hätte. Machen wir doch kein Theater darum. Ich bin von Beruf Sozialpädagoge und habe nur meinen Job gemacht.

Des Weiteren lobte der Pfarrer meinen stets mutigen Einsatz, ohne zu erwähnen, wie gern er mich dabei behindert hatte. Beispielsweise, wenn es um Spenden für die Jugendarbeit ging oder darum, gemeinsame Aktionen mit Jugendlichen aus dem sozialen Brennpunkt und seinen Messdienern zu organisieren. Er sprach von meiner Nächstenliebe und verschwieg seine Vorurteile gegen junge Menschen aus muslimischen Familien. Er tat so, als wäre ich einer seiner fleißigen Kirchgänger gewesen, obgleich die Anzahl der Hostien, die ich aus seiner Hand empfangen hatte, erschreckend gering war.

Und dann kam das Ave-Maria, gesungen von Herbert Knoll aus dem Kirchenchor. Das Ave-Maria ist ein wunderschönes Lied, aber so abgenutzt wie Jingle Bells am zweiten Weihnachtsfeiertag. Wie konnte man mir nur so etwas antun? Über meine jahrelange Feindschaft mit Herbert Knoll will ich an dieser Stelle gar nicht reden. Das gehört schließlich nicht auf eine Trauerfeier. Aber ich hätte mir ein passenderes Abschiedslied gewünscht. Ein weniger sanftes, weniger getragenes Lied. Bei mir war schließlich nicht alles piano und andante, es gab auch oft crescendo und fortissimo.

Ja, und dann erst die sogenannten Trauergäste. Ein gutes Drittel von denen hätte von mir niemals eine Einladung erhalten.

Einigen nahm man die Trauer ohnehin nicht ab. Da standen tatsächlich Leute an meinem Grab, die sich letzte Woche noch geweigert hatten, mit mir am Telefon zu sprechen! Wollten sie herausfinden, unter wie vielen Zentimetern Erde man mich in den Boden verbannte?

Der Blumenschmuck gefiel mir, blaue Blüten, weiße Blüten und viel Grünzeug.

Ein paar meiner Jugendlichen waren erschienen, sie gaben mir das letzte Geleit, so wie ich diese Kinder oft zur Schule begleitet hatte oder zu ihren Eltern. Letzteres war meistens auch eine traurige Angelegenheit gewesen. Aber über diese Besucher freute ich mich wirklich.

Die Sonne schien und zauberte Lichtblitze in Lisas Haare.

Und endlich fragte ich mich, was ich hier eigentlich tat und wie ich es tat. Schnell fand ich heraus, dass ich überhaupt nichts tat. Vielmehr geschah etwas mit mir. Die Menschen an meinem Grab wurden kleiner, die irdischen Geräusche wie Vogelzwitschern, menschliche Gesprächslaute und natürlich der Verkehrslärm entzogen sich plötzlich meiner Wahrnehmung. Mein Kopf beziehungsweise das, was ich bislang noch davon benutzt hatte, schien sich mit Watte zu füllen, und mein quasi letzter Gedanke war: Jetzt stirbt auch noch meine Seele. Erst muss der Körper dran glauben, dann lassen sie dich noch eine Weile zuschauen, damit das Sterben nicht gar so schlimm erscheint, und schließlich bist du einfach weg.

Das dachte ich zumindest. Aber irgendwann hatte ich doch wieder so eine Art Körpergefühl und bewegte als Erstes meine Augen. Ich schaute, wohin es mich verschlagen hatte. Hell war es, so, als säße man bei sonnigem Wetter in einem Wintergarten. Es herrschte eine angenehme Temperatur, und es roch nach Blüten. Eine gewisse Erleichterung machte sich in mir breit. Schwefelgeruch und große Hitze hätten mich nun doch beunruhigt.

»Herzlich willkommen!« Die Stimme gehörte zu einem jungen Mann, der in einem merkwürdig altmodischen Gewand vor mir stand und mich aus blauen Augen anschaute. Seine Haare waren länger, als meine Lisa es mir jemals erlaubt hätte. Ein junger Philosoph aus vergangenen Zeiten. Berückend schön.

Ich verkniff mir die peinliche Frage, ob ich im Himmel sei. Der Satz jedoch, den ich stattdessen laut aussprach, war nicht minder unangebracht. »Schön warm haben Sie es hier. Mein Name ist Rudolf Kemper.«

Der Adonis grinste leicht. »Ich weiß. Und das bereits in dritter Generation. Uns passieren diesbezüglich selten Fehler.«

Er hatte wohl mein irritiertes Gesicht bemerkt, denn er fügte hinzu: »Nun, hier kommen meistens schon die Leute an, die wir erwarten, Rudi. Dein plötzliches Ableben tut mir leid, aber wir brauchten hier oben dringend einen guten Sozialpädagogen.«

Während ich zu begreifen versuchte, was ich gerade vernommen hatte, sah ich mich nach einer Sitzgelegenheit um. War ich etwa gar nicht tot? Hatte man irgendeine merkwürdige Inszenierung mit mir unternommen, quasi die Hardcore-Version von »Versteckte Kamera«? Ich konnte das alles nicht fassen.

»Da, wo ich herkomme, locken Headhunter mit mehr Lohn, wenn sie einen Mitarbeiter abwerben wollen.«

»Wir erledigen das hier anders. Verzeihung.«

Schließlich streckte er mir eine feingliedrige Hand entgegen und setzte hinzu: »Ich bin Jonas. Komm mit, ich zeige dir dein neues Zuhause.«

Ich lief hinter ihm her. Was sollte ich auch sonst tun? Unsicher fragte ich: »Sag mal, macht ihr das öfter? Wenn ihr Hunger auf Berliner bekommt, lasst ihr einen guten Bäcker sterben oder so ähnlich?«

»Natürlich nicht! Es war kompliziert genug, dich für unsere Sache zu bekommen. Wir mussten verschiedene Anträge stellen und Berichte verfassen.«

Allmählich glaubte ich mich wirklich in einer bizarren, surrealen Komödie und reagierte entsprechend: »Ach was! Bei mir ist nur der Totenschein angekommen.«

Jonas schritt mit der Eleganz eines Tänzers vor mir her. Jetzt drehte er sich um und fragte erstaunt: »Sag mal, bist du etwa wütend?«

Der Kerl hatte vielleicht einen naiven Charme. »Ich weiß ja nicht, zu welcher Spezies du gehörst, aber wir Menschen werden nicht so gern abrupt aus dem Leben gerissen. Meistens betreiben wir sogar einen ziemlichen Aufwand, um das Sterben möglichst weit hinauszuschieben. Und wir bewerben uns in der Regel nicht um eine Stelle im Jenseits.«

Jonas schaute mich einige Sekunden schweigend an, dann sagte er im Weitergehen: »Du wärst in fünf Jahren an Krebs gestorben.«

Ich rechnete aus, wie viele Steaks ich in fünf Jahren noch hätte essen können, und fühlte mich trotzdem betrogen. Also beendete ich diese unfruchtbare Diskussion und widmete mich der neuen Umgebung.

Die war behaglich. Zwar erinnerten die Räume und Flure an ein Raumschiff, aber es fehlte die technisierte Kühle. Es gab nur wenig Möbel, die meisten waren Sitzgelegenheiten, und da waren nirgendwo Türen. Eine warme Helligkeit empfing mich überall, ohne dass ich eine bestimmte Lichtquelle hätte benennen können.

In einem Saal, der an einen Seminarraum erinnerte, bat Jonas mich schließlich Platz zu nehmen und zu warten. Er selbst verschwand.

Ich befand mich in einer merkwürdigen Stimmung zwischen Behaglichkeit und Besorgnis. Wovor konnte man noch Angst haben, wenn man bereits tot war? Eine Unmenge von Fragen ging mir durch den Kopf. Was war das hier eigentlich für ein Ort? Brauchte man im Himmel Sozialpädagogen? Sicherlich nicht.

Unerwartetes Gekicher riss mich aus meinen Gedanken. Keine zwei Meter von mir entfernt standen drei Jugendliche, zwei Jungen und ein Mädchen. Ich schätzte sie auf etwa sechzehn bis achtzehn Jahre. An einem Ort wie diesem spielte das aber wohl kaum eine Rolle. Dachte ich.

»Hallo! Bist du nicht ein bisschen jung zum Sterben?« Der Junge, der mich das fragte, hatte fransig geschnittene Haare und erinnerte mich an ein Bandmitglied von Tokio Hotel. Vermutlich war dieser Eindruck erwünscht. Er nahm das Gekicher der anderen wie eine gewohnte Beifallsbekundung entgegen.

»Ihr seid wohl nur zu Besuch hier, was?«

Nacheinander schoben die drei sich in den Raum herein. Das Mädchen sagte: »Wir sind alle nur zu Besuch hier.« Der Junge mit den langen Haaren stellte sich jetzt vor: »Ich bin Dominik.« Dann lauschte er, denn es waren eilige Schritte zu hören. Erstaunt bemerkte ich, dass die drei sich davonmachen wollten, so, als dürften sie bei mir nicht gesehen werden.

Dominik drehte sich noch mal um und sagte: »Ich weiß ja nicht, was du so vorhast, aber uns kriegen die hier nicht mehr weg.« Damit verschwanden sie.

Interessanter Aspekt. »Hier« zu sein war also erstrebenswert.

Jonas betrat nun wieder den Raum in Begleitung eines Mannes, der mich an einen jüdischen Rabbi erinnerte. Für diesen Eindruck war ein langer, sorgfältig zurechtgemachter Bart verantwortlich. Seine

Kleidung hingegen ähnelte der von Jonas. Ich überlegte, ob mir solche Gewänder wohl stehen würden, und wunderte mich einmal mehr über die Körperlichkeit, die mir trotz allem erhalten geblieben war. Immerhin hatte ich gesehen, wie mein Körper in einen Sarg gelegt worden und dann in einer Erdgrube verschwunden war. Unvermittelt fasste ich mit einer Hand meinen Arm, um zu überprüfen, ob ich tatsächlich noch hatte, was ich für vorhanden hielt.

Mit bemerkenswerter Aufmerksamkeit sagte Jonas zu mir: »Die Menschen sind so sehr an ihre Körperlichkeit gebunden, dass wir sie an diesem Ort aufrechterhalten.«

»Und wie heißt dieser Ort?«, wollte ich wissen.

Der andere Mann antwortete, und ich war sofort eingenommen von der Ruhe in seiner Stimme: »Dieser Ort ist namenlos. Namen sind Wegweiser, nicht wahr? Hierhin kommt man ohnehin, wenn es so weit ist.«

»Ausgenommen Sozialpädagogen mit einer besonderen beruflichen Qualifikation. Bei denen helft ihr schon mal nach.« Mein Vorwurf prallte gegen Watte. Jonas lächelte mir charmant zu.

Jonas' Begleiter erwiderte: »Ich sehe, wir können gleich zur Sache kommen. Ich bin Raoul. Die drei jungen Leute, für die wir deine Hilfe benötigen, hast du gerade kennengelernt.«

»Sie waren so sehr darum bemüht, dass unsere Bekanntschaft nicht bemerkt wird.«

Jonas lächelte sanft. »Sie haben noch nicht begriffen, dass wir sie nicht wirklich sehen müssen, um ihre Anwesenheit zu bemerken.«

»Und die Anwesenheit dieser Jugendlichen ist hier wohl nicht erwünscht?«

»Setzen wir uns.« Raoul machte eine einladende Handbewegung, und die beiden ließen sich mir gegenüber nieder. Ich hatte noch niemals so bequem gesessen, das schwöre ich. Dabei handelte es sich um einfache, hell gebeizte Holzbänke.

Raoul legte seine Hände bedeutungsvoll auf die Tischplatte und setzte zu einer Erklärung an: »Wenn ein menschliches Wesen seiner Bestimmung entsprechend stirbt, dann trennt es sich damit von seiner körperlichen Hülle. Diese wird beerdigt oder verbrannt, manchmal auch mumifiziert. Was eben in der jeweiligen Zeit und Kultur angemessen erscheint. Wie genau das geschieht, ist schlechthin ohne Bedeutung, selbst wenn die Leiche bei einem Schiffsunglück auf den

Grund des Meeres sinkt. Du hast es gerade erlebt. Deine Aufmerksamkeit blieb noch einige Zeit bei deinem Körper, deinen Angehörigen und deinem alten Leben, dann bist du zu uns gelangt.«

Etwas theatralisch breitete Raoul die Arme aus, und ich dachte schon, von mir würde nun eine Umarmung erwartet. Doch er sprach weiter: »Diese paar Tage halten wir für wichtig, um sich zu verabschieden und sich an den anderen Bewusstseinszustand zu gewöhnen. Wenn man hier ankommt und einige Zeit verweilt, genießt man üblicherweise die Behaglichkeit. Man trauert dem alten Leben nicht mehr hinterher, sondern ist bereit für etwas Neues.«

Ich überlegte kurz und musste zugeben, dass Raoul im Großen und Ganzen recht hatte. Ich fühlte mich behaglich und verspürte merkwürdigerweise kaum Abschiedsschmerz, sehnte mich weder nach meinem Zuhause, meinen Angehörigen oder sonst etwas. Allerdings war ich noch immer erregt darüber, dass dieser Jonas die Arroganz besessen hatte, meinen Lebenszeitplan zu durchkreuzen.

Raoul hatte meine Aufmerksamkeit wieder, als er fortfuhr:

»Wir sind hier nur eine Zwischenstation. Das heißt, hier werden die Menschen auf eine erneute Rückkehr zur Erde vorbereitet. Sie verabschieden sich von ihrem alten Leben und von ihren Erinnerungen und entwickeln Aufgaben, die es im nächsten Leben zu bewerkstelligen gilt.«

Ich schaute ihn verdutzt an und fühlte mich auf den Arm genommen. »Reden wir hier von Reinkarnation? Bin ich etwa im buddhistischen Himmel gelandet? Ich bin Katholik, müsst ihr wissen.«

Jonas antwortete mit einer gewissen Überheblichkeit: »Ihr Menschen und eure Religionen! Werft sie doch alle in einen Topf, rührt um und esst gemeinsam daraus. Ich will dir sagen, was die richtige Religion ist: Wer an das Gute glaubt, der ist auf dem rechten Wege. Wie er den Schöpfer beim Beten letztendlich benennt und ob er dabei kniet, liegt oder in der Schaukel sitzt, ist ohne jede Bedeutung.«

Raoul sprach weiter, als hätte es diese Exkursion in die Komplexität der menschlichen Religionen gar nicht gegeben. »Hier tauscht ihr ein altes Leben gegen ein neues.«

»Warum?«

Jonas schaltete sich wieder ein. »Du hast Klavier gespielt, Rudi, richtig?« Ich nickte. »Und wenn du ein Stück gespielt hast, warst du bemüht, es jedes Mal besser zu spielen. Wenn du Sport gemacht hast, war es dein Bestreben, dich mit jeder Trainingsstunde zu verbessern. Der Mensch forscht und übt sein Leben lang, um Dinge besser zu machen. Das ist ein göttliches Prinzip. Der Mensch als Individuum soll auch immer besser werden. Aber ...«, Jonas erhob den Zeigefinger, »bei alldem soll der Mensch frei bleiben, sich für das Gute zu entscheiden oder dagegen. Das kann zu einem ewigen Dilemma führen.«

Raoul ergänzte etwas süffisant: »Glaub mir, Rudi, euer oft auf Bildern dargestelltes Fegefeuer, da steckt ihr doch längst drin. So ist das Leben auf der Erde, wie ihr es euch gestaltet.«

Ich hatte so ein Gefühl in der Brust, das man schwer beschreiben konnte.

»Und die Hölle?«, wagte ich einen Einwand. »Kommt die Hölle dann, wenn Gott die Geduld mit jemandem verliert, oder wie darf ich mir das vorstellen?«

Raoul und Jonas schauten sich betroffen an und sagten beinahe gleichzeitig: »Wir wissen es nicht.«

Und Raoul fügte hinzu: »Das ist Chefsache.«

Dann strich er sich mehrmals über den Bart und machte sich daran, mir die unglaubliche Geschichte der drei jungen Leute zu erzählen. Offensichtlich konnte auch im Jenseits einiges schieflaufen.

»Sie sind plötzlich hier aufgetaucht, ohne dass wir sie erwartet hätten. Es gab keine Zuständigkeit, keine Todesursache, nichts. Ihr Menschen seid daran gewöhnt, nicht alles zu wissen, für uns ist das ein unverzeihlicher Fauxpas.« Raouls Gesicht verzog sich schmerzhaft.

Jonas ergriff wieder das Wort: »Wir haben natürlich schnell nachgeforscht und erfahren, dass die drei aus einem polnischen Waisenhaus entlaufen waren und auf ihrer Flucht nach Deutschland verunglückt sein mussten. In ihrer Heimat gelten sie als verschollen. Dort geht man davon aus, dass sie es bis nach Deutschland geschafft haben. Aber es sind Waisenkinder, keiner kümmert sich wirklich darum, was aus ihnen geworden ist.«

»Und was ist nun tatsächlich passiert? Ich meine, woran sind diese drei denn nun gestorben?«

Meine Frage wurde mit betretenem Schweigen entgegengenommen. Jonas sagte: »Wir wissen es nicht.«

»Selbstmord vielleicht?«, mutmaßte ich. Ich wusste, dass Selbstmord bei jungen Leuten eine der häufigsten Todesursachen war.

Jonas beugte sich ein wenig vor. »Hör zu, Rudi, wenn jemand in unserem Bezirk stirbt, egal wie, dann wissen wir das.«

Meine Güte, dieser schöne Mensch konnte daherreden wie ein Cop in L.A.!

»Und wenn sie nun außerhalb dieses Bezirks gestorben sind?«

»Sind sie nicht! Mit dem Wort Bezirk umschreiben wir kein fest umrissenes Gebiet.« Er seufzte, schaute hilfesuchend zu Raoul und ergänzte: »Ich will es mal so offen wie möglich sagen: Nach all dem, was wir über diese drei Jugendlichen wissen, wären sie niemals in diesen Bezirk aufgenommen worden. Egal, wann, wo oder woran sie gestorben wären!«

So allmählich bekam ich eine Ahnung davon, dass Jonas und Raoul ein echtes Problem hatten. Allerdings war mir noch immer nicht klar, wieso sie sich ausgerechnet von mir Hilfe erhofften.

»Warum fragt ihr sie nicht einfach, was passiert ist?«

Ich hatte keine Ahnung, wie man hier im Jenseits miteinander umging, aber mir schien das naheliegend. Jonas und Raoul jedoch wirkten bei all ihrer Souveränität jetzt etwas ratlos. Raoul strich sich erneut über den Bart und erzählte, dass man die drei Jugendlichen natürlich mehrfach befragt habe. Allerdings habe man bislang keine plausible Erklärung erhalten. Es war weder Raoul noch Jonas gestattet, in irgendeiner Form Druck auszuüben oder gar erzieherisch tätig zu werden. Ihr Einfluss auf die menschlichen Seelen war begrenzt, ihre Aufgabe war lediglich die Begleitung und Vorbereitung Verstorbener auf ein neues Leben. Es war noch niemals vorgekommen, dass Neuankömmlinge sich weigerten, diesen Ort wieder zu verlassen.

Immerhin gab es also einen göttlichen Plan. Bei mir dachte ich, dass meine beiden heiligen Begleiter doch vielleicht mal einen Schnupperkurs auf der Erde machen sollten. Dort lief so gut wie nie etwas nach Plan, und die Fähigkeit zur Improvisation war eine der wichtigsten Überlebensstrategien.

Laut fasste ich zusammen: »Die drei jungen Leute sind also spurlos aus Polen verschwunden, offensichtlich gestorben und nun an diesem Ort. Sie weigern sich, etwas Neues zu beginnen, und wollen hier nicht mehr weg. Was geschieht denn, wenn sie bleiben?«

Jonas schüttelte den Kopf. »Das geht auf keinen Fall. Sie müssen sich bewähren, und das können sie nur auf der Erde. Wenn wir es nicht schaffen, sie auf den rechten Weg zu bringen, werden sich andere des Problems annehmen. Abgesehen davon, dass wir für unser Versagen dann Unannehmlichkeiten in Kauf nehmen müssten, würde das für unsere drei fatale Folgen haben. Menschen gehören auf die Erde, so lange, bis der Boss etwas anderes entscheidet.«

Eine Frage interessierte mich brennend, aber ich wollte nicht respektlos erscheinen. Also bemühte ich mich sehr um eine vorsichtige Formulierung: »Gibt es denn keine Anweisungen oder einen Ratschlag von oben, wie ihr mit dem Problem umzugehen habt?«

»Die Anweisungen waren schon immer eindeutig: Wenn es Probleme gibt, sollen wir sie lösen.«

Jonas strahlte mich an, als er sagte: »Und darum haben wir uns jetzt den zweitbesten Sozialpädagogen unseres Bezirks geholt. Ich bin zuversichtlich, dass wir mit deiner Hilfe unsere rebellischen Neuzugänge wieder gemäß des göttlichen Plans auf den rechten Weg führen werden.«

Meine nächste Frage lag auf der Hand. »Wieso habt ihr denn nicht den besten Mann geholt? Ich habe mich nicht um diesen Job gerissen.«

»Oh, dieser andere Pädagoge ist gerade Vater geworden. Er wird auf der Erde gebraucht.«

Ich bin mir sicher, mein Mund stand mindestens eine Minute lang offen, bevor ich etwas erwiderte. »Ich hatte einen Hund, der mich liebte.«

Dabei dachte ich aber an Lisa.

Körperlich fühlte ich mich wunderbar behaglich, aber meine Laune hatte sich plötzlich verschlechtert. Die Begründung für meinen Tod klang nicht mehr nach einem Kompliment. Tatsächlich war ich einsam genug zum Sterben gewesen, und das rieben sie mir jetzt rein. Diese beiden Handlanger oder Engel besaßen so viel Empathie wie eine hungrige Ratte. Kein Wunder, dass Dominik und seine Freunde nicht bereit waren, mit ihnen zu reden.

Raoul berichtete mir zunächst von dem Mädchen. Die sechzehnjährige Maria hatte seit ihrem fünften Lebensjahr in dem Waisenhaus gelebt. Alle Vermittlungsversuche an potenzielle Pflegefamilien waren fehlgeschlagen, da Maria sich auf überhaupt keine Beziehung zu einem anderen Menschen einließ. Den einzig tragfähigen Kontakt hatte sie offensichtlich zu Dominik aufgebaut, der vor etwa drei Jahren in das Heim gekommen war. Dominik musste schon früh lernen, für sich und andere zu sorgen. Seine Mutter war Alkoholikerin, kümmerte sich nur sporadisch um den Sohn, und als sein Vater bei einem Autounfall starb, wurde ihr das Sorgerecht entzogen. Jetzt war er achtzehn.

Der dritte Junge hieß Viktor. Er war still und blass, ein rätselhaftes Buch, in dem weder Freund noch Feind zu lesen verstanden. Er war unter merkwürdigen Umständen in das Waisenhaus zu Dominik und Maria gekommen, nachdem seine Eltern plötzlich als verschollen galten. Nach einer Odyssee durch die verschiedensten Institutionen war er schließlich im Heim gelandet. Viktor war siebzehn.

Abgesehen davon, dass ich mir zahlreiche gute Gründe vorstellen konnte, warum die drei jungen Leute aus dem Waisenhaus geflohen waren, verstand ich doch nicht, warum sie über den Umstand ihres Todes so vehement schwiegen. Meine Phantasien diesbezüglich waren wild und ausufernd.

Wie immer, wenn jemand etwas so betont zu verschweigen versuchte wie diese jungen Leute, begannen die Mutmaßungen zu wuchern. Ich sah drei junge Ausreißer vor mir, die unterwegs in die Hände brutaler Kinderschänder geraten waren. Vielleicht waren sie auch auf einer einsamen Landstraße überfahren worden oder wilden Tieren zum Opfer gefallen. Allerdings gab es im Münsterland davon nicht allzu viele. Wenn man hier durch ein Tier zu Tode kam, dann meist, weil ein zartes Reh dem zu schnell fahrenden Auto die Vorfahrt nahm, das eigene Pferd sich unter dem Sattel den Hals brach oder die erwilderte und mit Genuss verzehrte Wildsau von Trichinen befallen war.

Ich konnte mir eigentlich nicht vorstellen, dass meine neuen Schützlinge die Umstände ihrer Anwesenheit hier verschwiegen, weil das Ende so schrecklich gewesen war. Dieser Ort war derart, dass einem solche Erinnerungen eigentlich nicht mehr viel ausmachten. Schließlich wusste ich durchaus Bescheid, wie es war, auf grässliche Weise ums Leben zu kommen.

Offenbar wollten Dominik, Maria und Viktor ihre beiden Todesbegleiter Jonas und Raoul ganz bewusst im Ungewissen lassen.

Da man Jugendliche, die aufgrund eines Traumas nicht bereit sind zu sprechen, anders behandelt als junge Leute, die sich aus Trotz dazu veranlasst fühlen, waren solche Überlegungen für mein weiteres Vorgehen wichtig. Dass meine nächste Frage unsere beiden Gastgeber verwirrte, zeigte mir, wie wenig Raoul und Jonas von Teenagern verstanden. »Wenn man in ein neues Leben startet, baut man doch völlig neue Kontakte auf, oder? Es bleibt einem keinerlei Erinnerung an sein altes Leben und die Menschen, die man einmal geliebt hat?«

Jonas und Raoul schüttelten beinahe gleichzeitig den Kopf. »Es ist so unwahrscheinlich wie ein Lottogewinn, dass man im neuen Leben auf dieselben Seelen trifft, geschweige denn, dass man sich dessen bewusst ist. Für den Menschen wichtig ist lediglich die Fähigkeit zu lieben und einander zu vertrauen, und die entwickelt sich immer wieder neu.«

Ich überlegte, dass sich diese Fähigkeit anscheinend langsam abnutzte, wenn man die Scheidungsrate betrachtete und die Tatsache, dass Singles mittlerweile eine eigene Subkultur bildeten.

Ich schaute erst Jonas und dann Raoul an. »Entschuldigt bitte, aber dann wundert ihr euch, dass diese drei nicht bereit sind, in ein neues Leben aufzubrechen?«

»Nein, ich habe eigentlich aufgehört, mich über die Menschen zu wundern, schon vor zweitausend Jahren.« Raoul grinste mich an.

Ich seufzte nur. Diese drei Ausreißer hatten in ihren jungen Leben schon sehr viele Verluste erlitten. Es hatte niemanden gegeben, der sie bei sich aufnehmen wollte. Bei keinem der drei bestand eine tragfähige Beziehung zu auch nur einem Elternteil. Nun hatten sie sich zu einer Gruppe zusammengefunden und empfanden wahrscheinlich zum ersten Mal nach langer Zeit ein Gefühl von Zuhause, von Familie. Im realen Leben hätte ich sie darin unterstützt, zusammenzubleiben. Und ich würde ihnen auch jetzt gern beistehen. Das Problem war nur, dass die drei mausetot waren!

Ihr Starrsinn würde sie in die Verdammnis bringen, wobei ich mich weigerte, das Wort »Hölle« auch nur zu denken. Wenn man sich bereits im Jenseits befand, erschien einem so ein Thema verdammt nah und sehr bedrohlich.

Laut sagte ich: »Es liegt doch auf der Hand, dass eure jungen Besucher sich nicht mehr trennen wollen. Bietet ihnen einen Handel an! Dann gehen sie bestimmt.«

Raoul unterbrach mich: »Wir sind hier nicht auf dem Basar, Rudi. Mach ihnen bitte klar, dass sie gehen müssen.« Ein letztes Mal liebkoste er seinen Bart, dann schritt er hinaus.

Warum nur erfasste mich plötzlich der Eindruck, dass Raoul Angst hatte? Und wenn Raoul als gottgesandte Instanz im Jenseits Angst bekam, wie viel mehr Sorgen musste ich mir als Mensch dann wohl machen? Ich drehte mich zu Jonas um, doch der legte nur den Zeigefinger an die Lippen und schickte mich ebenfalls hinaus. »Sie sind im Garten. Geh immer dem Geruch nach, dann wirst du den Ort finden.«

ZWEI

Zum ersten Mal, seitdem ich von meinem skurrilen Arbeitsauftrag erfahren hatte, begann ich mir Gedanken darüber zu machen, ob es irgendwelche Konsequenzen für mich haben könnte, wenn ich versagte.

Der »Garten« war eine Art Steppenlandschaft mit wenigen Bäumen, einigen Sträuchern und viel Gras, das von Sand- und Kiesflächen unterbrochen wurde. Die Temperatur war auch hier angenehm, und der Duft, von dem Jonas gesprochen hatte, erinnerte entfernt an weihnachtliches Räucherwerk. Eher würzig als süß.

Dominik, Maria und Viktor saßen an einen der vereinzelt stehenden Bäume gelehnt und schienen auf mich zu warten. Viktor stapelte kleine Steinchen zu einem Turm, den er dann mit einem Finger wieder umstieß. Maria versuchte, einem Grashalm einen Ton zu entlocken. Ihre Wangen waren bereits gerötet von der Anstrengung, und sie sah so jung und verspielt aus, dass ich das ganze Sterben verfluchte.

Dominik lächelte mir zu und sagte: »He, jetzt kommt die himmlische Geheimwaffe gegen rebellische Sterbliche. Setz dich hin, toter Mann.«

»Würdest du aufstehen und mit mir ein Stück gehen?«

Leichtfüßig sprang er auf. »Geschickt! Alter Polizeitrick, habe ich recht? Die Gruppe trennen und jedes Mitglied einzeln weichklopfen.«

»Und, bist du weichzuklopfen, Dominik?« Er ging tatsächlich bereitwillig voran, spreizte seine zehn Finger und fuhr sich mit einer entspannten Geste durch die langen Haare.

»Oh, ich unterhalte mich gern mit den Neuankömmlingen. Vor Kurzem kam ein sehr alter Mann hier an, der hatte vielleicht Geschichten auf Lager! Wenn nur die Hälfte davon der Wahrheit entsprach, dann hatte der aus einem Leben gleich drei gemacht.«

»Und was ist mit dir, Dominik? Was hast du für Geschichten zu erzählen?«

»Ich kenne ein paar recht traurige Geschichten über Kinder, die zur falschen Zeit am falschen Ort zur Welt gekommen sind. Ich kenne einige lustige Geschichten über Kinder, die trotz widriger Umstände etwas Spaß im Leben haben wollten, und ich kenne kriminelle Geschichten über Kinder, die auf die schiefe Bahn geraten sind, weil da keiner war, der ihnen einen anderen Weg schmackhaft gemacht hätte. Und glaub mir, Rudi, meine Geschichten gehen allesamt schlecht aus.«

Ich schaute Dominik an und war erstaunt, wie erwachsen er wirkte.

»Erzähl mir einfach deine Lieblingsgeschichte.«

Dominik breitete die Arme aus und drehte sich einmal um die eigene Achse. »Das hier ist meine beste Story. Die ist mir richtig gut gelungen.« Er lachte mich herausfordernd an. Wenn er lachte, bekam er kleine Grübchen in den Wangen. Ein geborener Anführer mit Charme, Witz und Intellekt. Aber das Leben hatte ihm schlechte Bedingungen beschert.

»Wie bist du gestorben?« Jetzt lachte er mich nicht an, sondern aus. »Das behalten wir noch etwas für uns.«

Wir gingen eine Zeit lang schweigend durch den Garten. Die Landschaft veränderte sich nur unwesentlich, immer wieder der gleiche Wechsel von Gras und Gebüsch, mal stand ein Baum dazwischen.

Dominik brach das Schweigen als Erster. »Wie war es bei dir, Rudi? Woran bist du gestorben?«

Nun war es an mir zu lächeln. »Kommunikation bedeutet Austausch. Ihr drei treibt ein gefährliches Spiel, Dominik. Ihr brecht Regeln, die so alt sind wie die Menschheit selbst. Das wird man sich nicht bieten lassen.«

»Was sollen Jonas und Raoul schon machen? Fakt ist, sie können uns von hier gar nicht vertreiben. Du musst es selbst wollen, sonst funktioniert es nämlich nicht.«

Mein Gespräch mit Maria verlief ganz anders, aber nicht minder frustrierend.

Sie war ein zartes Geschöpf mit braunen Rehaugen und langen, rot gefärbten Haaren. Wer sich wunderte, dass Maria nicht irgendwann in eine Pflegefamilie aufgenommen worden war, der musste nur mit ihr reden. Ihr Phlegma würde auch eine pädagogisch geschulte Familie nur zwei Tage lang ertragen.

»Maria, erzähl mal, wie ihr das damals gemacht habt, als ihr aus dem Heim weggelaufen seid.«

»Das war nicht weiter schwierig. Das machen viele.«

»Aber bei den meisten endet es hoffentlich nicht so dramatisch wie bei euch. Was geschieht mit jungen Ausreißern in Polen?«

Sie zuckte mit den Achseln. »Manche landen auf dem Strich; die meisten kommen wieder, wenn ihnen kalt ist oder sie Hunger haben.«

»Ihr habt es ziemlich weit geschafft. – Rein örtlich betrachtet«, setzte ich schnell hinzu. Wieder ein Achselzucken, dieses Mal ohne eine Antwort.

»Wie weit seid ihr gekommen, Maria?«

»Na, bis hierher halt. Und von hier wollen wir auch nicht mehr weg.«

Diese Antwort klang beinahe so, als hätten die drei alles unternommen, um genau an diesem Ort zu landen. Das war natürlich nicht möglich, weil kein lebender Mensch wissen konnte, dass es diesen Ort im Jenseits überhaupt gab.

»Hattet ihr einen Unfall, Maria, oder habt ihr euch absichtlich das Leben genommen?«

»Wie dumm Sie sind, Rudi. Bleiben Sie doch auch einfach hier bei uns. Würde mich freuen.«

Ihr Augenaufschlag gehörte in die Welt des Theaters. Ich schaute mich im Garten um, drehte mich demonstrativ hin und her und sagte dann zu ihr: »Weißt du, Maria, mir wäre es hier auf Dauer zu langweilig.«

Sie zwirbelte eine Haarsträhne und zog sie durch den Mund. Dann erwiderte sie, wobei sie ihrer Stimme einen betont lässigen Klang gab: »Ich langweile mich eigentlich überall.«

Ihr Blick war in die Ferne gerichtet, aber im Grunde genommen war er leer. »Und außerdem, hier bleibt es ja vielleicht nicht so, wie es jetzt ist.« Ein letztes Achselzucken, und sie wandte sich von mir ab, um zu Dominik zurückzukehren. Nachdenklich blickte ich ihr hinterher. Ich nahm mir vor, mit Viktor ein anderes Mal zu sprechen. Wenn man mit drei Leuten über eine gewisse Sache reden möchte und dann nur zwei befragt, führt dies unweigerlich zu einer gewissen Dynamik in der Gruppe. Der Dritte beginnt sich zu fragen, warum man nichts von ihm wissen wollte. Vielleicht erzählte mir Viktor mehr, wenn ich ihn lange genug warten ließ.

Wie vertrieb man sich im Jenseits die Zeit? Ich hatte keine Ahnung. Also schlenderte ich weiter durch den Garten. Ich konnte mich des Eindrucks nicht erwehren, dass ich mich in diesem Garten, egal, wie lange ich darin herumspazierte, nie sonderlich weit von meinem Ausgangspunkt entfernte. Und nun sah ich, dass auch noch andere Leute hier herumspazierten, offenbar hatte ich sie zuvor nur nicht bemerkt. Darunter war kaum einer, der älter als vierzig Jahre alt war, was mich doch verwunderte. Immerhin starben die meisten Menschen, wenn sie über siebzig waren. Die Leute saßen auf Bänken, wanderten gemächlich umher oder unterhielten sich. Eine Atmosphäre wie in einem Kurhotel, dachte ich plötzlich. Warum fühlten sich drei junge Leute zwischen sechzehn und achtzehn Jahren hier überhaupt so wohl? Konnten sie alle drei der Herausforderung eines Neubeginns wirklich so einfach widerstehen? Dann kam mir die letzte Bemerkung von Maria in den Sinn. Und der abwartende Eindruck, den alle auf mich gemacht hatten. Hier stimmte doch etwas nicht!

Wie zur Bestätigung stieß ich plötzlich auf einen Widerstand, und etwas knallte mir gegen die Brust. Ich erschrak, spürte jedoch keinerlei Schmerz. Vor mir stand eine lachende Frau um die dreißig mit einem völlig aus der Mode gekommenen Haarschnitt, der ihr allerdings ausgezeichnet stand.

»Meine Güte, wie kann man denn selbst im Jenseits noch so beschäftigt sein?«

»Entschuldigen Sie. Haben Sie sich wehgetan?«

Jetzt lachte sie noch lauter und meinte: »Nein, nein, das haben wir ja wohl alle hinter uns. Fürs Erste. Sie sind neu hier, nicht wahr?«

Ich fühlte mich wie ein Tölpel und stellte mich schnell vor: »Mein Name ist Rudolf Kemper.«

»Hanna Nielsen.«

Ich entschuldigte mich noch einmal für meine Unachtsamkeit. So etwas war mir nicht zum ersten Mal passiert. Wenn ich tief in Gedanken versunken war, gab es für mich praktisch keine Materie mehr. Ich lief gegen Schilder, Litfaßsäulen oder eben Personen. In meiner eigenen Wohnung konnte ich gegen ein Regal laufen, das ich selbst vor zehn Jahren dort aufgehängt hatte. Aber die Sache mit meinem Unfalltod hatte nicht ich verbockt, die war von Raoul geplant gewesen. Der Witz war nur: Kein Mensch, der mich kannte, konnte sich über dieses tödliche Missgeschick gewundert haben.

Ich entschied, dass es jetzt an der Zeit war, mich mal wie die anderen Toten zu verhalten und meine eigenen Fragen zu klären.

»Was macht man hier eigentlich so den ganzen Tag? Wandert man nur im Garten herum?«

»Nein, nein, aber es ist das, was ich am liebsten mache. Hier gibt es verschiedene Orte, an denen man Ruhe und Entspannung finden kann. Es werden Kurse und Gesprächsrunden angeboten, und natürlich gibt es geweihte Orte, an denen man beten kann.«

Ich fragte mich, warum ich so etwas von anderen Menschen erfahren musste und nicht von Jonas oder Raoul.

Hanna ging langsam weiter, und ich begleitete sie. »Wie lange bleiben die Leute in der Regel an diesem Ort?«

Sie hob die Arme und sagte: »Ich habe keine Ahnung. Es gibt hier keine Zeitrechnung, wie wir sie kennen. Es gibt auch keine Aufteilung in Tag und Nacht.«

Das wunderte mich, denn ich hatte das Gefühl, dass die angenehme Helligkeit eine Nuance dunkler geworden war.

»Irgendeine vergleichbare Zeiteinteilung muss es aber geben, man erfährt doch, wie viel Zeit auf der Erde verstrichen ist, nicht wahr? Darf ich fragen, wann Sie gestorben sind, Hanna?«

»Natürlich.« Sie blieb stehen und überlegte kurz. »Am 21.05.2011. Ich bin siebenundsiebzig Jahre alt geworden.« Sie reckte stolz ihr Kinn in die Höhe und wandte mir ihr Gesicht zu, das nicht älter als sechsunddreißig Jahre alt sein konnte. Ich war in doppelter Hinsicht schockiert.

»Sie sind schon bald ein Jahr lang hier, wissen Sie das?«

Hanna schien keineswegs erschrocken, eher belustigt. »Meine Güte, was läuft die Zeit an diesem Ort schnell. Wenn ich schätzen sollte, würde ich meinen Aufenthalt auf maximal vier Wochen hochrechnen. Aber es gab auch Leute, die nach mir gekommen sind und bereits wieder weg sind.«

»Waren diese drei jungen Leute, Dominik, Maria und Viktor, schon hier, als Sie kamen?«

»Oh ja, ich habe gehört, dass sie im Dezember 2010 oder Anfang

2011 gestorben sind. Sie müssen am Heiligabend 2010 weggelaufen sein, und kurze Zeit später ist ihnen etwas zugestoßen.«

Ich griff mir in den kurzen Haarschopf, weil sich darunter plötzlich eine merkwürdige Erinnerung breitmachte. Die kalte Silvesternacht vor über einem Jahr fiel mir ein. Ich war allein zu Hause, Lisa lag im Krankenhaus, es war nichts Ernstes. Ich mochte Silvester nicht besonders. Meine Güte, der Jahreswechsel gründete sich doch nur auf der menschlichen Zeiteinteilung, er war kein wirklicher Neuanfang. Für niemanden. Die Laster, die man im alten Jahr hatte, nahm man mit ins nächste Jahr. Eheprobleme oder berufliche Sorgen lösten sich auch nicht, nur weil man miteinander ein paar Raketen in die Luft jagte, und eine Krankheit scherte sich schon mal gar nicht ums Datum oder eine andere Jahreszahl. Nach zwölf Uhr Mitternacht herrschte genau das gleiche Wetter wie vor zwölf. Wozu dann das ganze Theater?

Also saß ich mit einem guten Buch am Kamin und genoss einen Cappuccino mit Milchschaum und Sahne. Ich hätte Lust gehabt auf einen geschmackvollen Whisky, aber alle tranken in dieser Nacht Alkohol, also ließ ich es und kam mir wie ein Rebell vor. Viertel nach zwölf wurde ich von der Polizei angerufen, weil drei ausländische Jugendliche in mein Jugendzentrum eingebrochen waren. Die Polizei hatte die drei in Gewahrsam genommen, doch mit irgendeinem Trick waren sie wieder entkommen. Ein Mädchen, zwei Jungen! Dominik, Viktor und Maria?

Wenn sich schon vor einem Jahr ihre Wege mit meinem gekreuzt hatten, und das auch noch kurz vor ihrem mysteriösen Tod – war es dann wirklich ein Zufall, dass man mich geholt hatte?

Etwas hatte mich damals stutzig gemacht, ein Umstand, der diesen Einbruch in einem bizarren Licht erscheinen ließ. Die jungen Leute hatten eine Cola getrunken und Geld neben die Flaschen gelegt. Sie hatten nichts kaputt gemacht oder gar gestohlen, sie hatten nur gespielt! Es gab weiß Gott bessere Gründe, in das Jugendzentrum einzubrechen. Für eine Cola und ein Billardspiel hätten sie auch einfach so vorbeischauen können.

Ich war sehr stolz auf diese Einrichtung, unterschied sie sich doch deutlich von den heruntergewirtschafteten, schlecht ausgerüsteten Zentren, die man sonst in den Städten sah. Wie konnte man glauben, dass junge Menschen ihre Freizeit lieber in schlecht beheizten, kargen Räumen zubrachten und an einer ausrangierten Tischtennisplatte spielten, statt durch die Straßen, Bahnhöfe und Kinos zu ziehen? Warum sollten sie sich von irgendwelchen Erziehern sagen lassen, wie ungesund Cola sei und dass ein Bier für sie genüge, wenn es am Bahnhof niemanden interessierte? Jugendzentren mussten Anreize schaffen, und das konnten sie nur, wenn sie keine Ghettos waren. In unserem Zentrum gab es drei Computer mit Internetzugang, zwei Gameboys und ein paar Kraftsportgeräte. Eine beachtliche Sammlung an DVDs und gemütliche Sitzecken mit großen Fernsehern luden zu Kinoabenden in Gemeinschaft ein. Dass dabei die eine oder andere Raubkopie in den DVD-Player geschoben wurde, musste man genauso ignorieren wie die Tatsache, dass einige der verantwortlichen jungen Leute, die einen Schlüssel hatten, in den behaglichen Räumen auch schon mal ein Schäferstündchen genossen. Wir besaßen zwei elektronische Dartscheiben, und ich war gerade auf der Suche nach einer günstigen Wii, für die sich die Jugendlichen Geld durch eine Autowaschaktion verdient hatten.

Es gab also jede Menge Technik, die sich zu stehlen lohnte, und so war ich in der Silvesternacht auch sehr besorgt ins Zentrum geeilt. Leider waren die drei Polen bei meiner Ankunft bereits wieder flüchtig.

»Sie sehen so erschrocken aus, Rudi. Ist alles in Ordnung?« Ich spazierte noch immer neben der heiteren Hanna durch den Garten und fühlte mich bei einer Unhöflichkeit ertappt.

»Ich habe gerade über Maria, Dominik und Viktor nachgedacht. Sie hatten es im Leben wohl wirklich nicht einfach, und dann mussten sie so jung sterben.«

Hanna blieb stehen und schaute sich um. »Mir sind diese Kinder unheimlich. Sie müssen wissen, ich war Lehrerin, und diese drei wirken so, als warteten sie auf etwas oder auf jemanden. Das mag eine spezifische Eigenart von Heimkindern sein, die immer hoffen, dass jemand sie holt, aber hier an diesem Ort kommt es mir so verkehrt, so unlogisch vor. Wissen Sie, was ich meine?«

Ich wusste es und war erstaunt, wie genau Hanna meinen eigenen Eindruck formulierte. Je länger ich mich mit ihr unterhielt, desto mehr brannte mir eine Frage auf der Seele: »Wie kommt es, Hanna, dass Sie mit siebenundsiebzig Jahren gestorben sind und doch aussehen wie eine Frau um die dreißig?«

Sie lachte und betrachtete ihre Hände. »Rudi, Ihnen hat man offenbar wirklich nicht erzählt, wie das hier im Jenseits so läuft. Wie alt sind Sie denn geworden?«

»Beinahe achtundvierzig. Ich hatte bereits Einladungen zu meinem Geburtstag verschickt.«

»Nun, Sie sehen aus wie Mitte dreißig, höchstens. Sie wirken gesund und sportlich, Rudi.«

»Hoffentlich entwickle ich im nächsten Leben keine Todessehnsüchte, weil ich mich noch rudimentär an meine Fitness und mein gutes Aussehen im Jenseits erinnern kann«, scherzte ich.

»Man bekommt den Körper zugewiesen, in dem man sich im Laufe seines Lebens am wohlsten gefühlt hat. Bis zu einer gewissen Grenze. Natürlich laufen hier keine Säuglinge herum.«

Ich überlegte laut: »Warum machen sie das?«

Hanna schwieg eine Weile, dann sagte sie: »Ich habe keine Ahnung, aber dies ist ein Ort der Erholung und der Loslösung vom alten Leben. Ich glaube, mir fiele es deutlich schwerer, in meinem verkrüppelten und von Arthrose geplagten Körper die Seele baumeln zu lassen, wie man so schön sagt. Sie müssen wissen, die letzten fünfunddreißig Jahre meines Lebens saß ich im Rollstuhl. Ach Rudi, ich könnte tagelang hier im Garten herumspazieren. Wenn keiner schaut, hüpfe ich sogar über ein Hindernis, das es gar nicht gibt.«

Jetzt lachte ich endlich einmal. Unbekümmert ermunterte ich sie: »Es wird allmählich dunkler, lassen Sie uns reingehen.«

Mittlerweile hatte ich mehrere Leute in eine bestimmte Richtung streben sehen. Nur Dominik, Maria und Viktor lehnten noch lässig an ihrem Baum und schauten den anderen zu. In diesem Moment waren sie mir auch unheimlich.

Ich spürte einen Druck am Arm, Hanna hielt mich fest. »Rudi«, sagte sie leise, »Rudi, hier ist es noch niemals dunkler geworden. Das Licht ist immer gleich. Immer!«

»Wann sind Dominik und seine Freunde gestorben? War das kurz nach der Jahreswende 2010/2011?«

Ich stand vor dem strahlend schönen Jonas, der etwas bekümmert dreinsah.

»Rudi, natürlich wussten wir, dass sie damals in dein Jugendzentrum eingebrochen sind. Am nächsten Tag, also an Neujahr 2011, sind sie gestorben. Aber keiner weiß, wie das geschah.« Er lächelte entschuldigend.

Ich berichtete Jonas von meinem Gespräch mit Maria und ihrer merkwürdigen Andeutung, dass es hier Veränderungen geben könnte. Und ich erzählte ihm von meinem und Hannas Eindruck, wonach die jungen Leute auf etwas Bestimmtes zu warten schienen. »Kann es sein, dass sie mit einer nicht menschlichen Macht kooperieren?«

Jonas sah mich irritiert an: »Mit einer höheren Macht? Sie sind Menschen. Menschen können keine Geister rufen oder Engel herbeibeschwören. Das gibt es nur in eurer Phantasie, Rudi.«

Ich hatte mir zeitlebens etwas von meinem Kinderglauben bewahrt. Ein bisschen naiv, aber tröstlich. Die Kirche betrachtete ich dabei als eine vollständig von Menschen entwickelte und gestaltete Institution, deren Regeln für mich weniger bindend waren als die in meinen Augen von Gott gewünschte Ordnung. Meine öffentlichen Auseinandersetzungen mit Kirchenvertretern waren oft genug Stadtgespräch gewesen, und wenn ich an die Artikel im Lokalteil denke, tritt ein Lächeln auf mein Gesicht, das manche *boshaft* nennen würden. Ich nenne es *zufrieden*.

Nun hatte ich auf einmal sehr merkwürdige Probleme und erfuhr, dass ich mein ganzes Leben lang falschgelegen hatte.

»Und können Engel oder vergleichbare Wesen den Kontakt zu Menschen herstellen?«, fragte ich weiter.

Er zuckte lässig die Achseln. »Natürlich.«

Waren alle Engel von Natur aus so naiv wie Jonas, oder war das eine ganz persönliche Note von ihm?

Ich beugte mich vor und fragte ihn eindringlich: »Was wäre, wenn es Dominik, Viktor und Maria gelungen ist, ins Jenseits zu kommen, ohne zu sterben?«

Jonas verschränkte die Arme. »Das ist unmöglich.«

»Immerhin war es möglich, dass sie ohne euer Wissen hierherkamen. Und ihr habt noch immer keine Ahnung, wie sie gestorben sind. So etwas ist angeblich auch nicht möglich, oder? Vielleicht liegt das ganz einfach daran, dass sie verdammt noch mal gar nicht tot sind.«

Den Fluch nahm Jonas mir übel, das sah ich ihm an, und ich lächelte entschuldigend. Aber über meine Vermutung dachte er lange nach. Schließlich meinte er: »Ich habe keine Idee, wie sie das gemacht haben sollen. Es ist schon lange her, seit die Menschen zuletzt versucht haben, in den Himmel zu gelangen.«

»Und? Haben sie es geschafft?«

Jonas ging einige Schritte umher und dachte nach, bevor er antwortete: »Du kennst die Geschichte, Rudi. Die Menschen bauten einen hohen Turm. Er sollte bis in den Himmel reichen.«

»Du meinst den Turmbau zu Babylon?«

»Meine Güte, was haben wir damals gelacht über diese Narren. Entschuldige bitte. Aber unser Herr fand das nicht lustig, sondern höchst anmaßend. Er war zornig und verwirrte ihre Sprachen.«

Ich starrte ihn an, da ich mir sicher war, dass er sich über mich lustig machte. Wissenschaftler wussten schließlich, wie sich Sprachen entwickelt hatten.

Jonas fuhr fort: »Wenn du recht hast mit deiner Vermutung, dann müssten unsere drei einen sehr perfiden Plan verwirklicht haben, denn dieses Mal scheint es niemandem aufgefallen zu sein.«

Ich konnte mir nicht vorstellen, dass halbe Kinder in der Lage waren, so viel Unruhe zwischen Himmel und Erde zu stiften. So etwas war für Jugendliche überhaupt nicht typisch, sie kümmerten sich in erster Linie um ihr eigenes Leben. Hier steckte meiner Meinung nach eine andere Macht dahinter, und das sagte ich Jonas noch einmal deutlich. War die Bibel nicht voll von abtrünnigen Seelen, war nicht immer wieder die Rede von Versuchungen des Satans und seinen Anhängern, den gestürzten Engeln?

Mir fiel noch etwas ein. »Was ist mit eurem Licht geschehen? Warum erscheint es dunkler?«

Jonas seufzte nur allzu menschlich und erwiderte knapp: »Ein Zeichen des Zorns. Wir müssen uns beeilen.« Mit diesen Worten verschwand er.

Ich blieb allein zurück und nahm jetzt erst meine Umgebung war. Ich befand mich jetzt in einem Ruheraum mit einfachen Liegen aus Holz. Auf dem Boden war feiner Sand, und zwei Tische mit jeweils drei Stühlen forderten auf, sich zu einem Gespräch niederzulassen. Mich wunderte, dass die Kontaktaufnahme zwischen den Menschen, die gerade im Jenseits verweilten, so offensichtlich gefördert wurde. Es war, als sollte man sich austauschen und dabei voneinander lernen.

Aber die Erinnerung an all das wurde doch gelöscht, wenn wir zur Erde zurückkehrten? »Die Seele nimmt das auf, was sie braucht«, hatte mir Raoul erklärt. »Mit jedem Leben entwickelt sie sich weiter, auch wenn die Menschen immer wieder als Neugeborene beginnen.«

Auf meine naheliegende Frage, wie alt die Seelen von Maria, Dominik und Viktor seien, hatte ich nur ein ernstes Kopfschütteln geerntet. Die Frage nach meiner eigenen Reinkarnationsrate hatte ich mir daraufhin erspart.

Während die anderen »Verstorbenen« lustwandelten und irgendwelche Kurse zur Bereicherung ihrer unsterblichen Seelen besuchten, bereitete ich mich auf das Gespräch mit Viktor vor. Ich ahnte nicht, worauf ich mich da einließ.

Wenn einer an diesem Ort aussah wie ein Toter, dann war es Viktor. Seine Haut erinnerte an weißes Porzellan, aus dem die dunklen Augen leuchteten wie die einer Krähe. Sein Blick war ebenso spöttisch wie bei einem Rabenvogel. Die Haare waren von einem unnatürlichen Schwarz, vermutlich gefärbt. Sein Gesicht wirkte weniger kantig als das von Dominik, wies aber hohe Wangenknochen auf und einen energischen Mund.

Verächtlich begrüßte er mich: »Wissen Sie, wie viele Pädagogen und Psychologen ich in meinem Leben schon kennengelernt habe?« Eine Augenbraue war hochgezogen, der Mund zuckte spöttisch.

Ich ließ mich davon nicht aus der Ruhe bringen. »Nun, immerhin bin ich der erste tote Pädagoge, der mit dir reden will. Weißt du, wer ich bin?«

»Du bist der Typ mit dem coolen Jugendzentrum. Ich habe dich damals gesehen.«

Ich nickte. »Was habt ihr dort gemacht?«

»Gespielt.«

»Und sonst?«

»Nichts *und sonst*. Drei Cola getrunken. Du hast doch gesehen, dass nichts gefehlt hat oder kaputt war.«

»Hat es Spaß gemacht?«

Er schaute mich abwartend an, wollte wohl herausfinden, ob ich ihn auf den Arm nahm. Dann löste er sich von der Wand, an der er gelehnt hatte, und legte sich auf eine der Liegen.

Dann sagte er: »In unserem Heim, da war das so: Du brauchtest Punkte, um spielen zu können. Die Punkte musstest du dir durch Arbeiten verdienen. Bis du aber genug Punkte zusammenhattest, war der Tag rum. Wenn Leute kamen, um sich Kinder anzuschauen, dann mussten wir allerdings spielen, wir Großen mit den Kleinen. Das machte einen netten, fürsorglichen Eindruck. Einmal kam ein junges Paar vorbei, und die Frau schämte sich nicht, mit mir zu flirten. Angestarrt hat sie mich wie eine hungrige Wölfin. Und wissen Sie, was ich gemacht habe?«

»Sag du es mir.«

»Ich habe einen kleinen Jungen von der Schaukel gestoßen. Die sind nie wiedergekommen, um sich mögliche Pflegekinder anzuschauen.« Er verzog das Gesicht bei der Erinnerung, und ich nahm an, dass die Tat nicht ohne Konsequenzen geblieben war.

»Wohin seid ihr gegangen, nachdem ihr das Jugendzentrum verlassen habt?«

Er schloss die Augen. »Wir sind durch die Straßen gezogen, haben uns die Silvesterknallerei angeschaut. Was man halt so macht.«

»Aber dann ging etwas schief.«

»Nichts ging schief, Mann.«

»Ach, also wolltet ihr sterben?« Ich verschränkte die Arme vor der Brust und schaute ihn spöttisch an. Diese arrogante Haltung gab ich aber schnell wieder auf, als mir auffiel, dass ich mich wie ein Kriminalbeamter verhielt und nicht wie ein Pädagoge, dessen guter Ruf es bis ins Jenseits geschafft hatte.

Viktor auf seiner Liege wirkte viel entspannter als ich. Er sagte: »Vorher war ich ein beschissenes Heimkind auf der Flucht, jetzt bin ich so gelassen wie ein Plüschteddy. Warum sollte da etwas schiefgelaufen sein?«

Ich beugte mich ein wenig vor, gab meiner Stimme einen eindringlichen Klang: »Jetzt hör mir mal zu, Viktor. Ihr habt keine Ahnung, mit welcher Macht ihr euch da einlasst. Kein Mensch kann einfach das Jenseits besetzen und es zu seinem ureigenen Territorium erklären. Dieses durch und durch menschliche Verhalten wird euch noch eure Seelen kosten, und das war es dann endgültig. Da wird dir dein Leben im Heim noch vorkommen wie ein Kindergeburtstag!«

Viktor lachte. »Sie hören sich an wie ein hysterischer Pfaffe beim Katechetenunterricht. Mit so etwas droht man kleinen Kindern auf der Erde, aber nicht Erwachsenen im Jenseits.«

Mit einem Mal sprang er auf und baute sich sehr nahe vor mir auf. »Vielleicht setzen Sie hier oben auf die falsche Macht.« Damit ging er hinaus, und zurück blieb ein Gefühl der Bedrohung.

Ohne Viktors letzten Satz wäre ich der Meinung gewesen, den drei Freunden fehlten der nötige Ernst und die Einsicht, um zu erkennen, in welche Gefahr sie sich durch ihren Widerstand begeben hatten. Nun aber glaubte ich, die drei wussten ganz genau, was sie taten. Dabei beunruhigte mich insbesondere diese zur Schau gestellte Sicherheit, diese wissende Gelassenheit.

Auf der Suche nach einer Orientierung, nach einer Antwort auf wenigstens ein paar meiner vielen Fragen traf ich Hanna. Ich erkannte sie erst im letzten Moment, denn es war mittlerweile lange nicht mehr so hell wie bei meiner Ankunft. Sie wirkte aufgeregt und zog mich in einen der Ruheräume.

»Rudi, mir ist noch etwas aufgefallen bei diesen drei jungen Freunden. Sie scheinen doch immer so unbeteiligt zu sein und mit niemandem zu reden. Aber das stimmt nicht.«

Ich sah sie überrascht an. Offenbar hatte mein Interesse an den jungen Leuten die Lehrerin in Hanna wachgerufen, sie wurde aufmerksam und wollte mir helfen.

Sie senkte ihre Stimme, und eine Haarsträhne fiel ihr in die Stirn. »Sie reden mit den Neuankömmlingen. Und zwar einzeln. Maria spricht mit den Männern, die beiden anderen mit den Frauen.«

Sie warf mir einen verschwörerischen Blick zu, und ich dachte daran, dass Maria mich bereits kurz nach meiner Ankunft angesprochen hatte und dabei gestört worden war. Ich fragte Hanna, ob sie sich an ihre Ankunft erinnern könne. »Haben die jungen Leute Sie auch angesprochen?«

Hanna erzählte von ihrer ersten Begegnung mit Viktor. »Ich habe das damals nicht weiter beachtet, ich dachte, der Junge wollte nur scherzen. Er hat auch nicht viel gesagt.«

»Was hat er denn gesagt?«, drängte ich.

»Er fragte mich, woher ich wüsste, dass hier Gott herrsche und nicht der Teufel.«

Ich starrte sie an, und sie fuhr fort: »Ich habe ihm gesagt, dass ich mir sicher sei, weil ich an das Gute glaube und nicht an das Böse. Dann habe ich mich umgedreht und bin weitergegangen. Als Lehrerin bin ich oft genug von jungen Menschen provoziert worden. Die machen mir so schnell keine Angst.«

Mir wurde schwindlig. Hier herrschte ja mehr Durcheinander als in einer Großstadt auf der Erde. Sollte ich recht behalten und Dominik, Viktor und Maria standen tatsächlich mit einer anderen überirdischen Macht in Verbindung, welche Fraktion wäre das dann wohl?

Ich sagte zu Hanna: »Offensichtlich haben Sie Viktor mit Ihrer Antwort so beeindruckt, dass er nicht mehr mit Ihnen sprechen wollte. Oder ist einer von ihnen noch mal zu Ihnen gekommen?«

Sie lachte. »Nein.«

Plötzlich rief jemand meinen Namen, aber ich konnte niemanden sehen. In dem Ruheraum saß ich mit Hanna allein, und der Gang war leer.

»Hörst du das auch? Irgendeiner ruft mich doch?« Das »du« kam mir automatisch über die Lippen, und sie kommentierte es nicht.

Hanna lauschte, schüttelte aber verwundert den Kopf. Offenbar befand sich die Stimme nur in meinem Kopf.

Ich verabschiedete mich in aller Eile von Hanna und machte mich auf die Suche nach dem Besitzer der Stimme, die sich in mir breitmachte: ein tiefer Klang mit einer weichen Note, angenehm und gleichzeitig respekteinflößend. Ich verspürte den Wunsch, diese Stimme singen zu hören, so schön fand ich sie. Es waren weder Raoul noch Jonas, die mich riefen, das wusste ich. Hätte ich geahnt, wer es wirklich war, wäre ich wahrscheinlich mit zitternden Knien und bebenden Lippen die Gänge entlanggeeilt.

Irgendwann bemerkte ich, dass es heller wurde, je näher ich der Stimme kam. Ich kam zu einer Art Kathedrale, einem riesigen Kirchenraum, dem allerdings der typische Prunk einer irdischen Kirche und die vielen Statuen und Ikonen, die den braven Kirchgänger beeindrucken sollten, fehlten. Schreine, Bänke und Altäre hingegen gab es reichlich. Und alles war aus Stein. Der Boden und die Wände schimmerten und funkelten in den verschiedensten Farben, als wollte man auf die natürliche Schönheit der Schöpfung Gottes hinweisen.

Ich kam mir ein wenig wie Aladin vor, der plötzlich in die Höhle gelangt und sich in einer Schatzkammer befindet. Ich schaute hin und her, drehte gebannt erst meinen Kopf und dann den ganzen Körper. Welch ruhige Schönheit umgab mich hier! Die Stimme ließ mir Zeit zur Betrachtung, aber nur ein paar Augenblicke, dann rief sie mich wieder. Und in diesem Moment sah ich ihn: sein mächtiges Schwert, die leichte Rüstung über dem mit Muskeln bepackten Körper, das kühne, aristokratisch geschnittene Gesicht eines Kriegers. Er überragte mich um mehr als Haupteslänge, und ich war einen Meter dreiundachtzig groß.

Zu meinen Lebzeiten, die noch nicht lange zurücklagen, war dieser Mann – dieser Engel – immer eine meiner Lieblingsgestalten in der von Geschichten reichen christlichen Lehre gewesen. Er war der Kämpfer, das Schwert Gottes und der direkte Gegner und Bezwinger Luzifers, welcher daraufhin als gefallener Engel und mit dem Namen Satan oder Teufel für die Menschen eine wichtige Rolle eingenommen hatte. Es war sicher nicht die, um die er sich beworben hatte.

»Wie kann ein Sohn des Feuers sich neigen vor einem Sohn des Lichts?« So soll Luzifer seine Überlegenheit dem Menschen gegenüber kundgetan haben. Er und seine Gefährten waren aus dem Himmel gestürzt worden und trieben nun woanders ihr Unwesen, stets bemüht, den Menschen Schaden zuzufügen, ihnen Fallen zu stellen. Vielleicht waren Dominik, Viktor und Maria in eine dieser Fallen getappt?

Vor mir stand Michael, der Erzengel, einer der engsten Vertrauten Gottes. Er sollte am Tage des Jüngsten Gerichts die wichtigste Rolle einnehmen, da er die Seelen wog und hoffentlich für schwer genug befand, dass sie ins Reich Gottes aufgenommen werden konnten. Tausend Gedanken schossen mir durch den Kopf, voll Sorge, dieser letzte Tag sei nun gekommen und meine Seele müsse gleich zappeln, um möglichst schwer zu erscheinen.

Das Wort »Demut« kam in meinem Benimmregister nicht vor. Sonst hätte ich sicherlich daran gedacht, einen Kniefall wenigstens anzudeuten. So stand ich nur mit hängenden Armen da und pumpte innerlich meine Seele auf. Ein leises Lachen unterbrach meine innere Einkehr. »Rudi, ich brauche deine Hilfe und nicht dein schlechtes Gewissen.«

»Letzteres könnte ich aber leichter zur Verfügung stellen. Ich wüsste nicht, wie ich dem Erzengel Michael helfen sollte.«

Er streckte mir die Hand hin. »Du weißt, wer ich bin! Die meisten verwechseln mich immer mit Gabriel. Dabei sehe ich viel besser aus.« Er grinste verschmitzt, und ohne Gabriel zu kennen, stimmte ich ihm zu.

»Ich finde das Schwert ziemlich eindeutig, dazu das Rot in Ihrem Anzug; wie kann man Sie mit Gabriel verwechseln?«

Michael setzte sich in entspannter Haltung auf die Kante einer Bank. »Seit es in jeder Kirche ein Krippenspiel gibt, denken alle Leute, nur Gabriel erscheine den Menschen als Bote. Zudem ist Gabriel der Chef der Cheruben und Seraphim, also auch von Jonas und Raoul. Wir hatten bezüglich der drei jungen Leute ein kleines Kompetenzgerangel, aber Gabriel ist der sanftere und wohl auch klügere von uns beiden, und so hat er mir das Projekt überlassen. Das bedeutet für Viktor, Dominik und Maria aber auch, dass sie es mit einem härteren Gegner zu tun bekommen. Ich werde mir diesen Ungehorsam nicht lange anschauen.« Er runzelte die Stirn, und ich bekam eine Ahnung davon, wie Wut diesen Engel verwandeln konnte.

»Es sind noch junge Seelen, nicht wahr?«, wagte ich zu vermuten. Das war mehr eine Eingebung denn eine Schlussfolgerung. Immerhin wurde einiges an Aufwand betrieben, um die drei zu retten, und ich hatte den Eindruck gewonnen, dass keiner die jungen Leute wirklich gut kannte.

Michael schaute mich lange an, studierte mein Gesicht und sagte dann: »Es ist nicht entscheidend, wie alt eine Seele bereits ist. Der Anteil von Gut und Böse ist wichtig. Mitleid mit anderen zu empfinden ist ein wesentlicher Indikator für einen guten Charakter, Rudi. Das Mitgefühl ist ihnen aber abhandengekommen, und sie sind auf einem durch und durch falschen Weg. Unser Schöpfer will jede Seele gerettet wissen. Solange noch ein Funken Gutes vorhanden ist, soll dieser Funke wieder entzündet werden. Hast du schon einmal mit der Mutter eines Massenmörders gesprochen?«

Ich schüttelte stumm, aber ohne Bedauern den Kopf.

»Sie klammert sich an die Vorstellung, dass ihr Junge verführt worden ist, dass er zum Zeitpunkt der Tat krank oder besessen war. Sie kramt alte Fotoalben durch, sucht sich Kinderfotos heraus, um sich an den süßen Fratz, den lieben Jungen zu erinnern, der er einmal war. Und an dieser Erinnerung hält sie fest wie eine Ertrinkende an ihrem Rettungsreifen.« Er stöhnte leise und fuhr fort: »Und genau dies tut Er bei den Menschen auch. Er glaubt an Seine Schöpfung und daran, dass die Menschen reifen und den Weg zu Ihm finden können. Vielleicht behält Er recht. Ich hoffe es sehr, und ich werde alles tun, was dafür nötig ist, aber meine Flügel würde ich darauf nicht verwetten.«

Diese Bemerkung hielt ich für einen Scherz. Michael hatte die muskulösen Arme auf die Oberschenkel gestützt und sah aus wie Cäsar, der sich nach einer Schlacht erholt. Flügel sah ich keine.

»Rudi, erzähle mir von deiner Theorie.«

Ich hob abwehrend die Hände. »Ich habe keine Ahnung, was hier bei euch schiefgelaufen ist.«

»Doch, du hast eine bestimmte Vermutung, und die will ich von dir hören.« Seine Augen wurden so dunkel wie schwarze Löcher, und eine steile Falte erschien auf der Stirn. Es konnte keinen Zweifel daran geben, dass dies der gefährlichste Engel war, der Gott diente. Würde er es als Kritik verstehen, wenn ich ihm offen sagte, was ich dachte?

Ich gab ihm eine Zusammenfassung der Gespräche, die ich mit Dominik, Viktor und Maria geführt hatte. Dabei erwähnte ich auch die Hinweise, dass sich an diesem Ort etwas verändern könnte, und beendete meine Ausführungen mit der unheimlichen Ahnung, die drei jungen Leute könnten nur mit Hilfe einer fremden Macht unbemerkt an diesen Ort gelangt sein.

Michael sagte lange Zeit nichts, und ich stand da wie ein Schüler, der auf den Schulverweis wartete. Dann sprang er auf und schritt durch die Kathedrale. Als ich ihn weit entfernt wähnte und mir überlegte, was nun von mir erwartet wurde, stand er plötzlich gerade mal einen Meter vor mir. Den Trick kannte ich aus schlechten Vampirfilmen.

»Du musst zurück, Rudi.«

Ich starrte ihn verblüfft an. »Wenn ich das Prinzip richtig verstanden habe, gelingt mir das nur durch Geburt. Ich fürchte bloß, als Säugling kann ich euch nicht sehr behilflich sein.«

»Red keinen Unsinn. Du gehst als erwachsener Mensch zurück und suchst die Leichen und den, der den dreien dabei geholfen hat, uns hinters Licht zu führen.«

»Ich könnte mir vorstellen, dass unsere liebe Frau Schneider, die Pfarrhaushälterin, mich mit Silberkugeln erschießen wird, wenn ich wieder auftauche. Sie hat mich als menschlichen Müllberg in der Pathologie identifizieren müssen, und sie glaubt an Zombies genauso viel oder wenig wie an Gott. Die Existenz beider hält sie für unwahrscheinlich, aber durchaus diskutabel. Und wie ich sie kenne, wird sie erst schießen und dann diskutieren.«

Michael sah mich an, als hätte ich etwas unglaublich Dummes gesagt. Dann drehte er sich um und bedeutete mir, ihm zu folgen. In einer kleinen Kammer stand ein Steintisch und darauf ein neuer Laptop. Ich hatte immerhin so viel Ahnung von der Computerwelt, dass ich dieses teure Modell der Firma Apple erkannte, das sich seit höchstens zwei Wochen auf dem Markt befand. Wenn ich nun allerdings gedacht hatte, hier würde quasi am modernen Bildschirm das menschliche Geschehen auf der Erde verfolgt, dann sah ich mich getäuscht, enttäuscht und erstaunt. Hier spielte jemand Krieg wie ein pubertierender Jugendlicher, dem das einschießende Testosteron keine andere Wahl ließ, als sich bei »World of Warcraft« um eine Heldenrolle zu bemühen.

»Hast du das schon mal gespielt, Rudi?«

»Nein, aber ich kenne dieses Spiel von meiner Arbeit mit den Jugendlichen. Es ist ein Kriegsspiel.«

Auf diese Belehrung reagierte er mit Hochziehen der linken Augenbraue. Dann setzte er sich auf den Schemel und fragte mich: »Bist du gut im Kämpfen? Ich könnte einige Tipps gebrauchen.« Er beugte sich vor und starrte auf den Bildschirm. »Ich will der beste Kämpfer in diesem Spiel sein, aber ich kenne es nicht gut genug. Hier ist einer dabei, der nennt sich der ›Rote Baron‹. Gegen den komme ich nicht an. Alle bewundern ihn und freuen sich, wenn er online ist.«

Es war eine skurrile Situation. Ich fand es so verlockend, mit ihm wie mit einem menschlichen Freund über ein Computerspiel zu sprechen. Ich fragte ihn: »Und welche Rolle spielst du hier? Wie nennst du deine Figur?«

»Ich bin der Erzengel. – Das Böse besiegst du nur, wenn du spielen kannst, Rudi. Schau dich um in der Welt. Die einfach strukturierten Bösewichter agieren mit Frechheit und Brutalität und werden schnell gefasst. Sie sind unangenehm, laut und ohne Mitgefühl. Man muss sie fürchten, aber sie sind nicht wirklich gefährlich. Die richtigen Verbrecher, die spielen mit ihren Opfern. Sie sind raffiniert, geben sich als Freunde aus und verweben Missgunst und Vertrauen so geschickt miteinander zu einem Strick, dass du seine Machart nicht mehr erkennen kannst. Der Strick wird dich eine Zeit lang halten, aber letztendlich wird er dich erwürgen. – Du musst spielen, Rudi. Denn wer die Spielregeln aufstellt und beherrscht, der gewinnt letztendlich auch.«

Ich ahnte, worauf er hinauswollte: »Jemand hat momentan ein paar Spielregeln aufgestellt, die euch unbekannt sind. Liege ich richtig mit meiner Vermutung?«

Michaels Gesicht nahm einen harten Zug an, und er spuckte die nächsten Worte beinahe aus: »Jemand! Seitdem der Mensch die Erde bewohnt, sind wir damit beschäftigt, euch vor dem Bösen zu schützen, während ihr davon angezogen werdet wie die Motten vom Licht. Und wie diese würdet auch ihr verbrennen, wenn unser Schöpfer euch nicht so sehr lieben und um jede Seele werben würde.«

Er drehte sich wieder dem Bildschirm zu und lächelte verschmitzt. »Aber ihr entwickelt tolle Sachen, Rudi. Ohne die Menschen würde mir der zündende Funke fehlen für meine Bestimmung, zu retten, was zu retten ist, und zu vernichten, was verloren ist.«

Ich sollte also früher als erwartet wieder auf Mutter Erde zurückkehren. Und wenn sich das Folgende anhört wie aus einem schlechten Film, dann liegt das daran, dass es sich, meiner Meinung nach, um eine verdammt schlechte Idee handelte, die Michael da entwickelt hatte.

Natürlich konnte ich nicht als Rudolf Kemper in mein altes Leben zurückkehren. Doch was mein himmlischer Vertrauter sich da ausgedacht hatte, machte mir Kummer und Sorgen und störte die Behaglichkeit in den letzten Stunden im Jenseits ganz erheblich. Ich sollte als neuer Küster in meine alte Gemeinde geschickt werden!

»Alte Gemeinde« meint hier die Gemeinde, in der ich früher Messdiener gewesen war, die, mit deren Pastor ich in einer Weise aneinandergeraten war, dass er mich ohne mit der Wimper zu zucken auf dem Scheiterhaufen verbrannt hätte. Mein Überleben wurde nur dadurch gesichert, dass der Klerus seine frühere Macht verloren hatte. Nun sollte ich also die rechte Hand dieses Mannes werden und die Kirche für seine schlechten Predigten vorbereiten.

»Wie willst du aussehen, Rudi?« Michael stand vor mir mit seiner gut gebauten Gestalt und ließ die Muskeln spielen wie ein Mitglied der Hells Angels.

»Gönn mir den Charme eines Richard Gere und nimm mir die Erinnerung an einen Pastor, der meine Seele zu mehr schlimmen Gedanken reizte, als der Teufel es jemals könnte.«

»Eitelkeit, Hochmut und Größenwahn«, Michael schüttelte den Kopf, »wie viele Sünden ihr Menschen doch in einen Satz packen könnt!«

Dann ging er ganz nahe an mich heran und schaute mir eindringlich in die Augen. Meine Iris spiegelte sich in seiner, und für einen kurzen Moment glaubte ich zu fallen.

»Den Teufel solltest du nicht unterschätzen, Rudi. Er ist nicht so, wie ihr ihn euch in den letzten Jahrtausenden zurechtgebastelt habt. Er ist mein Bruder im Licht und mein Todfeind in der Dunkelheit. Ich habe ihn mehr geliebt als alle anderen Engel. Doch wenn Liebe in Hass umschlägt, ist das Böse bereits in dir.«

Innerlich fröstelte ich, äußerlich war dies nicht möglich, die Temperatur war zu angenehm. Was mich erschreckt hatte, war weniger der Inhalt der Worte als der Schmerz in Michaels Gesicht. Die Geschichte vom gefallenen Engel hatte mich schon immer fasziniert, aber dass sie kein Mythos war, sondern tatsächlich geschehen, war immer noch schwer zu begreifen.

Luzifer, der Lichtbringende, ertrug die Liebe Gottes zu den Menschen nicht. Er war eifersüchtig. Als Engel an Gottes Seite musste er dienen, während der Mensch frei sein Leben lebte und sich selten darum scherte, was Gott wollte oder nicht wollte. Aber Gott liebte diese Menschen bedingungslos.

Luzifer zettelte einen Aufstand an, der mit Hilfe des Erzengels Michael niedergeschlagen wurde. Die beiden ehemaligen Brüder wurden erbitterte Feinde, Luzifer wurde mit seinen Anhängern aus dem Himmel vertrieben und stürzte zur Erde, wo er seitdem den Menschen zu Bösem zu verleiten sucht. Und dabei lockt er stets mit den drei Dingen, nach denen die meisten Menschen streben:

Reichtum oder Macht, Unsterblichkeit und die Befriedigung von Eitelkeit.

Bislang hatte ich diese Geschichte rein symbolisch verstanden. Die Vorstellung, dass der gehörnte Luzifer mit seinem Pferdefuß mitten unter uns Menschen herumspazierte, erschien mir noch immer zu phantastisch. Spontan sah ich das Gesicht Al Pacinos vor meinem geistigen Auge, der in einem Spielfilm den Teufel wunderbar verkörpert hatte.

In mancher Hinsicht war es im Jenseits wie auf der Erde. Informationen, vor allem geheime Informationen, sickern durch wie Sirup durch eine Serviette. Zuckersüß und mit einem Augenaufschlag, der Paris Hilton endlich die ersehnte Aufmerksamkeit eingebracht hätte, sprach Maria mich an.

»Was du vorhast, Rudi, kann nicht funktionieren. Bleib hier bei uns. Schau, was haben denn wir noch mit Regeln zu schaffen?«

»Was genau habe ich denn vor, Maria?«

Sie lächelte noch immer. »Du hast hier nicht herausgefunden, wie wir hergekommen sind, und nun willst du die Lösung unter den Lebenden finden.«

Ich erinnerte mich meines eigenen charmanten Lächelns und erwiderte: »Nun, das scheint mir doch keine schlechte Idee zu sein. Du kannst es mir aber auch sagen, dann spare ich mir den Ausflug, und wir besuchen stattdessen einen erhellenden Workshop zusammen.«

Maria knurrte wie ein Wolf. »Du wirst auf die eine oder andere Weise dabei draufgehen!«

Damit wandte sie sich zum Gehen, auch das höchst ladylike. Nach einigen Metern drehte sie mir noch einmal ihr mädchenhaftes Gesicht zu und sagte etwas äußerst Beunruhigendes: »Grüß mir Lisa, Rudi. Vergiss es bitte nicht!«

»Jetzt hör mir mal zu, Jonas. Ich habe hier noch nichts mitgemacht, was meiner Entspannung dienen könnte. Ganz im Gegenteil: Mein altes Leben bekommt eine völlig andere Dimension, es scheint mit dem der drei Jugendlichen sogar in irgendeiner Weise verwoben zu sein. Immerhin sind sie in der Nähe meines Jugendzentrums verschwunden.« Ich tippte mir theatralisch gegen die Brust. »Also erwarte nicht von mir, dass ich mir um Lisa keine Sorgen mache. Das war eine knallharte Drohung. Wieso darf so etwas hier in eurer heimeligen Zwischenstation passieren?«

Jonas hob beschwichtigend die Hände. »Beruhige dich. Maria kann dir nicht drohen, und sie kann nichts tun.«

Ich lachte hart auf. »Sie könnte auch eigentlich gar nicht hier sein, richtig? Dieses mehr als fragwürdige Unternehmen, mich ins Jenseits zu holen, um drei Jugendliche zu erziehen, das war doch irrwitzig. Hier oben konnte ich gar nichts ausrichten, also muss ich jetzt wieder zu den Lebenden zurück. Ich meine, das hätten wir doch alle einfacher haben können!«

Ich redete mich richtig in Rage, ohne dass es den geringsten Effekt hatte. Jonas stand unverbindlich lächelnd vor mir und wartete ab, und ich fragte mich einmal mehr, ob ihm menschliche Eigenschaften wie Mitgefühl oder Gerechtigkeitssinn eigentlich gänzlich fehlten. Plötzlich kam mir ein beunruhigender Gedanke.

»Sag mal, Jonas, wie lange leitet ihr, du und Raoul, eigentlich schon diesen Bezirk?«

»Sechs Jahre.« Sein schönes Gesicht schien einen Moment lang um Verständnis zu bitten, doch seine Haltung blieb aristokratisch und erweckte den Anschein, dass er keine Kritik duldete.

Gemessen an der Zeitspanne, in der menschliche Existenz auf Erden nachgewiesen werden konnte, kamen mir sechs Jahre wie der Beginn einer Probezeit vor. Aber dieses Mal sagte ich nichts, sondern malte mir nur aus, was ein gut angelegtes Komplott hier anrichten konnte. Ich war mir mittlerweile sicher, dass unsere drei polnischen Ausreißer mit einer Macht in Verbindung standen, deren Existenz ich erstens früher ins Reich der Phantasie gesteckt hätte, die zweitens mein zukünftiger Gegner auf Erden werden würde und die drittens sogar den Erzengel Michael persönlich auf den Plan gerufen hatte.

Angesichts dieser drei Punkte hatte ich allen Grund, mir um meine Lisa große Sorgen zu machen. Nun hatte ich es auf einmal sehr eilig, auf die Erde zurückzukehren, wo ich mit meinen beschränkten menschlichen Kräften sehr viel mehr ausrichten konnte.

Was aus unserem alten Küster geworden war, wollte ich lieber gar nicht wissen. In jedem Fall war dieser Job für mich nicht schlecht gewählt, blickte ich doch auf eine jahrzehntelange Tätigkeit als Messdiener zurück. Noch während meines Studiums hatte ich einige Messen mitgestaltet. Mit unserem amtierenden Pastor hätte ich allerdings nicht einmal einen Osterspaziergang geplant.

Mich als erwachsenen Mann auf die Erde zurückzuschicken war eigentlich nicht möglich. Selbst Jesus als Gottes Sohn hatte geduldig heranwachsen müssen, bis er seine Aufgabe hatte erfüllen können. Michael bediente sich deshalb eines Tricks, wie er es nannte, und bemächtigte sich des Körpers eines einsam lebenden Mannes, der zudem in Lüdinghausen kaum bekannt war. Die Seele des Mannes nahm er vorübergehend in seine eigene Obhut.

Dieses Vorgehen war auch den Engeln verboten, doch Michael setzte sich mit unbeirrbarem Charme darüber hinweg: »Der Zweck heiligt in diesem Fall tatsächlich die Mittel.« Kichernd setzte er hinzu: »Wenn Gabriel das herausfindet, sitze ich bald neben Luzifer auf der Erde.«

»Habe ich wenigstens ein paar besondere Fähigkeiten?«, lautete schließlich meine letzte Frage, die mit einem entrüsteten Kopfschütteln beantwortet wurde.

»Du hast als Mensch so viele außerordentliche Fähigkeiten. Du musst sie nur erkennen und nutzen, du Narr.«

Na danke schön, dachte ich bitter, während Michael mich herzlich anlächelte.

Ulrich Burkhart, unser Küster, war ein Mann in den Sechzigern, der aufgrund einer Depression vor einigen Jahren in den vorzeitigen Ruhestand geschickt worden war. Er war Lehrer an einer Realschule gewesen. Die Arbeit in der Kirche verhalf ihm zu einer gewissen Tagesstruktur und zu den notwendigen zwischenmenschlichen Kontakten. Mit Pastor Klein kam er gut aus. Eine gewisse stoische Gelassenheit, für die vielleicht auch seine Medikamente sorgten, ließ jede Laune oder Kritik an ihm abprallen.

Warum Herr Burkhart seinen Platz geräumt und mir so den Einsatz als Küster ermöglicht hatte, erfuhr ich recht schnell. Er hatte eine hübsche Summe im Lotto gewonnen, keine Millionen, aber ausreichend, um eine längere Reise zu machen, und musste daher vertreten werden.

Schau an, dachte ich, was so alles möglich ist, wenn Engel in Schwierigkeiten geraten und Dinge geradebiegen müssen, von denen der Schöpfer besser nichts Genaueres erfahren sollte.

DREI

Lüdinghausen. Die Drei-Burgen-Stadt mit vielen historischen Gebäuden und seinen überwiegend katholischen Bürgern, die, ganz klassisch für ländliche Städte, schon immer von der CDU regiert wurden und so westfälisch waren wie ein im Kamin geräucherter Schinken.

Hier fand ich mich also in der Küsterwohnung von Ulrich Burkhart wieder, die mir dieser für ein halbes Jahr zur Verfügung stellte. Es war die typische Wohnung eines alleinstehenden Mannes und doch deutlich gemütlicher, als ich es aus meiner Studentenzeit kannte. Es gab ein paar Blumentöpfe auf der Fensterbank, einen überdimensionalen Fernsehsessel in schwarzem Leder und ein paar geschmackvoll ausgewählte Drucke an den Wänden. Die überfüllten Bücherregale ließen einen kritischen Geist vermuten, der auch dem genussvollen Lesen nicht abgeneigt war. Nietzsche stand neben Charles Darwin, und Dan Browns »Sakrileg« fand sich nicht weit von der Bibel entfernt. Es gab Tierbücher, Krimis und drei Kinderbücher, und ich erinnerte mich, dass er mir gegenüber mal eine Nichte erwähnt hatte. Da lag auch ein großer Stapel Computerzeitschriften, aber einen Computer sah ich nicht. Vielleicht besaß er einen Laptop, den er mitgenommen hatte.

Nachdem ich mir kurz die Hände gewaschen hatte – was sicher unnötig war, denn schließlich kam ich aus dem Jenseits und nicht aus einer Quarantäne-Station –, verließ ich die Wohnung auch schon wieder.

Zwanzig Meter später stand ich an der Haustür des Pfarrhauses und fühlte Adrenalin durch meinen Körper strömen. Edeltraud, oder besser Frau Hering, öffnete, und mir rutschte das Herz in die Hose. Ich kannte diese Frau seit Jahren und musste mich nun so höflich distanziert vorstellen, wie es ein fremder Küster aus einer fremden Stadt üblicherweise zu tun pflegte.

»Guten Tag, mein Name ist Christian Grothe, und ich vertrete als Küster nun eine gewisse Zeit Herrn Burkhart.«

Kurze Zeit später quetschte die knochige Hand des Pastors meine Fingerknochen zusammen, als gelte es, eventuelle Sünden herauszupressen.

Er stellte sich vor: »Pastor Josef Klein, der bescheidene Hirte dieser Gemeinde. Junger Mann, ich würde es begrüßen, wenn Sie sich bis zum Wochenende die Haare schneiden ließen.«

Den Pastor hätte man in ein Schafsfell stecken können, an Sätzen wie diesem erkannte ich sofort meinen alten Widersacher und jetzigen Chef. Nach Erledigung einiger Formalitäten brachen wir zu einem Rundgang auf.

Er zeigte mir die Kirche, die ich seit meiner Erstkommunion gut kannte, und dennoch entdeckte ich plötzlich Dinge, die mir nie aufgefallen waren. Im Gegensatz zur St. Felizitas-Kirche, die beinahe an eine Kathedrale erinnert, war die unsere klein und bescheiden. Ich betrachtete ein Gemälde, auf dem der Erzengel Gabriel als Bote dargestellt war, und verglich ihn mit dem Michael, den ich kennengelernt hatte. Gabriel wirkte sanfter, engelhafter, zumal ihn die Darstellung mit Flügeln zeigte. Seine Hände waren grazil wie Frauenhände, und seine Haltung hatte etwas Zurückhaltendes, Abwartendes. Wie anders war mir Michael erschienen, temperamentvoll, entschlossen und an Neuem interessiert. Doch ich konnte mich der Faszination, die von Gabriel ausging, nicht leicht entziehen. »Wie lange ist dieses Bild schon im Besitz der Kirche?«

Die Frage schien Pastor Klein zu erstaunen und zu freuen. »Oh, dieses Bild ist zusammen mit einigen anderen Gemälden aus Italien zu uns gelangt. Man erzählt, dass ein reicher Florentiner um 1850 in Lüdinghausen weilte, weil seine kranke Frau sich hier von den Strapazen der Reise erholte. Wider Erwarten wurde sie gesund. Sie hatte in unserer Kirche viel gebetet, und ihr Ehemann sandte diese Bilder ein Jahr später als Geschenk. Bemerkenswert ist, dass die Bilder alle vier Erzengel darstellen.«

»Wie bitte?« Ich fragte mich, ob ich eigentlich als Rudolf Kemper in den letzten dreißig Jahren eine selektive Wahrnehmung an den Tag gelegt hatte, wann immer ich die Kirche betreten hatte. Na gut, zumindest in den letzten fünf Jahren waren meine Besuche stets nur flüchtig gewesen.

»Welches Bild zeigt den Erzengel Michael?« Wir gingen durch das Kirchenschiff, und er zeigte es mir. Die Darstellung hätte Michael sicherlich gefallen. Es zeigte einen Mann mit dunklen Haaren und ebensolchen Augen, einem beinahe herrschaftlichen Blick und herausfordernder Haltung. Im Gegensatz zu Gabriel trug Michael eine eiserne Rüstung. Je länger ich das Bild betrachtete, desto mehr sah ich ihn vor mir. Er war dem Michael, den ich kennengelernt hatte, tatsächlich erstaunlich ähnlich.

Ich nahm an, dass dies auf andere Darstellungen auch zutraf. Vielleicht gab es eine Art archaisches Wissen über diese Dinge in uns? Das Wissen konnte auch aus Überlieferungen stammen, denn der Erzengel Michael war, wie auch Gabriel, in der Vergangenheit den Menschen angeblich öfter erschienen. Nun sah ich mir auch noch Uriel und Raphael an. Letzterer strahlte eine beinahe göttliche Ruhe aus, sein Gesicht verriet den Denker und Wissenschaftler, und als Schutzengel der Ärzte und Apotheker war er in diesem Bild mit einer Phiole dargestellt.

Uriel war auf dem Gemälde als der Bote dargestellt, der Noah vor der Sintflut warnte. Er strahlte positive Energie aus, ein Leuchten, das aus seinem Inneren zu kommen schien. Am liebsten hätte ich alle vier Bilder in einer Reihe vor mich hingelegt und sie stundenlang betrachtet. Doch hatte sich Pastor Klein anfangs noch über mein Interesse gefreut, so wartete er jetzt ungeduldig darauf, mir meine Aufgaben für die nächsten Tage zu erklären.

In der Sakristei herrschte angeblich mehr Ordnung als im Spind eines Bundeswehrsoldaten. Schon auf dem Wege dorthin ermahnte mich Pastor Klein, die Messdiener zur Ordnung anzuhalten. Es gebe nichts Schlimmeres als eine wartende Gemeinde, deren Hirte nicht auftaucht, weil er seine Siebensachen nicht findet. Natürlich würde ich darauf achten, versprach ich.

Im nächsten Moment wäre ich beinahe gegen den schmalen Rücken ebendieses Hirten geprallt. Pastor Klein stand in der Tür zur Sakristei und schnappte nach Luft. Ein Herzinfarkt, schoss es mir durch den Kopf, und ich bemühte mich, den Mann so gut zu stützen, wie das in einem schmalen Türrahmen möglich war. Doch anstatt sich helfen zu lassen, schob er mich erstaunlich kraftvoll nach hinten und fuchtelte mit den Armen in der Luft herum. Sein Atem ging stoßweise, und seine Augen waren so weit aufgerissen, dass ihr Weiß sein ganzes Gesicht beherrschte. Schlaganfall?, war mein nächster Gedanke.

Pastor Klein bekreuzigte sich erregt und brachte endlich einen erklärenden Satz heraus: »Um Himmels willen, da drin liegt eine Tote!«

Ich stürzte in die Sakristei und erstarrte. Die Frau lag auf dem Rücken, die Finger und Hände merkwürdig, beinahe klauenartig, verkrampft. Der Rest ihres Körpers war verdreht, er sah aus wie zufällig hingeworfen. Als ihr Körper auf den Boden aufgeschlagen war, hatte sie der Tod offenbar schon ereilt.

Besonders erschreckend war das Gesicht der Unbekannten. Die Augen schienen aus dem Kopf zu quellen, die Zunge hing unschön heraus, und die Hautfarbe hatte einen merkwürdigen Rotton. Auch ohne pathologische Grundkenntnisse ahnte ich, dass die arme Frau erwürgt worden war. Ihrer Kleidung nach zu urteilen, handelte es sich um eine der Putzfrauen, die regelmäßig die Kirche reinigten. Sie war kräftig gebaut, aber nicht wirklich dick, und ich schätzte ihr Alter auf Anfang vierzig.

Als ich mich zu Pastor Klein umdrehte, stand er, wohl unter Aufbietung all seiner Kraftreserven, einen Meter hinter mir und lugte mir vorsichtig über die Schulter. »Das ist Frau Wisniewska«, hauchte er. Aus seinem eben noch geröteten Gesicht war plötzlich die Farbe gewichen. Das gesamte Blut in seinem Körper schien nach unten gesackt zu sein, und bevor es den Mann von den Füßen riss, schob ich ihn mit sanfter Gewalt auf eine einfache Holzbank, die im Flur stand.

Die Erwähnung eines polnischen Namens hatte mich mehr erschreckt, als es der Anblick der Leiche getan hatte. Obgleich es in Deutschland jede Menge Putzfrauen polnischer Herkunft gab, machte mich dieser scheinbare Zufall doch außerordentlich misstrauisch. Ich weilte noch nicht einmal eine Stunde wieder auf der Erde, und schon wurde eine Landsmännin meiner jugendlichen Freunde aus dem Jenseits ermordet. So gut es ging, lagerte ich die Füße des Pastors hoch und brachte ihm ein Glas Wasser. Dann begab ich mich zum nächsten Telefon und wählte den Notruf.

Nachdem das erledigt war, trat ich noch einmal zu der Leiche und kniete mich neben sie. Vielleicht konnte sie für mich eine Botschaft übermitteln?

»Was machen Sie denn da, Herr Grothe?«

Im Türrahmen stand Pastor Klein.

»Oh, ich habe gebetet. Geht es Ihnen besser?«

»Ja, ja. Ich übernehme nun das Beten, und Sie begeben sich bitte in mein Büro, Frau Hering wird es Ihnen zeigen, und suchen die Unterlagen von Frau Wisniewska heraus. Wir müssen die Angehörigen verständigen, und die Polizei will sicherlich auch einen Blick auf die Dokumente werfen.«

Diesen meinen ersten Arbeitsauftrag erfüllte ich gern, verspürte ich doch bereits ein großes Interesse an dieser polnischen Putzfrau.

Frau Hering zeigte das herzliche Mitgefühl, das ich von ihr erwartet hatte, und begleitete mich in das große Arbeitszimmer, in dem der Pastor auch seine Besucher empfing. Es gab einen wuchtigen Schreibtisch, auf dem so moderne Geräte wie ein Computer und ein Faxgerät merkwürdig deplatziert wirkten. Eine Sitzecke mit zwei Sesseln und einem Sofa war den Besuchern vorbehalten. Jede freie Wandfläche dieses Raumes war mit Regalen bedeckt, und ich konnte mir vorstellen, dass selbst ein Besucher aus dem Vatikan sich hier interessiert umgeschaut hätte. Das Zimmer war vollgestopft mit Büchern und mit jeder Menge religiösem Nippes, meist offenbar Geschenke, die sich im Laufe der Zeit angesammelt haben mussten. Ich konnte mir vorstellen, dass Pastor Klein seine liebe Mühe hatte, hier seine gepriesene Ordnung und Übersichtlichkeit aufrechtzuerhalten.

Die Mappe mit den Bewerbungsunterlagen und Personalien von Frau Wisniewska war dennoch schnell gefunden.

»Die arme Frau. Sie hat sich in Deutschland so wohlgefühlt, hatte unsere kleine Stadt Lüdinghausen richtig liebgewonnen.«

Ich schaute Frau Hering überrascht an. »Haben Sie sie gut gekannt?«

»Ach Gott. Gut gekannt. Ich habe ab und zu einige Sätze mit ihr gewechselt. Sie hatte ganz plötzlich den Entschluss gefasst, ihr Leben zu verändern, hat ihren Job gekündigt und ist nach Deutschland gekommen. Unglaublich mutig fand ich das. Ursprünglich wollte sie nach Münster, Lüdinghausen kennt man in Polen schließlich kaum. Und dabei haben wir«, sie hob den rechten Zeigefinger, »eine Partnerschaft mit der polnischen Stadt Nysa. Aber die kennen hier auch nicht viele.«

Ich blätterte in den Papieren und sah, dass ich mit meiner Schätzung ziemlich richtiggelegen hatte, Frau Wisniewska wäre im nächsten Monat zweiundvierzig Jahre alt geworden.

»Und welchen Umständen verdankte sie ihre Ankunft in Lüdinghausen?«

Frau Hering lächelte mich an. »Dafür ist einer der ältesten Gründe der Welt verantwortlich. Sie verliebte sich unterwegs in den Busfahrer, und der lebt hier in Lüdinghausen. Sie hatte diese Putzstelle nur für die erste Zeit angenommen. Später, wenn sie ihre Deutschkenntnisse verbessert hätte, wollte sie wieder mit Kindern oder Jugendlichen arbeiten. Wissen Sie, Herr Grothe, Frau Wisniewska war in Polen in einem Waisenhaus tätig.«

Die Befragung durch die Polizei, die Ankunft des Pathologen und der Spurensicherung und auch den gemeinsamen Schnaps mit Pastor Klein in dessen Büro erlebte ich wie in Trance.

Als wir die tote Putzfrau gefunden hatten, war sie gerade mal eine knappe Stunde tot gewesen. Das bedeutete, sie war kurz vor meiner Ankunft ermordet worden. Zufall? Ich musste dringend in Erfahrung bringen, aus welchem Ort Dominik, Maria und Viktor damals nach Deutschland gekommen waren. Wie dumm, dass ich mich danach nicht erkundigt hatte! Natürlich gab es auch in Polen Hunderte von Waisenhäusern, aber mir drängte sich der unangenehme Gedanke auf, dass diese drei jungen Leute einer ehemaligen Betreuerin hinterhergereist waren. In Frau Wisniewskas Unterlagen stand, dass sie aus einer Stadt namens Legnica kam, die nahe der Grenze und nicht weit von Dresden entfernt lag. Ich nahm mir vor, als Erstes alle Waisenhäuser in der Umgebung von Legnica anzurufen und nach drei Jugendlichen zu fragen, die Ende letzten Jahres ausgerissen waren.

Ich brauchte dringend einen Computer und einen Internetzugang, und so etwas gab es bei mir im Jugendzentrum. Die Frage war nur, wie kam ich dort hinein? Ich hätte natürlich den Schlüssel aus dem Versteck kramen und wie früher ganz selbstverständlich in das Zentrum hineinspazieren können. Falls mich aber jemand dabei erwischte, käme ich in Erklärungsnot.

Ich entschied mich also für eine direkte und ehrliche Vorgehensweise. »Pastor Klein, ich würde sehr gern einiges recherchieren. Besteht hier die Möglichkeit, einen Computer mit Internetanschluss zu benutzen?«

Er schaute mich an, als hätte ich ihn nach einer Zeitmaschine gefragt. Ich hatte wohl zu schnell das Thema gewechselt. Aber nach einigen Sekunden antwortete Pastor Klein in einer Weise, die mir ein zufriedenes Gefühl in der Magengegend bescherte.

Er warf erst einen Blick auf die Uhr und sagte dann: »Nebenan im Jugendzentrum stehen solche Dinger herum. Ich wollte Sie ohnehin bitten, dort hin und wieder nach dem Rechten zu schauen. Der bisherige Leiter des Jugendzentrums ist kürzlich bei einem tragischen Unfall verstorben, und nun hat einer der älteren Jugendlichen ein wenig die Aufsicht übernommen, wobei ich die Betonung auf ›ein wenig‹ lege.« Dieser versteckten Kritik ließ er eine bedeutungsschwangere Pause folgen und fuhr dann fort: »Wenn wir es schließen, bis das Jugendamt einen Ersatz schickt, steigen uns die Jugendlichen und die Eltern aufs Kirchendach. Frau Hering soll Ihnen gleich den Schlüssel aushändigen.«

Ich bedankte mich und versprach, für Ordnung zu sorgen. Ich hatte meinen Arbeitsplatz wieder!

Es war ein unbeschreibliches Gefühl, nach dem Tode noch einmal an den Schauplatz seiner früheren Aktivitäten zurückkehren zu können. Meine Hände zitterten ein wenig, als ich den Schlüssel ins Schloss steckte, und ich schob es auf postmortale Sentimentalität.

Mein erster Blick fiel auf eine überdimensionale Todesanzeige, die breit an der Pinnwand im Eingangsbereich hing und andere Informationen zum Teil überdeckte. Es war meine eigene Anzeige, die jemand aus der Zeitung ausgeschnitten und vergrößert haben musste. Ich war gerührt. Einige Minuten lang wanderte ich durch die Räume, schnupperte den Geruch von heimlich gerauchten Zigaretten und falsch dosiertem Rasierwasser. Eine gewisse Unordnung herrschte in jedem Raum, das war nicht zu leugnen, doch es lag kein Müll herum, das Geschirr war gespült, und die Rechner waren ordnungsgemäß heruntergefahren.

Während ich meinen Computer startete, schaute ich meine alten Papiere durch. Post stapelte sich auf dem Schreibtisch, und die Versuchung war groß, diese nachzuarbeiten. Allmählich dämmerte mir, warum es zwingend notwendig war, dass wir alle Erinnerungen an unser altes Leben verloren. Es käme sonst zu einem heillosen Durcheinander. Nur in dieser speziellen Situation brauchte ich den größten Teil meiner Erinnerung, sonst konnte ich den Fall nicht lösen.

Bei Google suchte ich nach polnischen Waisenhäusern und stieß auf einige deutsche Hilfsorganisationen. Diese würden möglicherweise leichter an Informationen kommen als ich, und so verschickte ich vier Mails in der Hoffnung, dass jemand sich meiner Fragen annahm. Ich berichtete, dass unsere Gemeinde Informationen über drei polnische Ausreißer hätte, die aller Wahrscheinlichkeit nach aus einem Waisenhaus in der Nähe von Legnica kamen und von denen uns nur die Vornamen Dominik, Viktor und Maria bekannt seien.

Ich schaute auf die Uhr, es war gleich vier. Von meinem ersten Tag blieben mir nur noch der Nachmittag und der Abend. Um halb sieben gab es eine Abendandacht, für die ich einiges vorbereiten musste, ich war also verpflichtet, gegen sechs in der Kirche zu sein. Bis dahin konnte ich nicht einfach nur vor dem Computer sitzen und auf Mails warten, die aller Wahrscheinlichkeit nach erst morgen eintreffen würden.

Eine leise Sehnsucht machte sich in mir breit. Der Wunsch, eine ganz bestimmte Person zu sehen, auch wenn das nur aus der Entfernung geschehen konnte. Lisa kam um Viertel nach vier nach Hause. Ich könnte ihr heimlich folgen, während sie von der Bushaltestelle aus die wenigen Meter zu unserem Haus lief. Ich müsste allerdings einen ziemlichen Sprint hinlegen, wenn ich sie noch erwischen wollte.

Doch plötzlich vernahm ich Stimmen, und ehe ich mich sortieren konnte, standen zwei lange, schlaksige junge Männer in der Tür. Der eine hielt einen Billardstab drohend in beiden Händen. Ich kannte die beiden, natürlich kannte ich meine Jungs. Kevin hatte mein vollstes Vertrauen, und ich vermutete, dass er es war, der einen Teil der Verantwortung für dieses Zentrum übernommen hatte, bis ein Nachfolger kam. Ich muss sagen, er nahm seine Aufgabe ernst. In drohender Haltung kam er näher.

»Was zum Teufel machen Sie hier? Und wie sind Sie hier reingekommen?«

Lukas, der zweite junge Mann, stellte sich zur Verstärkung neben ihn.

Ich hob beschwichtigend die Hände. »Christian Grothe. Ich bin der neue Küster, und Pastor Klein hat mir den Schlüssel gegeben.« Vorsichtig deutete ich auf den Schlüssel neben der Tastatur des Computers.

Kevin lachte hart. »Erzählen Sie keine Geschichten. Als wenn der

Klein einen langhaarigen Bombenleger zu seinem Küster ernennen würde.«

Instinktiv gingen meine Hände zu den Haaren, und ich schimpfte mich innerlich, weil ich es bislang völlig versäumt hatte, mein neues Aussehen einmal im Spiegel zu betrachten. Wie sollte ich denn eine Person überzeugend darstellen, wenn ich keine Ahnung davon hatte, wie sie auf andere wirkte?

»Ja, er hat schon gesagt, ich sollte mir noch heute die Haare schneiden lassen. Ruf ihn an.«

Ich schätzte Kevin richtig ein. Er drückte Lukas den Billardstab in die Hand und griff nach dem Telefon auf dem Schreibtisch. Die Nummer des Pfarrhauses hing an der Wand neben einigen anderen wichtigen Nummern der Stadt. Kevins Nummer hing auch da.

»Hier ist Kevin Ludwig. Ich bin im Jugendzentrum, und hier hängt so ein Wolfgang Petry herum und behauptet, Ihr neuer Küster zu sein. Wie bitte? Gab's so wenig Bewerber, oder was?«

Ehrlich, ich hatte Spaß an dem Telefonat. Je länger es dauerte, desto tiefer senkte Lukas die provisorische Waffe.

»Ich sag es ihm. Wir warten übrigens noch auf die versprochene Spende für den neuen Fahrradständer. – Danke, das würde mich freuen. Auf Wiederhören, Pastor Klein.«

Kevin Ludwig hatte einen unausgesprochenen Vorteil, der in seiner Person lag. Er war der Sohn des hiesigen Hausarztes, und dieser wiederum zählte in der Stadt zu den Honoratioren. Natürlich besaß Lüdinghausen mehr als einen Hausarzt, aber Dr. Bernd Ludwig war eine angesehene Respektsperson, saß im Stadtrat und nannte den Bürgermeister »meinen alten Kegelbruder«. Wer etwas auf sich hielt, suchte seine Praxis auf. Ich war mir sicher, dass Kevin sich das Geld für den neuen Fahrradständer in Kürze würde abholen können. Jetzt streckte er mir die Hand hin und nannte seinen Namen. Lukas blieb stumm und nickte mir kühl zu.

Kevin ließ sich auf einer Ecke des Schreibtisches nieder. »Er sagt, Sie sollen den Rudi ein wenig vertreten.«

»Nun, das werde ich sicherlich nur bis zu einem gewissen Grad können. Aber es gibt da etwas, für das ich eure Hilfe brauche.«

»Für was?« Beide schauten sofort auf.

Das Misstrauen verwandelte sich allerdings schnell in Unglauben und Faszination, als ich ihnen von dem Mord an der Putzfrau berichtete, von dem sie ohnehin in einigen Stunden erfahren hätten. Ich fragte sie, ob in den letzten Tagen etwas Besonderes geschehen sei. »Ist euch etwas aufgefallen? Sind euch fremde Personen hier oder in der Umgebung der Kirche begegnet?«

Lukas schüttelte den Kopf, und Kevin antwortete: »Das Zentrum hatte in den letzten Tagen gar nicht geöffnet. Wir sind alle noch etwas schockiert und traurig über den schrecklichen Unfall von Rudi. Ich und ein paar andere, wir haben uns hier getroffen, ein wenig gequatscht, abgehangen, was man halt so macht. Die Kleinen haben wir aber nach Hause geschickt. Dass jetzt hier jemand spielt und herumtobt, konnten wir echt nicht haben, Mann.«

»Und jetzt ist noch jemand tot.« Es war das Erste, was Lukas heute sagte.

Eine Weile blieb ich noch im Jugendzentrum, dann ließ ich die jungen Leute allein.

Meine Pflichten als Küster hielten mich etwa eine Stunde in der Kirche beschäftigt, die vorwurfsvollen Blicke des Pastors ob meiner Haarpracht übersah ich dabei geflissentlich. Im Übrigen hatte er genug damit zu tun, mit seiner Gemeinde für die arme Frau Wisniewska zu beten. Selbstverständlich war auch die Polizei vor Ort und befragte nach dem Gottesdienst das eine oder andere Gemeindemitglied. Nach welchen Kriterien diese Personen ausgewählt worden waren, wusste ich nicht, die Gemeinde kannte ich natürlich recht gut.

Mit einem unerwartet heftigen Hunger im Leib suchte ich meine Lieblingspizzeria auf. Während ich draußen darüber nachsann, ob ich meine Calzone dort verzehren oder sie mit in meine neue Wohnung nehmen sollte, stürmten drei Jugendliche noch vor mir durch die Tür und setzten sich an einen Tisch. Zumindest zwei der Gesichter waren mir bekannt, und meine Entscheidung, in der Pizzeria zu speisen, fiel nun leicht. Vielleicht konnte das eine oder andere Gespräch der drei interessant werden.

Schon bei ihrer Bestellung stutzte ich kurz und fragte mich, warum sie so leichtfertig ihr Geld für eine Vorspeise, Pizza und Getränke ausgaben. Die Gerichte hier waren nicht billig, junge Leute suchten eher ein italienisches Bistro in der Nähe auf und nahmen ihr Essen mit, um die Getränke dann günstiger zu Hause zu trinken.

Die beiden Jungen, die ich kannte, waren Brüder, Söhne eines Rechtsanwaltes aus der Nähe. Ich hatte sie ein paarmal im Jugendzentrum getroffen, ihre Anwesenheit aber mit zunehmender Skepsis und erhöhter Aufmerksamkeit beobachtet. Der eine von ihnen hatte eine unangenehme Ausländerfeindlichkeit gezeigt und sich den Mädchen gegenüber respektlos verhalten. Dass der andere stumm danebenstand und zusah, hatte mir auch nicht gefallen. Bei derartigen Vorkommnissen befand ich mich immer in höchster Alarmbereitschaft, und es hätte nicht viel gefehlt, und die beiden Brüder hätten sich ein Hausverbot eingefangen. Nun saßen sie also am Nachbartisch zusammen mit einem dritten Jungen, den ich nicht kannte, der aber recht harmlos aussah. Ich fragte mich, wieso er in Gesellschaft dieser beiden seine Pizza aß.

Das Gespräch am Nachbartisch drehte sich um Fußballvereine und deren mehr oder weniger taugliche Trainer. Meine Calzone wurde serviert, und ich leitete diese wunderbare erste Mahlzeit nach meiner Wiederauferstehung mit einem Schluck Chianti ein. Dabei beglückwünschte ich mich zu meinem Aufenthalt als menschliches Wesen auf der Erde. Es ging doch nichts über unsere Fähigkeit, Genuss zu empfinden. Und so behaglich ich mich im Jenseits auch gefühlt hatte, erst die gut gewürzte Komposition einer Calzone-Füllung auf der Zunge führte zu einem paradiesischen Moment. Es waren diese kleinen Momente, die das Leben so liebenswert machten.

Nebenan wurde beinahe schweigend gegessen, doch schließlich wurde es doch noch interessant.

»Meine Ma hat gehört, dass jemand ermordet worden ist. Heute Vormittag hat man eine Leiche gefunden.« Der mir unbekannte dunkelhaarige Junge hatte diesen Satz unerwartet in die Runde geworfen.

»Wie jetzt? Hier bei uns in der Gegend?«

Der Junge nickte. »Es soll in der Kirche passiert sein, in St. Josef.«

Martin, einer der Brüder, lehnte sich amüsiert zurück. »Das ist doch mal ein interessanter Tatort. Wer ist denn ermordet worden?«

Der Junge bedauerte sichtlich, dass seine Geschichte hier bereits zu Ende war. »Keine Ahnung, aber ich könnte mich umhören.«

Andreas, der andere Bruder, ermunterte ihn. »Mach das. Ich häng mich noch mal an diesen Nik ran. Der hat noch nicht bezahlt.«

Mit einer fast weltmännischen Geste winkte er den Kellner herbei und zahlte für alle drei.

Da wir hier nicht in Palermo waren und Martin kein Mafiaboss, kam mir die letzte Bemerkung seltsam vor.

Als der Kellner zu meinem Tisch kam, fragte ich ihn offen nach den drei Jungen. »Können Sie mir sagen, wie dieser dunkelhaarige Junge hieß? Er kam mir so bekannt vor, aber ich komm verdammt noch mal nicht auf den Namen. Die drei sind doch öfter hier, nicht wahr?«

Er zögerte kurz und prüfte wohl die Wahrscheinlichkeit für eine pädophile Neigung bei mir.

»Das ist Axel, der Sohn von Heidi Hartmann, Sie wissen schon. Seine Mutter betreibt diesen Kiosk, den Heidi-Kiosk. Da haben Sie den bestimmt schon öfter gesehen.«

Hatte ich nicht. Ich kannte den Kiosk, und jeder Jugendliche im Umkreis von drei Kilometern mit Sicherheit auch. Aber ich war beileibe kein Kioskgänger. Mir war aber sofort klar, dass Axel mit hoher Wahrscheinlichkeit der Junge mit den aktuellsten Informationen über die Gegend war. Der Kiosk war von morgens bis abends geöffnet, hatte einen kleinen Verkaufsraum mit Zeitschriften und einem Kaffeeautomaten, und Heidi Hartmann konnte sich nicht über zu wenig gesprächsbereite Laufkundschaft beklagen. Da konnte man nur hoffen, dass Axel nicht die eine oder andere Information für seine Zwecke nutzte.

Um halb neun verließ ich das Lokal, schnupperte die Abendluft und führte aus, was mir schon seit meiner Ankunft latent im Kopf herumspukte: Ich suchte mein Zuhause auf. Es war ein Fußweg von fünfzehn Minuten, eine Strecke, die ich früher niemals zu Fuß gegangen wäre. Ich wusste, dass ich als Christian Grothe auch ein Auto besaß, einen alten Volvo, ebenso wie eine Bankkarte mit so viel Geld auf dem Konto, dass ich lässig jeden Tag zwei Stunden Taxi fahren konnte, aber im Moment interessierte mich das nicht. Ich hoffte, dass ich Lisa bei ihrem abendlichen Spaziergang mit Bifi, unserem Labrador, begegnen würde. Ich würde ein paar Sätze über den schönen Hund sagen, und vielleicht würde ich ihre Stimme hören.

Die Straße war leer, mein Haus war das dritte auf der rechten Seite, das mit den Gartenzwergen im Vorgarten. Wer mich kannte, wusste, dass ich Gartenzwerge nicht ausstehen konnte, sie aber Lisa zuliebe ertrug. Wer mich nicht kannte, durfte über die Bewohner denken, was er wollte.

Unschlüssig blieb ich stehen und starrte die Straße hinunter, in der ich schon meine Kindheit verbracht hatte.

Während des Studiums und noch einige Jahre darüber hinaus hatte ich in Münster gelebt, aber nach dem Tod meines Vaters war ich in das elterliche Haus zurückgezogen. Mittlerweile lebte auch meine Mutter nicht mehr. Das Haus hingegen hatte sich nie groß verändert. Es war robust, kantig, mit einem zeitlosen Charme. Man sah ihm an, dass es Menschen ein Zuhause gab, in welchen Krisen auch immer.

Plötzlich ging die große Haustür auf, und eine Hundeschnauze sog den Duft der Abendluft ein. In seiner gewohnt gemütlich behäbigen Art schob Bifi seinen Hundekörper hinterher. Zwei Schritte später trat eine Frau in den Dreißigern aus der Tür. Ihr rötlich braunes Haar hatte sie zu einem Pferdeschwanz zusammengebunden, er wippte fröhlich hin und her, während die Frau eher traurig dem Hund nachtrottete. Nach zehn Metern blieb sie jedoch auf einmal stehen und legte den Kopf übertrieben weit in den Nacken. Sie starrte in den Himmel und drehte sich dabei, wie es Kinder zu tun pflegen. Der Hund wartete geduldig, er war so etwas von meiner Lisa gewohnt. In vielen Dingen war sie ein Kind geblieben, aber gerade in den letzten Jahren hatte sie auch vieles für sich erreicht. Mein Tod musste sie unglaublich getroffen haben. Sie ging weiter, und auch ich musste mich unbewusst in Bewegung gesetzt haben, denn plötzlich stand sie vor mir. Ihr volles, in meinen Augen so niedliches Gesicht war nur zwei Meter von mir entfernt. Ihre leicht nach vorne gebeugte, so vertraute Haltung löste in mir den Impuls aus, sie in den Arm zu nehmen. Doch sie starrte an mir vorbei, wie man dies bei fremden Menschen nun einmal macht. Mein Labrador stutzte, dann kniff er die Rute ein und ging beinahe ängstlich an mir vorbei. Offenbar konnte er mich überhaupt nicht einschätzen, denn von hundert Leuten wurden neunzig freundlich begrüßt. Unvermittelt kicherte Lisa, und nun sah sie mich direkt an. »Das ist komisch! Sie gehen wie mein Bruder. Der hat auch immer seine Füße so seltsam nach außen gedreht. Haben Sie ihn gekannt? Er hieß Rudi Kemper.«

Meine Lisa. Meine kleine mongoloide Schwester Lisa. Sie konnte keine Bruchrechnung, aber ihr Gespür für Menschen war phänomenal.

Ich hatte das Gefühl zu krächzen, als ich erwiderte: »Mein Name ist Christian Grothe. Sie haben einen schönen Hund. Darf ich ihn streicheln?«

»Haben Sie auch einen Hund?«

»Nein.« Ich beugte mich zu Bifi hinunter und spürte die Anspannung des Tieres.

»Dann kaufen Sie sich einen. Und dann gehen wir zusammen spazieren. Das wird lustig.« Sie schaute sich um. Frau Schneider, unsere treue Haushälterin, hielt nach Lisa Ausschau, denn so selbstständig meine Schwester mit ihren zweiunddreißig Jahren auch war, sie vergaß doch häufig die Zeit. Es wurde dunkel.

»Ich muss los.« Lisa drehte sich um, und in diesem Moment schnappte Bifi nach meiner Hand und rannte dann ebenfalls davon. Dieser Hund hatte noch niemals einen Menschen gebissen. Sonst hätte ich ihn kaum für meine Schwester angeschafft.

Verwirrt ging ich zurück in eine fremde Wohnung. Ich war als Rudi Kemper definitiv tot, und nichts aus meinem alten Leben gehörte noch mir.

Christian Grothe war nicht hier, um als sentimentaler Schatten seines alten Egos herumzulaufen. Ich hatte einen Auftrag, eine himmlische Mission. Klang doch toll. Und eine unbestimmte Ahnung sagte mir, dass dieser Mord an der polnischen Putzfrau mit meinem Fall zusammenhing. Ich würde also morgen einen Kondolenzbesuch bei dem Lebensgefährten der armen Frau tätigen, als Küster der Gemeinde konnte ich das ohne Weiteres rechtfertigen.

VIER

Tief in Gedanken und mit langsamen Schritten erreichte ich die kleine Küsterwohnung. Ich steckte den Schlüssel ins Schloss. In diesem Moment wurde ein Fenster im Nachbarhaus geöffnet, und eine Dame in den Fünfzigern streckte ihren Kopf heraus.

»Hallo, nicht erschrecken! Sie haben Besuch.«

»Wie bitte?«

Sie rollte vergnügt mit ihren grünen Augen.

»Vor etwa einer halben Stunde hat so ein großer, sehr gut aussehender Mann nach Ihnen gefragt. Ich wusste ja auch nicht, wann Sie wiederkommen, aber der Mann meinte, er sei eng mit Ihnen befreundet und habe einen Schlüssel für die Wohnung. Dann ist er hineingegangen. Ist etwas nicht in Ordnung?«

Sie starrte auf mein Gesicht und hatte wohl Sorge, zu blauäugig einem fremden Mann Vertrauen geschenkt zu haben. Ich beruhigte sie und steckte den Schlüssel erneut ins Türschloss. Einer Eingebung folgend, drehte ich mich noch einmal zu meiner mir unbekannten Nachbarin um und fragte: »Hatte der Mann Flügel?«

»Er hatte einen Schlüssel«, wiederholte sie streng und schloss das Fenster.

Im Hausflur überlegte ich kurz, ob ich mich nach einer Waffe umsehen sollte, entschied mich aber dagegen. Wem hätte ich mit einem Regenschirm schon drohen sollen? Dem Erzengel Michael? Dem Fürst der Finsternis? Oder einem jugendlichen Heißsporn, der mit einem Dietrich in die Wohnung gelangt war, weil er es nicht abwarten konnte, mit mir zu reden? Räuber kündigten ihre Besuche schließlich nicht bei einer Nachbarin an.

Es war Michael. Er lag auf meinem Bett und hielt eine alte Ausgabe des »Playboy« in den Händen.

Als ich den Raum betrat, setzte er sich aufrecht hin. »Die war unter dem Bett festgeklebt. Hast du das gewusst?«

»Natürlich nicht. Ziemt sich eine solche Lektüre für Engel?«

»Ihr Menschen seid so verklemmt, das ist unglaublich. Die Geschichte mit Adam und Eva, die habt ihr nach so vielen Jahren noch immer nicht verstanden. Stimmt doch, oder?«

»Du meinst die Sache mit der Verführung und der anschließenden Vertreibung aus dem Paradies und die Erbsünde?« Ich setzte mich auf einen Stuhl und zog mir die engen Schuhe aus. Das Schmerzempfinden unterschied den lebendigen Menschen doch erheblich von einem Toten.

»Erbsünde? Für wie ungerecht hältst du unseren Schöpfer? Die Menschen haben sich nicht an Seine Anweisungen gehalten, na gut. Sie waren neugierig und sind es noch. Sie haben ihren freien Geist demonstriert, ihren eigenen Willen. Glaubst du, dafür gibt es eine ewige Strafe? Es ist doch eher so, dass Gott diesen freien Willen akzeptiert hat. Aber, mein Freund, zur Freiheit gehört auch Verantwortung. Du kannst nicht machen, was du willst, und erwarten, dass Gott immer hinter dir aufräumt.«

»Aha«, war mein überaus kluger Kommentar, und mehr wurde im Moment wohl auch nicht erwartet, denn Michael fuhr fort.

»Der viel beklagte Geburtsschmerz ist doch keine Strafe für alle Frauen, weil Eva den Adam verführt hat. Eine Geburt ist und bleibt eine anatomische Glanzleistung. Und wenn das Baby schließlich da ist, ist jede Mutter doppelt stolz, weil es ihr eben nicht einfach zugeworfen wurde. Viele glauben doch auch, wenn sie Muskelkater bekommen, hätten sie besonders erfolgreich Sport getrieben. Zur Körperlichkeit gehören eben sowohl Schmerz als auch Wohlbefinden.«

Er schnalzte mit der Zunge und schüttelte den Kopf. »Aber warum die Menschen genau die eine Sache, die optimales Wohlbefinden erzeugen kann, so kompliziert gemacht und in die Abgründe menschlicher Verfehlungen verbannt haben, ist mir ein Rätsel.« Er schaute auf die Zeitschrift in seinen Händen und warf sie dann neben sich auf das Bett. »Ich bin davon überzeugt, dass ihr Luzifer die meisten Ideen für seine üblen Pläne selbst liefert. Verzeih mir, aber in den Menschen hat er die optimalen Verbündeten gefunden. Er braucht nur mit Reichtum oder Befriedigung der Eitelkeit zu locken, und die meisten küssen ihm die Hörner.«

»Hat er wirklich Hörner?«

Michael lachte, und ich stützte meinen Kopf in beide Hände. Ich war total erledigt.

»Natürlich nicht. Luzifer hatte früher rotblonde lockige Haare und ein fein geschnittenes Gesicht mit ausdrucksstarken Lippen. Soweit ich weiß, sind die Haare erheblich dunkler geworden, und die einst blauen Augen wirken steingrau. Luzifer war nie so muskulös wie ich. – Das ist keiner«, setzte er mit einem Augenzwinkern hinzu.

»Klingt eitel.«

»Aber es stimmt. Luzifer galt als der schönste Engel Gottes mit seinem wunderbaren, geschmeidigen Körper, den er jetzt offensichtlich für die Verführung der Menschen einsetzt. Ich habe ihn schon lange nicht mehr gesehen.«

Ich schaute Michael forschend ins Gesicht. Er war mir nach der kurzen Zeit schon so vertraut, so nah wie ein guter Freund.

»Du sprichst von Luzifer wie von einer schönen Frau.«

»Aber Christian, Luzifer ist eine Frau! Sie ist ein weiblicher Engel.«

Ich starrte ihn an und hatte wieder Al Pacino vor Augen. Seine Darstellung des Satans in dem Film »Im Auftrag des Teufels« fand ich immer die perfekte Besetzung für Luzifer.

»Warum sprichst du dann immer von ›er‹, wenn du mir von Luzifer erzählst? Wie soll man sich als Mensch denn da noch zurechtfinden?«

Er verdrehte die Augen gen Himmel, wie ich es sonst nur von dreizehnjährigen Mädchen kannte. »Der Engel, also er. Ihr sprecht doch auch von dem Hund, der noch gefüttert werden muss, auch wenn es um eine Hündin geht. Lassen wir also die Wortspielchen.«

Er sah in das Gesicht eines Mannes, dessen Kinderglaube gerade einen nicht unerheblichen Knacks bekommen hatte.

»Christian, glaubst du denn auch, die schon so viele Jahrhunderte alte Ansicht, Frauen müssten geführt und geleitet werden, hätten keine Rechte und wären minderwertiger, rühre von dem einen Apfel her, den Eva ihren Adam angepriesen hat? Gerade in den Religionen kommen die Frauen doch stets schlecht weg, oder? Dies beruht auf dem zutiefst archaischen Wissen, dass der gefallene Engel und die Verkörperung des Bösen ein weibliches Wesen ist.«

»Meinst du?«

Er lächelte nachgiebig. »Ich weiß es. Ich war von Anfang an dabei.« Dann stand er auf, setzte sich aber sofort wieder auf die Bettkante. Für dieses Zimmer war er einfach zu raumgreifend. »Was hast du bislang herausgefunden?«

»Dass der Pastor keine langhaarigen Küster mag.«

Dann erzählte ich ihm von dem Mord an der polnischen Putzfrau und meiner Vermutung, dass sie die drei Jugendlichen von ihrer Tätigkeit im Waisenhaus gekannt hatte, und ich berichtete ihm von meiner Kontaktaufnahme zu den jungen Leuten im Jugendzentrum. Schlussendlich beschrieb ich ihm die drei jungen Männer aus der Pizzeria, die mir so dubios erschienen waren.

Michael hörte aufmerksam zu und nickte anerkennend. Er dachte laut nach: »Vielleicht sollten Raoul und Jonas mal den Namen der Putzfrau vor unseren jungen Freunden erwähnen und schauen, wie sie reagieren.«

Ich nahm all meinen Mut zusammen und fragte ihn: »Michael, weißt du, wer die Putzfrau ermordet hat?«

Er schaute mich mit glühenden Augen ernst an. Ich wäre zurückgewichen, hätte ich nicht bereits eine Wand hinter mir gespürt.

»So funktioniert das nicht. Wir dürfen uns auf der Erde nicht einmischen. Du lieferst mir Informationen, aber umgekehrt geschieht dies nur auf Anweisung von ganz oben, verstehst du?«

Er lächelte entschuldigend. »Ich habe auf der Erde keine Handlungsbefugnis. Du musst hier also allein klarkommen. Warum wohl, glaubst du denn, hätten wir sonst unbedingt einen Menschen gebraucht? Die Erde ist nun mal euer Spielplatz. Gott persönlich hielt sich an seine eigenen Spielregeln, als er seinen Sohn als Mensch schickte, um etwas zu verändern. Er hätte ja auch einen allmächtigen Engel schicken können.«

Ich hatte verstanden. Der Mensch muss durch sich selbst zum Ziel kommen. Nicht einmal Luzifer zwang die Menschen dazu, seine Handlanger zu werden. Er lockte nur, aber der Rest geschah freiwillig. Pardon – sie lockte!

FÜNF

Am nächsten Morgen war der Teufel los. Nur sprichwörtlich, gesehen hatte ich Luzifer noch nicht.

Um halb sechs Uhr schellte es an meiner Wohnungstür. Erst zehn Minuten später war ich in der Lage zu öffnen. Diese Zeit hatte ich für eine innere und äußerliche Orientierung benötigt. Der geduldige Besuch saß auf den Treppenstufen, den Kopf zwischen den Händen, zusammengekauert und frierend. Eine Hundeschnauze stupste mich an, bevor sie ein kurzes Bellen von sich gab.

»Du meine Güte, was machen Sie denn hier?« Statt mich zu echauffieren, hätte ich die Frau auf der Treppenstufe lieber in den Arm genommen. Meine Schwester Lisa schaute mich mit großen Augen an. »Das weiß ich auch nicht so genau. Aber im Traum hat mir jemand gesagt, ich müsse dringend loslaufen. Bifi hat mich dann wohl hierhergezogen. Nennt man das Schlafwandeln?« Sie kicherte und entschuldigte sich dann für die frühe Störung. »Ich kenne mich hier aus. Da drüben ist das Jugendzentrum von meinem Bruder. Manchmal durfte ich mit.« Während sie mir ausführlich von den Nachmittagen im Jugendzentrum erzählte, die ich organisiert hatte, schob ich sie in die Wohnung, wickelte ihr eine dicke Decke um den weichen Körper und machte einen warmen Kakao. Ein Blick auf die Uhr sagte mir, dass unsere Haushälterin sich bald für einen Bürgerkrieg wappnen würde, wenn sie Lisa nicht in ihrem Bett vorfand.

Und ich würde ihr erstes Opfer werden, falls ich, ein wildfremder Mann, anrief und ihr erzählte, dass Lisa in meiner Küche gerade einen Kakao trank und außer einem Jogginganzug (Lisa schlief seit einer Ferienfreizeit in diesen Dingern) und Hausschuhen nur noch den Hund dabeihatte. Ich drückte Lisa also das Telefon in die Hand und bat sie, ihre Angehörigen zu beruhigen. Ich war mir sicher, dass Frau Schneider umgehend hier auftauchen würde. Vielleicht stand in wenigen Minuten auch ein Streifenwagen vor meiner Tür, je nachdem, wie harmlos Lisa die Geschichte am Telefon darstellen konnte.

Mein Kaffee lief durch die Maschine, und ich hörte Lisa in ihrer bezaubernden Art sagen: »Der Christian kann mich doch nach Hause fahren. Der ist ein bisschen wie der Rudi, und Bifi mag ihn jetzt auch. Gestern hat er ihn noch in die Hand gebissen.« Pause. »Beim Spaziergang. Der Christian sucht auch einen Hund, weißt du?« Sie hörte wieder kurz zu und sagte dann: »Der hat so lange Haare und einen viel zu kleinen Bademantel an.«

Ich stöhnte. Nach diesen Ausführungen hätte selbst ich die Polizei gerufen. Ich griff nun nach dem Hörer und erläuterte die Situation, wobei ich als Erstes erwähnte, dass ich der neue Küster von Pastor Klein war, und an zweiter Stelle die Frage stellte, ob ich Lisa ins Pfarrhaus bringen sollte. Das musste den Eindruck einfach aufbessern. Eine Viertelstunde später stand Frau Magdalene Schneider, die ich seit sieben Jahren nur zu gut kannte, vor der Tür meiner Wohnung.

Ich hatte Zeit genug gehabt, mich anzuziehen und mir einige Gedanken zu den neuesten Ereignissen zu machen. Ich konnte es mir in meiner Situation kaum leisten, den Teufel zu ignorieren. Ich war mir vielmehr sicher, dass er oder sie auf Erden gerade höchst aktiv war.

Luzifer war mein Gegner, und auch sie schien mich so zu sehen. Sie hatte mich offenbar soeben begrüßt, denn der etwas wirr anmutende Bericht meiner Schwester, ihr sei im Traum eine Frau erschienen, die ihr versprochen habe, sie würde ihren Bruder an der Kirche treffen, erschien mir nicht bloß wie der überspannte Wunsch nach einer spontanen Nachtwanderung. Lisa war verführt und geführt worden. Und die teuflische Botschaft, dass meine süße kleine behinderte Schwester bei einer derartigen Aktion auch schnell mal in Gefahr geraten könnte, hatte ich verstanden.

Lisa musste dringend weg von hier. Wenn dunkle Mächte ihr Unwesen trieben, fielen mir nur bestimmte Orte ein, die den größtmöglichen Schutz boten: geweihte Erde, Klostermauern, Kathedralen!

Aber auf welche Weise sollte ich Magdalene Schneider zu einem Kurzurlaub in einem Kloster überreden? Völlig unbeabsichtigt kam mir Frau Schneider zu Hilfe. »Ich muss mich bei Ihnen entschuldigen, Herr Grothe. Lisa hat Sie wahrscheinlich mitten aus dem Schlaf geholt. Sie macht gerade die schlimmste Zeit ihres Lebens durch.«

Frau Schneider erzählte mir von Lisas tragischem Verlust des Bruders, der ihre wichtigste Bezugsperson dargestellt habe, und sie berichtete, dass Lisa seither unter Schlafstörungen litt, sich weigere, zur Arbeit zu gehen, und nur noch mit ihrem Labrador Bifi herumhinge. »Ich war richtig verwundert, als sie vorhin am Telefon beinahe fröhlich und unbeschwert klang. Ihr schien dieser Ausflug auch noch Vergnügen gemacht zu haben.« Frau Schneider sah mich aus rot geränderten Augen an: »Lisa macht solche Dinge sonst nicht. Sie ist ein durchaus selbstständiger Mensch. Wir alle haben immer Wert darauf gelegt, dass sie bestmöglich gefördert wird und ...«

»Das glaube ich Ihnen sofort.«

»Behinderte sind nicht immer dumm und unselbstständig, Herr Grothe. Die Lisa hat das hier nicht getan, weil sie es nicht besser weiß, das müssen Sie nicht denken.«

»Aber nein, das denke ich auch gar nicht. Sie ist schlafgewandelt, nicht wahr? Und mich hat sie kurz vor dem Einschlafen kennengelernt. Das Unterbewusstsein spielt uns schon merkwürdige Streiche.«

Frau Schneider starrte mich mit offenem Mund an. »Ich dachte, sie wollte zum Jugendzentrum und ihren Bruder suchen?«

Ich zuckte mit den Schultern. »Wie auch immer.«

Ich hatte einen Kloß im Hals. Ich musste Lisa schützen.

»Frau Schneider, was halten Sie davon, wenn ich für Sie beide einen kleinen Urlaub organisiere, damit Lisa Abstand von den Ereignissen der letzten Woche bekommt und auch Sie ein wenig zur Ruhe kommen? Ich kenne ein nettes Kloster, in dem Gäste herzlich willkommen sind. Sie werden sich fühlen wie in einem Hotel.«

Ich hatte in der Tat schon einmal einen mehrtägigen Aufenthalt in diesem Kloster gebucht und war mit einer Gruppe Jugendlicher während der Osterzeit dorthin gefahren. Lisa kannte es ebenfalls und war entzückt gewesen von den gut angelegten Gemüsegärten und Blumenbeeten. Denn mit Gärten kannte sie sich ausgesprochen gut aus. Das Kloster war ein Benediktinerstift, es gab dort sehr schöne, mit alten Möbeln eingerichtete und stimmungsvoll gestaltete Zimmer.

Ich beugte mich zu Frau Schneider hinüber, damit Lisa, die vor dem Fernseher saß, mich auf gar keinen Fall hören konnte, und teilte ihr mit: »Hier ist nun auch noch ein Mord geschehen, und es bahnt sich ein ziemliches Theater in der Gemeinde an. Glauben Sie mir, es wäre besser für Lisa, wenn Sie noch heute aufbrechen. Darf ich dort anrufen und zwei Zimmer für Sie bestellen?«

»Kann ich morgen wiederkommen, Christian?«, rief Lisa aus dem Nachbarzimmer zu uns herüber und gab mit ihrer kindlichen Vertraulichkeit den letzten Anstoß.

Magdalene Schneider nickte kurz und ging zu ihr: »Hättest du Freude daran, mit mir ein paar Tage zu verreisen, Lisa-Schatz?«

»Darf Bifi denn mitkommen?«

Ich beeilte mich, darauf zu reagieren. »Oh, Bifi kann bei mir bleiben. Dann kann ich mal probieren, ob ich mit einem Hund auch klarkomme. Würden Sie ihn mir für die paar Tage leihen, Lisa?«

Sie schaute mich skeptisch an. »Gehen Sie denn auch mit ihm nach draußen?« Dann sah sie sich in meiner Wohnung um. »Und Sie brauchen eine Matte, damit Bifi weiß, wo er sich hinlegen kann.«

Der Hund wedelte mit dem Schwanz, als stimmte er ihr zu, und Lisa fügte leise hinzu: »Ich glaube, Sie erinnern Bifi auch an Rudi, an meinen toten Bruder.« Dann lachte sie. »Aber ähnlich sehen Sie ihm nicht. Meine Güte, so lang hätte der die Haare bei uns nicht tragen dürfen, nicht wahr, Lene?«

Nun hatte ich also einen alten Volvo, eine Wohnung und einen Hund. Jeder Geheimagent wäre auf diese harmlos anmutende Tarnung als braver Bürger neidisch gewesen. Pastor Klein nahm dennoch Anstoß und ließ noch vor dem morgendlichen Gruß verlauten: »Ihre Pflichten werden heute nicht so umfangreich sein, dass Sie nicht ein wenig Zeit für einen Besuch beim Frisör erübrigen könnten, Herr Grothe.«

»Ich bin untröstlich über Ihren Unmut, Herr Pastor, doch darf ich darauf verweisen, dass die meisten Jünger Jesu ihr Haar etwas länger trugen. Außerdem gelten lange Haare bei erstaunlich vielen Völkern als Ausdruck friedlicher Gesinnung. Seien Sie versichert, Pastor Klein, die Länge meiner Haare steht in keinerlei Relation zur Intensität meiner christlichen Gesinnung. Daher würde ich dieses Thema gern aus unserem Arbeitsalltag heraushalten.«

Ich bekam meine sanfte Gegenwehr flüssig und fröhlich aus meinem Munde, und Pastor Klein starrte mein lächelndes Gesicht erstaunt an. Dann räusperte er sich umständlich und erklärte noch umständlicher, dass seine Gemeinde diesbezüglich schnell zu Vorurteilen neige und er mir lediglich den Einstieg in ebendiese Gemeinde habe erleichtern wollen. Danke schön. Bei den Jugendlichen würde ich es so sicherlich leichter haben.

Bei Hubert Schweig hatte ich es im ersten Moment unseres Kennenlernens tatsächlich schwer, schlug er doch sofort die Tür wieder zu und schimpfte ungehalten über die Presse und ihre unsensible Art, einen persönlich zu bedrängen.

Das Haus, in dem er wohnte, konnte gut und gern schon das Haus seiner Großeltern gewesen sein. Es war alt und solide gebaut, aber nicht besonders schön. Jemand hatte sich bemüht, die Fassade durch Blumenarrangements und saubere Fenster aufzuwerten.

Hubert Schweig war der Lebensgefährte unserer toten Putzfrau gewesen, er hatte sicherlich ein Recht darauf, ungehalten auf Besuch zu reagieren, der seine Trauer eher verstärkte denn Trost spendete.

»Herr Schweig, ich bin Christian Grothe, der neue Küster der Kirchengemeinde, und wollte Ihnen nur ein paar persönliche Sachen von Frau Wisniewska bringen.«

Natürlich ging die Tür sofort wieder auf, und ein edlerer Teil meines Charakters fühlte sich wie ein billig tricksender Boulevardjournalist. Ich hatte aus dem Spind von Frau Wisniewska einige Dinge eingesammelt, von denen ich annahm, sie wären für die polizeilichen Ermittlungen ohne Relevanz, und ging damit nun hausieren. Ich überreichte Herrn Schweig einen bunten Seidenschal, zwei Stofftaschentücher und ein Parfümfläschchen. Meine Beileidsbekundungen nahm er mit einem Nicken zur Kenntnis.

»Herr Schweig, haben Sie irgendeine Idee, warum man Ihre Lebensgefährtin ermordet haben könnte? Hat sie etwas aus der Arbeit erzählt? Hatte sie Angst?«

Herr Schweig starrte vor sich hin, und ich hoffte, dass er seinen Nachnamen nicht allzu wörtlich nahm. Verstohlen sah ich mich im Flur um, und mein Blick fiel auf ein großes, reich verziertes Holzkreuz mit der Jesusfigur. Ich wäre jede Wette eingegangen, dass dieses Kreuz mit Frau Wisniewska seinen Weg aus Polen hierhergefunden hatte.

Ein Räuspern ließ mich auf eine Antwort hoffen. »Olga war sehr fromm, müssen Sie wissen, und zwar auf eine eher antiquiert wirkende Art und Weise.«

Meine Augenbrauen wanderten nach oben bis zum Haaransatz.

Herr Schweig sprach weiter: »Evolution hin oder her, sie glaubte an die Schöpfung, an die Schlange bei Adam und Eva als Verkörperung des Bösen und an Engel und Heilige.«

Ich fand das in höchstem Maße aktuell, schwieg aber dazu.

»Olga hat etwa alle zwei Wochen das Jugendzentrum sauber gemacht.«

Ich konnte mich an dieses Abkommen mit Pastor Klein erinnern, hatte aber niemals eine der Putzfrauen persönlich angetroffen. Sie kamen immer erst sehr spät am Abend.

Herr Schweig starrte auf das Kreuz und schien sich zu sammeln, bevor er weitersprach: »Olga putzte nicht gern an diesem Ort. Sie sagte immer, dort spüre sie das Böse.«

»Was hat sie denn damit gemeint?«

»Ich habe keine Ahnung, aber eins weiß ich: Wenn Olga in den Räumen des Jugendzentrums eine Schlange gesehen hätte, wäre sie niemals auf die Idee gekommen, jemanden vom Tierpark oder die Feuerwehr zu rufen. Sie hätte einen Teufelsaustreiber gesucht!«

Jetzt starrte ich ihn stumm an. Das passte alles zu meinen jüngsten Erfahrungen, aber es traf mich unerwartet und von hinten, dass Satan sich ausgerechnet mein Jugendzentrum als Ort der Begegnung mit den Menschen ausgesucht zu haben schien.

Herr Schweig hatte noch mehr Munition auf Lager.

»Olga glaubte auch nicht an einen Unfall, als vor circa zehn Tagen der Leiter des Zentrums auf so schreckliche Weise ums Leben kam. Sie war ganz aufgelöst und wollte, dass ein böser Geist aus dem Gebäude ausgetrieben würde.«

»Hat sie denn in dieser Richtung etwas unternommen?«, fragte ich erstaunt, erhielt aber nur ein Achselzucken, gefolgt von einem Kopfschütteln. Er wusste es also nicht.

Eine einzelne Träne lief ihm über die glatt rasierte Wange, und er tat mir plötzlich unendlich leid. Ich hatte wichtige Informationen von ihm erhalten und war nun fest davon überzeugt, dass Frau Wisniewska ein zu gutes Gespür gehabt hatte und durch ihre spirituellen, oder besser gesagt religiösen Aktivitäten jemanden empfindlich gestört hatte.

Warum hatte ich eigentlich nichts davon bemerkt? Verdammt, vor zehn Tagen war ich noch munter als Rudi Kemper durch das Jugendzentrum gelaufen, ohne im Geringsten etwas von dem mitzubekommen, was einer einfachen polnischen Putzfrau schlaflose Nächte bereitete.

Ich zuckte zusammen, als Herr Schweig plötzlich nach meinem Arm griff. Seine Hand war so kalt, dass ich es durch den Stoff meines Hemdes spürte.

»Könnten Sie etwas für mich tun?«, fragte er. »Es ist sehr dringend, und ich muss mich auf Sie verlassen können.«

Angesichts einer solchen Einleitung wurde ich misstrauisch, doch wie sich herausstellte, sollte ich lediglich ein großes Paket zur Post bringen.

»Es muss noch heute verschickt werden, aber ich kann das Haus einfach noch nicht verlassen. Verstehen Sie das?«

Natürlich konnte ich einem Trauernden eine solche Bitte nicht abschlagen. Er gab mir großzügig Geld mit und hatte es dann eilig, die Tür hinter mir zu schließen. Das Wechselgeld war für den Klingelbeutel, den Paketschein sollte ich aufbewahren. Er werde ihn sich beizeiten holen. Das Paket war sperrig und schwer, und ich fragte mich, ob mein Vorgänger solche Aufträge wohl ebenfalls angenommen hatte. Als die Postangestellte den Preis nannte, schreckte ich auf. Ich musste noch sieben Euro aufzahlen. Was um alles in der Welt schickte Herr Schweig nach Puerto Rico?

Plötzlich konnte ich nicht schnell genug in mein Zentrum gelangen. Es war zehn Uhr morgens, und außer einem Kaffee mit Magdalene Schneider hatte ich noch kein nennenswertes Frühstück zu mir genommen. Um halb drei Uhr musste ich Lisa und Frau Schneider zum Bahnhof fahren, eine Fahrt, die mich allerdings mehr beruhigen denn stören würde.

Als ich Pastor Klein Bescheid sagte, jammerte dieser über die erneute Anwesenheit der Polizei in seiner Sakristei. Er selbst hatte für diesen Tag ungewöhnlich viele Hausbesuche eingeplant. Die Aktivität eines Menschen ließ sich eben nicht nur durch positive Verstärkung steigern.

Im Jugendzentrum waren um diese Zeit natürlich noch keine Besucher. Es war zu hoffen, dass sich die jungen Leute in der Schule oder an ihrem Lehrbetrieb befanden.

Ich kochte mir eine Tasse Kaffee und nahm eine Handvoll Kekse aus der mir gut bekannten Dose im Vorratsschrank. Während der Rechner hochfuhr und ich den Schokoladengeschmack auf der Zunge genoss, kam mir die absurde Frage, ob Luzifer wohl dieses menschliche Genussempfinden besaß. Trank er gern ein gutes Glas Rotwein? Kannte er dieses unglaublich befriedigende Gefühl, wenn man in eine prall gefüllte Gyrostasche mit Tsatsiki biss? In amerikanischen Filmen wurde der Teufel meistens als sexsüchtig dargestellt.

Ich betitelte Luzifer in Gedanken nach wie vor männlich, das kam mir irgendwie weniger bedrohlich vor. Bei der Erzählung meiner Schwester Lisa, ihr sei im Traum eine wunderschöne Frau erschienen, hatte mich der blanke Horror erfasst.

Ich öffnete das E-Mail-Verzeichnis in meinem – Rudis – Ordner und lud neue Nachrichten herunter.

Und dann starrte ich minutenlang auf den Bildschirm. Was zum Teufel war das?

In meinem stets überfüllten Ordner der Posteingänge gab es nur noch eine einzige Nachricht. Die Rubrik »Gesendete Objekte« zeigte eine weiße Seite, dabei hatte ich noch gestern etwas versandt und in den Wochen vor meinem Tod natürlich auch. Mein persönliches Adressbuch zeigte die gleiche Leere, der gesamte Ordner präsentierte sich jungfräulich. Bis auf diese eine E-Mail im Posteingang, die so bedrohlich aussah wie ein blinkender Zeitzünder an einer Bombe.

Ich bin mir sicher, neunundneunzig Prozent aller User hätten diese Mail trotzdem geöffnet, schon deshalb, weil sie hofften, eine Erklärung für den Verlust ihrer sämtlichen E-Mails zu erhalten. Und das eine Prozent der Benutzer hätte die Mail nur deshalb nicht gelesen, weil es sie aufgrund eines Benutzerfehlers gelöscht hätte. Ich konnte mir also nichts vorwerfen, diese Botschaft sollte mich erreichen.

Ja, ich schaute sie mir sogar vier Mal an, bis ich jedes einzelne schreckliche Detail genau aufgenommen hatte. Denn es handelte sich um eine Art Videoclip, der startete, sobald man die Mail öffnete.

Ein Audi fuhr zügig auf einen Bahnübergang zu. Die Ampel davor zeigte rot, doch die Schranken standen hoch aufgerichtet, als habe man dennoch freie Fahrt. Der Zuschauer sah den kommenden Zug, der Fahrer des Wagens nicht. Es war ein grausiger Anblick. Auf der Mitte der Gleise wurde der Wagen von der gewaltigen Kraft der Lokomotive erfasst und mitgerissen. Im Inneren des Fahrzeuges, gut zu erkennen, schleuderte der Fahrer zur Seite, Glassplitter regneten auf seinen Körper, bohrten sich in die Kleidung. Der Audi wurde zerquetscht wie ein leerer Tetrapak.

Es war mein Audi, der da zerquetscht wurde.

Aufgrund eines technischen Defektes hatte sich die Schranke des Bahnübergangs nicht geschlossen. Die Sonne stand schon recht tief, und daher hatte ich das warnende Rot der Ampel nicht genau gesehen. Die Schranken standen offen, also bretterte ich über die Schienen und wurde von einem Güterzug erfasst. Ich war nicht sofort tot, sondern starb in den folgenden Sekunden. Ich erinnerte mich noch genau daran. Erst kam der enorme Schlag in die Seite, gefolgt von einem grausigen, knirschenden Geräusch, das mir die Ohren aufzuschlitzen schien, bevor es sich den Körper vornahm. Es wurde eng um mich. Überall schob sich Metall auf mich zu, bedrängte mich. Glassplitter bohrten sich in meinen Körper.

Ich sah, wie der Zug mich und mein Auto auf die Hörner nahm und uns in rasender Geschwindigkeit vor sich herschob. Kein Auto konnte dem lange standhalten, mein Audi konnte es gerade mal zwanzig Sekunden. Er wurde zusammengeknautscht wie ein alter Einkaufszettel, und nur die Reifen deuteten noch auf die ursprüngliche Funktion dieses Metallhaufens hin. Mein Tod setzte ein, als mir der Brustkorb zerquetscht wurde. Kurze Zeit später brach auch noch mein Genick.

Als man mich in der Erde versenkte, war mein Grab die reinste Umweltverschmutzung, so viel Metall und Blech befand sich noch in meinem Körper. Und nun saß ich hier und musste mir meinen eigenen Tod ansehen. Nach dem vierten Abspulen dieses kurzen Films erbrach ich auf der Personaltoilette eine Tasse Kaffee und vier unverdaute Schokoladenkekse.

Hinter dem Löschen meiner E-Mails hätte ich sonst wohl einen ungeschickten Jugendlichen vermutet, aber so wie die Dinge lagen, gab es keinen Zweifel. Luzifer oder einer seiner Handlanger trieb das Spiel voran.

Nach dem ersten Schock kam die Wut. Als ob man mich auf diese Weise daran hindern könnte, an die Informationen zu kommen, die ich haben wollte! Ich ging ins Internet und besorgte mir einige

Telefonnummern. Dann suchte ich mein bestes Schulenglisch zusammen und machte mich telefonisch auf eine Reise durch Polen.

Ich brauchte fünfundvierzig Minuten, um herauszufinden, dass tatsächlich eine gewisse Olga Wisniewska bis vor drei Jahren in einem Waisenhaus in Legnica gearbeitet hatte und dass aus ebendiesem Waisenhaus vor etwa einem Jahr drei junge Leute weggelaufen waren, die seitdem als verschollen galten. Die Beziehung zwischen Frau Wisniewska und den drei Teenagern konnte ich in den Gesprächen nicht klären. Hier setzte mir die sprachliche Barriere eine Grenze, die ich akzeptieren musste. Aber ich ahnte, dass es zwischen Maria, Viktor und Dominik und unserer Putzfrau eine wichtige Verbindung gegeben haben musste. Nicht umsonst waren die Teenager ihrer einstigen Betreuerin nach Lüdinghausen nachgereist, zwei Jahre, nachdem diese dem Heim und ihrem Heimatland den Rücken gekehrt hatte. Warum?

Nachdem ich nun schon einmal am Telefon saß, suchte ich mir aus dem Telefonbuch die Nummer von Olgas Lebensgefährten heraus und nahm es in Kauf, ihn zum zweiten Male an diesem Tag in seiner Trauer zu stören. Er klang so, wie ich es befürchtet hatte: gequält, müde und reizbar.

»Ich bedauere sehr, dass ich Sie erneut um Informationen bitte, aber ich bin davon überzeugt, der Mord an Ihrer Lebensgefährtin hat etwas mit Frau Wisniewskas früherer Tätigkeit in einem Waisenhaus zu tun. Vor über einem Jahr sind ihr drei Waisenkinder aus dem Heim nach Deutschland gefolgt, seitdem sind sie alle drei verschwunden. Ihre Spur verliert sich in Lüdinghausen.«

»Was reden Sie denn da?«

Ich holte ein wenig aus und erzählte ihm von dem harmlosen Einbruch im Jugendzentrum. »Das war in der Silvesternacht. Hat Ihre Freundin zu dieser Zeit etwas erwähnt? Hat sie diese Kinder vielleicht getroffen?«

Er schnaubte. »Sie glauben doch nicht, Olga hätte sich mit ihren ehemaligen Schutzbefohlenen getroffen und so etwas nicht den zuständigen Stellen gemeldet? Kann schon sein, dass diese jungen Leute hierhergereist sind, weil sie sich Hilfe oder noch wahrscheinlicher Geld von Olga erhofften, aber entweder haben sie es sich anders überlegt, oder sie sind abgehauen, weil Olga sie den Behörden melden wollte.«

Ich beeilte mich, die Wogen zu glätten, und versicherte ihm, dass ich vollständig von Olgas Rechtschaffenheit überzeugt sei. »Hat sie denn niemals von ihrer Arbeit im Waisenhaus erzählt? Ich meine, das ist doch ein Beruf, der auf die eine oder andere Art prägt. Da erzählt man schon mal etwas, oder?«

»Nein. Ja. Natürlich haben wir mal über das eine oder andere gesprochen. Das beschäftigte sie schon noch sehr, als ich sie kennenlernte. Aber sie war weggegangen, um mit alldem abzuschließen. Was sie erzählt hat, klang entweder desillusioniert oder idealisiert. Ich glaubte, ihr Urteilsvermögen sei verschoben, jetzt, wo sie in Deutschland war. Sie sprach von gegenseitiger positiver Verstärkung unter echten Freunden. Im Gegensatz dazu erwähnte Olga aber auch Verbindungen, in denen sich Menschen gegenseitig negativ verstärkten. Am Ende besäßen sie keinerlei Unrechtsbewusstsein mehr, sondern würden nur noch an sich selbst denken und gemeinsam Böses hervorbringen.«

Er machte eine Denkpause, und ich hörte ihn ausatmen. »Solche Überlegungen stellte sie an, und es stimmt schon, sie schien dabei an jemand Bestimmten zu denken. Olga hatte selbst keine Kinder, aber sie beobachtete oft die Kinder in der Nachbarschaft. Einmal hatten wir eine Diskussion darüber, ob es möglich sei, dass ein Kind von Geburt an böse sei, oder ob es sich erst aufgrund seiner Lebenserfahrungen zu einem bösen Menschen entwickelte.«

Ich hörte ihn schlucken und verstohlen in ein Taschentuch schnäuzen und war froh, dem trauernden Mann nicht gegenüberzusitzen.

»Zu welchem Ergebnis sind Sie denn gekommen, wenn ich fragen darf?«

»Olga vertrat die Ansicht, dass ein guter Mensch, auch wenn er sich mal zu der einen oder anderen Dummheit verleiten lässt, immer zu seinen Wurzeln zurückfindet und im entscheidenden Moment eben nicht wirklich böse handeln kann.«

Ich fragte mich, wie Olga Wisniewska unsere drei polnischen Ausreißer beurteilt hatte. Verstärkte sich das Böse in jedem einzelnen von ihnen, wenn sie gemeinsam handelten?

Je mehr ich über die tote Putzfrau erfuhr, desto deutlicher sah ich sie vor mir und desto sympathischer wurde sie mir. Ich bekam den Eindruck, dass ich eine wichtige Verbündete verloren hatte. Olga

Wisniewska schien eine tiefsinnige Frau gewesen zu sein. Spontan entschied ich, zur Polizei zu gehen, um deren Aufmerksamkeit auf die polnische Vergangenheit des Mordopfers zu lenken.

Für Pastor Klein musste ich einige Dinge besorgen, meinen persönlichen Einsatz benötigte er aber erst zu einem Sechs-Wochen-Seelenamt um achtzehn Uhr in der Kirche. Eigentlich schade, dass ich nur einige Tage in dieser neuen Rolle bleiben konnte. In etwas mehr als vier Wochen hätte ich sonst mein eigenes Seelenamt gestalten können.

Ein Unbehagen in der Magengegend erinnerte mich allerdings schnell wieder daran, dass ich momentan nicht so sehr mit den himmlischen Mächten in Kontakt stand, als vielmehr einer Bedrohung durch einen gefallenen Engel ausgesetzt war. Und wenn man Olgas siebtem Sinn Glauben schenken wollte, so saß ich unmittelbar in einer Stätte ihrer Heimsuchung. Wie auf Kommando schellte schrill das Telefon – ein durch und durch normaler Ton, der für mich in diesem Moment dennoch klang wie die Detonation einer Bombe. Ob Luzifer wohl gern Telefonate führte? Oder erschien er lieber in Visionen und Träumen, um zu verführen?

Nach dem vierten Klingeln war ich in der Lage, den Hörer zum Ohr zu halten und nicht in Weihwasser zu werfen. Wie leicht konnte man sich doch durch bloße Gedanken aufregen!

»Ich habe ein Tagebuch gefunden!«

»Wie bitte?«, war meine erste irritierte Antwort, doch als ich hörte, was ich gefragt hatte, schaltete mein Gehirn sofort auf Verstehen. »Herr Schweig?«

»Ich habe ein Tagebuch von Olga gefunden. Vielleicht steht etwas über diese Waisenkinder darin.« Er machte eine Pause und stieß hervor: »Die Polizei glaubt jetzt an einen Raubmord.«

»Wieso das denn? Ist sie denn ausgeraubt worden?« Ich war verwirrt. Selbst wenn eine Putzfrau über ein lohnenswertes Vermögen verfügte, was unwahrscheinlich genug war, trug sie es doch kaum in ihrem Kittel herum. Als ich mit Pfarrer Klein zusammen die Leiche gefunden hatte, hatte auch in der Kirche oder der Sakristei nichts auf einen Diebstahl hingedeutet. Es wurde immer dringender, dass ich persönlich bei der Polizei vorbeischaute. Aber es war bestimmt ebenso wichtig, dass ich so viel wie möglich über das Tagebuch erfuhr.

»Was steht denn in dem Tagebuch, Herr Schweig? Also, ich will natürlich nichts Persönliches wissen, aber haben Sie vielleicht etwas über diese Silvesternacht gelesen?«

Ein Schnauben ertönte. »Wenn Sie jetzt nach Irland auswandern würden, in welcher Sprache schrieben Sie wohl in Ihr Tagebuch?«

»Es ist auf Polnisch geschrieben, richtig?«

»Ich werde es wohl der Polizei übergeben, dann brauche ich für die Übersetzung nicht zu bezahlen.«

Ich überlegte fieberhaft, wie ich mich hier einschalten konnte. Er würde es wohl kaum verstehen, wenn der Küster sich auffallend stark bemühte, den Mord an einem Gemeindemitglied aufzuklären.

»Hören Sie, Herr Schweig, ich kann Ihnen mein Anliegen nicht näher erklären, aber wäre es möglich, dass Sie mir die Seiten um die Silvesternacht und die Tage vor Olgas Tod kopieren? Ich möchte etwas herausfinden, und ich glaube, dass mir Ihre Lebensgefährtin mit ihrem siebten Sinn dabei helfen könnte.«

Herr Schweig blieb eine Zeit lang stumm, aber dann willigte er ein. Er hatte mich schließlich angerufen und schon damit seine Bereitschaft zur Hilfe dokumentiert.

Im Zeitalter der technischen Medien brauchten weder Herr Schweig noch ich uns groß zu bewegen, das Faxgerät surrte und überbrachte mir drei handgeschriebene Seiten, die ich nicht lesen konnte. Ungeduldig versuchte ich, zumindest die Namen Dominik, Viktor oder Maria zu entdecken. Die Zeilen waren sehr ordentlich geschrieben, kein Fehler, kein durchgestrichenes Wort. Ich vermutete, Olga Wisniewska gehörte zu den Menschen, die ihre Einträge in derartige Bücher sorgfältig vorschrieben. Einen mir bekannten Namen fand ich nicht, und so steckte ich die Papiere in meine Tasche.

Einer Eingebung folgend änderte ich mein Codewort im Computer und fuhr das System herunter. Das war lachhaft angesichts meines Gegners, aber manche Dinge tut man ausschließlich für das eigene Wohlbefinden.

Im Pfarrhaus geschah das, was ich insgeheim erhofft hatte – Frau Hering lud mich ein, zum Mittagessen zu bleiben. Ich hatte sie aufgesucht, um sie nach weiteren polnischstämmigen Gemeindemitgliedern zu fragen. Nun saß ich mit ihr und Pfarrer Klein an einem gedeckten Tisch, auf dem ein kleiner Blumenstrauß Freundlichkeit vermittelte, und etwas von der Anspannung des Tages verließ meinen Körper. Die Art und Weise, wie der Pfarrer ganz selbstverständlich nach den Schüsseln griff, ließ mich vermuten, dass ein dritter Gast am Tisch hier im Pfarrhaus durchaus üblich war. Ich kannte den Pfarrer von früher und wunderte mich.

Während ich mir Spaghetti auf den Teller lud, sprach ich mit Pfarrer Klein über die jüngsten Ereignisse, über meine Erkenntnisse bezüglich der Putzfrau und drückte mein Erstaunen aus, dass ein Raub das Motiv sein sollte.

»Aber es fehlt doch tatsächlich etwas.« Pfarrer Klein kaute hastig, Tomatensoße klebte ihm an den Lippen. »Die Bilder sind weg! Die Bilder von unseren Erzengeln.«

»Das sagen Sie erst jetzt?«

»Die Polizei hatte mich um Verschwiegenheit gebeten.« Kleinmütig schaute er nicht mich an, sondern Frau Hering, die demonstrativ ihre Serviette auf den Tisch knallte und den Stuhl zurückschob.

»Edeltraud, ich hätte es dir schon noch gesagt, aber ich war doch ständig unterwegs.« Jetzt wandte er sich an mich. »Die Bilder müssen entwendet worden sein, als wir beide gerade in der Sakristei waren.«

»Aber dann wäre der Mörder die ganze Zeit in der Kirche gewesen, ganz in unserer Nähe!« Ich schüttelte ungläubig den Kopf, während Pfarrer Klein diesen Hinweis durchaus für seine Zwecke zu nutzen wusste.

»Er hätte uns beide leicht umbringen können, Herr Grothe. Denken Sie nur!« Ein schnelles Kreuzzeichen und ein Seitenblick zu seiner Haushälterin sollten offensichtlich von seiner Heuchelei ablenken.

Ich nutzte die entstehende Pause für eine Frage. »Wie und wann haben Sie denn bemerkt, dass die Bilder fehlen? Und fehlt wirklich sonst nichts?«

Ich konnte nicht glauben, dass Olga Wisniewska wegen eines simplen Raubüberfalls getötet worden war. Das passte nicht. Allenfalls versuchte hier jemand, von dem wahren Motiv abzulenken. Diese Überlegungen behielt ich jedoch für mich.

Sorgfältig wischte sich Pfarrer Klein den Mund ab und sagte: »Soweit ich das sehen kann, fehlen nur diese vier Bilder. Aufgefallen ist es mir nach der Abendandacht, als ich einen leeren Fleck an der Wand sah. Raphael war weg. Und als ich dann genauer nachsah, fand ich auch die drei anderen nicht mehr.«

»Gut. Demnach könnte der Diebstahl der Bilder aber auch erst viel später erfolgt sein, völlig unabhängig von dem Mord an der armen Putzfrau, nicht wahr?«

Er starrte mich entrüstet an. »Also ein Verbrecher in der Gemeinde reicht mir, Herr Grothe, wir müssen diese Situation nicht unnötig verkomplizieren.«

»Aber er hat recht, Josef. Du weißt lediglich, dass die Bilder noch dort hingen, als Frau Wisniewska schon tot war. Sie können fünf Minuten später oder auch fünf Stunden später entwendet worden sein.« Mit lautem Scheppern räumte Frau Hering das Geschirr ab.

Ich war fasziniert von der ruppigen Vertraulichkeit zwischen meinem alten Pfarrer und seiner langjährigen Haushälterin, mit der ich nie gerechnet hätte.

Ich stand auf, um artig beim Abdecken zu helfen, wurde aber eines Besseren belehrt.

»Stellen Sie mein Hutschenreuther wieder hin, Herr Grothe. Meine Gäste bleiben sitzen.«

Da ich mir nicht sicher war, ob sie meiner Geschicklichkeit nicht traute oder nur eine gute Gastgeberin sein wollte, setzte ich mich wieder.

»Kann man diese vier Gemälde eigentlich gut zu Geld machen?«, fragte ich und erntete ein Schulterzucken des Pfarrers.

»Der Künstler unserer Bilder war kein bedeutender Maler, er war kaum bekannt. Insider wissen natürlich, dass unsere Gemeinde diese vier Darstellungen hat, und es soll auch schon mal Kaufanfragen gegeben haben. Vor allem aus Italien, wie man sich denken kann.«

Ich nickte verstehend. Immerhin stammten diese Darstellungen von einem italienischen Künstler.

Pastor Klein fuhr fort: »Auf der anderen Seite sind unsere Bilder auch nicht so besonders, wie es erscheint. Es gibt etliche Darstellungen der Erzengel. Wir haben halt vier, die sehr gut zusammenpassen, da sie in einer Serie gemalt worden sind.«

Ich dachte bei mir, dass zumindest die Darstellung des Erzengels

Michael dem Original sehr nahekam, was das Bild zu einem außergewöhnlichen Dokument machte. Aber davon ahnte der Pfarrer natürlich nichts.

»Gibt es denn Fingerabdrücke, oder hat die Polizei andere Hinweise auf den Täter?«

Er schaute mich an, als sähe er mich zum ersten Mal.

»Warum sind Sie heute eigentlich hier, Herr Grothe? Ich bin nicht Pfarrer Braun aus der gleichnamigen Serie und meine Edeltraud nicht die Roßhauptnerin. Gott sei Dank kocht sie besser.«

Besagte Edeltraud saß mittlerweile wieder mit uns am Tisch und verteilte Nachtisch aus einer riesigen Puddingschüssel. Dick und zäh fiel die Schokomasse in mein Glasschälchen, und wie ein kleiner Junge sagte ich erst Danke, als ohnehin nichts mehr hineinpasste.

»Ich habe einige Seiten aus einem Tagebuch, das Olga Wisniewska geführt hat. Leider ist es in polnischer Sprache verfasst, und ich suche jemanden, der mir diesen Text übersetzen kann. Es sollte eine Person sein, die Ihr vollstes Vertrauen besitzt und die Stillschweigen über die Übersetzung bewahren wird.«

Bewusst hatte ich bei diesen Worten Edeltraud Hering angesehen, denn von ihr erhoffte ich mir Rückendeckung. Pfarrer Klein schnaubte und sagte: »Sie sind gestern erst hier angekommen und tragen heute schon Tagebuchseiten einer Putzfrau aus unserer Gemeinde mit sich herum. Einer ermordeten kirchlichen Putzfrau! Abgesehen davon schicken Sie zwei trauernde Gemeindemitglieder zu einem Kurzurlaub in ein Kloster, nehmen einen Hund in Pflege und schmeicheln sich bei Frau Hering ein. Warum sind Sie bei Ihrem Tempo nicht Manager oder Artist geworden?«

»Ich habe ein schwaches Herz.«

Frau Hering verwies mich an eine alleinstehende Dame, deren Mann vor zwei Jahren bei einem Autounfall verstorben war und deren Eltern aus Polen stammten.

»Beata hasst Klatsch und Tratsch. Sie wird die Seiten übersetzen und danach nie wieder ein Wort darüber verlieren. Ich rufe sie an. Lassen Sie mir einfach den Text hier.«

Lisa zum Zug zu bringen, mich von ihr zu verabschieden, ohne zu wissen, ob ich meine kleine Schwester je wiedersehen würde, das war eine traurige Herausforderung. Ich hatte Lisa und Frau Schneider zum Hauptbahnhof nach Münster gebracht, und für Lisa gab es eine Menge zu entdecken. Sie trottete in ihrem eigentümlichen Gang durch das Bahnhofsgebäude und schaute dabei freudig links und rechts. Die vielen verschiedenen Menschen, die Verkaufsstraße innerhalb des Gebäudes mit dem Buchladen und den Bäckereien und natürlich die Gruppe junger Punker, die mit ihren Hunden vor dem Bahnhofsgebäude herumlungerten, interessierten sie brennend. Sie sog die Bilder in sich auf und studierte hemmungslos die Gesichter der vorbeilaufenden Personen. Fasziniert stellte sie fest, dass so viele junge Leute hier mit bunten Rucksäcken herumliefen. Es waren hauptsächlich Studenten, die sich vom Bahnhof aus mit Sack und Pack auf ihre Räder schwangen.

Lisa sagte: »Ich wünsche mir auch einen Rucksack, einen grünen. Die sehen schön praktisch aus.« An ihrem Hals sah ich die rote Schnur ihres Brustbeutels unter dem Pullover verschwinden, den hatte sie schon früher auf jeder Reise getragen. Darin befanden sich etwas Geld, ihre Adresse und einige Notfallnummern.

Wie gern hätte ich sie jetzt in den Arm genommen. Stattdessen hatte ich dem Kloster Geld überwiesen, damit es meiner Lisa und auch Frau Schneider an nichts fehlte und sie einige zusätzliche Arrangements nutzen konnten. Ohne dass sie davon erfuhren. Frau Schneider hätte sicherlich bemerkt, dass so etwas nicht dem üblichen Verhalten eines Küsters entsprach und falschen Verdacht geschöpft.

Am Bahngleis, ihr Zug stand schon bereit, drehte sich Lisa dann doch noch mal um und nahm mich wie selbstverständlich in den Arm. Und eh ich mich versah, drückte sie mir einen ihrer dicken Küsse auf die linke Wange. Sie sagte: »Den geben Sie bitte an Bifi weiter. Bis bald, Christian.«

Dann verschwand sie mit Frau Schneider im Zug, tauchte aber gleich darauf am Fenster ihres Abteils wieder auf. Ihre runden Wangen glühten, als sie kraftvoll die Fensterscheibe nach unten zog und vertraulich zu mir sagte: »Christian, nimm dich vor der Frau in Acht.«

Ich war irritiert und hätte die logische Frage beinahe zu spät gestellt, denn der Zug setzte sich langsam in Bewegung.

»Welche Frau denn?«

Lisa kicherte und antwortete: »Na, die Frau, die dir ständig folgt.« Dann verschwand sie mit dem Zug aus meinem Blickfeld.

Eilig drehte ich mich um, schaute in alle Richtungen. Am Bahnhof gab es sehr viele Frauen. Natürlich. Am Bahnhof waren überhaupt sehr viele Menschen. Aber keine der Frauen kam mir bekannt vor. Und keine wirkte wie eine potenzielle Verfolgerin. Was oder vielmehr wen hatte Lisa gesehen? Ich kannte meine Schwester. Ihre Beobachtungsgabe war phänomenal.

SECHS

Um fünf Uhr war ich wieder in Lüdinghausen. Ich lieferte erst einige Kleinigkeiten in der Sakristei ab und wollte dann vor der Andacht noch in meine Wohnung, um mich zu erfrischen und umzuziehen. Pfarrer Klein hatte mich gebeten, in der Sechs-Uhr-Messe die Lesung zu übernehmen.

Vor dem Spiegel band ich mir die langen Haare mit einem schlichten Gummiband zurück. Es fühlte sich tatsächlich gut an, mit den Händen durch so viele Haare zu gehen, und nachdem ich mich auch noch frisch rasiert hatte, fand ich mein Spiegelbild toll. Sei bedankt, Erzengel Michael.

Das Läuten des Telefons riss mich aus diesen narzisstischen Betrachtungen. »Herr Grothe? Herr Christian Grothe?«

»Ja, am Apparat.« Misstrauisch lauschte ich der ruhigen, tiefen Männerstimme.

»Hauptkommissar Hagedorn ist mein Name. Ich untersuche den Mordfall an Frau Olga Wisniewska. Herr Grothe, wir haben Sie eben nicht angetroffen, würden uns aber gerne mit Ihnen unterhalten. Darf ich jetzt vorbeikommen?«

»Ja, natürlich. Äh, nein, das geht jetzt nicht.« Wie jeder Mensch, der etwas zu verbergen hatte, geriet ich ins Straucheln. Was, wenn die Polizei meine Fingerabdrücke untersuchte und feststellte, dass ein Herr Grothe aktenkundig war? Vielleicht hatte mich auch jemand als vermisst gemeldet. Es konnte ja sogar sein, dass der echte Herr Grothe mal in die Polizeikartei aufgenommen worden war. Ich meine, immerhin hatte er lange Haare wie einer von den Hells Angels!

»Wie bitte?« Die Stimme blieb ruhig und sachlich.

»Ich muss gleich bei der Abendmesse helfen. Ist Ihnen sieben Uhr zu spät für ein Treffen? Ich kann auch bei Ihnen vorbeikommen.«

»Sieben Uhr reicht vollkommen. Wir kommen zu Ihnen, Herr Grothe.«

Bifi bellte kurz, und ich schnappte mir seufzend die Hundeleine.

Ein Problem folgte dem anderen, und so war ich in Gedanken nun ganz bei dem Treffen mit dem Kommissar. Erst als Bifi unterwegs plötzlich die Nackenhaare aufstellte und knurrte, erinnerte ich mich an Lisas Worte.

In Lüdinghausen gab es drei Wasserburgen, und ich befand mich im Stadtpark, der die Burg Lüdinghausen umgab. Es war kühl und windig, und ab und zu nieselte es ein wenig, sodass um diese Zeit kaum ein Spaziergänger in diesem sonst recht beliebten Grünzug unterwegs war. Eine Frau sah ich schon mal gar nicht. Nur einen alten Herrn mit einem kleinen Dackel, der ein vergleichbares Alter wie sein Herrchen zu haben schien, denn er humpelte auf seinen kurzen Beinen arg langsam den Weg entlang.

Da Bifi nicht einmal in die Richtung dieses Pärchens schaute und dennoch knurrte, wurde ich nervös. Musste ich mich bedroht fühlen? Vor mir lag die Burg in verwaschene Farben getaucht, so düster und geheimnisvoll, wie es eine Burg aus dem 12. Jahrhundert nur sein kann. Heute sah sie tatsächlich aus, als würden Gespenster in ihr wohnen. Ich kannte diese Burg schon ewig, fühlte mich aber unerwartet beklommen, wie ein kleiner Junge bei Nacht. Ich beschleunigte meine Schritte und folgte dem Herrn und seinem Dackel, denn in der Not kann auch ein gebrechlicher Mann Mut geben.

Als ich nur noch etwa fünf Meter hinter ihm war – Bifi interessierte sich noch immer nicht für den alten Dackel –, drehte sich der gesetzte Herr plötzlich um und sagte: »Ich glaube, Ihre Frau sucht Sie. Ich habe sie eben am Anfang dieses Weges gesehen, und sie fragte mich nach so einem Hund.« Er zeigte mit einer mit Altersflecken übersäten Hand auf Bifi.

Ich dankte knapp und rannte den Rest des Weges im Dauerlauf nach Hause, Bifi immer ein paar Meter vor mir herspringend, die Ohren aufmerksam aufgestellt.

Konnte man dem Teufel davonlaufen? Wir versuchten es, ich und der Hund. Vielleicht war der einzige Effekt, dass wir Adrenalin abbauten.

Es wurde ein langer Abend ohne jeden engelsgleichen Beistand.

Ich war überrascht zu sehen, dass die beiden Männer, die sich als Hauptkommissar Hagedorn und sein Kollege Rupert vorstellten, nach mir aus der Kirche getreten waren. Offenbar hatten sie an der Messe teilgenommen.

Herr Hagedorn hielt meine Hand zwei Sekunden länger als üblich, und seine grauen Augen musterten mich dabei aufmerksam und freundlich. So freundlich, wie ein Chirurg seinen Patienten anlächelt, bevor er ihn narkotisiert und ihm das Bein abnimmt, dachte ich.

»Gehen wir in Ihre Wohnung, Herr Grothe?«

»Natürlich. Gibt es ein Problem?«

»Es gibt immer ein Problem, wenn wir auftauchen, nicht wahr, Herr Grothe?« Er lächelte verbindlich. »Inwieweit es Sie betrifft, wollen wir herausfinden.«

Sein Kollege Rupert schlug einen Plauderton an, solange wir auf der Straße unterwegs waren. Im Vergleich zu Herrn Hagedorn wirkte er behäbig, freundlich zugewandt und weniger zielgerichtet. Die Rolle des Vermittlers war ihm auf den Leib geschrieben.

»Wie lange arbeiten Sie schon als Küster, Herr Grothe? Ich habe gehört, Sie arbeiten hier nur vorübergehend?«

»Ja, ich vertrete den alten Küster, er ist verreist.«

»Und kann man davon leben, oder ist diese Arbeit eher eine Nebentätigkeit?«

»Für mich ist es der Job schlechthin«, antwortete ich etwas scharf.

Wir waren an meiner Wohnung, und lautes Hundegebell schuf eine vertraute Situation.

Leider legte Herr Rupert nun eine unangenehme Neugier und Gründlichkeit an den Tag, denn er erkundigte sich stur weiter nach meinem Leben, über dessen größten Teil ich selbst nicht viel wusste.

»Kommen Sie hier aus der Gegend?«

»Ich bin in meinem Leben schon so oft umgezogen, dass ich gar nicht sagen kann, wo genau ich herkomme.« Dabei lachte ich halbherzig. »Zuletzt habe ich in Münster gewohnt, allerdings ohne dort gemeldet zu sein, wie ich gestehen muss.« Mittlerweile schwitzte ich unangenehm und entschuldigte mich kurz.

Während ich zum Badezimmer eilte, rief Herr Rupert mir nach: »Nun, in Lüdinghausen sind Sie auch noch nicht gemeldet!«

Konnte man einen Erzengel anrufen? Woher sollte ich denn jetzt wissen, was ich den Kommissaren über Christian Grothe erzählen konnte und was nicht? Ich hatte mir diese Tarnung schließlich nicht selbst ausgesucht.

Doch als ich zurückkam, übernahm Herr Hagedorn das Gespräch, und der war an ganz anderen Dingen interessiert.

Die Polizei hatte die Übersetzung des Tagebuchs schnell vorangetrieben. Während ich noch auf Frau Herings Bekannte warten musste, wusste Herr Hagedorn bereits, was auf diesen Seiten stand.

»Ich will Ihnen sagen, warum wir hier sind, Herr Grothe. Der Lebensgefährte des Mordopfers hat uns erzählt, Sie hätten sehr gezielt nach der Vergangenheit von Olga Wisniewska gefragt. Dabei sollen Sie auch drei Jugendliche erwähnt haben.« Nun blätterte er in einem blauen Notizbuch und las die Namen derjenigen vor, mit denen mein Abenteuer überhaupt erst angefangen hatte: »Dominik, Viktor und Maria.«

Er schaute auf, und sein Gesicht mit den aristokratischen Zügen blickte mich fragend an. »Was wissen Sie von diesen dreien?«

Ich bat die Herren, Platz zu nehmen, und setzte mich umständlich auf einen Stuhl, den ich mir eigens aus der Küche holte. Mehr Zeit konnte ich nicht schinden, und so setzte ich zu einer Antwort an.

»Ich bin zufällig auf eine Information gestoßen, wonach drei junge Polen in der Silvesternacht vor einem Jahr in das Jugendzentrum eingebrochen sind. Da diese Jugendlichen aus demselben Waisenhaus in Polen kamen, wo Olga Wisniewska einst gearbeitet hat, lag es nahe, hier eine Verbindung zu sehen.«

Herr Rupert räusperte sich, doch Kollege Hagedorn war schneller.

»Woher haben Sie all diese Informationen? Sie sind neu in der Stadt. Ganz neu, sozusagen!«

»Recherche.« Ich lächelte und gab den harmlosen Hobbydetektiv. »Nachdem ich gleich bei Dienstantritt die Leiche gefunden habe, da hat es mich halt gepackt. Ich habe mich hier und dort bekannt gemacht und dabei Fragen gestellt.«

Herr Hagedorn schaute mich wieder nur an, und seine emotionslose Art rief bei mir leider jede Menge Emotionen hervor. Ich wurde nervös, ängstlich, und mein Nacken verspannte sich in einer Weise, die Kopfschmerz verursachte.

Herr Rupert zückte einen Stift und forderte mich freundlich auf: »Dann nennen Sie uns doch bitte mal ein paar Namen der Personen, bei denen Sie sich so erfolgreich vorgestellt haben.«

»Nein, das kann ich leider nicht.«

»Sie wollen nicht oder Sie können nicht?«

»Nun, sagen wir, es handelt sich um eine unglückliche Verkettung beider Gründe.« Ich lächelte wieder und fühlte mich noch unwohler.

Die beiden Polizeibeamten sahen sich an. Bei Herrn Ruperts nächsten Worten war seine Stimme sanft, aber die Botschaft eindeutig: »Sie wissen, dass es Mittel und Wege gibt, Sie zu einer Aussage zu zwingen, Herr Grothe?«

Wenn ich ihnen die Wahrheit sagte, würde ich zur Beobachtung in der Psychiatrie landen. Ich bemühte mich, möglichst gleichgültig zu antworten: »Nun, die Folter ist als Verhörmethode nicht mehr zulässig, und was die Beugehaft betrifft – ich denke, Sie haben eine Ahnung davon, wie viel Zeit ich als alleinstehender Küster habe.«

Zu meinem Erstaunen erhoben sich meine beiden Besucher. Herr Hagedorn zuckte mit den Achseln, sagte schließlich: »Wir wissen, wo wir Sie jederzeit finden können, nicht wahr?«, und verabschiedete sich förmlich von mir. Herr Rupert tat dies eine Spur freundlicher.

Ich war mir sicher, dass sie sich beim Herausgehen noch einmal umdrehen würden. Das taten Kriminalbeamte immer.

Herr Rupert war schon im Hausflur, Herr Hagedorn hielt noch die Türklinke in der Hand, dann drehte er sich um. »Bei Ihren mysteriösen Fähigkeiten, wertvolle Informationen zu sammeln, werden Sie Folgendes sicher auch in Kürze herausfinden: Aus dem Tagebuch geht hervor, dass Olga Wisniewska geradezu panische Angst vor diesen jungen Ausreißern aus Polen hatte. Vielleicht sollten Sie auch Angst haben, Herr Grothe?«

Konnte man das Gefühl, das mich erfasst hatte, Angst nennen? Ich wusste es nicht. So richtig zu den Lebenden zählen konnte ich mich ohnehin nicht mehr. Ich hatte erfahren, dass das Sterben nicht das Ende war. Es gab einen übergeordneten Plan. Und es gab das Böse.

Als Mensch war ich immer davon überzeugt gewesen, dass es das Böse auf der Erde gab, weil Menschen böse sein konnten. Aber jetzt wusste ich: Im Himmel, oder wo immer man das Jenseits ansiedeln wollte, durfte es das Böse nicht geben. Natürlich nicht. Das war gegen jede göttliche Ordnung.

Aber was war, wenn Dominik, Viktor und Maria etwas gelungen

war, was die Ordnung im Jenseits torpedierte und das Böse hineinließ? Raoul, Jonas und nicht zuletzt der Erzengel Michael trieben einen bemerkenswerten Aufwand. Hier ging es sicherlich nicht um ein kleines Dilemma unter Engeln. Ich fragte mich, was im schlimmsten Fall geschehen konnte. Würde man die Seelen der drei Jugendlichen auf ewig verdammen? Würde Gott die Kontrolle über seine Schöpfung verlieren? Oder, noch schlimmer, verlor er langsam die Lust an ihr?

Dominik, Viktor und Maria hatten zu Lebzeiten offenbar Menschen in Angst versetzt. Und nun sorgten sie im Jenseits für Unruhe und Probleme. Von diesen drei jungen Leuten ging eine unerklärliche Macht aus.

Ich fühlte die Last einer ungeheuren Verantwortung auf mir liegen, und die Ungewissheit über mögliche Konsequenzen meines Handelns verstärkte diese Last noch. Jetzt an Noah und seine Arche zu denken, war sicherlich vermessen, aber zum ersten Mal konnte ich nachvollziehen, was für eine große Bürde Menschen wie er getragen haben mussten. Vorausgesetzt, man verstand die Bibel jetzt mal wörtlich.

Allerdings, wenn man allein die Kriege der letzten hundert Jahre betrachtete, so schien Noahs Rettungsmanöver auch nicht den gewünschten Erfolg gehabt zu haben. Die Menschen hatten in keiner Weise dazugelernt. Und immer noch betete jede Seite zu Gott für Sieg und Gerechtigkeit, ohne über den eigenen Tellerrand zu blicken. Du meine Güte, was tat mir dieses allmächtige Wesen plötzlich leid. In Israel betete vielleicht gerade eine Mutter um das Leben ihres angeschossenen Sohnes, in Amerika rief jemand Gottes Hilfe bei der Jobsuche an, und in Bayern wurde um gutes Wetter für eine Gartenparty gebetet. Für alles sollte Gott zuständig sein – Luzifer hatte zweifelsohne den leichteren Part.

Ja, ich hatte Angst. Ich hatte Angst um meine kleine Schwester Lisa, die sich den vielfältigen Schwierigkeiten des Lebens nun weitgehend allein stellen musste. Ich hatte Angst um mich selbst, auch bei meiner neuen Aufgabe – es konnte so verdammt viel schiefgehen. Und ich hatte zum ersten Mal in meinem Leben ganz konkrete Angst vor dem Teufel!

In diesem Moment schellte es laut und durchdringend an der Haustür.

In der Annahme, die Polizeibeamten hätten vielleicht etwas vergessen, eilte ich zur Tür, um nach deren Öffnen erschrocken zurückzutreten. Vor meiner Haustür stand eine Dame, und zwar im wahrsten Sinne des Wortes. Sie hielt sich sehr gerade, ohne steif zu wirken. Ihre schlanke Figur steckte in einer dunklen Jeanshose, darüber trug sie einen gut geschnittenen Blazer. Ein heller Rollkragenpullover betonte die natürliche Bräune ihres Gesichts. Sie hatte kein wallendes rotes Haar, wie ich mit Erleichterung feststellte, sondern trug ihre hellbraunen, mit blonden Strähnchen durchsetzten Haare locker zu einem Pferdeschwanz gebunden.

Ihr Lächeln war kurz, es glitt über das Gesicht wie eine dezente Berührung.

»Guten Abend. Ich bin Frau Wagner und habe für Sie eine Übersetzung gemacht. Frau Schneider sagte mir, es sei eilig?«

Ich freute mich so sehr, dass es nicht Luzifer persönlich war, der vor meiner Tür stand, ob als Mann oder als Frau. Darum strahlte ich sie an und bat sie in die Wohnung.

»Das ist ja wunderbar, dass Sie zu mir kommen. Sind Sie denn schon fertig?«

Ich bat Frau Wagner zum Tisch und war erstaunt, dass sie sich setzte, ohne sich vorher in der Wohnung umzuschauen, wie das die meisten Menschen zu tun pflegten. Mit ruhigen Bewegungen holte sie aus einer zierlichen Damenhandtasche einen Umschlag, aus dem sie mehrere Blätter hervorzog. Wie ich sehen konnte, hatte sie die Übersetzung getippt.

»Ich bin zweisprachig aufgewachsen, und es bereitet mir keine Mühe, einige Zeilen zu übersetzen.« Sie machte eine Pause, bevor sie weitersprach. »Schwierig war es aus anderen Gründen.«

Ich beeilte mich, ihr eine Erklärung zu geben: »Der Text war aus dem Zusammenhang herausgerissen, nicht wahr? Aber um meine Vermutungen bestätigt zu bekommen, brauche ich nicht das ganze Tagebuch. Das liegt bei der Polizei.«

»Sie verstehen nicht, Herr Grothe. Ich kannte Frau Wisniewska, ich habe mich manchmal mit ihr unterhalten. Mir gefiel es nicht, in ihrem Tagebuch zu lesen.«

»Ach so.«

»Frau Hering bat mich dringlich darum, da es vielleicht helfen würde, dem Mörder auf die Spur zu kommen.«

Jetzt schaute sie mich fragend an, und ich versuchte ihr halbwegs plausibel zu erläutern, warum gerade ich mich um die Aufklärung des Mordes bemühte. Es klang in etwa so wie der dünne Stoff, den ich der Polizei gereicht hatte.

»Es tut mir leid, wenn ich Ihnen Unbehagen bereitet habe, Frau Wagner.« Ich räusperte mich.

»Frau Wagner, haben Sie vielleicht heute schon mal versucht, mich zu erreichen? Also, sind Sie mir mal nachgelaufen?«

Zu meinem Erstaunen verschwand plötzlich der kühle Ausdruck auf ihrem Gesicht, und sie grinste mich fröhlich an.

»Ich bin verwitwet, Herr Grothe, aber nicht so einsam, dass ich fremden Männern hinterherlaufe. Das muss eine andere Verehrerin gewesen sein.« Sie lächelte erneut, und ich wurde rot.

Endlich erinnerte ich mich an die Höflichkeitspflichten eines Gastgebers: »Möchten Sie etwas trinken, während ich die Seiten kurz überfliege?«

Ich wollte nicht, dass sie gleich wieder ging. War es, weil ich die Einsamkeit fürchtete, oder genoss ich ihre Anwesenheit in meiner Wohnung? Ich wusste es selbst nicht.

»Ich hätte sehr gern ein Bier«, sagte sie.

Gemäß der Übersetzung von Frau Wagner hatte Olga Wisniewska Dominik, Viktor und Maria kurz vor Silvester gesehen. Aus ihren Worten ging hervor, dass sie die drei aus dem polnischen Waisenhaus kannte und vor ihnen eine abnorme Furcht empfand. Eine Furcht, die sie grausam nannte, deren Ursprung sie an dieser Stelle aber nicht näher erklärte. Sie schrieb, dass die Ausreißer ihr mehrfach aufgelauert hatten, wenn sie zum Putzen in die Kirche ging. *Sie standen jedes Mal an einer anderen Stelle und schauten zu mir herüber. Niemals sprachen sie ein Wort. Hätten sie es doch getan. Das Schweigen war schlimmer als jede körperliche Bedrohung!!!*

An einer anderen Stelle schrieb sie: *Im Jugendzentrum ist das Böse eingekehrt. Ich spüre es beinahe körperlich, aber ich kann es nicht orten und nicht benennen.*

Später fügte sie hinzu: *Es ist in den letzten Monaten stärker geworden. Könnte eine Teufelsaustreibung helfen? Mein Gott, die armen Kinder!*

Ich war erstaunt. Anscheinend hatte Frau Wisniewska die Entwicklung dieses Bösen, wie sie es nannte, über Monate gespürt. Es war kein einmaliges Ereignis, nichts, was plötzlich aufgetaucht war. War sie in dieser Hinsicht überspannt, oder war sie tatsächlich ein derart sensibles Medium? Ich konnte in meinem Jugendzentrum nichts dergleichen fühlen, aber ich bekam ja nicht einmal mit, wenn ich von einer Frau verfolgt wurde. Wäre Frau Wisniewska nicht ermordet worden, würde ich diese Aufzeichnungen vermutlich als Halluzinationen einer sehr frommen Frau abtun.

Der Satz »Mein Gott, die armen Kinder« verriet nicht, ob sie für die Jugendlichen bat, die in diesem Jugendzentrum ein und aus gingen, oder ob ihr die drei polnischen Waisenkinder leidtaten, auch wenn sie sie gleichzeitig fürchtete.

»Frau Wagner, kam Ihnen Frau Wisniewska irgendwie labil vor? Ich meine, war sie eine Frau, die sich schnell vor etwas fürchtete oder von irgendwelchen Vorzeichen beeindrucken ließ?«

Frau Wagner tupfte sich mit einer beiläufigen Geste etwas Schaum von der Lippe, schob ihr Bier zur Seite und sagte entschlossen: »Frau Wisniewska war eine sehr zupackende Frau, die ihr Leben auf eine Art im Griff hatte, vor der so mancher Mann seinen Hut ziehen könnte. Sie stand mit beiden Beinen fest auf der Erde, und nur wenn man tiefe Religiosität als ein Laster sieht, das mit klarem Menschenverstand nicht vereinbar ist, könnte man dies als ihre schwache Seite erkannt haben.« Sie schaute mich forschend an und ergänzte: »Im Allgemeinen halte ich persönlich Religiosität für eine menschliche Stärke.«

Ich pflichtete ihr bei und widmete mich wieder den Zeilen aus dem Tagebuch. Nach wenigen Minuten unterbrach Frau Wagner mich. »Auch wenn es mir vielleicht nicht zustand, habe ich mir Gedanken gemacht über die Sätze, die ich übersetzt habe.«

»Ja?«

»Zum einen würde ich gern mal dieses Jugendzentrum betreten, mich dort umschauen und die Atmosphäre auf mich wirken lassen, verstehen Sie?«

Nun schaute sie beinahe etwas schüchtern zu mir herüber, und ich nickte schnell und zustimmend.

»Das habe ich auch schon gemacht, Frau Wagner. Sofort als der Lebensgefährte von Frau Wisniewska mir andeutete, dass seiner Freundin dieser Ort unangenehm vorgekommen war.«

»Und?«

»Nichts. Ich habe absolut nichts bemerkt. Aber das muss nichts heißen. Ich gelte im Allgemeinen als unsensibel.«

Frau Wagner lächelte kurz, und dabei entdeckte ich zwei Grübchen in ihren Wangen. Sie sagte: »Sie haben diesen Ort sicherlich ganz anders betreten, als Frau Wisniewska dies tat. Vergessen Sie nicht, warum sie dort war. Sie putzte dort, sie kam in Berührung mit den Räumen und ihren Gegenständen. Sie bemühte sich um Reinheit.« Das letzte Wort sprach sie aus wie ein Gebet. »Und sie war da, wenn alle anderen das Zentrum bereits verlassen hatten. Um diese Zeit gab es keine Gespräche, kein Lachen und keine wie auch immer geartete Elektronik.«

Sie trank ihr Bierglas in einem langen Zug leer, und ich dachte über die Überlegungen meines Gastes nach. Das Wörtchen »Reinheit« hallte merkwürdig in mir nach.

»Ich habe einen Schlüssel«, sagte ich.

Frau Wagner hob eine Augenbraue, wartete aber geduldig auf eine Erklärung.

»Wir könnten jetzt in das Jugendzentrum gehen. Ich habe einen Schlüssel dazu.«

Sie schaute mich abschätzend an, und ich fühlte mich plötzlich verwegen. Als Bifi kurz bellte, gab das den Ausschlag. Frau Wagner stand auf und sagte: »Den Hund nehmen wir mit.«

Die wenigen Schritte bis zum Jugendzentrum legten wir schweigend zurück. Nur das Schnüffeln des Hundes war zu hören und ab und zu ein vorbeifahrendes Auto. An der Tür hielt Frau Wagner meinen Arm fest. Leise sagte sie: »Wir müssten eigentlich jeder allein rein, abwechselnd, meine ich.«

»Haben Sie keine Angst?«

»Ich habe sogar große Angst. Gehen Sie zuerst. Ich warte mit dem Hund. Wie heißt er eigentlich?«

»Bifi, wie die Salami. Ich geh dann jetzt mal.«

Meine Güte, wie oft war ich in den letzten Jahren auch spät abends noch ins Jugendzentrum geschlüpft, weil ich etwas vergessen hatte. Nun klopfte mir das Herz viel zu schnell gegen die Brust. Ich machte Licht und ging langsam durch den Flur, gelangte in den Thekenbereich und blieb hier einige Sekunden stehen. Nichts. Ich wanderte in den Nachbarraum, wo die Sport- und Spielgeräte standen. Statt eines Kälteschauers oder einer Vision von tausend Teufeln hörte ich ein leises, aber sehr reales Rascheln hinter einem Karton mit alten Büchern. Ich nahm mir vor, einige Mausefallen aufzustellen. Die Toilettenräume waren karg und abweisend, aber unauffällig. Bei den Damen rauschte eine defekte Spülung leise vor sich hin, eine feuchte Endlosschleife. Der Geruch von billigen Putzmitteln und menschlichen Hinterlassenschaften beengte meine Atmung, und ich ging schnell wieder hinaus in den Flur. Ich schaute mich um, ich lauschte und zog sogar die Nase hoch. Ich sah, hörte und roch nichts. Allerdings verspürte ich eine leise Eifersucht auf eine Putzfrau, die meine Räume besser zu kennen schien als ich.

Ich überließ Frau Wagner das Feld und wartete mit Bifi an der Leine vor der Tür wie ein überflüssiger Nachtwächter. Der Hund setzte sich so hin, dass er die Tür im Auge behielt.

Frau Wagner blieb länger weg, als ich erwartet hatte. Nach etwa zehn Minuten, die gefühlt fast fünfzig waren, folgte ich ihr mit Bifi an der Leine ins Gebäude. Die Lichter brannten alle. Eine richtige Festtagsbeleuchtung empfing mich, doch Frau Wagner sah ich nicht. Ich kam nur bis zur Theke. Dann stellte der Hund die Pfoten steif gegen den Boden und bewegte sich keinen Zentimeter mehr. Kein Ziehen an der Leine, kein gutes Zureden half. Bifis Nackenhaare standen aufrecht, und seine Haltung war wachsam, dabei wich er so weit wie möglich zurück. Ich rief: »Frau Wagner?«

Ich erschrak heftig, als meine Begleiterin plötzlich aus der Tür neben mir trat. Sie musste von der Toilette gekommen sein. Sie wirkte angespannt, nervös, aber keineswegs panisch und sagte nur: »Der Hund hat Angst, nicht wahr?«

Ich nickte. »Ja, ich weiß auch nicht, warum, er ist …«

»Lassen Sie uns gehen. Schnell.« Sie nahm meine Hand und zog mich nach draußen. Die kühle Aprilluft kam mir plötzlich deutlich kälter vor, und mit raschen Schritten strebten wir zu meiner Wohnung. Zumindest redete ich mir tapfer zu, dass unsere Eile nur an der unerwarteten Kälte liegen konnte. Hinter uns schlug die Kirchturmuhr neun Uhr.

An der Haustür zögerte Frau Wagner kurz, und ich beeilte mich zu sagen: »Sie kommen aber noch mal mit herein, nicht wahr?«

Zu meiner Erleichterung nickte sie knapp. Oben angekommen, setzte sie sich sehr aufrecht auf ihren Platz vor das leere Bierglas.

Ein weiteres Bier lehnte sie mit den Worten ab: »Ich bin mit dem Wagen hier, Herr Grothe. Danke.« Dann faltete sie ihre Hände und fragte: »Haben Sie es gesehen?«

Was zum Teufel meinte sie? War ich denn wirklich so unsensibel oder nur betriebsblind?

»Ich habe eine Maus gesehen.«

Sie blinzelte und sagte: »Nun, zusammen mit der Kaffeemaschine gehört sie wahrscheinlich zu den harmlosen Dingen im Jugendzentrum.«

Ich hatte eine weitere Flasche Bier geholt und schüttete mir etwas davon in mein Glas, während Frau Wagner weitersprach.

»Wissen Sie, Herr Grothe, ich habe zunächst auch nichts gesehen, doch dann habe ich mich gefragt, was Frau Wisniewska gemacht hat, wenn sie da war. Ich bin also auf die Knie gegangen, als würde ich den Boden wischen, ich habe Dinge in die Hand genommen, wie um aufzuräumen, und ich habe so getan, als müsste ich die Toiletten putzen.« Sie spannte ihre Kiefermuskulatur an. »Waren Sie schon mal auf den Toiletten der Jungen und Mädchen? Nein? Ich nehme an, es gibt eine Diensttoilette, oder?«

Ich nickte verwirrt und trank ein paar Schluck Bier.

»Auf den Toiletten befinden sich Hassparolen und Zeichnungen von Gewaltszenen. Unter den Videofilmen sind Kassetten mit brutalen Szenen, in denen Menschen versklavt und gedemütigt werden. Ich habe nur probeweise zwei Kassetten in den Rekorder gelegt. Sie sind als Musikvideos beschriftet.«

Ich war sprachlos. Hatte es so etwas auch schon unter meiner Leitung gegeben? Natürlich gab es mal die eine oder andere böse Kritzelei auf der Toilette, und hinterher wollte es niemand gewesen sein. Aber an jeder Schule konnte man an diesem Ort stumpfsinnige Parolen und ausländerfeindliche Sprüche neben Liebesschwüren finden. Und sicherlich gab es genug Jugendliche, die dem Reiz von verbotenen Filmen nicht widerstehen konnten und deren Entwicklung deshalb nicht gleich pathologische Formen annahm.

Aber der Gesichtsausdruck meiner Besucherin ließ erkennen, dass sie mit ihrer Aufzählung noch nicht fertig war. Frau Wagner griff nach meiner angebrochenen Bierflasche und goss sich den Rest ein.

»Ich habe eine Bibel in der Hand gehabt, in die man quer durch das Neue Testament Löcher gebrannt hat. Ich habe unter den Tischen Teufelssymbole gefunden, und ich möchte nicht wissen, was alles auf dem Computer gespeichert ist.«

Ich sah ihr in die Augen, und sie schaute zurück und sagte: »Nachdem ich all das gefunden hatte, spürte ich auch etwas Böses um mich herum. Ganz ehrlich.« Damit trank sie ihr Bier aus und sagte: »Verdammt, ich wollte eigentlich gar nichts mehr trinken.«

Sie wirkte plötzlich nervös, und ich fühlte mich elend. »Warum nur ist mir nie etwas aufgefallen?«, bemerkte ich gedankenlos.

»Jetzt machen Sie mal halblang. Wenn ich Frau Schneider richtig verstanden habe, haben Sie doch erst gestern hier angefangen.«

Ich nickte müde und antwortete schnell: »Ja, sicher. Aber nach dem, was hier alles passiert ist, kommt es mir vor, als wäre schon bald das erste Monatsgehalt fällig.«

Frau Wagner erhob sich, und ich wusste, dass es keinen guten Eindruck machte, wenn ich sie um diese Zeit noch zum Bleiben überreden wollte. Wir hatten uns heute zum ersten Mal gesehen. Allerdings konnte ich mich jetzt vage an den tödlichen Verkehrsunfall ihres Mannes erinnern. Früher war ich ihr also sicherlich mal begegnet.

Pfarrer Klein hatte mir zu diesem Anlass einen seiner zahlreichen Vorträge über Raser am Steuer gehalten, mich auf meine Vorbildfunktion bei den jungen Leuten aufmerksam gemacht und nicht zuletzt darauf verwiesen, dass vor dem Jugendzentrum wahrscheinlich mehr frisierte Mopeds herumstanden als Opferkerzen in der Kirche.

Ich brachte sie zur Haustür und wagte einen kühnen Vorstoß. »Frau Wagner, darf ich Sie für Ihre Bemühungen morgen Abend zum Essen einladen?«

Sie schaute mich mit braunen Augen forschend an, und ich machte mich schon auf eine kühle Zurechtweisung gefasst, als sie nickte und erwiderte: »Sie dürfen mich sehr gern zum Essen ausführen, aber lassen Sie bitte den Hund zu Hause.«

»Wie bitte? Oh, natürlich.« Verlegenheit machte sich breit. Ihre Abneigung gegen Bifi hatte ich also auch nicht bemerkt.

»Ich habe eine Hundehaarallergie, und wenn ich jetzt nicht gehe, vergesse ich meine gute Erziehung und kratze an mir herum wie ein verlauster Affe. Bis morgen.«

Ich starrte ihr nach und fand sie toll. So toll, dass ich weder nach einer Uhrzeit für morgen Abend noch nach einer Adresse fragen konnte.

Und zum ersten Mal seit Tagen rückte meine unglückselige Mission in den Hintergrund und machte Platz für mein Leben als Mensch. Ich war mit einer schönen Frau verabredet. Was konnte es Wichtigeres geben?

Dieses Hochgefühl hielt immerhin zehn Minuten lang an, dann schellte das Telefon. Das Klingeln eines Telefons konnte sehr unterschiedlich wirken. Bei einem dringend erwarteten Anruf hallte der Ton so erlösend durch die Wohnung wie die Pausenklingel in der Schule. Wurde man von Sorgen geplagt oder drückte das schlechte Gewissen, genügte schon das Klingeln, einen in den seelischen Abgrund zu stoßen. Mich, der ich in seligen Tagträumen schwelgte, nervte das laute Telefonklingeln so sehr, dass ich sofort wusste, wer da am Apparat war. Mir fiel nur eine Person ein, die so zielsicher in der Lage war, mir die kleinen Freuden und Pausen des Lebens schonungslos zu unterbrechen und durch lästige Pflichten zu ersetzen.

»Pfarrer Klein hier. Sie müssen sofort zum Jugendzentrum rüber. Ich habe Licht gesehen.«

»Guten Abend, Pfarrer Klein, seien Sie unbesorgt. Ich war eben drüben.«

»Und warum haben Sie das Licht brennen lassen?«

»Ich habe alle Lichter gelöscht und wieder abgeschlossen. Sie müssen sich keine Sorgen machen.«

Ich hörte ihn ungeduldig schnauben. Dann sagte er: »Bleiben Sie mal dran.«

Ich fragte mich noch, ob er jetzt bis zum Zentrum lief und dann erst wieder zum Telefon zurückkehrte, da hörte ich unverkennbar seine Stimme, etwas abgehetzt, aber mit leiser Genugtuung, als er verkündete: »Da brennt Licht.«

»Wie wollen Sie das überhaupt gesehen haben?«

»Das hat mir nicht der Herrgott zugeflüstert. Ich rauche jeden Abend ein Pfeifchen in meinem Garten, und vom Zaunrand aus kann ich sehr wohl zum Jugendzentrum schauen. Ich glaube nicht, dass Sie die Örtlichkeiten schon so gut kennen, um meine Worte anzweifeln zu können, Herr Grothe. Nun machen Sie schon.«

Mir wurde ganz flau im Magen. Ich wusste, dass ich das Licht ausgeschaltet hatte. Auch wenn Pfarrer Klein das nicht ahnen konnte, ich schloss dieses Jugendzentrum schon seit vielen Jahren ab, diese allabendliche Tätigkeit war für mich selbstverständliche Routine. Ich konnte dem Pfarrer schlecht vorwerfen, dass er mich für den Neuling Christian Grothe hielt. Aber dass er mich fast mitten in der Nacht ohne Begleitung zu einem Einbruch schicken wollte, hielt ich für sehr unchristlich.

»Kommen Sie mit?«, hörte ich mich fragen, und am anderen Ende der Leitung erklang erneut geschnaubte Entrüstung.

»Das letzte Mal, als ich mit Ihnen durch ein Gebäude gelaufen bin, sind wir über eine Leiche gestolpert.« Er machte eine kurze Pause und sagte dann freundlicher, aber nicht weniger enttäuschend: »Ich werde hier für Sie beten. Und wenn Sie in fünf Minuten nicht anrufen, schicke ich die Polizei los. Meinen Sie, so geht es?«

Wie immer eine große seelische Stütze, unser Herr Pfarrer, dachte ich, als ich mich auf den kurzen Weg zum Jugendzentrum machte. Bifi zog bis zur Mitte des Weges an der Leine wie ein mutiger Hofhund, dann wurde er deutlich langsamer, und vor der Tür kniff er den Schwanz ein und legte sich hin. Da tatsächlich Licht im Inneren brannte, fühlte ich mich durch sein Verhalten verraten. Ich nahm mir vor, mich beim nächsten Hund nicht mehr nach einer sanftmütigen Rasse umzusehen, sondern nach den vierbeinigen Helden und Höllenhunden. Mit einem Dobermann wäre mir ein solch jämmerlicher Alleingang erspart geblieben.

Ich rechnete mit dem Schlimmsten. Ein anständiger Junge trieb sich um diese Zeit nicht mehr im Jugendzentrum herum, schon gar nicht, ohne zu fragen. Entweder wollte also jemand unser Equipment stehlen, oder die Verursacher von Brandlöchern in Bibeln und miesen Schmierereien an den Wänden trieben in meinem Zentrum ihr Unwesen. Die Tür war abgeschlossen. Ich sperrte auf und rief hinein, ohne den vermeintlich sicheren Platz vor der Tür aufzugeben: »Ist hier jemand?«

So idiotisch dieses Vorgehen war, so gering war auch der Effekt. Natürlich meldete sich niemand. Um das Licht zu löschen, musste ich schon tiefer hinein in das Gebäude. Ein letzter vorwurfsvoller Blick zu Bifi, und ich ging langsam durch den Flur zum Tresenbereich. Ich roch Zigarettenqualm und noch etwas anderes: einen angenehmen, süßlichen Duft nach Vanille und exotischen Gewürzen.

Im Halbdunkel hinter der Theke meinte ich zwei Gestalten sitzen zu sehen. Still und beobachtend. Ab und zu zeigte sich die rote Glut von Zigaretten. Ich blieb stehen und spürte eine mächtige Wut in mir aufsteigen, die leider jede vernünftige Reaktion im Keim erstickte. Statt hinauszulaufen und die Polizei oder wenigstens den Pastor anzurufen, ging ich noch einen Schritt auf die Eindringlinge zu und schimpfte: »Hier ist Rauchverbot!«

»Nachts gelten andere Regeln, Herr Grothe.«

Ehe ich registriert hatte, dass diese Stimme zu einer weiblichen Person gehörte, schimpfte ich schon weiter: »Was genau machen Sie um diese Zeit in meinem Jugendzentrum?«

Die eine Gestalt erhob sich und trat ins Licht: »Ihr Jugendzentrum? Die Verwendung des Personalpronomens finde ich diskussionswürdig.« Es folgte eine abwehrende Handbewegung, und in der davoneilenden zweiten Gestalt meinte ich einen der Rechtsanwaltssöhne zu erkennen, der mir schon in der Pizzeria aufgefallen war.

Doch letztendlich war ich zu sehr abgelenkt von der Erscheinung, die nun zwei Meter von mir entfernt stand. Die Frau war knapp einen Meter achtzig groß und trug Absätze, durch die sie einen ebenso großen Mann überragte. Ihre rotblonden Locken trug sie modisch kurz, und die Art, wie sie sich keck um die Ohren kringelten, hätte ich unter anderen Umständen entzückend gefunden. Das grüne Kostüm, das ihr auf den schlanken Leib geschneidert war, fand ich trotz dieser zweifelhaften Situation aufregend. Ich wünschte, sie wäre einen Moment abgelenkt, damit ich alles an ihr genauer betrachten konnte.

Sie sprach weiter: »Dieses Jugendzentrum existiert hier in diesen Räumlichkeiten, weil es einen Mietvertrag gibt, in dem von mir die Erlaubnis zu einer solchen Nutzung erteilt worden ist. Wenn Ihr Pfarrer Klein Ihnen weisgemacht hat, er unterstütze die Jugendarbeit, indem die katholische Kirche ein Gebäude dafür zur Verfügung stellt, so hat er zweifelsohne etwas übertrieben. Die Kirche zahlt lediglich einen Teil der Miete, die Stadt den anderen Teil. Und verzeihen Sie mir mein Misstrauen, aber es ist eine glückliche Fügung, wenn man auf diese Weise die katholischen Hände in der Jugendarbeit hat und sich die eine oder andere Einmischung erlauben kann! Das gefällt dem Pfarrer natürlich.«

Während sie sprach, wanderte sie um die Tische herum, und ich genoss den Anblick der grazilen Bewegungen eines perfekten Körpers.

Da meine Wut nun auch den Pfarrer miteinschloss, dachte ich noch immer nicht daran wegzulaufen, sondern fragte weiter: »Ich darf also davon ausgehen, dass Sie von diesem Mietvertrag profitieren?«

Charmant neigte sie den hübschen Kopf, und ich fuhr fort: »Sie haben durch die Vermietung des Gebäudes das Recht zur willkürlichen Nutzung der Räume abgegeben und sind somit unbefugt hier eingedrungen.«

Sie wedelte mit ihrer Zigarettenspitze verneinend hin und her und bemerkte: »Ich habe im Vertrag festlegen lassen, dass ich unangemeldete Stichproben vornehmen kann, um mich über den Zustand des Gebäudes zu informieren, das mir sehr am Herzen liegt. Immerhin gehen hier junge, oft ungehemmt agierende Personen ein und aus.«

»Ich persönlich finde Ihr Auftauchen hier ebenso ungehemmt. Sie dürfen das Zentrum gern betreten, aber niemals ohne Anwesenheit einer zuständigen Person, und schon gar nicht mit einem eigenen Schlüssel.«

Sie machte einen Schmollmund, und ich kam mir lächerlich vor.

Also straffte ich meine Schultern und fuhr mir durch die langen Haare. Mit beiden Händen. »Lassen wir das Geplänkel. Was wollen Sie wirklich hier?«

Noch während ich die Frage aussprach, kam mir ein höchst beunruhigender Gedanke. Hätte ich darin noch eine Chance gesehen, so wäre nun der Zeitpunkt passend gewesen, panisch und sehr schnell zu fliehen. Aber so blieb ich nur wie gebannt stehen und ließ zu, dass die rätselhafte Gestalt um mich herumschlich wie ein Kind um etwas, was es nicht haben kann.

Ich hörte ein kehliges Lachen und dann: »Ich würde Sie sehr gern verführen, Herr Grothe.«

»Wie bitte?«

»Nein, nein, dafür ist keine Zeit. Haben Sie die Bilder der Erzengel weggenommen, Herr Grothe?«

»Wie bitte?« Ich wiederholte mich auf dümmliche Art und Weise, das war mir klar, aber nun kam ich nicht mehr mit.

Sie trat nun sehr nahe an mich heran, und ich roch den Duft der exotischen Gewürze. »Sie haben Ihnen gut gefallen, diese Bilder, nicht wahr? Haben Sie einen der Erzengel darauf erkannt?«

»Ich habe sie alle vier erkannt!«, hörte ich mich sagen und tat so, als hätte ich Kontakt zu allen Erzengeln gehabt. »Das Grübchen in Michaels Kinn hätte der Künstler noch ein wenig mehr herausarbeiten können, meinen Sie nicht?«

Sie lachte, doch von einer Sekunde zur anderen wurden die Augen schmal, und ihr Blick verursachte mir Kopfschmerzen. »Ich möchte, dass diese Bilder wieder in der Kirche hängen, Herr Grothe!«

»Jetzt sagen Sie nicht, Ihnen gehört auch noch die Kircheneinrichtung?«

»Seien Sie nicht albern.« Sie setzte sich auf einen Stuhl und streckte die langen Beine in meine Richtung aus. Diese Frau wusste, dass sie schön war. Ob sie auch wusste, dass ich wusste, wer sie war?

»Was wollte der junge Rechtsanwaltssohn hier? Haben Sie den auch nach den Bildern befragt?«

Sie fixierte mich, und ich hielt dem Blick stand, zumindest für einige Sekunden. Sie sagte: »Für jemanden, der erst seit knapp zwei Tagen hier ist, kennen Sie sich verdammt gut aus. Wie wäre es, wenn Sie Ihre außergewöhnliche Kontaktfreudigkeit nutzen, um die vier Erzengel wiederzufinden?« Sie stand wieder auf, und dem Anschein nach machte sie sich tatsächlich zum Aufbruch bereit. »Diese Bilder wieder in der Kirche hängen zu sehen wäre mir einiges wert, Herr Grothe.«

Diesmal sprach sie meinen Namen aus, als übte sie eine neue Sprache.

Als ich mich schon allein wähnte, hörte ich aus der Ferne noch einmal ihre Stimme: »Wenn die Bilder nicht zurückgebracht werden, kostet das in jedem Fall etwas.«

Ich hätte nicht beschwören können, dass sie das tatsächlich gesagt hatte. Auf keinen Fall fühlte ich mich so, wie man sich als Mann üblicherweise fühlte, wenn man einer schönen Frau begegnet war. Ich löschte alle Lichter und begab mich aufgewühlt zum Haus des Pastors, Bifi im Schlepptau. Der Hund wedelte nun gut gelaunt und tat so, als sei das Leben gerade wunderbar.

Durch zweimaliges Betätigen des Klingelknopfes kündigte ich meine Rückkehr an.

»Wievielmal fünf Minuten wollten Sie denn warten, bis Sie die Polizei informieren?«, fragte ich, nachdem ich festgestellt hatte, dass ich beinahe zwanzig Minuten lang fortgewesen war. Nach fünf Minuten ohne Lebenszeichen durch mein Handy hätte Pfarrer Klein mir Rettung schicken sollen. Zum Glück hatte ich ja nur Luzifer getroffen und nicht etwa einen Einbrecher überrascht. Mann, war ich sauer.

»Ich hatte den Hörer schon in der Hand. Was war denn los?«

»Schöne Grüße von Ihrer Vermieterin«, knurrte ich und betrat ohne zu fragen mit dem Hund zusammen seine Wohnung. Das darauffolgende Gespräch mit meinem Vorgesetzten dauerte schließlich so lange, wie ich die Kraft fand, mir seine betriebswirtschaftlichen Ausführungen anzuhören.

Um Viertel vor zehn war ich endlich wieder in meiner eigenen Wohnung und trank ein weiteres Bier, einen Cognac und einige Schluck Ouzo aus einer einsamen Flasche, die ich im Kühlfach fand. Das war kein vorzeigbares Verhalten für einen Ex-Sozialpädagogen, aber es brachte mich immerhin in eine Verfassung, die es mir ermöglichte, mit einer gewissen Gelassenheit auf die Ereignisse zurückzublicken.

Luzifer war eine Frau, wie es Michael gesagt hatte, und sie machte sich Sorgen um die vier verschwundenen Gemälde der Erzengel. Sie traf sich in meinem Jugendzentrum mit Jugendlichen, wobei es sicherlich nicht um wertvolle Moralerziehung ging. Und sie wagte es tatsächlich, mich zu bedrängen, ich solle ihr die Bilder wieder herbeischaffen. Warum ging sie davon aus, dass ich etwas mit dem Diebstahl zu tun hatte?

Mittlerweile war ich gar nicht mehr so sicher, dass der Mörder der Putzfrau auch die Bilder entwendet hatte. Wenn ich mal eine gewisse biblische Logik anwandte, dann musste jemand, der Luzifer, also dem Teufel, etwas wegnahm, eigentlich zu den Guten gehören. Ein Guter brachte aber keine Putzfrauen um!

Frau Wagner hatte recht. Ich musste mehr über die Vergangenheit von Olga Wisniewska herausfinden. Nach wie vor waren die drei Waisenkinder Dominik, Viktor und Maria für mich der Schlüssel zu allem, schon deshalb, weil sie der entscheidende Grund für meine Rückkehr ins irdische Leben waren.

Kaum war man wieder Mensch, stellten sich im Leben so zahlreiche Aufgaben, dass man sich mental verirren konnte. Die Beerdigung der armen Putzfrau war sicher ein geeigneter Ort, um Verwandte unauffällig nach ihrer Vergangenheit zu befragen, doch ich konnte damit unmöglich warten, bis die Polizei den Leichnam freigab. Ich konnte aber auch schlecht nach Polen reisen, um ihren Heimatort aufzusuchen. In dieses Städtchen fuhr man nicht mal schnell in einer Mittagspause, aber mit meinen Sprachkenntnissen war es aussichtslos, telefonisch ausführlichere Informationen zu erhalten.

An dieser Stelle meiner Überlegungen schalt ich mich einen Ignoranten. Immerhin hatte ich morgen eine Verabredung mit einer Frau, die Polnisch sprach wie eine Muttersprachlerin und die bereits ein gewisses Interesse an meinen Recherchen geäußert hatte. Ich würde sie morgen früh anrufen. Der Gedanke machte mir wieder Mut. Ich schrieb ihn auf.

Ich schrieb in dieser Nacht alles auf, was mir in den Kopf kam, zwei DIN-A4-Seiten voll mit den skurrilsten Überlegungen zu dämonischen Kindern und einem weiblichen Luzifer, der mit der Kirche zusammenarbeitete und Jugendliche zu beeinflussen suchte. Ich schrieb über einen heroischen Erzengel Michael und über die vier Gemälde von ihm und seinen Brüdern, die das jeweilige Antlitz anscheinend auf betörende Weise und höchst wirklichkeitsgetreu darstellten. So viele Fragen! Eine davon erschien mir am wichtigsten, sie stand am Ende meines Schreibrausches: Wie viel Macht hat ein gefallener Engel auf Erden?

Das Unterbewusstsein zu überlisten ist schwerer, als die Waage im Badezimmer zu manipulieren. Kein noch so spannender Film mit Gruselgarantie konnte das Erlebte überdecken. Diese Luzifer schlich sich in meine Träume. Jetzt, da ich diesen Engel als Frau gesehen hatte, konnte ich nicht länger in der männlichen Form von ihr sprechen.

In meinem Traum war Luzifer allerdings nicht direkt bedrohlich, vielmehr sah ich sie spazieren gehen. Mit ihren schlanken Händen strich sie über hohes Gras, wandte ihr Gesicht der Sonne entgegen und summte ein Lied. Dann war ein Lachen zu hören. Luzifer gelangte zu einer Weide, von der man einen Teil als Reitplatz abgetrennt hatte. Im Hintergrund waren alte Gebäude zu erkennen, direkt vor Luzifer ritt eine Frau auf einem dicken Pony. Das Schönste an diesem Pony war die Mähne, sie war von einem seltenen, tiefen Schwarz und hing dem Tier weich und lang über beide Seiten des Halses. Die Frau ritt am Zaun entlang und ließ dabei ein kurzes, glückliches Lachen ertönen. Solch ein Lachen hörte man von Kindern, die lange auf eine Karussellfahrt gewartet hatten und sich nun endlich mit den Feuerwehrautos, den Pferden und Einhörnern im Kreise drehten. Doch die glückliche Frau auf dem Pferd war erwachsen. Ich erkannte Lisa. Sorgenvoll schaute ich umher und beruhigte mich sogleich, als ich in einer Ecke des Reitplatzes eine Reitlehrerin erkannte. Sie winkte mir freundlich zu.

Aber das ging ja gar nicht! Ich war doch nicht mit in dem Bild. Ich sah nur als Träumer zu.

Die Reitlehrerin winkte nicht mir zu, auch nicht Lisa. Luzifer war am Zaun erschienen. Sie stellte einen Fuß keck auf die untere Latte und lehnte die Arme lässig auf den oberen Holm. Das Pferd scheute, wirkte plötzlich unruhig, und ich hielt den Atem an. Unwillig warf es den Kopf, sodass die herrliche Mähne sich bewegte wie eine Decke, die man ausschüttelte. Lisa reagierte bewundernswert. Sie stieg ab und führte das Pony unter beruhigenden Worten zu ihrer Reitlehrerin. Ihr Kinn hielt sie leicht nach oben, die Lippen waren nach innen gezogen.

Ich kannte diesen Ausdruck. Lisa hatte Angst.

SIEBEN

Am nächsten Morgen wurde ich nicht vom Wecker aus dem Schlaf gerissen, sondern von einem ganz ähnlichen Geräusch, dem Telefon.

Es war ein verdammt lautes Klingeln, doch als ich den Hörer endlich an mein Ohr hielt, herrschte dort Stille. Eine Stille, die man hören konnte, weil jemand am anderen Ende der Leitung beharrlich schwieg.

»Ich höre«, sagte ich und richtete mich so langsam auf, als stünde das Telefon auf einer Bombe.

Dann hörte ich ein kehliges Lachen. »Artig, Herr Grothe. Eine neue Seite von Ihnen.«

»Was wollen Sie schon wieder!«, knurrte ich unfreundlich.

Ich hörte Luzifer kokett seufzen. »Ich habe gestern Abend vergessen, meine Erwartungen zu konkretisieren. Bis heute Mittag möchte ich die Bilder zurückhaben. Hängen Sie sie einfach wieder in der Kirche auf. Die Positionierung überlasse ich Ihnen.«

»Ich habe die Bilder nicht.«

»Ich werde darüber nicht diskutieren, Herr Grothe. Seien Sie kreativ.« Das nächste Geräusch verriet das Ende des Gespräches.

Ich legte ebenfalls auf und dachte über meine Erfahrungen mit Zufällen nach. Konnte es Zufall sein, dass ich im Traum Luzifer bei Lisa gesehen hatte und die Erstgenannte kurz darauf bei mir anrief?

Albert Einstein hatte nicht an Zufälle geglaubt. »Gott würfelt nicht«, war seine Maxime gewesen. Und ich bewunderte Einstein.

Blieb die Frage, ob vielleicht Gott mir diesen Traum gesandt hatte, um mich zu warnen, oder doch Luzifer, um mir zu drohen.

Was mich ernsthaft verunsicherte, war der Zeitpunkt des Anrufs. Es war fünf Uhr dreißig in der Früh. Und genau um diese Zeit war Lisa aufgrund eines Traumes vor zwei Tagen bei mir aufgetaucht, in Jogginganzug und Hausschuhen.

Natürlich schlief ich nicht wieder ein. Ich schickte mentale Hilferufe zu Michael. Noch nie hatte ich so sehr jemanden herbeigesehnt, mit dem ich mich beraten konnte.

Zeit meines Lebens hatte man mir eine gewisse Teamunfähigkeit bescheinigt. Am besten kam ich mit Mitarbeitern aus, denen ich sagen konnte, was es zu tun gab. Als Leiter des Jugendzentrums hielt sich der Ärger also in Grenzen. Schwierigkeiten gab es allenfalls mit dem Jugendamt, wenn sich dort ein Mitarbeiter daran erinnerte, dass er Entscheidungen treffen durfte.

Meine frühere Frau hatte mir sogar vorgeworfen, ich hätte mich nur deshalb gegen ein Kind entschieden, weil ich nicht einmal bei einer so wunderbaren und lebensverändernden Aufgabe wie der Kindererziehung mit jemandem zusammenarbeiten wollte. Die Scheidung hatte schließlich ich eingereicht. Anscheinend hatte sie versucht, ihren Vorgesetzten als Samenspender einzusetzen – anders konnte ich mir diese Affäre nicht erklären. Der Typ sah aus wie George Clooney, hatte aber den Charakter einer Kanalratte.

Als ich so in meinem Bett herumlag und über die kleinen Mängel in meiner Persönlichkeit und die großen Fehler der anderen nachdachte, kam mir plötzlich ein verwegener Gedanke. Warum sollte ich nicht auch ein paar Schwächen meiner Gegnerin für meine persönlichen Zwecke nutzen?

Die Darstellungen der vier Erzengel lagen Luzifer offensichtlich sehr am Herzen, warum auch immer. Wenn ich die Bilder hätte, könnte ich also Bedingungen stellen, so dachte ich mir. Ich könnte zu Luzifer sagen: »Für jedes Bild beantwortest du mir eine Frage.«

In der Vergangenheit hatte der Teufel doch stets bewiesen, dass er einem guten Handel nicht abgeneigt war. In Liedern, Märchen und Geschichten erschien er immer wieder als Spieler, Verführer und Geschäftsmann. Die Tatsache, dass die Menschen in diesen Geschichten in der Regel den schlechteren Part an Land gezogen hatten, verdrängte ich dabei.

Plötzlich war mir sehr daran gelegen, die vier Gemälde wieder herbeizuschaffen. Ich sprang aus dem Bett und stürmte unter die Dusche wie ein Ertrinkender zum Wasserloch. Es gab so viel zu tun, so viel herauszufinden. Die Ideen wirbelten durch meinen Kopf und erzeugten innere Unruhe.

Pastor Klein reichte mir das Milchkännchen und dachte offensichtlich darüber nach, ob er mit diesem neuen Küster nicht einen Fehlgriff gemacht hatte.

»Sie glauben also nicht daran, dass der Dieb der Bilder auch der Mörder unserer armen Putzfrau ist?«

»Nein.«

»Sie meinen wirklich, die Bilder sind erst später entwendet worden, quasi als Reaktion auf den Mord?«

»Ja.«

»Also ich kann mir das sehr gut so vorstellen!«, mischte sich Frau Hering ein und biss herzhaft in ein Schinkenbrötchen. An die Mahlzeiten im Hause des Pastors hätte ich mich gewöhnen können. Das Essen war gut und reichhaltig und schien zudem für eine gewisse Ordnung und Stabilität zu sorgen. Angesichts eines heißen Kaffees, knuspriger Brötchen und einer westfälischen Wurstplatte verlor Luzifer deutlich an Brisanz. Und die Gesellschaft der beiden war mir angenehm, aber das hätte ich nie zugegeben.

Nun zwinkerte ich der vergnügt dreinblickenden Frau Hering zu und wartete auf weitere Fragen des Pfarrers.

»Und wer hat dann jetzt die Bilder? Ich habe sie nämlich nicht. Vielmehr bin ich hier der Beraubte.«

Das war übertrieben. Zum Raubopfer wäre Pastor Klein erst geworden, wenn man ihn niedergeschlagen und ihm die Meerschaumpfeife gestohlen hätte. Die Bilder gehörten der Kirche.

»Wenn wir wüssten, warum die Bilder gestohlen wurden, hätten wir wahrscheinlich auch den Täter«, antwortete ich. »Ich bin mir aber sicher, dass es nicht aus profaner Geldgier geschah.«

Ich schaute ganz harmlos in die Runde und rührte noch harmloser in meinem Kaffee, während ich hinzufügte: »Ich habe gehört, dass diese vier Bilder auf geheimnisvolle Art und Weise das tatsächliche Aussehen der Erzengel zeigen.« Schnell blickte ich auf, um die Gesichter meiner Zuhörer zu beobachten.

Frau Hering lachte. »Nette Vorstellung, sie sind alle vier schöne Männer. Aber das ist natürlich Nonsens.«

Pastor Klein musterte mich prüfend. »Ist Ihnen schon einmal einer der Erzengel begegnet, Herr Grothe? Im Traum vielleicht? Oder in Ihrer Vorstellung, wenn Sie über den einen oder anderen etwas gelesen haben?«

Ich geriet ins Schwitzen und zuckte vage mit den Schultern, ohne etwas zu erwidern.

»Ist es nicht vielmehr so«, fuhr er fort, »dass wir alle eine bestimmte Vorstellung von Engeln haben, insbesondere von den Erzengeln? Dieser italienische Künstler hat meiner Meinung nach sehr genau in der Bibel gelesen, wahrscheinlich auch in den Apokryphen, und hat daraus ein möglichst glaubhaftes Abbild jedes einzelnen Engels geschaffen, mit dem sich viele Christen identifizieren können. Wie die Puttenengel der Barockzeit sehen die Engel bestimmt nicht aus. Sie sind nicht individualisiert.«

Erneut ruhte sein forschender Blick auf mir, und er schüttelte den Kopf. »Sind Sie sicher, Herr Grothe, dass Sie nicht schon etwas länger hier in Lüdinghausen sind?«

Auch diese Frage beantwortete ich nicht. Aber mir fiel etwas ein, was ich bei meinen Nachforschungen zu den Engeln gelesen hatte. »Warum hing eigentlich Uriel so selbstverständlich bei den anderen? Ich habe gelesen, dass er gar nicht als einer der Erzengel anerkannt ist. Sein Name kommt in den heiligen Schriften nicht vor, nur in den Apokryphen, nicht wahr?«

Nun war es an Pastor Klein, mit den Schultern zu zucken.

»In dieser Kirche hing er schon immer. Wir dürfen die Engel zwar nicht anbeten, denn sie sind nur Boten und Diener Gottes, aber die Kirche damit schmücken – wer sollte sich daran stoßen? Und gäbe es noch eine fünfte Darstellung von einem weiteren Engel, würde sie auch in der Kirche hängen.«

»Gibt es eine Darstellung von Luzifer?«

Wieder dachte ich an diese verführerisch wirkende Frau mit ihrem Auftreten einer umjubelten Diva. War ihr mein Vorgesetzter einmal begegnet? Er hatte am Abend zuvor nur zugegeben, dass die Räumlichkeiten meines Jugendzentrums einer größeren Immobilienfirma gehörten. Konkrete Namen hatte er nicht genannt.

Pastor Klein lächelte schief. »Tausende!«

»Ich meine nicht die Ziegenböcke und die gehörnten Teufelsfratzen, sondern ein Bild von Luzifer als der Engel, der er ursprünglich war.«

Statt einer Antwort stand er auf und marschierte in sein Arbeitszimmer. Gleich darauf kam er mit einem dicken Buch zurück. Er blätterte einige Sekunden darin und zeigte mir schließlich einen Holzschnitt. Ein Jüngling mit Flügeln und gelocktem Haar lehnte erschöpft an einem Felsen. Luzifer war aus dem Himmelreich gestürzt worden und auf der Erde angelangt. Wären da nicht die zwei großen Flügel gewesen, hätte ich den Jüngling für einen römischen Krieger gehalten.

»Solche Darstellungen gibt es zuhauf«, sagte Pfarrer Klein. »Ich habe aber das deutliche Gefühl, Sie suchen eine ganz andere Form der Darstellung von Luzifer.«

Frau Hering begann damit, den Frühstückstisch abzudecken. Ich hatte den Eindruck, unser Gespräch langweilte sie.

Ich trank meinen Kaffee in einem Schluck leer und stellte die Tasse auf den Teller. Beides reichte ich der Haushälterin.

»Ich habe mal davon gehört, dass Luzifer ein weiblicher Engel gewesen sein soll …«

Meine Worte hatten kaum den Mund verlassen, da gab es ein schepperndes Geräusch. Das temperamentvoll abgesetzte Geschirr landete auf der Tischplatte, damit Frau Hering ihre Arme in die Hüften stemmen konnte. »Will man uns Frauen das nun auch noch anhängen? Erst waren wir schuld an der Vertreibung aus dem Paradies – schön gelangweilt hättet ihr Männer euch dort ohnehin –, dann wurde uns das ganze Theater mit dem Kinderkriegen zugeteilt. Wir mussten in der Vergangenheit immer wieder um jedes verdammte Recht kämpfen, und nun so etwas!« Sie funkelte mich zornig an. »Es ist noch gar nicht so lange her, da mussten die Frauen in der Kirche links sitzen, während die Männer rechts thronten. Links saß nämlich das Böse, das Sündige. Und jetzt wollt ihr uns noch Satan persönlich anhängen! Es würde mich keineswegs wundern, wenn unser Papst …«

Pastor Klein hatte seine Haushälterin bereits leicht am Arm gefasst, um sie zu beruhigen – so viele Flüche ziemten sich nicht an einem katholischen Frühstückstisch –, aber nun wurde er ebenfalls laut. »Wenn du nicht augenblicklich nachdenkst, bevor du weitersprichst, werde ich mich persönlich um deine Sünden kümmern, Edeltraud.«

Mit vorgestrecktem Kinn griff sie nach dem Geschirr, das ihr am nächsten stand, und rauschte ab in die Küche. Ich sah ihr verblüfft hinterher – konnte denn meine spekulative Frage allein für einen derartigen Ausbruch verantwortlich sein?

Pastor Klein neben mir seufzte und erläuterte mir in leisen Worten die ganz persönliche Tragödie seiner Haushälterin.

Frau Hering hatte ihren kleinen Sohn bei der Geburt verloren.

Es war eine Geburt, die zu lange gedauert hatte. Der erste Schritt ins Leben hatte den Säugling so sehr angestrengt, dass er vor Erschöpfung starb, noch ehe er das erste Mal von der Brust seiner Mutter getrunken hatte. Mir schien das unverständlich, schließlich gab es den Kaiserschnitt nicht erst seit ein paar Jahren. Warum war er in diesem Fall nicht eingeleitet worden? Ich fand, menschliches, vermutlich ärztliches Versagen und keine göttliche Rache hatte diesen kleinen Jungen getötet.

Nachdenklich ging ich die wenigen Schritte nach Hause. Viel hatte ich nicht erfahren. Niemand hatte sich in letzter Zeit auffällig für die Engelsdarstellungen interessiert. Pastor Klein verstand zwar nicht so recht, was mich an diesem Fall so faszinierte, hatte mir jedoch grünes Licht erteilt, um in den Kirchenbüchern nach Hinweisen auf diese Bilder zu forschen. Aus seiner Sicht war das Zeitverschwendung, doch ich dachte, da Luzifer nicht gerade eine Erscheinung des 20. Jahrhunderts war, könnte es einen ähnlich motivierten Diebstahl schon einmal gegeben haben. Luzifer schien mir auffällig besorgt wegen des Verschwindens der Bilder.

In den Kirchenbüchern wurden üblicherweise nur Taufen, Hochzeiten und ähnliche Daten dokumentiert, doch ich wusste, dass einige Pfarrer darüber hinaus besondere Ereignisse im Kirchenjahr festgehalten hatten. Es würde eine mühselige Suche werden, denn natürlich waren die älteren Bücher nicht gerade in schön leserlichem Hochdeutsch geschrieben.

Doch zunächst hatte ich einen Anruf zu erledigen.

»Beata Wagner.«

»Hallo, Frau Wagner, hier spricht Christian Grothe.«

»Wollen Sie unsere Verabredung absagen?« Bildete ich mir das ein, oder klang ihre Stimme tatsächlich reserviert?

»Im Gegenteil. Ich würde sie gern ein wenig erweitern, wenn es Ihnen recht ist. Ich brauche noch einmal Ihre Hilfe.«

Nach wenigen Worten fand ich heraus, dass Beata Wagner sogar sehr großes Interesse hatte, Kontakt mit dem Waisenhaus aufzunehmen. Ich bot ihr an, diese Anrufe in meiner Wohnung zu tätigen, da ich ihr nicht auch noch die Telefonkosten ins Ausland aufbürden wollte. Doch das lehnte sie ab.

»Es geht ja hier nicht um private Angelegenheiten von Ihnen, Herr Grothe. Ich will auch wissen, warum Olga Wisniewska so große Angst vor diesen drei jungen Menschen hatte.«

Wir verabredeten uns für neunzehn Uhr in einem kleinen Restaurant in der Nähe. Ich hatte zunächst eine Weinstube vorgeschlagen, deren Betreiber außer einer immensen Auswahl guter Weine auch eine kleine, erlesene Speisekarte anbot. Doch Frau Wagner hatte diesen Vorschlag ohne Begründung abgelehnt. Sie war eine Frau, die ihre Meinungen und Ansichten sehr offen zeigte, wie ich feststellen musste. Ich legte auf und freute mich auf den Abend.

Mit einem Blick auf die Uhr begann ich mich zu fragen, ob ich mir eigentlich Sorgen machen musste. Es war halb zehn, und bis Mittag sollte ich die Engelsbilder in die Kirche zurückgebracht haben. Erneut fragte ich mich, wie viel Macht ein gefallener Engel auf der Erde erlangen konnte. Im Grunde genommen war es nicht ganz fair, wenn man einen Engel wegen schlechter Leistung und düsterer Pläne auf die Erde stieß und das Problem damit den Menschen auflud. Was würde mir wohl passieren, wenn ich die Bilder nicht bis Mittag aufgetrieben hatte?

Natürlich! Ich stürzte zum Telefon und rief Magdalene Schneider auf ihrem Handy an. »Herr Grothe, wo haben Sie denn meine Nummer her?«

Ich schwitzte. »Entschuldigung für die Störung, Frau Schneider, ich dachte mir, vielleicht möchte Lisa wissen, wie es ihrem Hund Bifi geht?« Einen verlockenden Moment lang dachte ich daran, Frau Schneider die Wahrheit zu sagen. Sie würde mir niemals glauben, und ich würde Lisa nie wiedersehen, da sie einen Irren wie mich von ihr fernhalten würde. Unwillkürlich musste ich an den Witz über einen alten Mann denken, der, seiner männlichen Potenz beraubt, zu Gott betete: »Herr, du hast mir die körperlichen Freuden genommen, nun nimm mir doch bitte auch die Erinnerung daran!«

Warum konnte ich nicht fühlen wie ein Christian Grothe, wenn ich schon seine langen Haare spazieren führte? Warum nur liebte ich meine Lisa, wie ihr Bruder Rudi es sein Leben lang getan hatte? Natürlich spielte es eine Rolle, dass Lisa behindert war. Bei einer gesunden Schwester würde ich mich nicht so schlecht fühlen, die hätte einen Ehemann, einen Job, vielleicht Kinder. Aber Lisa brauchte meinen Schutz.

Seit sie auf der Welt war, dachte ich so. Als meine Mutter mit dem kleinen Bündel im Arm aus dem Krankenhaus gekommen war, da hatte sie Tränen in den Augen und versuchte, mir Dinge zu erklären, die ich nicht hören wollte und nicht verstehen konnte. Jahrelang war ich ein Einzelkind gewesen und hatte mir immer einen Bruder oder eine Schwester zum Spielen gewünscht. Und dann erklärte man mir, das lang ersehnte Spielzeug sei defekt, sei nicht so zu gebrauchen wie andere Geschwister. Ich wollte das überhaupt nicht hören.

Aber schnell erkannte ich das Potenzial in dieser Schwester. Sie verschaffte mir die Heldenrolle.

Ich brachte ihr die ersten Worte bei, half ihr, mit einem Löffel umzugehen, und verteidigte sie gegen jeden Angriff von außen, und sei es in Form eines scheelen Blickes. Ich wurde nicht müde, sie von einem Spielplatz zum nächsten zu begleiten, und akzeptierte nur Spielkameraden mit einer hohen sozialen Kompetenz. Niedlich und kontaktfreudig, wie sie war, mit einem Gesicht, das dem Kindchenschema lange entsprach, war es für Lisa leicht, ältere Spielkameraden und Sympathien zu finden.

An den Dienstagen, wenn Lisa Physiotherapie und andere Fördermaßnahmen erhielt, bestand meine Mutter darauf, dass ich mich mit anderen Kindern verabredete. Für mich hieß das Fußball im Sommer und Tischtennis oder Judo im Winter.

Ich habe mich oft gefragt, ob ich den Beruf des Sozialpädagogen auch ohne meine behinderte Schwester ergriffen hätte. Meine Mutter hingegen fand es immer schade, dass mir die nötige Geduld für ein Medizinstudium gefehlt hatte, denn wie viele mongoloide Kinder besaß Lisa ein recht anfälliges Herz. Bereits kurz nach der Geburt musste sie operiert werden, und es stand zu erwarten, dass Lisa ab Ende dreißig zunehmend gesundheitliche Probleme bekommen würde. »Dann braucht sie gute Ärzte, Rudi«, so meine Mutter zum wiederholten Male, wenn ich Lisa verwöhnte.

Die erstaunte Frau Schneider am anderen Ende der Leitung lachte nervös. »Das ist aber nett, dass Sie daran denken. Lisa freut sich bestimmt.« Ich hörte sie rufen und hielt den Hörer schon mal ein Stück von meinem Ohr weg. Mit Lisa zu telefonieren war etwa so, als säße man bei einem Marktschreier auf dem Schoß.

»Hi, Christian! Ich kann reiten. Willst du nicht auch kommen?«

»Hallo, Lisa. Gern, aber ich kann nicht. Ohne mich bekommt der Pfarrer keine vernünftige Messe hin.« Ich hörte sie kichern und sah sie vor mir, wie sie ihre Hand vor den Mund hielt und die Schultern hochzog.

»Bifi geht es gut, mach dir keine Sorgen. Was tust du den ganzen Tag lang? Beten?«

»Nö, reiten und arbeiten. Ich habe den Nonnen erklärt, wie sie ihre Schnecken aus den Beeten kriegen. Beten tu ich nur abends, vorm Einschlafen. Weißt du, was ich gestern Abend gebetet habe?«

»Nein, aber du brauchst es mir nicht erzählen.«

»Ich will aber. Ich habe zum lieben Gott gebetet, er soll dem Rudi erzählen, dass ich jetzt allein reiten kann. Und er soll meinem Bruder sagen, dass ich nicht mehr so traurig bin. Ich weiß jetzt, dass ich ihn bald wiedersehe.«

»Wie meinst du das?« Meine Zunge fühlte sich plötzlich steif an.

»Ich denke, das ist so wie bei einem Konzertbesuch. Ich war da mal mit Rudi, also auf einem Konzert. Und da ist der Rudi auch vorgegangen und hat schon mal die besten Plätze belegt. Die Frau Schneider und ich sind erst zwei Stunden später hingegangen. Jetzt sorgt mein Bruder woanders für gute Plätze, und ich komm irgendwann nach. Im Himmel kann man sich nicht so verabreden wie bei einem Konzert. Das geht ja nicht. Aber solche wie ich, die werden eh nicht so alt, Christian.«

Ich schluckte und schluckte, konnte aber nicht verhindern, dass mir ein paar Tränen über die Wangen liefen.

»Haben dir das die Nonnen erzählt?«

»Nein!« Ihre Stimme klang empört. »Das habe ich mir selbst überlegt. Das ist doch so, oder?«

Ich nickte dreimal, bis mir einfiel, dass Lisa mit mir telefonierte und ich besser etwas sagen sollte. »Ich glaube schon. Irgendwo und irgendwann treffen wir uns alle wieder. Aber bis dahin genießen wir das Leben auf der Erde, Lisa. Deinem Bifi geht es gut. Er schnarcht.«

Sie lachte. »Gib ihm einen dicken Kuss auf die Nase und kauf ihm mal ein Schokoeis. Das liebt er.« Sie machte eine Pause, und ich dachte beinahe, sie hätte aufgelegt. »Chris, sag der Frau, sie soll mich hier nicht besuchen. Ich mag sie nicht!«

Ich verstand sofort und war alarmiert. »Du meinst diese Rothaarige, die mich verfolgt hat?«

»Sie ist einfach zum Reitplatz gekommen.«

Ich fasste den Hörer so fest, dass die Batterieklappe aufsprang. »Die kann was erleben, Lisa, das verspreche ich dir!«

Also doch. Ich hatte es geahnt. Der Traum, der mir Lisa auf dem Reitplatz gezeigt hatte, entstammte nicht dem Repertoire meines Unterbewusstseins. Luzifer hatte mir vor Augen geführt, wie weit ihr Arm reichte.

Wieder einmal setzte mich die Menschenkenntnis meiner Schwester in Erstaunen. Mich hatte sie trotz eines völlig veränderten Aussehens beinahe am Schritt erkannt, und Luzifer konnte ihr bei all ihrer Schönheit und ihrem weltmännischen Charme keinen freundlich gesinnten Engel vormachen.

Wie sollte es jetzt weitergehen? Sollte ich etwa dem Satan drohen? Womit?

In den nächsten zwei Stunden durchsuchte ich die Sakristei und sämtliche Gebäude rund um die Kirche mit einer Akribie, die an eine Zwangsneurose denken ließ. Ich wusste, es war unwahrscheinlich, dass jemand die Bilder einfach nur abgehängt und in der Nähe versteckt hatte. Seit Luzifer sich eingemischt hatte, war ich davon überzeugt, dass die Bilder vor ihr in Sicherheit gebracht worden waren. Ich suchte keinen Dieb, sondern einen Verbündeten.

Zum wiederholten Male nahm ich die Übersetzung aus dem Tagebuch zur Hand, las die wenigen Seiten, die Olga Wisniewska kurz vor ihrem Tode verfasst hatte. Plötzlich glaubte ich zu wissen, wer die Bilder entwendet hatte, und ich bewunderte diesen Menschen für seine Treue und für sein überlegtes Handeln in einer Ausnahmesituation.

Mein Verhältnis zu Pastor Klein war mittlerweile beinahe als harmonisch und konstruktiv zu bezeichnen, und so teilte ich ihm zumindest mit, warum ich für ein bis zwei Stunden unterwegs sein würde.

»Sie wissen, wo meine Bilder sind?«

»Ich habe einen Verdacht.«

»Gut, rufen wir die Polizei an.« Manchmal war unser Pastor erstaunlich schnell in seinen Beschlüssen und wollte sie dann sofort umsetzen.

Eilig hob ich die Hände. »Die Polizei würde dabei nur stören. Im schlimmsten Fall sehen wir die Bilder nie wieder. Ich muss der Sache allein nachgehen.« Ich senkte meine Stimme. »Die Bilder wurden wahrscheinlich beiseitegeschafft, um sie zu schützen.«

Pastor Klein fixierte mich wie einen Maikäfer im Dezember.

»Ich finde Sie im höchsten Maße merkwürdig, Herr Grothe. Und diese Stelle haben Sie bestimmt nicht angenommen, um meinen Küster zu vertreten.« Unerwartet kramte er in seiner Hosentasche und steckte mir dann etwas in die Hand. »Den tragen Sie bitte immer bei sich. Ich nehme mal nicht an, dass Sie so etwas schon haben.« Ehe ich mich bedanken konnte, war er schon zur Tür hinaus und rief wegen eines Termins nach seiner Haushälterin.

Ich betrachtete den Gegenstand, den er mir gegeben hatte. Es war ein Rosenkranz, ein außergewöhnlich schöner Rosenkranz. Die Gebetsperlen waren aus Perlmutt, aufgereiht an einer Kette aus echtem Silber. Ich kannte Gebetsketten eher in dunklen Farben, aber dieser Rosenkranz schimmerte klar und hell. Das ideale Werkzeug für den Kampf gegen Werwölfe, Vampire und andere Dämonen, dachte ich grimmig und verstaute die Kette sorgfältig in der Hosentasche. Ich war ernsthaft berührt von dieser Geste.

Kurze Zeit später stand ich erneut vor dem kleinen Häuschen, in dem Olga Wisniewska mit Herrn Schweig zusammengelebt hatte und wo sie wahrscheinlich viele Pläne für ihre Zukunft in Deutschland geschmiedet hatte. Im Briefkasten steckte noch die Tageszeitung von heute Morgen, und die Blumen in dem Kübel vor der Haustür vertrockneten zusehends. Wenn ein geliebter Mensch verstorben war, verloren alltägliche Pflichten schnell ihre Bedeutung, sie erschienen sinnlos.

Ich betätigte den Klingelknopf und wartete. Das tat ich dreimal hintereinander, ohne jeden Erfolg. Früher wäre ich nun wieder in mein Auto gestiegen und hätte mich über die verlorene Zeit geärgert. Heute marschierte ich wie selbstverständlich um das schmale Haus herum, sprang über ein Beet und gelangte zu einer Terrassentür. Ich klopfte gegen die Glasscheibe und erschrak, als die Tür wie von Geisterhand aufsprang.

»Herr Schweig? Hallo? Sind Sie da?«

Ich betrat ein Wohnzimmer, das für meinen Geschmack zu viele Möbel enthielt. Und zwischen Bildern und Porzellantellern gab es nur wenige leere Stellen an den Wänden. Ansonsten war der Raum sehr ordentlich und sauber, die alten Holzdielen glänzten wie frisch gewienert. Meine Schuhe tönten laut und hart. Natürlich war es nicht richtig, einfach in die Wohnung einzudringen, aber ich dachte überhaupt nicht darüber nach. Ich war mir absolut sicher, dass Herr Schweig die Bilder genommen hatte, nachdem er von dem Mord an seiner Lebensgefährtin erfahren hatte.

Trotz Schock und Trauer, trotz Angst hatte Hubert Schweig sich auf den Weg in die Kirche gemacht, hatte einen günstigen Moment abgewartet und die Bilder in Sicherheit gebracht. So wie Olga es irgendwann mit ihm abgesprochen haben musste. Warum? Ich wusste es nicht. Ich hatte nicht einmal eine Ahnung, warum diese Bilder, die seit mehr als hundert Jahren in dieser Kirche in Lüdinghausen gehangen hatten, plötzlich vor Luzifer gerettet werden mussten.

Wäre ich doch nur eher gekommen, um noch mit Olga Wisniewska reden zu können. Sie hätte mir sicher wertvolle Hinweise gegeben, was da in meinem Jugendzentrum vor sich ging. Und vielleicht wäre Olga auch in der Lage gewesen, die Machenschaften der drei polnischen Jugendlichen aufzudecken.

Rufend wanderte ich durch die Wohnung von Hubert Schweig, bis ich endlich vor ihm stand. Er trug einen dunkelblauen Anzug und elegante Schuhe, und ich starrte verwirrt auf eine weiße Plastikrose, die in seinem Kragen steckte. Die Haare waren sorgfältig gekämmt und passten überhaupt nicht zu seinem Gesicht. Denn das war rot und aufgedunsen, die Augen traten hervor, und seine Züge waren schmerzlich verzerrt. Rudi Schweig hatte sich an einem Stromkabel erhängt. Nur knapp zwanzig Zentimeter baumelten seine Beine über dem Boden, sodass ich ihm beinahe vis-à-vis gegenüberstand.

Ich musste würgen. Warum hat er das gemacht? Warum, verdammt noch mal, hat er sich einfach aufgehängt? Ich drehte mich um die eigene Achse, fuhr mir mit beiden Händen übers Gesicht und stellte mir immer wieder diese Frage.

Und unverhofft bekam ich eine Antwort. Dabei war ich mir sicher, diese Fragen gedacht und nicht laut ausgesprochen zu haben.

»Die Dinge sind nicht immer so, wie sie erscheinen.«

Verdutzt drehte ich mich um. Hinter mir, im Wohnzimmer, stand ein schlanker Mann. Er war trotz seiner Jugend etwas altmodisch zurechtgemacht. Die blonden, leicht gelockten Haare waren zu einem losen Zopf gebunden, und seine Kleidung erinnerte an ein Theaterkostüm, vielleicht der Romeo.

»Wie sind Sie hier hereingekommen?«

Doch der Fremde lächelte freundlich und antwortete: »Auf demselben Weg wie du, Christian, durch die Terrassentür.«

Dann trat er einige Schritte vor und tat etwas sehr Befremdliches: Er nahm den Kopf des toten Herrn Schweig zwischen seine zierlichen Hände und küsste ihn auf die Stirn.

Ich spürte, wie mir der Schweiß über den Rücken lief. Das flaue Gefühl in der Magengegend verstärkte sich.

»Ich bin Gabriel.«

Einfach so. Mehr sagte er nicht. Als wäre es völlig normal, dass er hier stand.

Ich versuchte mir die Darstellung dieses Engels auf dem Gemälde ins Gedächtnis zu rufen, doch es gelang mir nicht. Was hatte Michael über Gabriel erzählt? Auch das fiel mir nicht mehr ein. Ich starrte auf die feinen Schuhe, die grotesk in der Luft baumelten. Herr Schweig hatte sich so schick gemacht.

»Du kommst zu spät, Christian.« Ich war mir nicht sicher, worauf er mit dieser Bemerkung anspielte. Als ich endlich wieder klar denken konnte, saß ich im Wohnzimmer des Hauses, ein Glas Wasser in der Hand, und Gabriel musterte mich prüfend vom anderen Ende der Couch. Seine blauen Augen strahlten eine Ruhe aus, die guttat. Fast war ich versucht, mich an seine Schulter sinken und trösten zu lassen.

Ein durch und durch alberner Gedanke, schalt ich mich und nahm Haltung an. Um die Stille zu durchbrechen, bemühte ich mich, meine Anwesenheit hier zu erklären. »Ich glaube, dass Herr Schweig nach dem Tode seiner Lebensgefährtin die Bilder der vier Erzengel aus der Kirche entwendet hat.«

»Ja, damit liegst du richtig.«

Ruckartig hob ich den Kopf. »Sind sie hier, die Bilder?«

Gabriel hob beschwichtigend die Hand und sagte erneut: »Du kommst zu spät.«

Ich starrte ihn fassungslos an. Bis Mittag, hatte Luzifer gesagt. Es war schon fast elf Uhr, ich hatte nicht mehr viel Zeit. Was würde passieren, wenn ich die Gemälde nicht zu ihr brachte? Würde Luzifer sich tatsächlich Lisa vornehmen, meine hilflose, süße Schwester? Schon der Gedanke war unerträglich.

Ich spürte eine Hand auf meiner Schulter, Gabriel stand neben mir. »Gib Luzifer den Paketschein. Du hast ihn doch noch? Sie wird toben, aber dann wird sie dich erst einmal in Ruhe lassen.«

Ich starrte Gabriel hinterher, der mir nun den Rücken zuwandte und sich offensichtlich zum Aufbruch bereit machte.

»Wird er seine Olga wiedersehen?«, rief ich ihm hinterher.

Gabriel blieb stehen, drehte sich aber nicht mehr um. »Nein.« Er machte eine Pause. »Sagen wir, es ist unwahrscheinlich.«

Langsam erinnerte ich mich an einzelne Details. Hatte Michael nicht gesagt, dass Gabriel der Chef von Jonas und Raoul war? Mir fiel noch etwas anderes ein. Die Markierung des Gabriel – so wurde die Stelle zwischen Nase und Oberlippe bezeichnet, weil der Legende nach Gabriel die Babys dort berührte, um sie an die heiligen Gesetze zu erinnern. Gabriel war der Erzengel, der die Seelen der Babys von der Schwangerschaft bis zur Geburt geleitete. Sorgte er auch dafür, dass wir in unserem neuen Leben den richtigen Platz erhielten?

In der Heiligen Schrift war er immer derjenige, der den auserwählten Frauen von ihrer Schwangerschaft erzählte. Er war bei Maria gewesen und auch bei Zacharias, dessen Frau Johannes den Täufer gebar.

Warum war Gabriel hier gewesen? Hatte er mich treffen wollen oder Herrn Schweig?

Auf einmal wurde ich nervös, weil ich mich nicht mehr erinnern konnte, wohin ich den Paketschein gesteckt hatte. Hastig durchsuchte ich mein Portemonnaie, breitete alle möglichen Zettel auf meinen Knien aus und da, endlich, war auch der Paketschein, auf dem stand, dass etwas nach Puerto Rico versandt worden war.

Was sollte das eigentlich? Wenn Herr Schweig ein dickes Paket nach Polen geschickt hätte, das hätte ich verstanden, aber Puerto Rico? Ich wagte nicht daran zu denken, was Luzifer im Zorn mit mir anstellen würde, wenn ich ihr diese Quittung übergab anstatt der Bilder. Doch während ich noch darüber nachdachte, schaltete mein offenbar überforderter Denkapparat. Herr Schweig hatte die Gemälde der Erzengel nach Puerto Rico geschickt! Und ich, der neue Küster, hatte ihm dabei geholfen.

Ich war allein in der Wohnung mit einem Erhängten, und wenn mich jemand hier antreffen würde, bekäme ich zu Recht Schwierigkeiten. Die Luft in der Wohnung schien immer schlechter zu werden, und erneut überfiel mich Übelkeit. Ich musste hier weg.

Der Tod des armen Herrn Schweig rührte mich mehr, als ich gedacht hätte. Gern hätte ich den Leichnam abgehängt und auf das Bett gelegt, das er in glücklicheren Tagen mit Olga Wisniewska geteilt hatte. So wirkte er würdelos, baumelnd wie ein Pferdedieb im Wilden Westen. Ich starrte auf das Wasserglas, das ich immer noch in der anderen Hand hielt, und nahm es kurz entschlossen mit. Die Polizei brauchte nicht herausfinden, wer der letzte Besucher in der Wohnung gewesen war.

Mit Beinen so schwer wie Blei fuhr ich nach Hause zurück und begab mich in die Kirche. Ich weiß nicht genau, was ich erwartet hatte. Aber nachdem ich eine halbe Stunde auf einer harten Bank gesessen und auf die leere Stelle gestarrt hatte, wo das Bildnis von Michael gewesen war, nahm ich die Quittung und klebte sie, klein gefaltet und unauffällig, an die Wand. Eigentlich hatte ich keine große Lust, Luzifer persönlich zu begegnen. Ich verließ eilig die Kirche.

Dabei wunderte ich mich, dass dieser dunkle Engel überhaupt die Kirche betreten konnte. Hier musste die Filmindustrie in Zukunft besser recherchieren. Kreuze, Kirche und Weihwasser wurden sonst immer als wirksamster Schutz gegen Dämonen propagiert. Und welchen Schutz hatte ich für Lisa?

ACHT

Ein langer Spaziergang mit meinem Gasthund Bifi sollte mich auf eine gute Idee bringen, doch ich wurde davon nur missmutig und hungrig. Als die Kirchturmuhr zwölf schlug, fiel mir endlich etwas ein.

Anstandslos, wenn auch nicht gerade mit einem begeisterten Schwanzwedeln, folgte Bifi mir heute in die Räumlichkeiten des Jugendzentrums. An diesem Ort hatten sich Dominik, Viktor und Maria damals zuletzt aufgehalten, bevor sie begannen, im Jenseits für Unruhe zu sorgen. Hier würde ich nun Stellung beziehen.

Ich rief beim Lokalradio an und bat darum, bei den Veranstaltungstipps darauf hinzuweisen, dass das Jugendzentrum ab sofort wieder geöffnet sei und zu den gewohnten Öffnungszeiten herzlich einlade. Lüdinghausen besaß keinen eigenen Radiosender, aber der Kreis Coesfeld, zu dem wir gehörten, war mit »Radio Kiepenkerl« auf Sendung. Warum nur war ich nicht früher auf die Idee gekommen, direkt im Jugendzentrum zu recherchieren? Das war mein Revier, meine Arbeit. Wahrscheinlich wussten die jungen Leute mehr über die Vorfälle von Silvester und auch über die satanischen Umtriebe hier, als ich es mit meiner naiven Pädagogenseele je hätte erahnen können.

Lange hatte ich angenommen, Dominik, Maria und Viktor wären damals zu einem nächtlichen Spiel ins Jugendzentrum eingebrochen. Nun glaubte ich es besser zu wissen: Sie hatten sich mit Luzifer getroffen. Und wenn jemand kurz vor seinem Tod Geschäfte mit dem Teufel machte und danach, angeblich nach Ruhe strebend, im Jenseits auftauchte, dann stank das gewaltig nach Schwefel und Verdammnis.

Auch wenn ich dieses Zentrum nur noch kommissarisch leitete und das Gebäude quasi in den Händen Luzifers lag, ihr sogar gehörte, ich spürte meine Wut stetig steigen. Eine Wut darüber, dass jemand aus diesem Ort, der mir immer so heilig gewesen war, ein Zentrum für teuflische Angelegenheiten gemacht hatte.

Eine Stunde lang untersuchte ich jede einzelne DVD oder Videokassette und vernichtete, was mir nicht jugendfrei vorkam. In meinem Ärger und meiner Sorge waren dies vielleicht unnötig viele. Ich machte eine Liste der nötigen Renovierungsarbeiten, löschte alle Spiele auf den Computern und kratzte Wände ab und kroch auf dem Boden herum, um bösartige Sprüche und absichtliche Verschmutzungen zu entfernen. Meine Bemühungen würden Luzifer wohl kaum ein müdes Lächeln entlocken, aber ich hatte das Gefühl, einen Ort zurückzuerobern, der mir, ich wusste nicht, vor wie langer Zeit, offenbar entglitten war. Und wenn ich jeden Raum mit Weihwasser fluten lassen musste, dieses Jugendzentrum sollte ein Schutzraum sein, kein Satanistentreffpunkt.

Als zwei Stunden später die Tür knarrte und ich Schritte im Flur hörte, wusste ich, wer mein Besucher war. Jugendliche kamen meist zu zweit oder dritt, und sie redeten, sie fanden immer etwas, was sie kommentieren konnten. Diese Person hingegen näherte sich zielstrebig. Außerdem war es für Schüler und Lehrlinge ohnehin noch viel zu früh.

Ich schaute von meiner Liste nicht auf, fragte meinen Gast aber: »Wollen Sie sich an kleineren Renovierungsarbeiten beteiligen? Immerhin gewinnt Ihr Gebäude dadurch.«

»Renovierungsarbeiten sind ausschließlich von der Kirche zu bezahlen, so steht es im Mietvertrag. Jugendliche machen mir zu viel kaputt.«

Sie knallte die Quittung des Paketdienstes auf meinen Schreibtisch und zischte mehr, als dass sie sprach: »Was soll das?«

»Ja, sehen Sie, das habe ich mich auch gefragt. Nach reiflicher Überlegung bin ich zu der Überzeugung gekommen, dass Herr Schweig die Gemälde an sich genommen und sie, aus welchen Gründen auch immer, nach Puerto Rico geschickt hat. Als ich ihn zuletzt sah, hing er unglücklich und tot an einem Strick.« Ich drehte meinen Bürostuhl herum und lehnte mich zurück.

Luzifer schien nicht wirklich überrascht. Sie schnalzte mit der Zunge und sagte: »Selbstmord! Das wird unserem Gabriel aber gar nicht gefallen.«

Sie strich sich über die enge weiße Bluse, um eine imaginäre Fluse zu entfernen, und lenkte meine Aufmerksamkeit wohl wissend auf ihren reizvollen Ausschnitt. Ihre Haut kam mir heute noch eine Nuance dunkler vor, was wohl kaum von sommerlichem Wetter herrühren konnte. Das hatten wir hier gerade nicht.

Ich zuckte mit den Achseln. »Er zeigte viel Verständnis für den armen Herrn Schweig.«

Der Blick, der mich nun traf, war merkwürdig, eine Mischung aus Unglauben und, ja, irgendwie auch Trauer.

Doch Luzifer hatte sich schnell wieder in der Gewalt.

»Hör zu, Christian. Du läufst hier in einem gestohlenen Körper herum und bildest dir wer weiß was ein, weil ein paar brave Erzengel mit dir Händchen halten. Du solltest mich besser in Frieden lassen.« Bei ihren folgenden Worten betonte sie die Personalpronomen auf ungewöhnliche Weise. »*Ich* bin nicht immer das Böse. Aber *ich* werde sehr böse, wenn man *mich* ärgert. Sieh lieber zu, dass *ich* mich nicht über dich ärgern muss.«

Ihr Gesicht näherte sich dem meinen, und ich sah in Augen, die tiefer als ein Brunnen waren. Tief unten erblickte ich darin ein Gesicht, Lisas Gesicht. Ich schreckte in dem Moment zurück, als Luzifer mir einen Kuss auf die Wange gab. Dann lachte sie und sagte: »Hast du ein Gespenst gesehen, Christian, oder wirst du nicht gern geküsst?«

Sie lachte noch einmal auf, drehte sich um und verließ die Räume mit den Worten: »Denk dran, Christian, du bist selbst bloß ein Gespenst.«

Ich spürte meine Beine nicht mehr und hatte Watte im Kopf. Die wenigen Geräusche um mich herum schienen aus weiter Entfernung zu kommen. War ich dabei, mich aufzulösen?

Wie irre schaute ich um mich, aber ich saß noch immer an meinem Schreibtisch im Jugendzentrum. Mühsam gelang es mir, mit der Hand nach einem Stift zu greifen und damit auf der Unterlage herumzukrakeln. Schließlich fasste ich mit beiden Händen an meinen Kopf und stellte fest, dass auch die langen Haare noch da waren. Es musste eine Panikattacke gewesen sein. Nicht mein Körper verflüchtigte sich, sondern mein Verstand hatte sich plötzlich verabschiedet. In meinem Hirn war nur noch ein Gedanke: Ich wollte weg.

Ich zwang mich, auf dem Stuhl sitzen zu bleiben, und atmete tief ein und aus. Luzifers Drohung hatte ich mir jedenfalls nicht eingebildet. Je länger ich hier meinen Posten hielt, desto komplizierter wurde die gesamte Angelegenheit. Bislang war alles, was ich erreicht hatte, nur Tote, neue Rätsel und teuflische Drohungen.

Ich schreckte zusammen, als es plötzlich an meiner offen stehenden Bürotür klopfte. Erleichtert erblickte ich Kevin Ludwig.

Er wandte sich demonstrativ zum Ausgang um und pfiff durch die Zähne. »Mann, warum haben Sie diese Frau gehen lassen? In Ihrem Alter ist das ein Sechser im Lotto. Beziehungstechnisch gesehen.«

»Hallo, Kevin. Kennst du die Frau?«

»Nö, würd ich aber gern.«

Ich schob ihm mit den Füßen einen Stuhl hin und erklärte: »Sie ist angeblich die Besitzerin dieses Gebäudes.«

Kevin sah mich ungläubig an und zeigte mit dem Daumen hinter sich. »Die ist das? Na, die würden wir doch hier mitspielen lassen.«

Ich verdrehte die Augen ob der pubertären Sprüche und hakte noch einmal nach: »Du wusstest also, dass die Kirche dieses Gebäude nur mietet?«

»Noch nicht so lange. Als unser Rudi gestorben ist, da hat mein Vater davon gesprochen. Der sitzt nämlich im Stadtrat. Mein Vater meinte, die Kirche mache immer so ein Geheimnis daraus, dass ihr das Gebäude gar nicht gehört. Es ist schon recht alt, und viele glauben, es wäre seit ewigen Zeiten im Besitz der Kirche.«

Kevin ließ seinen Schulrucksack von den Schultern rutschen, dass er mit einem Knall zu Boden plumpste. Er sah erschöpft aus, aber das war bei jungen Leuten um die Mittagszeit oft so.

»Hat dein Vater etwas über diese Frau erzählt?«

»Sie sind also doch interessiert, Herr …? Tut mir leid, ich habe Ihren Namen vergessen.«

»Grothe, Christian Grothe. Nenn mich Christian. Also, was weißt du über sie?«

Am liebsten hätte ich sofort die Praxis seines Vaters aufgesucht und diesen ausgefragt wie ein übereifriger Kripobeamter.

»Ich glaube, mein Vater wunderte sich darüber, dass die Frau so viele alte Gebäude besitzt, die sie eigentlich nur an die katholische Kirche vermietet. Wie eine Nonne sah die Dame ja nicht gerade aus. Ich habe sie auch noch nie im Gottesdienst gesehen.«

Luzifer ließ sich von der katholischen Kirche bezahlen. Das entbehrte nicht einer gewissen Komik.

Ich beugte mich fasziniert vor und fragte: »Welche Gebäude gehören ihr denn noch?«

Kevin zuckte mit den Achseln. Allmählich schien ihn das Gespräch zu langweilen.

»So genau weiß ich das doch nicht. Klostergebäude, ein Kinderheim, Jugendzentren wie dieses hier. Im Ausland soll sie auch Objekte besitzen.« Er zuckte wieder mit den Achseln. Und scharrte mit den Füßen, und ich ahnte, dass er mich aus einem bestimmten Grund aufgesucht hatte.

»Da ist noch etwas, Herr Grothe, äh, Christian, das ich mit Ihnen besprechen wollte.«

Kevin beugte sich vor und kramte in seinem Rucksack. Nach wenigen Sekunden richtete er sich wieder auf und knallte ein Päckchen auf den Tisch. Er sah mich erwartungsvoll an, und ich reagierte klassisch. »Was ist das?«

Kevin legte eine Hand auf das Päckchen und holte tief Luft. »Das hier habe ich versteckt in diesem Jugendzentrum gefunden. Es ist Cannabis, sogar ein ziemlich exquisites Gemisch. Allerdings sind diesem Pflänzchen noch weitere Stoffe beigemengt worden, unter anderem eine Art Halluzinogen. Und das scheint richtig übel zu sein.«

Ich starrte abwechselnd auf das Päckchen und auf Kevin, der jetzt aufstand und sich eine Cola aus dem Barbereich holte. Ich konnte hören, wie er Geld in die dafür vorgesehene Kassette warf. Mit zwei Flaschen kam er zurück und stellte eine davon vor mich hin. Ich dankte ihm, auch wenn ich lieber einen Kaffee getrunken hätte. Ich wusste, dass es eine Form der Wertschätzung war, wenn ein Jugendlicher mir eine Cola ausgab.

»Woher weißt du so genau, woraus das Zeug besteht? Das lernt ihr doch nicht im Chemieunterricht.«

»Ich habe eine Probe davon heimlich in das Labor meines Vaters gebracht. Eine Laborantin schuldete mir noch einen Gefallen.«

Jetzt war Kevins Lächeln tatsächlich diabolisch. Doch ganz schnell wurde er wieder ernst. »Hier im Zentrum wird mit einem unglaublich gefährlichen Stoff gehandelt. Das ist nicht das erste Päckchen, das wir gefunden haben.«

Ich nuckelte an meiner Colaflasche und musste diese Information erst mal verdauen. Schließlich fragte ich weiter: »Wer weiß noch davon? Und wie viele Pakete habt ihr genommen?« Ich hatte noch nicht ausgesprochen, da wurde mir klar, in welcher Gefahr sich

Kevin befand. Drogendealer ließen sich nicht gern ihre Ware stehlen.

»Das war das zweite Mal, dass wir etwas gefunden haben, aber beim ersten Mal haben wir den Stoff im Versteck gelassen. Das Paket war nach zwei Tagen verschwunden. Außer mir und Lukas hat niemand etwas mitbekommen.« Er zögerte. »Hören Sie, Christian, wir wissen, wie gefährlich es war, dieses Paket mitgehen zu lassen.« Seine Stimme ließ mich erneut aufhorchen, und ich ahnte, dass ich noch immer nicht alles wusste. Ich wartete schweigend, bis Kevin so weit war.

»Diese ermordete Putzfrau, Olga Wisniewska, die hatte als Erste so ein Päckchen Stoff gefunden. Sie hat mich damals danach gefragt.«

»Wie meinst du das?«

»Na ja, sie wird es beim Putzen gefunden haben. Ich weiß nicht, was sie damit gemacht hat. Ich hielt es für harmloses Gras. Und das habe ich ihr auch gesagt.«

Mein Gott, dachte ich, vielleicht hatte ich damit das Mordmotiv für Olga Wisniewska.

Erschrocken starrte ich Kevin an. »Du bist in großer Gefahr, Kevin!«

Er schluckte und brauchte zwei Anläufe, bis er herausbrachte: »Der Lukas war nicht in der Schule. Wir haben heute Bio-Klausur geschrieben, und in dem Fach ist er echt spitze. Der hätte nie aus Lust und Laune gefehlt …«

Ich sprang alarmiert auf. »Warum hast du das denn nicht sofort gesagt?«

Zehn Minuten später war der Teufel los. Die Spurensicherung durchsuchte den gesamten Gebäudekomplex, und dies sogar mit Hilfe einer Schäferhündin namens Bella. Sie war so gut erzogen, dass sie den armen Bifi nicht eines Blickes würdigte, sondern unbeirrt schnüffelnd durch das Haus lief. Stattliche Rüden hatten bei Hunden wie Bella keine Chance. Sie reagierte in erster Linie auf Junkie-Gerüche, auf Drogen aller Art.

Mein Besucher vom Vortag, Herr Hagedorn, war wieder da, in seiner Funktion als ermittelnder Kriminalbeamter. Er wurde dieses Mal allerdings von einem wesentlich jüngeren Kollegen begleitet.

Ich hatte bei meinem Anruf in der Dienststelle darum gebeten, bei der Durchsuchung des Jugendzentrums möglichst viel Aufsehen zu machen, damit etwaigen Beobachtern klar wurde, dass ihre Verstecke und Umtriebe aufgeflogen waren. So würden sie hoffentlich nicht auf die Idee kommen, von Kevin oder Lukas den Stoff zurückzufordern.

Den Hinweis hätte ich mir sparen können. Schon die Spurensicherung sorgte mit ihren zahlreichen Fahrzeugen und den in weißes Plastik gehüllten Mitarbeitern für genug Programm. Wer in der Nähe wohnte, stand auf der Straße oder am Fenster. Spektakuläre Auftritte der Polizei waren in Lüdinghausen sehr selten. In dieser Stadt, die nur wegen der ungewöhnlich hohen Anzahl an alten Ritterburgen bekannt war, wohnten zumeist alteingesessene Bürger. Es kam nicht so häufig vor, dass Leute außerhalb von Westfalen auf die Idee kamen, nach Lüdinghausen umzusiedeln, es sei denn aus beruflichen Gründen. Immerhin hatte der Kreis Coesfeld bis dato eine wesentlich geringere Arbeitslosenquote, als das im Durchschnitt des Bundeslandes Nordrhein-Westfalen sonst üblich war. Hier gab es wenig Fluktuation, aber viel Tradition.

Pastor Klein brauchte verhältnismäßig lange, bis er im Jugendzentrum erschien, denn er tauchte erst auf, als die Hündin Bella bereits zum Auto zurückgebracht wurde. Gefunden hatte sie zwei mögliche Verstecke für das Rauschgift, aber es gab aktuell kein neues Päckchen.

Den Stoff, den Kevin hatte untersuchen lassen, nahmen die Beamten für eine Laboruntersuchung mit. Es verstand sich von selbst, dass weder Kevin noch ich etwas über die bereits erfolgte Untersuchung verlauten ließen.

Herrn Hagedorn von der Kriminalpolizei war es hoch anzurechnen, dass er meinem jungen Freund keine Vorträge darüber hielt, wie gefährlich es gewesen war, mit diesem Rauschgift zwei Tage herumzulaufen. Kevin machte sich wegen Lukas schon genug Sorgen.

Herr Hagedorn nahm diese Sorgen offenbar sehr ernst. Er fragte nach dem Alter des Jungen, nach seinem Aussehen und dem vollständigen Namen und schrieb sich alles genau auf. Ich fand es für eine Vermisstenanzeige eigentlich noch etwas früh, zumindest, solange noch keiner mit Lukas' Eltern gesprochen hatte. Gerade wollte ich anbieten, sie zu besuchen, als Pastor Klein die Bühne betrat und auf mich zustürzte.

»Auf ein Wort, Herr Grothe!« Er winkte mich ein Stück zur Seite und beklagte sich ausgiebig über die Folgen dieser aufsehenerregenden Polizeiaktion. Erst ein Mord und dann auch noch Rauschgifthandel unter seinen jungen Schafen, das sei ja wohl der Gipfel. Und alles hätte mit meinem Stellenantritt begonnen.

Ich revanchierte mich für diesen Vorwurf, indem ich ihn süffisant fragte, ob seine Küster eigentlich eine Gefahrenzulage erhielten, immerhin habe sich dieser Job nicht gerade als harmlos herausgestellt.

»Selbst ein Kinderbuch kann in den Händen eines gewaltbereiten Menschen zu einer harten Waffe werden«, schimpfte er zurück.

»Die meisten Kinderbücher sind Waffen, Hochwürden, wenngleich unter dem zarten Mantel der pädagogischen Wertevermittlung.«

Pastor Klein wechselte schnell das Thema.

»Haben Sie denn einen Verdacht, welcher der Jugendlichen mit so etwas handeln könnte?«, fragte er mich.

»Ja«, rutschte es mir heraus, aber ich berichtigte mich sofort. »Nein, ich kenne doch die meisten der jungen Leute noch gar nicht. Und wenn es wahr ist, was Kevin mir erzählt hat, dann geht es nicht nur um das Dealen, sondern auch um den Mord.« Rasch berichtete ich ihm von Kevins Hinweis, dass die tote Putzfrau offenbar etwas von dem Zeug gefunden und mitgenommen hatte. Ich hielt dies für ein sehr wahrscheinliches Mordmotiv.

»Aber warum sollten Drogendealer erst Frau Wisniewska ermorden, noch mehr Rauschgift verstecken und dann meine Bilder von den Erzengeln klauen?«

»Das haben sie ja gar nicht. Ich habe Ihnen doch gleich gesagt, dass die Bilder erst später verschwunden sind.«

»Und wo sind meine Bilder nun? Wofür habe ich Sie heute Morgen denn losgeschickt?«

»In Puerto Rico!«

Er starrte mich einen Moment an und sagte dann schneidend: »Das ist nicht witzig, Herr Grothe.«

Beinahe hätte ich ihm erzählt, dass der Lebensgefährte von Frau

Wisniewska Selbstmord begangen hatte, aber das durfte ich ja noch gar nicht wissen. Ich schluckte den Satz hinunter und fühlte mich elend.

Kevin winkte mich zu sich, sein Blick war merkwürdig starr. Ich betete, dass seinem Freund Lukas nichts geschehen war, sonst würde sich Kevin ein Leben lang Vorwürfe machen.

»He, Christian. Stell dir vor, die haben im Krankenhaus einen Jungen in meinem Alter aufgenommen. Heute Morgen. Er hat bewusstlos im Straßengraben gelegen. Wie ist der Lukas bloß dahin gekommen?«

Er blickte Pastor Klein an, als bemerke er ihn erst jetzt. »'tschuldigung, ich habe wohl gestört. Aber ich mache mir solche Sorgen! Mann, bin ich froh, dass der Rudi das alles nicht mehr mitbekommen musste. Der hätte eine solche Scheiß-Wut bekommen! Ich glaube, der hätte sich jeden einzelnen Jugendlichen in Lüdinghausen vorgeknöpft und zum Reden gebracht. Und danach hätte man ihn verhaftet wegen Überschreitung seiner Kompetenzen.« Kevin lächelte müde. »So einer war unser Rudi.«

Ich war mir nicht sicher, ob ich mich über das zweifelhafte Kompliment freuen sollte. Aber tatsächlich verspürte ich einen Stich in der Brust. Ich war eifersüchtig auf mein totes Alter Ego! Als Christian Grothe würde ich mir so einen Ruf und diese Position nicht mehr erwerben können.

Herr Hagedorn telefonierte noch und schaute dabei mehrmals zu Kevin. Als er sein Handy endlich einsteckte, kam er auf uns zu.

»Kevin? Ich würde dich jetzt gern mit ins Krankenhaus nehmen.«

»Ist es tatsächlich Lukas? Was ist mit ihm?« In Kevins Augen glitzerte es feucht, und er sprang auf.

»Ehrlich, ich weiß es nicht. Dieser Junge ist heftig verprügelt worden, er ist auch noch nicht bei Bewusstsein. Die Ärzte sagen jedoch, dass er wieder gesund wird. Die Beschreibung passt auf deinen Freund Lukas, aber ich betone, Kevin: Wir wissen noch nicht, ob er es wirklich ist.«

Mein Gefühl sagte mir, dass es sich um Lukas handelte. Wenn größere Zweifel bestünden, hätte Herr Hagedorn Kevin gar nicht erst davon erzählt. Ich bat Kevin, mich zu informieren, wenn er mehr wisse, und nach und nach löste sich die Versammlung auf.

Da hatte ich groß ankündigen lassen, dass das Jugendzentrum seine Pforten wieder öffnete, und nun wurde jedes Kind, das auftauchte, von der Polizei abgefangen, befragt und nach Hause geschickt. Peinlicher konnte ein Neustart kaum sein. Ich war so deprimiert, dass Pastor Klein mir versprach, zu dem Vorfall in seiner nächsten Predigt Stellung zu nehmen. Früher hätte mich dieses Vorhaben aufs Höchste alarmiert, doch heute freute ich mich darüber und empfand es als Unterstützung.

Ich dachte gerade darüber nach, mich in mein früheres Büro zurückzuziehen, da trat der junge Begleiter von Herrn Hagedorn auf mich zu. Offensichtlich war er nicht mit ins Krankenhaus gefahren.

»Herr Grothe? Mein Name ist Frank Brauer. Ich hätte gern eine Liste mit Namen und Adressen der Jugendlichen, die hier regelmäßig verkehren.«

Frank Brauers hellblaue Augen wurden von einer schwarzen Brille umrandet, und sein vorspringendes Kinn schien geradewegs auf sein Gegenüber zu zielen. Dennoch war er auf eine kantige Art und Weise ein gut aussehender Mann. Er unterstrich seine Bitte mit einem gewinnenden Lächeln. Irgendwo und irgendwann hatte ich ihn schon einmal gesehen.

Im Kopf hatte ich mir selbst bereits eine Liste meiner früheren Kontakte zurechtgelegt, auch wenn ich keinen meiner Stammbesucher für zu so etwas fähig hielt. Doch als neuer Küster, der gerade erst in der Stadt eingetroffen war, konnte ich bisher natürlich nur knapp eine Handvoll der Jugendlichen kennen.

»Tut mir leid, Herr Brauer, aber da hat ihr Kollege Herr Hagedorn den besseren Ansprechpartner gerade mitgenommen. Kevin weiß hier sehr gut Bescheid. Ich arbeite mich noch ein und kenne kaum jemanden.«

Er sah mich überrascht an. »Sie kamen mir so souverän vor, äh, das habe ich nicht gewusst. Aber es gibt doch sicherlich Listen hier, oder?«

Ich konnte nicht umhin zu lachen. »Wir sind hier ein offenes Jugendzentrum, Herr Brauer, keine Kinder- und Jugendpsychiatrie.«

Er drehte sich einmal um die eigene Achse und meinte dann: »Ich war schon einmal hier, das ist ein Weilchen her. Es gab einen Einbruch, das heißt mehr einen Besuch, denn es wurde nichts geklaut.« Er richtete den Blick wieder auf mich. »Damals war der Leiter auch so ein Mann in Ihrem Alter. Ich habe ihn nur flüchtig gesehen, daher dachte ich, Sie wären das gewesen.«

Vermutlich starrte ich ihn an wie eine Erscheinung, aber der junge Kripobeamte schüttelte nur den Kopf und ergänzte: »Das war vielleicht ein komischer Einsatz. Wissen Sie, mitten in der Silvesternacht steigen drei Ausländer, Polen oder Russen, in ein Jugendzentrum ein, und anstatt in aller Ruhe die Geräte, Computer und die Geldkassette mitzunehmen, spielen sie, als wäre das ein Kindergeburtstag und kein Einbruch!«

Harmlos erkundigte ich mich: »Hat man diese jungen Leute geschnappt?«

Sein Blick ging in die Ferne. »Ja, zumindest für kurze Zeit. Ich hatte das zweifelhafte Vergnügen, sie zu stellen.« Herr Brauer sah mich wieder an und lächelte schief. »Ich weiß bis heute nicht, wie die drei das gemacht haben, aber sie sind mir entwischt. Für die war das alles nur ein Spiel. Ich habe schon die unterschiedlichsten Reaktionen gesehen, wenn wir Jugendliche verhaften. Normalerweise gibt es immer irgendeine emotional unkontrollierte Reaktion, Ausflüchte, Drohungen, Demutsgesten. Aber diese jungen Ausländer waren nicht einmal nervös, als wir sie gestellt hatten. Die begegneten uns, als stünden wir zufällig an einer Bushaltestelle und warteten auf den gleichen Bus. So was Abgebrühtes!«

Ich war fasziniert von seinem Bericht. Ich sah Viktor, Dominik und Marie förmlich vor mir, wie sie die deutschen Beamten mit einem überheblichen Blick musterten und einen Plan durchzogen, der nun das Jenseits auf Trab hielt.

»Haben die jungen Leute denn etwas gesagt? Warum sie eingebrochen sind zum Beispiel?«

Wir standen noch immer an der Tür zu meinem Büro, und ich bat Herrn Brauer hinein, damit wir uns setzen konnten.

»Sie sagten nur, sie wären zum Spielen hier eingebrochen.« Er überlegte kurz und berichtigte sich dann: »Nein, sie sagten nicht ›eingebrochen‹, sie sprachen von einem ›Besuch‹. Sie hätten in ihrem Leben noch nicht viel gespielt, aber in Zukunft würde das anders werden. Es habe großen Spaß gemacht. Das waren in etwa ihre Worte.«

Seine blauen Augen blitzten auf. »Und wissen Sie was, Herr Grothe? Wie sie das sagten, das klang wie eine Drohung. Und dann rannten sie weg. Mein Warnschuss in die Luft wurde mit heftigem

Gelächter beantwortet. Wir strengten uns nicht besonders an, sie zu erwischen, denn es fehlte nichts, und es war auch nichts kaputt gemacht worden.«

»Sprachen sie denn so gut Deutsch?« Ich erinnerte mich daran, dass keiner der drei Probleme gehabt hatte, sich mit mir zu unterhalten. Allerdings war ich der Meinung gewesen, im Jenseits sprächen alle die gleiche Sprache.

Herr Brauer verschränkte die Arme vor der Brust und lehnte sich in seinem Sessel zurück. Ich fand ihn unglaublich sympathisch.

»Ich glaube, diese Russen oder Polen hätten in jeder Sprache unmissverständlich kommunizieren können. Ganz merkwürdige Kinder.«

Er machte Anstalten aufzustehen und fragte erneut: »Keine Liste? Kein Verdacht? Ich würde meinen Chef gern beeindrucken.«

»Es tut mir leid. Ich bin ein totaler Neuzugang.«

An der Tür drehte Herr Brauer sich noch mal um. Das musste er sich bei seinem Vorgesetzten, Herrn Hagedorn, abgeschaut haben. »Sagten Sie nicht, Sie sind der neue Küster?«

»Ja.«

»Ha!« Er lachte auf. »Dann sind Sie der Typ, der so umtriebig den Mord an dieser Putzfrau aufzuklären versucht!« Er zwinkerte mir zu. »Mein Chef hätte Sie beinahe in U-Haft genommen. Aber die Vernunft siegte über den Jähzorn.«

Ich hätte dem jungen Beamten gern geholfen und kam mir ein wenig gemein vor. Die beiden Jugendlichen, die ich selbst am verdächtigsten fand, weil ich ihnen charakterschwaches Handeln am ehesten zutraute, würde ich zunächst einmal allein besuchen.

Nachdem ich die Adresse herausgesucht hatte, wartete ich, bis der letzte Beamte das Jugendzentrum verlassen hatte, schloss sorgfältig ab und fuhr mit dem alten Volvo los. Bereits wenige Minuten später hielt ich vor einem großen Backsteingebäude im Baustil der dreißiger Jahre. Ein Messingschild an der Wand wies darauf hin, dass sich hier die private Wohnung der Familie Büscher befand. Ich hatte nicht die geringste Ahnung, wie ich weiter vorgehen sollte. Mich in die Polizeiarbeit einzumischen konnte mich tatsächlich in ernsthafte Schwierigkeiten bringen, aber irgendwie hatte dieser Begriff für mich an Bedeutung verloren. Ich klingelte und trat dann artig einen Schritt zurück. Beim zweiten Klingeln wurde die Tür dann aufgerissen, und eine Frau in den Vierzigern stand vor mir. Ich hätte sie für die Putzfrau gehalten, hätte sie nicht statt Seifenlauge Tonklumpen an den Händen gehabt. Sie trug eine schmutzige Jeans und eine Art Kittel, unter dem ein knappes Top saß, die Haare hatte sie etwas merkwürdig mit einem bunten Tuch drapiert, sodass sie ihr nicht ins Gesicht fallen konnten. Kunstvoll arrangierte Mode oder schnell zusammengeknoteter Schutz? Ich wusste es nicht zu sagen.

»Kommen Sie wegen der Blütenskulptur?«

»Nein. Frau Büscher?«

»Ja, natürlich, steht doch auf dem Schild.« Sie blies sich ungeduldig eine blonde Haarsträhne aus der Stirn und sah mich aus hellgrünen Augen herausfordernd an.

»Ich bin der neue Küster der Gemeinde, Christian Grothe.« Mutig streckte ich die Hand aus, doch Frau Büscher warf einen Blick auf ihre verschmutzten Finger und nickte mir nur zu.

»Gleichzeitig kümmere ich mich ein wenig um das Jugendzentrum, und aus diesem Grund würde ich sehr gern mit Ihren Söhnen Martin und Andreas reden.«

Erneut schaute sie auf ihre Hände, dann auf mich und zuckte mit den Schultern. »Kommen Sie herein.«

Ich wurde in einen großen Raum geführt, in dem sich alle Möbel um einen offenen Kamin herum arrangierten. Zwei weiße Teppiche hoben sich auffällig von einem dunklen Parkettboden ab, und in den Regalen standen Skulpturen und CDs, aber nur wenige Bücher. Meine Frage, ob die Skulpturen von ihr stammten, war reine Höflichkeit, das konnte sich jeder denken. Sie waren künstlerisch sicher nicht schlecht, doch war mir ihre abstrakte Formgebung zu distanziert und zu kühl. »Verkaufen Sie gut?«

Frau Büscher kam mit gesäuberten Händen aus der Küche zurück und stellte ein Glas mit Wasser vor mich hin.

»Ich verkaufe ungern, aber ja, ein paar Stammkunden kaufen recht regelmäßig.«

Ich wagte einen Frontalangriff. »Hatten Ihre Söhne schon einmal Kontakt mit Drogen, Frau Büscher?«

»Sie sind der neue Küster, nicht wahr?«

»Ja.«

»Und warum stellen Sie solche Fragen? Wissen Sie, dass mein Mann Anwalt ist?«

»Das steht draußen auf dem Schild«, konterte ich. »Für meine Frage ist das ohne Bedeutung.« Ich lächelte sie an und erzählte freundlich: »Im Jugendzentrum sind Drogen gefunden worden, und zwar in einer Menge, die auf einen Handel hindeutet. Ich würde mich gern mit allen Jugendlichen unterhalten, die in den letzten beiden Tagen dort waren, Frau Büscher.«

Ohne ein weiteres Wort ging sie zu einem Telefon und wählte eine kurze Nummer. Jetzt ruft sie ihren Anwaltsgatten herbei, dachte ich, doch da hörte ich sie sagen: »Andreas, kommst du bitte mal herunter? Besuch.«

Sie wandte sich wieder mir zu. »Das Zentrum ist doch seit Tagen geschlossen.«

»Ja, aber einige der älteren Jungen haben sich dort getroffen. Sie haben einen eigenen Schlüssel.« Nach einer kurzen Pause fügte ich hinzu. »Und ich glaube, es war Martin, den ich letzte Nacht in Begleitung der Besitzerin des Gebäudes dort gesehen habe.«

»Martin war gestern Abend mit seiner Freundin unterwegs und hat auch bei ihr übernachtet. Mehr weiß ich nicht.«

»Nun, vielleicht steht er ja auf ältere Damen.«

Sie zupfte an ihrem Kittel herum und fixierte mich.

»Seine Freundin ist neunzehn Jahre alt.« Wahrscheinlich hätte sie mich liebend gern in meine Schranken verwiesen, doch trotz aller missbilligenden Kommentare über die Kirche begegneten die meisten Menschen einem Pastor und dessen Gehilfen mit einem gewissen Respekt. Einen Küster warf man nicht so leicht aus der Wohnung.

Allmählich wurde ich ungeduldig. »Hören Sie, Frau Büscher, ich glaube auch nicht, dass Ihr Sohn ein Verhältnis mit der Besitzerin des Jugendzentrums hat, aber er befand sich auch nicht in Begleitung seiner jungen Freundin, als ich ihn traf. Und ich frage mich natürlich, was er mit dieser Dame am späten Abend im Jugendzentrum zu besprechen hatte. Zumal ich persönlich mit ihr keine vertraulichen Gespräche führen würde.«

Eine Antwort blieb sie mir schuldig, denn plötzlich stand Andreas Büscher im Raum. Groß, blond und mit dem überheblichen Gesicht eines Sohnes, der einen Großteil seines Selbstbewusstseins aus der Tatsache bezog, dass er aus einem reichen Elternhaus stammte. »Warum sollte ich kommen?«

Das schlechte Benehmen ihres Sohnes, der mich weder begrüßte noch sich vorstellte, schien seine Mutter nicht zu stören, falls sie es überhaupt bemerkte. Auch sie stellte mich nicht sofort vor, sondern sagte zu ihm: »Im Jugendzentrum sind Drogen gefunden worden. Was weißt du darüber? Das ist übrigens Herr Grothe, der neue Küster von Pfarrer Klein.«

»Ja, nichts! Und seit wann kümmert sich die Kirche um so etwas? Krieg ich jetzt einen persönlichen Beichttermin, oder was?«

Ich mischte mich nun in die Unterhaltung ein. »Beichttermine sind immer persönlich. Ich leite kommissarisch das Jugendzentrum, und da ich Ihren Bruder sogar nachts im Zentrum gesehen habe, wollte ich mit Ihnen beiden sprechen, bevor es in Kürze die Polizei tut.« Und ich fügte mit scharfem Unterton hinzu: »Das war ziemlich gefährlicher Stoff, der dort gefunden wurde.«

Bildete ich mir das nur ein, weil ich es insgeheim wünschte, oder zeigte sich wirklich Angst im Gesicht des jungen Büscher?

»Wieso kommt die Polizei ausgerechnet zu uns? Ich habe nichts damit zu tun.«

Mir war sehr wohl aufgefallen, dass er zunächst von sich und seinem Bruder sprach, dann aber in die erste Person wechselte.

»Natürlich nicht. Mein Mann ist Anwalt.« Ich sparte mir einen Kommentar über die Statistik bezüglich straffälliger Jugendlicher aus gutem Hause und ignorierte den Einwand von Frau Büscher. Ich wusste, dass sowohl Andreas als auch Martin Schüler des Canisian-Gymnasiums waren. Martin machte wohl jetzt gerade Abitur, Andreas befand sich eine Klasse darunter. Man konnte mir Vorurteile vorwerfen, aber ich traute diesen beiden Brüdern am ehesten einen lukrativen Drogenhandel zu. Und nicht zuletzt, weil sie meiner Meinung nach über mehr Geld verfügten, als es in ihrem Alter üblich war.

»Andreas, hat Sie vielleicht schon mal jemand angesprochen, Ihnen Stoff angeboten oder merkwürdige Andeutungen gemacht?«

Andreas schlenderte zum Sofa und ließ sich in die Kissen plumpsen. Beide Arme links und rechts weit von sich gestreckt, schien er sein Revier zu markieren. »In der Schule trieben sich mal ein paar Männer herum und wollten irgendein Zeug loswerden.«

Seine Mutter unterbrach ihn. »Um Himmels willen. Warum hast du denn deinen Vater nicht eingeschaltet?«

Sie setzte sich ihm gegenüber, und ich stand herum wie der Postbote. Andreas lachte auf und warf seiner Mutter einen überraschend kalten Blick zu. »Es gab damals ein ausführliches Schreiben vom Direktor über die Vorfälle. Würdest du diese Briefe nicht als Unterlage für deine toten Statuen verwenden, sondern lesen, würdest du jetzt wissen, worüber ich rede.«

Ich staunte über diese Anschuldigung, und Frau Büscher öffnete den Mund, um ihn aber gleich wieder zu schließen.

»Ich bin nur hin und wieder in diesem Jugendzentrum. Bin allmählich zu alt für solche Spiele.«

»Kennst du einen Axel Hartmann?«

Er schaute mir prüfend ins Gesicht und verschränkte jetzt die Arme vor der Brust. »Was soll das? Sie wissen, dass ich ihn kenne. Sie sind doch der Typ, der in der Pizzeria neben uns saß.«

Der Junge besaß eine gute Beobachtungsgabe.

»Was ist mit deinem Bruder?«

Andreas stand auf und sagte. »Der ist der deutschen Sprache mächtig und kann für sich selbst reden. Viel Spaß bei Ihrer Arbeit.«

Er wandte sich zum Gehen, und ich sagte zum Abschied zu Frau Büscher: »Ich wäre Ihnen dankbar, wenn Sie meinen Besuch der Polizei gegenüber nicht erwähnten. Sie könnte sonst auf die Idee kommen, ich würde die Jugendlichen warnen.«

Nun starrten beide auf mich, als hätte ich ein Erdbeben für diese Region prophezeit.

Andreas rannte die Treppe hinauf, und ich hörte eine Zimmertür laut zuschlagen. Frau Büscher trat so nahe an mich heran, dass ich ein teures Parfüm riechen konnte.

»Hören Sie, Herr Grothe, Sie müssen der Polizei doch nicht die Namen meiner Jungen geben. Andreas und Martin sind vor Kurzem beide in den Fokus der Polizei geraten, weil sie irgendein Türken- oder Russenmädchen belästigt haben sollen.«

Ich sah sie verwundert an. Frau Büscher wusste noch nicht einmal genau, wen ihre Söhne belästigt hatten, und das ließ vermuten, dass es seitens der Familie auch zu keiner Entschuldigung bei dem betroffenen Mädchen gekommen war. Sie erzählte diesen Vorfall, als ginge es um versäumte Schulaufgaben.

»Die Polizei wird sich von ganz allein für bestimmte Personen interessieren. Auf Wiedersehen.«

Eine Reihe von Gedanken ging mir durch den Kopf, als ich wieder im Auto saß. Zum einen stellte ich fest, dass ich die Familie Büscher ausnahmslos nicht leiden konnte.

Dann fragte ich mich, wovor Andreas Angst hatte. Wenn er nichts getan hatte, würden die Fragen der Polizei schlimmstenfalls unangenehm werden. Fürchtete er vielleicht um seinen Bruder? Und in welcher Beziehung stand Martin zu Luzifer?

Ich hatte gehofft, mit Martin selbst sprechen zu können. Wenn er ein Handlanger von Luzifer war, würde ich ihm die Hölle heißmachen. Über diesen Ausdruck musste ich lachen.

Es war später Nachmittag, und allmählich freute ich mich auf mein bevorstehendes Abendessen mit Beata Wagner. Einer Eingebung folgend steuerte ich auf dem Heimweg den Kiosk von Heidi Hartmann an.

Eine große Schachtel Pralinen für Frau Wagner bot den idealen Ansatzpunkt für ein ausgiebiges Gespräch am Kiosk. Vielleicht erfuhr ich auf diese Weise mehr über die Freundschaft zwischen Axel Hartmann, dem Sohn der Kioskbesitzerin, und den Brüdern Andreas und Martin.

Ich hatte Glück. Gerade verabschiedete sich eine mürrisch wirkende alte Dame mit einer Zeitschrift unter dem Arm, und ich war allein mit Heidi Hartmann. Drall, keck und freundlich stand sie an der Kasse – die Idealbesetzung für eine Kneipe, Imbissstube oder eben einen Kiosk.

»Hallo und guten Tag. Was kann ich für Sie tun?«

Ich stellte mich vor und bemerkte dann: »Ich habe gehört, dass Sie quasi der inoffizielle Beichtstuhl der Gemeinde sind. Als neuer Küster musste ich Sie also unbedingt kennenlernen.«

Sie winkte lachend ab. »Lassen Sie mal, jeder Kneipenwirt erfährt mehr als ich, aber es ist nett, dass Sie mal vorbeischauen.«

»Ihren Sohn habe ich bereits getroffen, er ist öfter mit den Büscher-Söhnen zusammen, nicht wahr? Da ich auch das Jugendzentrum betreue, möchte ich die jungen Leute in der Umgebung kennenlernen. Sie haben sicherlich alle einen herben Schock erlitten durch den Tod von Herrn Kemper.«

Ich kam mir bei diesem Gerede unglaublich albern vor, aber es zeigte Wirkung.

»Ja, das war ein schrecklicher Unfall. Aber was Axel betrifft, meinen Sohn, da müssen Sie sich irren. Axel kann diese beiden Rechtsanwaltssöhne nicht ausstehen. Wissen Sie«, Frau Hartmann beugte sich vertraulich vor, eine Geste, die sie beherrschte wie Tänzerinnen eine Pirouette, »wissen Sie, diese beiden Brüder haben gefährlich falsche Ansichten.«

Ich gab mich interessiert, aber auch erstaunt. Sie fuhr fort: »Mehr als eine rechtsextreme Bemerkung ging schon auf die Kappe dieser Familie.«

Rasch fragte ich zurück: »Die ganze Familie? Sie meinen, die Eltern vertreten ähnliche Positionen?«

Heidi Hartmann ruderte zurück, sie kannte die Grenzen zwischen Klatsch und Diffamierung offensichtlich gut: »Dazu möchte ich nichts sagen, ich kenne Herrn Dr. Büscher zu wenig. Aber gegen die Söhne läuft eine Anzeige wegen Körperverletzung.«

Sie nickte, ihre Worte verstärkend, und tippte meine Pralinenschachtel in die Kasse.

Beim Hinausgehen winkte ich mit der Schachtel und fragte: »Die Pralinen sind für Frau Wagner, Beata Wagner. Kennen Sie sie?«

Heidi Hartmann legte kokett einen Finger ans Kinn und überlegte laut: »Das ist doch die Frau aus Polen, deren Mann auch so tragisch ums Leben gekommen ist, oder?«

»Ja, ja«, nickte ich. »Ob sie so etwas mag?«

Sie lachte. »Bestimmt, solange genug Likörfüllungen dabei sind.« Dann verschwand sie ins Hinterzimmer, wo ein Telefon klingelte, und ließ mich etwas erstaunt zurück.

NEUN

Je mehr Leute ich befragte, desto verwirrender wurde die Sache. Was auf den ersten Blick harmloses Gerede war, erschien mir vor dem Hintergrund eines diabolischen Wirkens in dieser Gemeinde in höchstem Maße besorgniserregend.

Wieso gingen Axel Hartmann und die Büscher-Söhne einträchtig zusammen essen, während Axels Mutter von einer ausgeprägten Feindschaft erzählte?

Ich stieg in meinen Volvo und fuhr die wenigen Meter zurück zu meiner Wohnung. Im Grunde genommen hätte ich die Büschers und den Kiosk auch zu Fuß aufsuchen können. Wahrscheinlich ein übertriebenes und nervenschwaches Streben nach Sicherheit. Mein Auto, meine Burg!

Ich betrat meine Wohnung, freute mich auf eine heiße Dusche und vermisste gleichzeitig etwas. Als ich die Jacke an die Garderobe hängte, wurde mir klar, was es war. Bifis Begrüßung. Nach so vielen Stunden allein in der Wohnung würde er mich normalerweise bestürmen, die guten Manieren vergessen und an mir hochspringen. Nichts dergleichen. Seine Decke im Flur war zerknautscht und benutzt, aber leer.

Meine sämtlichen Alarmglocken schrillten, und ich zwang mich, leise und aufmerksam durch die kleine Wohnung zu streifen. Das Badezimmer war, wie ein Badezimmer zu sein hatte: kein Eindringling hinter dem Duschvorhang, kein toter Hund in der Badewanne. Ich öffnete die Tür zum Schlafzimmer und hielt erstaunt inne. Auf meinem Bett lag kein Geringerer als der Erzengel Michael. Daneben glücklich und in vollem Bewusstsein, dass dieser Ort sonst für ihn verboten war: Bifi. Michaels eine Hand lag auf dem Nacken des Hundes und kraulte wie beiläufig das Fell, während die andere Hand die Fernbedienung des Fernsehers hielt. Er starrte auf den stummen Bildschirm.

»Warum hast du den Ton ausgestellt?«

Unglaublich, was für einen Unsinn man angesichts einer gewissen Verwirrung reden konnte. Eigentlich interessierte mich genau das überhaupt nicht.

Michael richtete sich auf, und Bifi sprang vom Bett herunter.

»Ich finde es unglaublich toll, was ihr Menschen für bewegte Bilder macht. Und die Effekte, einfach klasse! Aber das Gerede dazu ist ein Elend. Das kann ich mir nicht anhören. – Entschuldige bitte, der Hund durfte wohl nicht ins Bett?«

»Wartest du schon lange?« Ich freute mich über seine Anwesenheit und setzte mich auf den Ankleidestuhl.

Michael löste seinen Blick nun von dem Bildschirm und schaltete den Apparat aus. Dann sagte er: »Ich habe gar nicht gewartet. Ich weiß natürlich, wo du bist und wann du nach Hause kommst.«

»Natürlich.« Ich nickte.

»Ich hänge nur gern in Wohnungen herum. Du hast gar keinen Laptop, Christian.«

Der letzte Satz klang tatsächlich wie ein Vorwurf, den ich unbeantwortet ließ.

Stattdessen sagte ich: »Michael, ich würde lieber zwei Leben unter der Herrschaft eines Dschingis Khan hinter mich bringen, als diesen Job weiterzumachen.«

»Ja, weil die Leben unter Dschingis Khan so verdammt kurz waren, nicht wahr? Du jammerst ja herum wie Noah, als ihm das Holz ausging.«

»Möglich, aber ich fühle mich eher wie Hiob, als Gott ihm eine Plage nach der anderen schickte.«

Michael strahlte mich an. »Die Geschichte kenne ich. Die ging gut aus.«

Ich stöhnte auf und fuhr mir, wie so oft, durch meine Haarmähne, was Michael mit einem Grinsen quittierte.

»Ich bin schon wieder über eine Leiche gestolpert, und dieses Mal hätte ich den Tod vielleicht verhindern können. Wenn ich doch nur eher darauf gekommen wäre, dass der Lebensgefährte Olga einen letzten Liebesbeweis erwiesen hat und …«

Michael richtete sich zu seiner beeindruckenden Größe auf und wanderte durch das Zimmer. »Ich weiß nicht so recht, wovon du redest, aber wenn du auf den toten Hubert Schweig anspielst – diesen Mord hättest du sicherlich nicht verhindern können.«

Ich sah ihm nach und berichtigte: »Es war kein Mord, sondern Selbstmord. Ich habe ihn doch hängen sehen. – Und Gabriel auch«, fügte ich mit Nachdruck hinzu.

Den Blick, der mich traf, konnte man nur als nachsichtig bezeichnen. Milde lächelnd betrachtete mich Michael. Dann schüttelte er den Kopf, als wollte er einen Gedanken vertreiben.

»Und Gabriel hat behauptet, es sei Selbstmord gewesen?«

»Nein. Nein, das hat er nicht.« Ich erinnerte mich, wie der Erzengel Gabriel den Kopf des toten Schweig zwischen seine Hände genommen und sanft mit den Lippen berührt hatte. Es war eine Geste des Trosts oder des Abschieds gewesen, ich hatte darin Verzeihung gelesen. Selbstmord gilt für einen Christen als Sünde. Hatte ich das falsch interpretiert?

»Wenn es Mord war«, überlegte ich laut, »wer sollte denn den armen Schweig umgebracht haben und warum nur?«

Michael hob abwehrend die Hand und gab mir zu verstehen, dass dieses Thema jetzt für ihn nicht wichtig war. Aber eins musste ich trotzdem wissen. »Ich habe Angst um Lisa. Ist sie in Gefahr?«

»Nachdem wir eben schon bei den berühmten Persönlichkeiten waren: Ich bin nicht Nostradamus, und ich habe keine Visionen über die Zukunft.«

Seine Hand lag plötzlich auf meiner Schulter, nur ganz kurz, aber mit einer unglaublich angenehmen Wärme, und er fügte ernst hinzu: »Du musst Vertrauen haben, Christian.«

Eine plötzliche Ungeduld erfasste mich, und darum kamen meine nun folgenden Fragen wohl etwas barsch heraus: »Und du? Hast du Vertrauen zu mir? Ich meine, was tue ich hier eigentlich? Je mehr Leute ich interviewe, desto mehr Fragen eröffnen sich mir. Eigentlich entferne ich mich immer weiter von eurem Problem mit den drei polnischen Ladenhütern aus dem Jenseits.«

Wir standen noch immer in meinem kleinen Schlafzimmer, und ich drehte mich um und stapfte in die Küche. »Ich brauche einen Kaffee.«

»Gute Idee, ich nehme meinen mit Sahne.«

Da ich nicht wusste, ob Michael mich nur auf den Arm nahm, schüttete ich etwas mehr Wasser in die Maschine, während mein Besuch sich an den Tisch setzte, an dem gestern Frau Wagner ein Bier mit mir getrunken hatte.

»Um auf deine Frage zurückzukommen«, sprach Michael schließlich weiter, »so bist du hier, um das Problem auf eine menschliche Art zu lösen. Anders geht es nämlich nicht. Schau dir die Vergangenheit an. Wir haben uns immer nur eingemischt, um die Aufgaben zu verteilen, aber lösen musstet ihr die Schwierigkeiten schon selbst.«

»Und, ist es schon mal schiefgegangen?« Ich hatte Michael eine Tasse Kaffee mit einem Schuss Sahne vorgesetzt und wartete gespannt, ob er davon trank. Noch rührte er nur in der Tasse herum.

Jetzt sagte er: »Manchmal geht es schief. Denk nur an Sodom und Gomorrha. Das war eine grässliche Geschichte.«

Jetzt trank er tatsächlich den heißen Kaffee und verdrehte genüsslich die Augen. »Dein Kaffee ist gut. Was hast du denn bislang herausgefunden? Raoul und Jonas brauchen dringend ein paar aufmunternde Worte.«

»Ich habe mit dem Polizeibeamten gesprochen, der damals in der Silvesternacht die drei verhaftet hat. Na ja, zumindest befanden sie sich für wenige Minuten in seinem Gewahrsam. Er war beeindruckt von der Überlegenheit und Coolness der jungen Leute. Er meinte, sie hätten genau gewusst, dass sie nicht in Schwierigkeiten steckten, für sie schien das alles ein Spiel zu sein.«

»Ja. Und momentan spielen sie heftig mit Jonas und Raoul.« Eine steile Falte erschien auf Michaels Stirn, während er nachdachte. Er war offenbar höchst besorgt. Ich erzählte Michael von den verschwundenen Gemälden, die Luzifer so unbedingt haben wollte, und von meinem Besuch im Haus von Hubert Schweig. Schließlich kam ich auf den Drogenfund im Jugendzentrum zu sprechen und verschwieg auch nicht meinen Verdacht, dass die Büscher-Söhne Martin und Andreas sich in den weiblichen und leider auch diabolischen Fängen Luzifers verirrt hatten.

Seine nächste Frage überraschte mich. »Sehen sie gut aus, diese Büscher-Söhne?«

Ich stutzte. »Na ja, ich bin kein Mädchen. Sehen sie gut aus? Nein, eigentlich nicht besonders. Ich glaube nicht.«

»Dann könnte diese Verbindung gefährlich werden. Wenn Luzifer sich jungen Männern widmet, weil sie körperlich begehrenswert sind, steckt meist nichts dahinter. Aber in diesem Falle … hm, ich werde darüber nachdenken.«

»Könnte Luzifer etwas mit den Drogen zu tun haben?«

Michael lachte herzlich. »Christian, schlussendlich hat sie wahrscheinlich mit jedem schmutzigen Geschäft auf der Welt in irgendeiner Form zu tun. Jedenfalls unterstützt sie ganz sicher nicht die

Bahnhofsmission. Aber ob sie so konkret, wie du es gerade ansprichst, etwas mit diesem Drogenhandel zu tun hat, das wäre schon interessant. Die Zusammensetzung der Drogen musst du dir noch einmal anschauen. Ich bin mir mittlerweile sicher, dass Luzifer nicht unschuldig daran ist, dass unsere drei jungen Ausreißer bei uns eindringen konnten. Sie hat für meinen Geschmack immer noch zu viele Fähigkeiten.« Sein Blick ging in die Ferne, und ich spürte, dass er mich gleich verlassen würde. Tatsächlich bildete ich mir eine Menge darauf ein, dass er in meiner Wohnung herumspazierte, als wäre er mein WG-Genosse.

»Michael? Was hat es mit diesen Bildern von den vier Erzengeln auf sich? Warum ist Luzifer so hinter diesen Gemälden her?«

Er blieb einen Moment lang stehen und dachte nach, doch zu meinem Leidwesen schüttelte er den Kopf und sagte: »Ich erzähle es dir beim nächsten Mal.«

Dann war er weg, und ich meinte, einen Wimpernschlag lang riesige Flügel zu sehen. Ich armer Narr blieb zurück.

Sie sah toll aus, fand ich. Ihre Haare lagen offen auf den Schultern und endeten in einem leichten Aufwärtsschwung. Ein klein wenig Schminke ließ ihre Augen dunkler wirken, und die enge schwarze Bluse stand ihr ausgezeichnet. Ich war pünktlich im Restaurant angekommen, entschuldigte mich aber jetzt dafür, dass sie warten musste.

Beata Wagner hielt meine Hand länger als erwartet, doch sie lächelte nur flüchtig.

»Setzen Sie sich, ich habe üble Dinge erfahren.« Forschend schaute ich sie an. Brachte ich sie in Gefahr? Frau Wisniewska hatte sich zu gut informiert und war nun tot. Und ihr Lebensgefährte Hubert Schweig war wohl doch nicht aus eigenem Antrieb gestorben.

Die Kellnerin kam, ich öffnete den Mund, schloss ihn wieder und bestellte dann, einer plötzlichen Eingebung folgend, ein alkoholfreies Weizen, obgleich ich so etwas sonst nie trank. Beata Wagner schien überrascht und äußerte dann: »Oh ja, das nehme ich auch.« Die Kellnerin ließ uns die Speisekarte da.

Beatas Bewegungen wirkten mit einem Male fahrig, sie klappte ihre Handtasche auf und zu, holte erst beim dritten Öffnen eine Lesebrille heraus und nahm sich die Speisekarte vor. Als sie sich auf die

Auswahl des Essens konzentrieren konnte, schien sie ihre Ruhe wiedergefunden zu haben.

Dann begann sie zu erzählen, was sie am Telefon herausgefunden hatte. Einiges davon erschreckte mich nicht mehr, hatte ich doch in eine ähnliche Richtung spekuliert.

Viktor, Maria und Dominik hatten sich in Polen als Satanisten bezeichnet, dem Teufel gehuldigt und schwarze Messen abgehalten. Solche rebellischen Spielchen waren nicht ungewöhnlich unter jungen Menschen, denen die Orientierung fehlte. Doch diese drei hatten irgendwann festgestellt, dass sie eine ungewöhnlich erfolgreiche Kombination waren. Zu dritt vereinten sie alles, was man brauchte, um über andere zu herrschen und gefährliche Ideen in die Tat umzusetzen. Maria spielte den lasziven Lockvogel, Viktor zeigte sich skrupellos in der Erledigung spezieller Jobs, und Dominik? Dominik mit seinem geschätzten IQ von über hundertdreißig wusste einfach, was zu tun war.

Kurze Zeit später befand sich das Waisenhaus quasi in der Hand der drei Jugendlichen. Regeln dienten nur noch dazu, dass andere sie einhielten. Jüngere Bewohner des Hauses räumten den dreien die Zimmer auf, erledigten Besorgungen für sie und freuten sich über ein Lächeln von Dominik oder ein paar Kniffe, die sie von Viktor beigebracht bekamen.

Frau Wisniewska hatte sich damals an das Jugendamt der Stadt gewandt und darum gebeten, die drei auf verschiedene Häuser zu verteilen. »Das böse Kleeblatt« hatte sie sie genannt.

Frau Wagner hatte sich warm geredet, und zwei rötliche Flecken erschienen auf ihren Wangen.

»Dabei galten die drei im Waisenhaus nicht als wirklich böse. Sie gaben sich freundlich, höflich und auch großzügig. Von den meisten Kindern wurden sie geliebt und bewundert. Die Bevölkerung der Stadt hingegen beäugte das Waisenhaus und deren Bewohner ohnehin von jeher mit Argusaugen. Sie lernten schnell die dunkle Seite des Kleeblatts kennen. Die drei verführten ihre Söhne und Töchter, säten Zwietracht und, was am schwersten wog, sie gründeten einen Satanistenklub in der Stadt.«

Beata Wagner schaute mich über den Rand ihrer Lesebrille hinweg an und bekreuzigte sich schnell, bevor sie weitersprach. »Wir Polen sind zu neunzig Prozent römisch-katholisch. Wenn da ein paar

Jugendliche Kreuze verkehrt herum aufhängen und dem Teufel huldigen, dann ist das kein Dummejungenstreich. Es macht uns richtig Angst!«

Ich nickte verständnisvoll. Nach dem, was ich von diesen jungen Menschen wusste, gab es durchaus Grund zur Besorgnis. »Kam es zu konkreten Vorwürfen oder Anschuldigungen?«

Beata nickte. »Es verschwanden Tiere von den Weiden, meistens Schafe oder Kühe, und die Leute waren überzeugt davon, dass diese Tiere als teuflische Opfer missbraucht worden waren. Einige Mädchen wurden schwanger und prahlten damit, Viktor oder Dominik habe sie auserwählt, seinen Sohn auf die Welt zu bringen.«

Ich schluckte. Spätestens jetzt wäre auch mir als Elternteil jegliche Toleranz abhandengekommen. Daher wunderte mich der Fortgang von Frau Wagners Schilderung wenig.

Sie sagte: »Schließlich gab es eine Tote!«

Die Kellnerin kam, Beata machte eine Pause, und wir bestellten unsere Mahlzeit. Ich entschied mich für ein Lammgericht mit handgefertigten Klößen, und meine Begleiterin bestellte sich Cordon bleu mit Reis. Wir prosteten uns zu, und ich hoffte, dass wir an diesem Abend noch über anderes sprechen würden als über tote Polen und lebende Teufel.

»Ein schwangeres Mädchen stürzte von einem Kirchturm in den Tod«, fuhr Frau Wagner fort, nachdem die Kellnerin unseren Tisch verlassen hatte.

»Selbstmord?«

»Die offizielle Version ging von einem Selbstmord aus Liebeskummer aus. Aber Frau Wisniewska kündigte drei Tage nach diesem Vorfall ihren Job fristlos mit Verzicht auf noch ausstehende Bezüge. Wenn man weiß, wie wenig Angestellte in Polen verdienen, dann kann man einschätzen, wie dringend es ihr gewesen sein muss. Sie packte quasi sofort ihre Sachen für die Reise nach Deutschland. Eine Freundin und Kollegin brachte sie zum Busbahnhof, und erst, als sie schon im Bus saß, hat Frau Wisniewska dieser Kollegin anvertraut, dass das junge Mädchen ermordet worden sei und sie auch einen Beweis dafür besitze.«

Ich starrte meine Begleiterin an. »Frau Wisniewska hatte einen Beweis, dass die drei jungen Polen einen Mord begangen haben? Wollen Sie das damit sagen?«

Sie trank einen ordentlichen Schluck ihres Weizenbieres und beugte sich im Eifer des Gesprächs ein Stück vor. »Ich glaube, dass diese drei Jugendlichen aus dem Waisenhaus unserer Frau Wisniewska bis hierher gefolgt sind und sie umgebracht haben. Immerhin sind diese Unglückskinder verschwunden.«

Um das Gesagte zu bekräftigen, nickte sie und lehnte sich wieder zurück.

Nun konnte ich ihr schlecht sagen, dass Dominik, Viktor und Maria den Mord an Frau Wisniewska bestimmt nicht begangen haben konnten. Sie besaßen das beste Alibi, das ich kannte: Sie waren längst im Jenseits, als unsere polnische Putzfrau getötet wurde. Ich konnte mir allerdings lebhaft vorstellen, welche Ängste Frau Wisniewska ausgestanden haben musste, als ihre drei Waisenkinder um Silvester herum in Lüdinghausen auftauchten. Doch damals war ihr gar nichts geschehen. Nicht sie war gestorben, sondern die Ausreißer verschwanden buchstäblich aus dem Leben.

Frau Wagner hätte unser nettes Abendessen sicher abrupt für beendet erklärt und jeden weiteren Kontakt mit mir abgelehnt, wenn ich ihr jetzt gestand, ich wüsste, dass die drei jungen Polen längst tot seien, schließlich hätte ich sie neulich im Jenseits getroffen!

Also hörte ich mich langweilige Überlegungen äußern: »Nein, ich glaube nicht, dass die drei unsere Putzfrau umgebracht haben. Aus welchem Grund hätten sie das gerade jetzt tun sollen? Nach dem, was Sie mir gerade über die jungen Polen berichtet haben, würden die doch keine sechzehn Monate brauchen, um einen Mord vorzubereiten.«

»Ja, aber Frau Wisniewska hatte gerade in der letzten Zeit etwas herausgefunden. Sie hat doch in ihrem Tagebuch so seltsame Bemerkungen über das Jugendzentrum gemacht. Bestimmt ist sie denen zu gefährlich geworden.«

Das war wohl der richtige Zeitpunkt, ihr von dem Drogenfund im Zentrum zu berichten. Ich ließ auch nicht unerwähnt, dass Frau Wisniewska ein Päckchen dieser Substanz an sich genommen hatte.

»Sie sehen, Frau Wagner, die Leute, die hier mit Drogen handeln, hätten ein starkes Motiv besessen, sie umzubringen. Unsere drei Polen aber hat man seit diesem Silvesterabend nicht mehr gesehen.«

Sie lächelte nachsichtig: »Sie wissen ja nicht einmal, wie sie aussehen.«

Zum Glück kam nun unser Essen, und eine Zeit lang genossen wir schweigend. Frau Wagner aß sehr langsam und sorgfältig, das heißt, sie aß erst das Fleisch, dann den Reis und zu guter Letzt stocherte sie in ihrem Gemüse. Ein derart sortiertes Essen kannte ich bisher nur von Kindern, die den Teller oft in der Reihenfolge ihrer Vorlieben leerten.

Beim Nachtisch, Zitronenparfait mit Orangensoße, bot ich ihr das Du an, und beim Cappuccino gestand sie mir, dass sie ihren Namen Beata nicht ausstehen könne und ich sie Bea nennen solle. Das klang so vertraut und intim, dass ich heiße Ohren bekam.

Nach einer Zeit griffen wir unser vorheriges Thema wieder auf. Ich äußerte meine Überzeugung, dass sich die drei Ausreißer aus Polen nach ihrer Festnahme und der anschließenden Flucht möglichst schnell in eine andere Gegend aufgemacht hatten. »Wir haben die letzten Seiten des Tagebuchs doch gelesen, Bea. Frau Wisniewska hat nichts davon erwähnt, dass sie einen ihrer damaligen Schützlinge wiedergesehen hat.«

Bea nickte nun nachdenklich. »Du hast wahrscheinlich recht. Die Kollegin von ihr, mit der ich telefoniert habe, hat mir erzählt, Frau Wisniewska habe ein geradezu unheimliches Gespür für Stimmungen und Charaktere besessen. Sie wusste mit untrüglicher Sicherheit, wenn jemand unglücklich oder zornig war, wenn eine Krankheit in der Luft lag oder jemand log. Sie hätte es vermutlich gewusst, wenn Dominik, Viktor oder Maria in der Nähe gewesen wären.«

»Genau«, pflichtete ich ihr scheinheilig bei. »Hat diese Kollegin noch mehr über den vermeintlichen Mord erzählt?«

Bea stellte ihre geleerte Tasse auf den Tisch und nickte. »Ja, das wollte ich noch erzählen. Wenn ich diese Kollegin richtig verstanden habe, war Frau Wisniewska eine Augenzeugin. Sie hat gesehen, wie dieses Mädchen hinuntergeworfen wurde!«

Bea sah mich an. Ich war entsetzt. Wenn das stimmte, dann waren die drei kaltblütige Mörder. Ich sah sie wieder vor mir: Dominik mit seinem jungenhaften Lächeln, Viktor und seine kühle, provozierende Arroganz und die süße Maria, die so unbeteiligt und harmlos wirkte. Was hatten sie sonst noch getrieben, und wie waren sie bloß ins himmlische Jenseits gelangt? Raoul und Jonas mussten doch wissen, welche Verbrechen ihr altes Leben belastete. Erst jetzt wurde mir das ganze Ausmaß des Dilemmas klar.

Jonas und Raoul hatten drei Satanisten, drei Mörder bei sich sitzen, und statt sich durch ein neues Leben auf den Weg zur Besserung zu machen, weigerten sie sich zu gehen und blieben so bösartig wie eh und je.

Plötzlich schreckte ich auf. »Wie bitte?«

Bea hatte mit mir gesprochen, doch ich war zu weit entfernt gewesen, irgendwo auf einer Wolke im Jenseits.

»Ich habe dich gefragt, ob du den Grund wissen willst, warum dieses Mädchen sterben musste?«

»Du weißt ihn?«

»Das Mädchen wollte sich von dem Satanistenkult lösen und zur Beichte gehen. Ihre Schwangerschaft hatte wohl einen Reifeprozess in Gang gebracht.«

Ich schüttelte den Kopf. Ein junges Mädchen wollte eine gute Mutter werden und musste deshalb sterben. Warum war die Hinwendung zum Bösen oft so viel einfacher?

Zehn Minuten später sagte Bea plötzlich: »Ich möchte jetzt nach Hause.« Also zahlte ich die Rechnung und brachte sie zum Auto.

Im fahlen Licht der Straßenlaterne sah sie blasser aus, verletzlicher, doch sie hielt sich sehr aufrecht. Und sie blickte mir direkt in die Augen, als sie sagte: »Ich werde jetzt eine ganze Zeit lang fort sein, ich muss verreisen. Es geht nicht anders.«

»Du machst eine Reise? Wie schön!«

Ich hätte auch gestehen können, dass ich es grauenhaft fand. Doch diesen Part übernahm Bea selbst.

»Nein, das ist gar nicht schön. Ich habe in den letzten beiden Jahren ein Alkoholproblem entwickelt und werde eine Therapie machen.«

»Ach so.« Schweigen. »Ich möchte aber nicht, dass du jetzt weggehst, Bea.«

Ich sah sie eindringlich an. Eigentlich hatte ich ihr bloß alles Gute wünschen wollen. Aber nun war der Satz heraus, und ich hatte mehr von mir preisgegeben, als gut für uns beide war.

»Hast du nicht zugehört, Christian? Ich bin auf dem besten Wege, eine Alkoholikerin zu werden.« Ihre Gesichtszüge verhärteten sich.

Ich erwiderte: »Du bist auch auf dem besten Wege, ein wichtiger Mensch für mich zu werden.«

Langsam drehte sie sich von mir weg und setzte sich ins Auto.

»Würdest du mir erzählen, wie es hier weitergeht?«, bat sie.

Ich setzte mein tapferstes Lächeln auf und sagte: »Gib mir eine Chance. Lass mir deine Handynummer da.«

Zu meiner Erleichterung nickte sie. »Ja, das mache ich. Ich spreche dir meine Nummer auf den Anrufbeantworter.« Und als Bea mein zweifelndes Gesicht sah, setzte sie hinzu: »Ich habe sie nicht bei mir.«

Dann streckte sie mir ihre kühle Hand hin, und wir verabschiedeten uns voneinander.

Du meine Güte, dachte ich, ich sollte sie aus dem Auto zerren und in den Arm nehmen. Stattdessen schüttelte ich ihr die Hand und äußerte so unnötige Phrasen wie: »Pass auf dich auf« und: »Sag mir Bescheid, wenn du Hilfe oder Ablenkung brauchst.«

Ich blieb am Straßenrand zurück und fühlte mich wie der letzte Überlebende in einem Kampf, der kaum gewonnen werden konnte. Einmal mehr hatte ich wichtige Informationen bekommen, und doch lichtete sich dadurch nicht ein einziges Geheimnis in dieser Geschichte.

Mir fiel ein, dass Michael mir geraten hatte, die Zusammensetzung der Drogen herauszufinden. Es war kurz vor zweiundzwanzig Uhr, an wen konnte ich mich in dieser Angelegenheit noch wenden?

Während ich nach neuen Informanten und Verbündeten suchte, wurde ich von jemand anderem gefunden. Lässig an mein Auto gelehnt und in einen auffällig roten Kurzmantel gekleidet begrüßte Luzifer mich aufs Herzlichste.

»Machen Sie mein Auto nicht schmutzig mit diesem grellen Rot«, knurrte ich aggressiv. Diesmal hatte sie so hohe Stiefeletten an, dass ich leider wieder nicht auf sie hinabschauen konnte.

Etwas an ihrer Erscheinung irritierte mich. Sie war offensichtlich allein, trug keine sichtbaren Waffen bei sich und bedrohte mich nicht, aber dennoch war ich beunruhigt. Wenn ein Gegner sich plötzlich freundlich zeigte, war das in den seltensten Fällen ein ernst gemeintes Friedensangebot.

»Hallo, Chris. Wie konnte diese Polin Sie nur so früh allein lassen! Würden Sie mit mir noch ein Gläschen trinken?« Sie lächelte, bemerkte wohl meinen ablehnenden Gesichtsausdruck und fügte schnell hinzu: »Wir könnten einige Informationen austauschen.«

Ich schwieg noch immer. Eine Frau hätte jetzt vielleicht bemerkt, wie Luzifer sich die Arme rieb, als wäre ihr furchtbar kalt, wie sie sich ein wenig vorbeugte und ich auf viel nackte Haut blicken konnte, wie ihre Stimme einen weicheren Klang bekam. »Schauen Sie, Chris, mir ist aus bestimmten Gründen auch daran gelegen, dass der Mord an der Putzfrau aufgeklärt wird. Und so ein Drogenfund im Jugendzentrum, der fällt doch immer auch auf den zuständigen Leiter zurück. Vielleicht könnten wir zumindest in dieser Hinsicht ein wenig zusammenarbeiten?«

Mir fiel sofort eine ganze Argumentationskette aus Gründen ein, warum ich tatsächlich in Ruhe mit ihr reden sollte, und zehn Minuten später saßen wir in einem Bistro, das mit exotischen Cocktails warb. Zu meiner großen Überraschung bestellte Luzifer nicht etwa einen »Sex on the Beach« oder eine »Strawberry Margarita«, sondern sie fragte nach einer heißen Schokolade. Ich blieb beim alkoholfreien Weizenbier.

Jeder Mann, ob jung oder alt, der in dem Bistro zugegen war, bemühte sich um Blickkontakt mit meiner Begleiterin. Im Grunde genommen erstaunte mich die Tatsache, dass der Teufel weiblich war, überhaupt nicht mehr. Die Technik des Verführens war dem weiblichen Geschlecht in die Wiege gelegt, die wenigsten Männer verstanden davon sonderlich viel. Ich überlegte sogar, ob ein männlicher gefallener Engel jemals so viel von sich reden gemacht hätte wie dieser Teufel. Was hatte sie im Mittelalter nicht für eine Macht gewonnen, wenn auch als angeblicher Mann. Und verbrannt worden waren in erster Linie die Frauen. Welche Ironie.

Ich fühlte mich in Luzifers Nähe elend, hatte ich meinen Pakt doch mit der anderen Seite. Daher gab ich mich reserviert.

»Was für ein Zeug ist das eigentlich, das man im Zentrum gefunden hat?«, fragte ich sie, wobei ich mir Mühe gab, meinem Gesicht einen unbeteiligten Ausdruck zu verleihen.

Sie sah mich mit hochgezogener Augenbraue an und erwiderte: »Das kann ich Ihnen auch nicht sagen. Aber haben Sie eine Ahnung, wer dort mit Drogen gehandelt hat?«

»Ja«, antwortete ich, »es sind mehrere, und ich halte Sie für die Triebfeder dieser Aktionen.«

Zu meiner Überraschung zuckte sie nur leicht mit der linken Schulter. »Ich habe noch niemals einem jungen Menschen Drogen in die Hand gegeben, und ich habe auch keine Drogenpakete im Jugendzentrum versteckt. Das können Sie glauben oder nicht. So stümperhaft zu arbeiten ist nicht mein Stil.«

Ich lachte kurz auf. »Sie meinen, Ihre Verstecke hätte keine Putzfrau der Welt gefunden?«

Ihr Blick wurde hart und kalt. Wie bei einem angriffslustigen Raubtier, schoss es mir durch den Kopf.

Sie sagte: »Ich meine damit, dass ich es nicht nötig habe, mir mit solch niedrigen Geschäften die Hände zu beschmutzen. Dafür geben sich genug Menschen her.«

Hatte sie das Wort »Menschen« betont oder das Wort »dafür«? Ich wusste es nicht, fand es aber wichtig, weil es ein Hinweis war, wie sie zu den Menschen stand. Waren sie Verbündete, Handlanger oder gar notwendiges Übel?

Sie redete weiter: »Lassen wir dieses leidige Thema. Ich habe eine erfreuliche Information für Sie. Der verschwundene Junge ist wieder aufgetaucht, Sie wissen schon, der Freund von diesem Kevin.«

Das wusste Luzifer also auch schon. Dennoch spürte ich Erleichterung darüber, dass es Lukas offensichtlich gut ging. Weit gefehlt! Luzifer berichtete mir, dass der Junge übel zusammengeschlagen worden und noch nicht wieder aufgewacht sei.

»Das nennen Sie gute Neuigkeiten?« Ich war ernsthaft betroffen.

Sie trank von ihrem Kakao und schwieg.

Ich dachte nach. Die Putzfrau hatte ein Paket der Drogen gefunden und wollte wahrscheinlich in eigener Regie herausfinden, wer die Übeltäter waren. Jetzt war sie tot. Kevin und sein Freund hatten das Zeug heimlich im Labor untersuchen lassen, und zumindest den einen Jungen hatte man abgefangen und übel zugerichtet. Kevin war so klug gewesen, den Fund zu melden, sonst wäre es für ihn vielleicht auch zu spät gewesen. Alles deutete auf einen verärgerten Drogendealer als Täter hin. Trotzdem wurde ich das Gefühl nicht los, dass all diese Ereignisse in irgendeiner Weise auch mit dem Geheimnis um Dominik, Viktor und Maria zu tun hatten.

»Was für ein Verhältnis haben Sie eigentlich zu diesen Rechtsanwaltssöhnen, Martin und Andreas Büscher?«

Sie wedelte mit ihrer grazilen linken Hand vor meiner Nase herum und sagte: »Oh nein, nein, nein! So funktioniert das nicht. Ich habe Ihnen soeben eine Information gegeben, nun sind Sie dran. Aber wir können bei diesen Jungen bleiben. Was halten Sie von den beiden?«

So süffig mein Weizenbier in Begleitung der anderen Dame gewesen war, so schal schmeckte es mir mit meinem jetzigen Gegenüber. Ich stellte das große Glas ab und antwortete ihr: »Als Küster würde ich sagen, es handelt sich um Söhne aus einer angesehenen Familie, wenngleich sie nicht gerade besonders aktive Gemeindemitglieder sind. Als Privatmensch halte ich die Charaktere der gesamten Familie für fragwürdig, ich würde keinem einzigen Familienmitglied trauen. Die beiden Jungen zeigen mitunter ein ausgesprochen schlechtes Benehmen, sie geben sich nicht nur flegelhaft, sondern werten auch andere Menschen ab und demütigen sie. Ihre kriminelle Energie ist sicher leicht zu entzünden.«

»Sehen Sie, Christian, jetzt wissen Sie, warum ich diese Familie mag. Die Zusammenarbeit ist so … sagen wir, unkompliziert.«

Ich verzog das Gesicht, als ich den letzten Schluck Bier hinuntergespült hatte, und knurrte: »Bei der Dame des Hauses dürften Sie auf Widerstände stoßen. Ich glaube nicht, dass Frau Büscher einer anderen Frau in einem derart perfekten Körper neidlos oder mit viel Sympathie gegenüberstehen würde.«

»Ach, Christian, was, glauben Sie, brauchen Künstler am allermeisten? Komplimente zu ihrem Aussehen oder zu der Qualität ihrer Werke? Hilde Büscher liebt mich!«

Sie beugte sich vor, und ich roch wieder diesen Duft nach Vanille und Anis. »Ihr Pastor predigt, wie so viele andere auch, dass seine Schäfchen Gutes tun sollen, nicht wahr? Aber er nimmt ihnen das menschenfreundliche Handeln keineswegs ab.«

Ich nickte und ahnte, worauf Luzifer hinauswollte.

Lässig schlug sie ein langes Bein über das andere und lächelte madonnenhaft. »Sehen Sie, bei mir verhält es sich ähnlich. Ich habe diese Putzfrau nicht ermordet, und von mir hat noch niemand Drogen bekommen.«

Das glaubte ich ihr sogar, dennoch erwiderte ich unfreundlich: »Ich nehme an, Ihnen geht eine Lüge ebenso galant über die teuflisch hübschen Lippen wie eine unschöne Wahrheit.«

Am Nachbartisch saß ein junges Paar, es schaute neugierig herüber, als Luzifer jetzt den Kopf zurückwarf und herzlich lachte.

Dann sagte sie mit echter Bewunderung in der Stimme: »Ist das nicht toll, wie der Mensch es geschafft hat, die Lüge zu einer sozial anerkannten, ja mitunter sogar zu einer humanitären Botschaft zu erheben? Eine Notlüge kann die Ziele einer Gemeinschaft retten oder helfen, Leid zu vermeiden. Eine soziale Lüge stärkt die Harmonie einer Gruppe und so weiter. Ihr habt sogar ganze Berufsgruppen erfunden, die professionell lügen. Anwälte, Politiker, Werbeleute – die Liste wird täglich länger. Die Lüge ist ein phantastischer Selbstläufer geworden. So etwas hätte von mir kommen können.«

»Ich denke doch, dass es beim Lügen erhebliche Unterschiede gibt und dass das Motiv für eine Lüge tatsächlich eine Rolle spielt.«

In gespielter Entrüstung schüttelte sie den Kopf und schnalzte mit der Zunge.

»Wie heißt es noch gleich in den Zehn Geboten? ›Du sollst nicht falsch gegen deinen Nächsten aussagen.‹ Von Ausnahmen ist mir nichts bekannt. Und ich bin schon verdammt lange im Geschäft, mein Lieber.«

Ich würde mich mit dem Teufel gewiss nicht auf eine Diskussion über die alltäglichen Sünden der Menschen einlassen, daher antwortete ich nur müde: »Ja, passen Sie nur auf, dass Sie nicht wegrationalisiert werden. Was können Sie mir über drei polnische Waisenkinder erzählen?«

Ich rechnete eigentlich nicht mit einer Antwort.

»Nun«, sagte Luzifer langsam, »ich kann Ihnen nicht sagen, wie sie gestorben sind, aber ich weiß, dass die drei kein Interesse mehr daran haben, irgendwelche göttlichen Pläne zu erfüllen. Kann man ihnen daraus einen Vorwurf machen?«

»Ich verstehe Sie nicht.«

»Was gibt es daran nicht zu verstehen? Ihr Menschen seid unfertige Marionetten, wenngleich auch mit einem höchst eigenständigen Verstand. Durch das Leben auf der Erde sollt ihr zu der gottgegebenen Einsicht gelangen, stets das Gute zu wählen und euren Nächsten ständig und immer zu lieben. Versprochen wird euch dafür ein himmlisches Paradies, in dem sich schon Adam und Eva, wie wir wissen, unglaublich gelangweilt haben. Toll.« Sie deutete ein Gähnen an. »Und weil ich euch auf ein paar egoistische Ideen bringe, euch zeige, was *Genuss* bedeutet, oder weil ich es ermögliche, gute Geschäfte zu machen, bin ich böse.«

Sie beugte sich plötzlich vor und ergriff meinen Arm. Ihre Hand verströmte prickelnde Wärme, so angenehm wie ein geheiztes Körnerkissen auf der Haut.

»Sei doch nicht blöd, Christian. Was kümmert dich der Typ, der vorher in diesem Körper gesteckt hat? Sollen die sich im Jenseits doch etwas einfallen lassen. Wenn du nicht zurückwillst, kannst du einfach auf der Erde bleiben. Du bekämst noch einmal eine Chance, mit Lisa alt zu werden. Wer weiß, wie unangenehm dein nächstes Leben wäre? Ich kann dir sogar helfen, deine zukünftigen Leben sehr angenehm zu machen.«

Sie lehnte sich zurück, griff nach ihrem Kakao und rieb die warme Tasse zwischen ihren schönen Händen. Wie sie wohl mit Flügeln aussah?, ging es mir albernerweise durch den Kopf.

Oh ja, ich hatte sehr große Lust, mich in diesem Leben des Christian Grothe einzunisten. Die Arbeit mit den Jugendlichen war mir vertraut, das Verhältnis zum Pastor hatte sich unerwartet angenehm gestaltet, und meine Schwester Lisa lockte gerade mit Freundschaft. Und dann war da noch Bea!

Doch ich brauchte mir nur die leibhaftigen Erzengel in Erinnerung zu rufen, Michael mit seinem kämpferischen Elan und den sanften Stolz eines Gabriel, um zu wissen, wem ich in diesem Stück vertrauen musste. Anderen Menschen gegenüber war ich klar im Vorteil, ich wusste, wie und warum ich Luzifer trotzen musste.

Sie sah es in meinem Gesicht und erhob sich nun. »Hast du vergessen, wie qualvoll das Sterben sein kann? Du bist ein Narr, Rudolf.«

Ich zuckte zusammen, als Luzifer mich mit meinem alten Namen ansprach. Das schreckliche Video über meinen Tod auf dem Computer im Jugendzentrum fiel mir wieder ein. *Hast du vergessen, wie qualvoll das Sterben sein kann?* Ich hatte mal gelesen, dass die meisten Menschen nicht so sehr den Tod fürchteten, sondern das Sterben.

Sie war verschwunden, noch ehe mir eine passende Antwort eingefallen war. Zurück kam nur die Angst um Lisa.

ZEHN

Der Kellner schaute mich nach dem abrupten Aufbruch meiner Begleiterin fragend an, und ich bestellte mir noch einen Brandy. Seinem mitleidigen Gesicht nach zu urteilen, vermutete er hinter meiner Bestellung Beziehungskummer und rechnete wohl damit, dass ich mich nun betrinken würde. Nichts lag mir ferner. Aber ich musste nachdenken, und dies ging am besten mit einem kleinen Gaumenkitzel.

Ich glaubte nicht eine Sekunde daran, dass Dominik, Viktor und Maria nur deshalb, weil sie den göttlichen Plan langweilig fanden, im Garten des Jenseits sitzen blieben. Dort war es für sie sicherlich langweiliger, als wenn sie sich in ein neues irdisches Leben gestürzt hätten. Entweder warteten sie auf das perfekte Angebot, das Luzifer ihnen vielleicht versprochen hatte, oder ... Was für Möglichkeiten gab es denn noch? Wenn sie für Luzifer arbeiteten, konnte es nur darum gehen, Unruhe zu stiften.

Ich hatte sie immer nur herumlungern sehen. Doch die alte Dame – Hanna – hatte erzählt, dass sie Neuankömmlinge ansprachen. Vielleicht versuchten die drei, im Jenseits schon Anhänger für ihren Satanistenklub zu sammeln? Ich geriet ins Grübeln. Konnte es sein, dass Dominik, Viktor und Maria darum bemüht waren, Seelen so weit zu vergiften, dass die wiedergeborenen Menschen immer schlechter wurden? Konnte so ein Plan gelingen? Wie viel böse Macht müssten diese jungen Leute besitzen, um dermaßen in das gottgewollte Geschehen eingreifen zu können?

Ich schüttelte den Kopf. Das schien mir einfach absurd. Als ich etwas später in meinem Auto saß, dachte ich daran, dass sowohl Jonas und Raoul als auch Michael und Gabriel und nun auch Luzifer mir weismachen wollten, sie selbst seien nur harmlose Randfiguren im ewigen Kampf Gut gegen Böse. Alle himmlischen oder überirdischen Geschöpfe taten so, als hätten sie mit diesem Kampf nicht wirklich etwas zu tun, als gäben sie den Menschen lediglich Hinweise.

Also bestand der Kampf eigentlich darin, dass böse Menschen gegen gute Menschen zu Felde zogen. Dabei mussten die guten Menschen immer noch besser werden und zugleich die bösen Seelen auf ihre Seite bringen. Gott vertrat hoffentlich noch immer die Ansicht, dass die Menschheit es letztendlich zum Guten schaffen würde, während Luzifer den Beweis antreten wollte, dass wir lauter kleine und große Egoisten waren, die in Wirklichkeit nur an ihrem eigenen Profit interessiert waren. So ungefähr hatte Michael mir das schon mal erklärt.

Der Gedanke, dass wir lediglich Schachfiguren im Dienst der himmlischen Mächte waren, gefiel mir nicht.

Allerdings hatten diese Mächte gerade wohl oder übel zugeben müssen, dass sie aufgrund der Aktionen von drei polnischen Waisenkindern näher an das Spielfeld gerückt waren, als ihnen lieb war. Zumindest waren sie in Schwierigkeiten geraten. Drei Figuren hatten das Schachbrett verlassen, ohne aus dem Spiel geschlagen worden zu sein.

In meiner Wohnung angekommen, verbot ich mir jeden weiteren Gedanken zu diesem Thema. Ich wollte zur Ruhe kommen und eine Nacht lang gut schlafen. Das erwies sich als gar nicht so einfach, denn nach einem kurzen Spaziergang mit Bifi fiel mir auf, was mir zuvor noch entgangen war: Der Anrufbeantworter blinkte hektisch wie ein Notrufsignal. Das zu ignorieren hätte meiner nachdenklichen Seele ganz sicher eine schlaflose Nacht bereitet.

Ich drückte die entsprechende Taste und sah, dass sogar zwei Nachrichten für mich im Speicher warteten. Das erhöhte die Wahrscheinlichkeit, dass mindestens eine der Nachrichten schlecht war.

»Hallo, Herr Grothe, äh, Christian, hier ist Kevin. Kevin Ludwig. Also, der Lukas ist überfallen und zusammengeschlagen worden. Leider ist er noch nicht wieder aufgewacht. Na ja, die Ärzte meinen, er wird schon wieder. Ich würde Sie aber gern noch sprechen. Ich sag mal, bis elf Uhr bin ich bestimmt wach.«

Es folgten seine Handynummer und ein hastiger Abschied, so als wäre er gestört worden.

Der Blick auf die Uhr verriet mir, dass es bereits nach halb zwölf war. Sollte ich einen Anruf noch wagen? Ich entschied mich dafür, hörte aber zunächst die zweite Nachricht ab.

»Beata Wagner hier.« Pause. »Danke für den schönen Abend. Sie … du hattest recht. Ich werde morgen meinen Therapietermin verschieben. Wir müssen noch etwas aufklären, findest du nicht? Also, es bleibt bei der alten Telefonnummer. Schlaf gut.«

Ich starrte vor mich hin. Wahrscheinlich lächelte ich dabei sogar dümmlich. Ich hörte die Nachricht noch ein zweites und ein drittes Mal ab und saß dann in Gedanken versunken da. Bis es kurz vor zwölf Uhr war und die Reste meiner einstigen pädagogischen Fähigkeiten den Anruf bei einem sechzehnjährigen Schüler um diese Uhrzeit verboten.

Der Schlaf kam spät, war aber entspannt, und am nächsten Morgen ging ich voller Tatendrang zum Haus des Pastors.

Er hatte sehr früh angerufen. »Kommen Sie zum Frühstück herüber, dann kann ich mit Ihnen das Tagwerk besprechen.« Es gab sicherlich herzlichere Formen der Einladung, aber das Frühstück wusste ich zu schätzen. Einer Eingebung folgend huschte ich schnell in die Sakristei, da dort meist ein paar Blumen für den Kirchenschmuck standen. Ich wählte einige Stängel aus, die für die Vasen in der Kirche ohnehin zu kurz geraten waren, kürzte sie noch etwas und band sie zu einem kleinen Strauß zusammen. Der war für Frau Hering.

Ich warf noch einen Blick auf die Stelle, wo wir die tote Frau Wisniewska gefunden hatten. Noch immer konnte man den Kreideumriss auf dem Boden erkennen, den die Polizeibeamten gezeichnet hatten. Schlussendlich war es wenig, was von einem Menschen übrig blieb, wenn er gestorben war. Als ich neun Jahre alt war und meine Großmutter starb, hatte man mich mit den Worten getröstet, sie sei nicht wirklich fort, sondern würde vom Himmel aus auf mich herabschauen. Das war Schwachsinn, wie ich inzwischen wusste. Selbst die Wahrscheinlichkeit, Bekannte oder Familienangehörige aus einem früheren Leben in einem neuen Leben zu treffen, war offensichtlich sehr gering und wohl eher unerwünscht. Dieses Wissen machte es mir nahezu unmöglich, über einen neuerlichen Abschied von Lisa nachzudenken. Vielleicht hätte Luzifer mit ihrem Angebot heute mehr Chancen bei mir? Ich schüttelte mich innerlich, um diese Schwäche loszuwerden.

Doch ein Satz Luzifers erschien mir plötzlich auffällig: Hatte sie mir gestern nicht angeboten, meine zukünftige Situation im Leben auf der Erde positiv zu beeinflussen?

Wie sollte das denn gehen? Hielt nicht Gabriel seine Hand über das Leben der Menschen? Entweder hatte sie mir ein krummes Geschäft angeboten, bei dem ich hereingelegt werden sollte, oder ihre Macht bot noch mehr Anlass zur Besorgnis.

Es erschien mir unklug, beim Frühstück mit dem Pastor das Gespräch erneut auf den Teufel und sein Wirken zu lenken. Da könnte ich den Blumenstrauß auch gleich in den Müll werfen. Nein, vielmehr strahlte ich Frau Hering an und reichte ihr die Blumen mit den Worten: »Kein noch so hohes Gehalt der Welt übertrifft eine Einladung zum Frühstück an Ihrem reich gedeckten Tisch, Frau Hering. Weiß der alte Küster eigentlich, was für einen guten Job er hier hatte?«

Ein lautes Auflachen unterbrach meine gestelzte Rede, und Pastor Klein verkündete: »Der alte Burkhart? Den durfte ich zum Frühstück niemals einladen. Der sah nicht halb so gut aus und verstand sich auch nicht so exzellent darauf, das Tischgespräch mit Mord und Drogenhandel anzureichern, nicht wahr, liebe Edeltraud?«

Klug, wie sie war, schwieg Edeltraud dazu und verschwand mit den Blumen in der Küche, von wo sie nach kurzer Zeit mit frischem Kaffee wieder auftauchte und sich zu uns setzte.

Gerade überlegte ich, ob ich das Gespräch auf Frau Wagner lenken oder über die gefundenen Drogen lamentieren sollte, als Frau Hering mir den Gesprächseinstieg abnahm.

»Können Sie mir sagen, wie es Lukas Riedel geht? Ich kenne seine Mutter. Die Ärmste – nicht auszudenken, was sie gerade durchmacht.«

Pastor Klein blickte auf und fragte: »Ist das jene Frau Riedel, die ihren Mann verlassen hat, während der Junge bei mir zur Firmung war?«

»Das ist jene Frau Riedel, die von ihrem Mann mehrfach betrogen worden ist und sich für ihren Sohn ein moralisch gefestigteres Vorbild erhofft hatte.«

Ich fand die kleinen Dispute zwischen dem Pastor und seiner Haushälterin interessant, dennoch schaltete ich mich nun ein und erzählte von Kevins Anruf, wonach sein Freund Lukas noch nicht wieder aufgewacht war. »Ich sollte ihn eigentlich zurückrufen, aber es war gestern Abend, als mich die Nachricht erreichte, schon zu spät.«

»Dann rufen Sie ihn doch jetzt an.« Frau Hering nickte zum Telefon hinüber, während sie in der einen Hand ihr Schinkenbrötchen hielt und mit der anderen Hand die Tasse Kaffee hob.

Ich zögerte. »Ich will ihn nicht während der Schulstunden anrufen.«

Frau Hering sah mich ungefähr so an wie meine Mutter damals, wenn ich behauptete, der gesamte Notenspiegel einer Schularbeit, die ich versemmelt hatte, sei miserabel gewesen, und meinte: »Sie glauben doch nicht wirklich, dass Kevin heute in der Schule ist? Doch nicht, nachdem sein bester Freund aufgrund des Drogenfundes im Krankenhaus gelandet ist und wahrscheinlich sagen kann, wer ihn so zugerichtet hat. Außerdem befindet sich Kevin meiner Meinung nach ebenfalls in großer Gefahr. Nun rufen Sie schon an, vielleicht gibt es bereits eine Täterbeschreibung.«

So ganz konnte ich mir ihre Neugier nicht erklären, aber nachdem mir auch Pastor Klein drängend zugenickt hatte, legte ich artig mein Brötchen aus der Hand und griff zum Telefon. Natürlich kannte ich Kevins Handynummer auswendig, ich hatte ihn früher oft genug angerufen.

»Mensch, Herr Grothe, äh, Christian! Ich sitze gerade im Englischunterricht und durfte das Handy anlassen, falls sich das Krankenhaus meldet. Warten Sie, ich gehe eben raus.«

»Schule«, äußerte ich mit strafendem Blick in die Frühstücksrunde.

»Hören Sie, Christian? Der Lukas ist noch immer nicht aufgewacht, aber wissen Sie, was der Hammer ist? Lukas hat etwas von dem Drogenzeug im Blut! Wahrscheinlich wacht er deshalb nicht auf. Mann, wenn ich die Typen in die Finger bekomme, dann …«

»Kevin, nun beruhige dich, Lukas wird schon wieder aufwachen. Irgendwann sind die Drogen im Körper verarbeitet.«

»Die kennen nicht einmal die Zusammensetzung. Irgendwelche Pilze sollen in dem Zeug sein und Cannabis und dazu ein Stoff, von dem sie noch gar nicht wissen, was es ist.«

Kevin sprach sehr schnell, teilweise abgehackt, man konnte seine Anspannung mit jeder Silbe spüren. Mich interessierte vor allen Dingen, ob man Lukas hatte umbringen wollen oder ob diese Aktion lediglich eine Warnung sein sollte. Das konnten aber wohl nur die Ärzte beurteilen. Dennoch fragte ich Kevin: »Schwebt er in Lebensgefahr, Kevin?«

Einen Moment lang schwieg Kevin, und ich dachte schon, meine Frage wäre ihm zu nahe gegangen. Dann sagte er: »Keine Ahnung. Seine Vitalfunktionen sind gut, sagen sie im Krankenhaus. Die Tracht Prügel, die er kassiert haben muss, hat auch keine gefährlichen Verletzungen verursacht. Ich weiß nicht, was die mit Lukas gemacht haben. Hoffentlich ist er, wenn er aufwacht, wieder der Alte. Ich muss wieder rein, Christian. Vielleicht komme ich heute Abend noch mal ins Zentrum.«

Er hatte aufgelegt, und ich blickte in zwei fragende Gesichter.

Eines war mir klar geworden: Hier handelte es sich nicht um einen kleinen Drogenhandel unter jungen Leuten. Die Zusammensetzung der gefundenen Drogen war so kompliziert und selten, dass sie offenbar für die hiesigen Labore eine echte Herausforderung darstellte. Hinter der Sache steckten Profis. Und ich wurde den Verdacht nicht los, dass Dominik oder Viktor die Drogen gekannt hätten.

Während ich Frau Hering und Pastor Klein von meinem Telefonat mit Kevin erzählte, klingelte plötzlich das Telefon, das ich noch immer in der Hand hielt. Bei dem hastigen Versuch, es an Pastor Klein weiterzugeben, verschluckte ich mich an einem Krümel. Verzweifelte Versuche, leise zu husten, verschlimmerten meine Not, und ich musste für einen Augenblick das Zimmer verlassen. Mit hochrotem Kopf kehrte ich an den Tisch zurück, als Pastor Klein das Telefonat gerade beendete.

»Herr Schweig, der Lebensgefährte unserer unglücklichen Putzfrau, hat sich erhängt. Mein Gott, wie schrecklich.« Er schüttelte betroffen den Kopf und legte das Telefon übertrieben vorsichtig auf den Tisch zurück.

»Das stimmt nicht!« Die Replik war mir ohne nachzudenken herausgerutscht, und nun sahen mich die beiden zu Recht erstaunt an.

»Ich meine, das kann doch nicht sein! Der würde sich doch nicht umbringen, bevor seine Lebensgefährtin beerdigt worden ist und bevor er den Mörder kennt. Ich meine, so etwas will man doch wissen.«

Frau Hering schien erschüttert über die Nachricht, doch sie bemerkte in lockerem Tonfall: »Vielleicht wollte er mit Olga zusammen in einem Grab beerdigt werden. Das ist doch romantisch!«

Wir ernteten beide einen strafenden Blick. Und nicht nur das, jetzt legte Pastor Klein richtig los.

»Ich beginne, mich nach meinem alten Küster zu sehnen. Ja, sogar nach seiner alten, nach Zigarrenqualm stinkenden Jacke, nach seiner Pedanterie beim Aufstellen der liturgischen Geräte auf dem Altar, aber vor allem nach seiner stoischen Art, die Dinge so hinzunehmen, wie sie eben waren.«

Pastor Klein seufzte schwer, nippte an seiner Tasse Kaffee und wandte sich an mich: »Wenn die Polizei sagt, es sei ein Selbstmord, dann ist es für mich ein Selbstmord, Herr Grothe. Und es kommt nicht so selten vor, dass ein Mensch an seiner Trauer um einen geliebten Menschen verzweifelt. Wir als Gemeinde müssen uns da die unangenehme Frage stellen, ob wir als Nachbar und Nächster nicht mehr für den armen Mann hätten tun müssen.«

Bei aller Theatralik, die Pastor Klein geradezu auskostete, machte ich mir tatsächlich Vorwürfe. Warum hatte ich nicht eher begriffen, dass Herr Schweig die Bilder beiseitegeschafft hatte? Vielleicht hätte ich ihn retten können.

»Ein Selbstmord führt beinahe immer dazu, dass man sich in irgendeiner Weise Vorwürfe macht«, bemerkte Frau Hering plötzlich. »Bei einem Mord richtet sich unsere Wut gegen den Täter, bei einem Unfall oder bei Krankheit geben wir oft Gott die Schuld, ob heimlich oder sogar in offener Anklage, aber bei Selbstmord kommen wir ins Schwimmen. Die Tatsache, dass jemand in unserer Umgebung so unglücklich war, dass er lieber sterben wollte, als auf unsere Hilfe zu hoffen, kann einen schon nachdenklich stimmen, nicht wahr?«

Wir schwiegen eine Zeit lang, dann sagte Pastor Klein: »Edeltraud, darf ich das als Auftakt für meine Predigt verwenden?«

»Wenn dafür mein Lohn steigt.« Sie zwinkerte mir zu.

Wir besprachen noch den Ablauf der nächsten Tage, die Messgestaltung und meine Aufgaben als Küster. Ich erbat mir dringend, mehr Zeit im Jugendzentrum verbringen zu dürfen, und wenngleich der Pastor einige bissige Bemerkungen über den unheilvollsten Küster seit dem Bau einer christlichen Kirche losließ, gestand er mir diese Freiheiten doch zu.

»Gemeinsam mit Frau Wisniewska hätten Sie ein wunderbares Unkenpaar abgegeben, wissen Sie das?«

Ich wurde hellhörig. »Wie meinen Sie das?«

»Na, unsere Putzfrau meinte auch, jede diabolisch angehauchte

Seele in der Gemeinde erkennen zu können, und warnte mich oft genug davor, dass es im Jugendzentrum nicht mit rechten Dingen zugehe. Ha!« Er lachte auf. »Dem alten Leiter des Zentrums hätte ich mal mit solch visionären Warnungen kommen sollen! Der nahm mich so schon nicht ernst. Zu den jungen Leuten hatte er einen guten Draht, ansonsten war er absolut teamunfähig. Gott sei seiner schwierigen, aber guten Seele gnädig.«

Ich schluckte einen sinnlosen Protest hinunter und fragte: »Behielt Frau Wisniewska denn wenigstens ab und zu recht, oder war das alles nur hysterisches Gerede?«

Pastor Klein rieb sich das Kinn und überlegte laut: »Da sie ermordet worden ist, könnte es durchaus sein, dass sie irgendeiner üblen Wahrheit auf die Spur gekommen ist. Eine enorme Menschenkenntnis besaß sie schon, die Frau Wisniewska. Also, wenn die jemanden auf Abstand hielt, dann entdeckte man früher oder später tatsächlich problematische Charakterzüge an ihm oder ihr. Sie hat nebenbei studiert, haben Sie das gewusst? Irgendetwas Pädagogisches.«

Pastor Klein erhob sich und erklärte das Frühstück damit für beendet.

Ich wollte nicht unhöflich erscheinen, doch Frau Herings Meinung interessierte mich so sehr, dass ich noch einige Minuten bei ihr sitzen blieb.

»Frau Wisniewska«, sagte sie, wobei sie den Namen gedehnt aussprach, »tja … manchmal kam sie zu mir, weil Putzsachen fehlten. Mitunter sah ich sie aber auch vier Wochen lang gar nicht. Sie schien häufig Angst gehabt zu haben. Aber diese Angst hielt sie nie davon ab, ihre Arbeit zu machen. Sie war eine Frau, die bei jedem Zusammentreffen Freundlichkeit verströmte, mit der man aber dennoch nie richtig warm wurde. Wissen Sie, was ich meine?«

Nachdenklich spazierte ich in die Sakristei, um einige Pflichten zu erledigen. Warum nur hatte ich diese Putzfrau zu meiner und ihrer Lebenszeit nie beachtet? Sie hatte mein Jugendzentrum regelmäßig gereinigt, ich Ignorant! Gesehen hatte ich sie das eine oder andere Mal bestimmt, aber gesprochen hatte ich nie mit ihr.

Plötzlich erschien vor meinem geistigen Auge ein Zettel, eine Seite, aus dem Fax entnommen, auf dem in etwa stand: *Bitte melden*

Sie sich bei mir! Dringend! O. Wisniewska, dahinter eine Telefonnummer.

Ich erinnerte mich wieder. Frau Wisniewska hatte sehr wohl versucht, mit mir Kontakt aufzunehmen, aber ich hatte den Zettel zusammengeknüllt und als Papierkugel in den Mülleimer geworfen. Nicht, weil ich damals ein arrogantes Scheusal war, das nicht mit Putzfrauen redete, sondern weil ich wieder mal glaubte zu wissen, was man mir hatte sagen wollen. Kurz zuvor hatten die Jugendlichen eine Party im Zentrum gefeiert. Ich war sicher gewesen, die Putzfrau wolle sich über diverse Überschreitungen beschweren. Ich stöhnte innerlich auf.

Sobald es meine Zeit erlaubte, suchte ich das Kommissariat auf und fragte nach Herrn Hagedorn. Eine junge Polizistin, die etwas drall in ihrer Uniform steckte, fragte mich höflich, aber bestimmt: »Worum geht es? Werden Sie erwartet?«

»Ja«, behauptete ich mit einem souveränen Lächeln. »Es geht um den Drogenfund im Jugendzentrum. Ich bin der Leiter dieser Einrichtung.«

Es war nicht meine Art, derart mit der Wahrheit zu jonglieren, aber ich würde mich gewiss nicht von einer auszubildenden Beamtin in irgendeinen Warteflur setzen lassen.

»Zimmer 204, zweiter Stock.«

Während ich die Flure entlanglief, überlegte ich, welche Information ich Herrn Hagedorn anbieten konnte, damit er mir im Austausch etwas über die Zusammensetzung der Drogen erzählte. Mir fielen nur Neuigkeiten ein, die ich aus seiner Sicht keinesfalls wissen konnte.

Das Büro war für zwei Mitarbeiter eingerichtet, aber Herr Hagedorn saß allein an seinem monströsen Schreibtisch. Auf der Tischplatte stapelten sich eine große Menge Ordner oder lagen aufgeschlagen gefährlich nahe am Rand.

Er sah mich an, als hätte gerade eine extrem seltene Spezies sein Büro betreten.

»Herr Grothe! Ich grüße Sie. Haben Sie wieder Kunde über kriminelle Ereignisse? Wissen Sie, dass Sie den eher unspektakulären Beruf eines Küsters für Actionfilme interessant machen?«

Ich begrüßte ihn schnell mit einem kräftigen Handschlag und bemühte mich, aus seiner Einleitung eine Brücke für mein Anliegen zu bauen.

»Nun, heute bin ich nur in meiner Eigenschaft als kommissarischer Leiter des Jugendzentrums hier. Mich würde brennend interessieren, was genau das für Drogen waren, die Kevin und Lukas gefunden haben. Kennen Sie die Zusammensetzung schon? Waren es harte Drogen?«

Ich gab mich vielleicht etwas übertrieben besorgt.

Herr Hagedorn musterte mich weiterhin misstrauisch, zumindest interpretierte ich seinen forschenden Blick so. Er trug heute eine gut geschnittene Jeanshose und einen leichten Rollkragenpullover und wirkte darin eleganter als manch anderer Mann in einem Anzug. Ich konnte mir gut vorstellen, dass einer jungen Beamtin der Puls höherschlug, wenn sie in sein Büro gerufen wurde.

»Die Untersuchung des Stoffes dauert noch an, Herr Grothe. Sicher ist, dass Cannabis enthalten ist, aber das ist wahrscheinlich noch der harmloseste Teil. Die Art der Zusammensetzung ähnelt insgesamt einer Droge, die vor kurzer Zeit in Süddeutschland aufgetaucht ist.«

»Ich habe gehört, dass Lukas, also der überfallene Junge, im Koma liegt und man Spuren dieser Substanz bei ihm gefunden hat.«

Vielleicht sollte ich besser nicht immer so angeben mit meinen Informationen. Der Hauptkommissar sah nun verärgert aus, er fragte kurz angebunden: »Von wem?«

»Ich rede von dem Freund von Kevin, Lukas Riedel. Der liegt doch zurzeit noch im Koma, oder?«

»Ich weiß, wer Lukas Riedel ist. Ich will wissen, von wem Sie diese Informationen haben. Und setzen Sie sich endlich hin.«

Gehorsam zog ich mir einen Stuhl aus einer Ecke heran und setzte mich seinem Schreibtisch gegenüber.

»Ich habe heute Morgen mit Kevin Ludwig telefoniert. Er hat es mir erzählt.«

»Wissen Sie, worüber ich mich am meisten wundere, Herr Grothe?«

Ich schüttelte vorsichtig den Kopf.

»Darüber, dass ganz Lüdinghausen Ihnen alles Mögliche bereitwillig erzählt, obgleich Sie noch keine Woche hier sind.« Er machte eine kleine Pause. »Das sind hier Westfalen, die tun so etwas nicht. Die reden über das Wetter und über anstehende oder gewesene Wahlen. Aber ein Westfale redet nicht einfach so über Drogengeschäfte und persönliche Ängste.«

Ich hielt es für geraten, diese Feststellung unbeantwortet zu lassen. Im Büro hingen zwei Bilder von Lüdinghausen, ein großer Stadtplan und eine alte Fotografie, auf der man gut die drei großen Burgen erkennen konnte. Ich starrte sie an, als wäre ich ein Neubürger in dieser Stadt.

Etwas freundlicher sprach Herr Hagedorn weiter, immerhin schien er zu ahnen, dass man niemanden für seine vertrauenswürdige Art verantwortlich machen konnte.

»Also, was die Zusammensetzung angeht, so scheint diese Droge eine hypnotisierende Wirkung auf den Konsumenten zu haben. Aber anders als eine Hypnose enthemmt die Droge auch.«

Ich beugte mich fasziniert vor. »Sie meinen, man traut sich mehr zu, wenn man das Zeug nimmt?«

Herr Hagedorn zuckte mit der Schulter. »Möglich. Der Psychiater sagte mir, es sei vorstellbar, dass eine Person, die unter dem Einfluss dieser Droge steht, gut lenkbar sei, sozusagen willenlos wird. Bei einer Hypnose bleibt der eigene Wille im Hintergrund bestehen. Es ist ein Ammenmärchen, dass man andere Menschen unter Hypnose zu einem Verbrechen bewegen kann. Nicht, wenn er im Wachzustand moralische Grundsätze hat. Mit dieser Droge ist das anders, da könnten moralische Bedenken für eine Zeit aufgehoben werden. So ähnlich hat man es mir erklärt.«

Aufgeregt rückte ich noch etwas näher an seinen Schreibtisch heran und legte meine Arme darauf ab. Dann sagte ich: »Jetzt stellen Sie sich mal vor, eine Person bekommt diese Droge verabreicht, ob freiwillig oder nicht, und tötet auf den Befehl eines anderen hin unsere arme Putzfrau. Man könnte den Täter nicht einmal dafür belangen, nicht wahr?«

Er griff nach dem Telefon und bestellte bei irgendjemandem zwei Tassen Kaffee. Ich wertete dies als enormen Fortschritt in der Entwicklung unserer Beziehung. Sein Blick war skeptisch, als er fragte: »Glauben Sie wirklich, es könnte so gewesen sein?«

Ich sann darüber nach, wie viel die Polizei mittlerweile wohl über den Mord an Frau Wisniewska herausgefunden hatte. Gab es bereits einen Verdächtigen? War ich ein Verdächtiger?

Ich antwortete ihm: »Ich denke, wenn wir den Drogendealer haben, ist der Mörder der Putzfrau nicht weit. Und wenn wir den Mörder finden, gilt das auch für den Dealer.«

Dann fiel mir noch eine Frage ein. »War der Tod des Herrn Schweig, also des Lebensgefährten dieser Putzfrau, eigentlich zweifelsfrei ein Selbstmord?«

Eine steile Falte erschien über der aristokratischen Nase Hagedorns. »Worauf wollen Sie hinaus?«

Es klopfte an der Tür, und ein junger Beamter brachte auf einem Tablett zwei Tassen dampfenden Kaffee sowie Milch und eine Packung Süßstoff. Fasziniert sah ich zu, wie Herr Hagedorn erst einen Schluck schwarzen Kaffee trank, dann den halben Inhalt des Milchkännchens dazugoss und mindestens drei Tabletten des künstlichen Zuckers hineinwarf.

Ich setzte zu einer Antwort an: »Nun, ich finde es seltsam, dass er nicht wissen wollte, wer seine Freundin umgebracht hat. Erfahrungsgemäß finden solche Selbstmorde als Reaktion auf den Tod eines geliebten Menschen wesentlich später statt.«

Herr Hagedorn hörte mir immerhin aufmerksam zu. »Was meinen Sie mit ›später‹?«

»Die meisten Menschen stehen nach so einem plötzlichen Verlust zunächst unter Schock, können das Unglück nicht fassen. Einige reagieren mit Lethargie, sitzen einfach nur da und starren vor sich hin, andere funktionieren bis nach der Beerdigung beinahe automatisch, organisieren alles korrekt und brechen erst lange danach zusammen.«

»Menschen reagieren unterschiedlich, Herr Grothe.«

»Ja, das tun sie wohl. Aber wer einmal tötet, scheut sich nicht, es ein zweites Mal zu tun.«

Herr Hagedorn lehnte sich in seinem Bürostuhl zurück und legte die Fingerkuppen aneinander. Eine typische Denkerposition. Dann rückte er mir verbal auf die Pelle. »Sie haben nicht zufällig wieder ein paar Insiderinformationen bei einem Ihrer Kennenlernnachmittage erhalten?«

Ich ignorierte diese bissige Bemerkung. Sein Ton wurde milder, während er berichtete, dass der Tatort sehr genau untersucht worden sei. Die Obduktionsergebnisse lägen noch nicht vollständig vor. »Aber es gibt in der Tat Hinweise, die gegen einen Selbstmord sprechen.«

Ich beeilte mich zu sagen: »Ich habe von Pastor Klein erfahren, dass er erhängt in der Wohnung gefunden worden ist.«

Hagedorn hob eine Augenbraue in die Höhe, ließ meine Bemerkung aber unkommentiert. Stattdessen sagte er: »Ich habe diese drei jungen Polen damals zur Fahndung ausgeschrieben, aber es ist schon zu lange her, fürchte ich.«

Ich musste mich daran erinnern, dass hier keiner etwas über den Tod der drei jungen Leute wissen konnte, und nickte nur zustimmend. Die nächste Frage des Kommissars erschien mir aber sehr ungewöhnlich.

»Kennen Sie die Geschichte von Dr. Jekyll und Mr Hyde?«

»Natürlich!« Wer kannte sie nicht, die Geschichte des Londoner Arztes, der ein Elixier entwickelt hatte, dass das Böse im Menschen vom Guten trennte. Ein Selbstversuch des Arztes hatte schließlich verheerende Folgen, er verwandelte den netten Arzt Dr. Jekyll in den durch und durch bösen und skrupellosen Edward Hyde.

Ich schaute den Kommissar erwartungsvoll an, doch Herr Hagedorn war sich offenbar bewusst, dass er sich gerade auf einem Boden bewegte, der nicht aus Fakten und Indizien zusammengezimmert war. Er schob einige Dinge auf seinem Schreibtisch hin und her und suchte nach einem Anfang.

»Es ist nämlich so: Im Labor arbeitet ein junger Assistenzarzt, der sich mit allen möglichen Drogen und deren Einfluss auf den Charakter eines Menschen beschäftigt. Dieser junge Mann wurde bei der Zusammensetzung der Drogen hellhörig und berichtete von einem Gerücht, demnach einige helle, aber kriminelle Köpfe in dieser Mär ein Fünkchen Wahrheit vermutetet hätten. Sie kreierten daraufhin eine Droge, die in ähnlicher Form wie bei Dr. Jekyll das Böse eines Menschen … sagen wir, herausfiltert und verstärkt. Die Umstände, die meine Kollegen in Süddeutschland zu dieser erwähnten Droge führten, würden diese Hypothese nicht ausschließen.«

Er sah mich mit ernster Miene an und fuhr fort: »Sollte an diesem Gerücht etwas dran sein, dann stellen Sie sich mal vor, welchen Nutzen diese Droge für das organisierte Verbrechen hätte.«

Nun, Luzifer könnte mit einer solchen Droge einen unglaublich ansteigenden Erfolg beim Einfangen abtrünniger Seelen erwarten.

Ich fragte ihn: »Haben Sie mal bei Ihren Kollegen von der Drogenfahndung nachgefragt, ob denen hier ein solcher Stoff schon mal begegnet ist? Ich kann gar nicht glauben, dass so heiße Ware bloß in einem Jugendzentrum deponiert wird.«

Die Antwort meines Gegenübers fiel etwas bissig aus: »Nach über zwanzig Jahren Polizeiarbeit habe ich tatsächlich daran gedacht, die Kollegen von der Drogenfahndung um Rat zu fragen. Sie hören sich um, aber bislang gibt es keine Erkenntnisse. Und was den Fundort angeht: Ich finde, Sie sollten mal überlegen, welche erwachsenen Personen es dort gibt, also wer Zugang hat zu diesem Zentrum: Gärtner, Putzfrauen, Getränkelieferanten, Eltern? Eigentlich glaube ich auch nicht daran, dass die jungen Leute damit handeln. Wie alt ist Ihr ältester Besucher?«

Ich tat so, als müsste ich überlegen, und nannte dann Kevin und Lukas, die mit ihren fast siebzehn Jahren tatsächlich die Ältesten waren und mittlerweile oft als Jugendleiter fungierten. Für diese beiden würde ich mich allerdings noch einmal von einem Zug überrollen lassen. Ihre Aufrichtigkeit stand außer Frage.

Der Hauptkommissar stand auf und wanderte zum Fenster. »Sehen Sie, Herr Grothe, die meisten Besucher sind halbe Kinder. Die handeln im schlimmsten Fall mal mit Cannabis. Aber wer unser Zeug vertickt, der spielt definitiv in einer anderen Liga.«

Ich fragte mich, ob er mich im Visier hatte oder nur überlegte, wie ich ihm bei der Suche nach dem Täter eine Hilfe sein konnte. Selbst bei Dämmerlicht betrachtet gäbe ich einen recht guten Verdächtigen ab. Ich war neu in Lüdinghausen, die Ereignisse hatten mit meiner Ankunft begonnen, und ich kannte mich für einen Neuankömmling eigentlich zu gut aus.

»Ich benötige Ihre Fingerabdrücke, Herr Grothe, damit wir sie von denen unterscheiden können, die wir bereits gefunden haben.«

»Sie verdächtigen mich immer noch?«

Er lächelte schmal. »Eigentlich nicht. Sie waren noch gar nicht hier, als Frau Wisniewska das erste Paket Drogen gefunden hat. Theoretisch könnten Sie natürlich dennoch der Täter sein, und ich muss das auch in Betracht ziehen, aber mein Lieblingsverdächtiger sind Sie nicht. Ich weiß aber, dass Sie mindestens einmal in der Wohnung des Herrn Schweig waren, und ich möchte die gefundenen Fingerabdrücke vergleichen.«

»Wer hat Herrn Schweig eigentlich gefunden?«

Als ich die Antwort hörte, schnappte ich nach Luft.

»Das war Herr Dr. Büscher, der Rechtsanwalt Büscher. Er sagte, er hätte einen Termin mit Herrn Schweig gehabt. Stimmt etwas nicht, Herr Grothe?«

Ich schüttelte, noch immer verwundert und in gewisser Weise alarmiert, den Kopf. »Suchen Mandanten ihren Anwalt nicht im Büro auf?«

Herr Hagedorn lachte zum ersten Mal, seit ich ihn kannte. »Sie stellen die gleichen misstrauischen Fragen wie ein Polizist. Herr Dr. Büscher erklärte mir, er habe mit Rücksicht auf die Trauer seines Mandanten eine Ausnahme gemacht. So etwas käme des Öfteren vor.«

In meinem Kopf entstand ein ganz anderes Szenario. Nach dem, was ich über Frau Wisniewskas Instinkt wusste, hätte ihr Lebensgefährte niemals Kontakt zu der Familie Büscher aufnehmen dürfen. Es gab genügend andere Anwälte in Lüdinghausen.

»Und? Was macht Herr Büscher für einen Eindruck auf Sie? Ich kenne nur den Rest der Familie.«

»Über Herrn Dr. Büscher werde ich mich mit Ihnen nicht unterhalten«, betonte Herr Hagedorn. »Sie gehen jetzt zu den Kollegen und drücken Ihre Finger auf das Papier. Mich können Sie jederzeit wieder anrufen oder aufsuchen, wenn Sie Informationen für mich haben.«

Unsere Beziehung war wohl doch noch etwas einseitig, also ging ich seufzend hinaus.

Immerhin hatte ich etwas überaus Interessantes erfahren: Die Sache mit Dr. Jekyll und Mr Hyde passte wunderbar zu diesem ganzen diabolischen Theater. Und ich würde meine neue Haarpracht verwetten, dass das Rezept für die ungewöhnliche Zusammensetzung der Drogen von Viktor, Dominik und Maria stammte!

ELF

Als ich nach Hause kam, sah Bifi mich so vorwurfsvoll an, dass ich mir die versäumten Pflichten eines Hundehalters doppelt und dreifach bewusst machte. Ich musste dringend mit einem langen Spaziergang Abbitte leisten.

Zunächst wanderten wir genussvoll durch nahe gelegene Grünanlagen, und ich gönnte dem Hund die Zeit, die er brauchte, um die hinterlassenen Zeichen anderer Vierbeiner zu erschnuppern. Doch dann zog es mich in die City, und ich spazierte an den zahlreichen Eisdielen, die es in Lüdinghausen gab, vorbei und blieb vor Schaufenstern stehen. Ich bekam plötzlich Lust, ein Geschenk für Lisa zu besorgen. Sie liebte Modeschmuck in glitzernden Farben. Und sie mochte Spitzenunterwäsche. Als Bruder hatte ich ihr tatsächlich manchmal das eine oder andere Teilchen gekauft, doch bei dem Küster Christian Grothe würde Frau Schneider ein solches Geschenk mit Sicherheit falsch verstehen. Natürlich durfte Lisa einen Freund haben, und sie hatte in der Vergangenheit auch durchaus schon Beziehungen gehabt, immerhin war sie Anfang dreißig. Doch in meinem Fall passte das nun wirklich nicht, da würde ich Frau Schneider recht geben. Ich erstand einen sehr schönen Armreif aus Kupfer, in den ein paar grüne Steine eingelassen waren. Er war recht breit, sodass er an Lisas kräftigen Armen gut zur Geltung kommen würde. Gerade wollte ich Bifis Leine wieder aufnehmen, als ich ein Paar rasch im nächsten Café verschwinden sah.

Ich finde es durchaus normal, wenn Paare ins Café gehen, aber ich glaubte, Frau Büscher erkannt zu haben. Verbrachte der Rechtsanwalt eine verspätete Mittagspause mit seiner Frau? Der Wunsch nach einem frischen Käsebrötchen wurde übermächtig, und mit harmloser Miene, aber angespannter Wahrnehmung betrat ich ebenfalls das Café.

Ich war Herrn Dr. Büscher noch niemals persönlich begegnet. Aber der Mann, der da neben Frau Büscher saß und ihre Künstlerinnenhand streichelte, konnte alles Mögliche sein, aber bestimmt nicht ihr Ehemann. Zumal er mit höchstens dreißig kaum alt genug war, um schon zwei beinahe erwachsene Söhne zu haben. Mit seiner Figur hätte er Werbung für Unterwäsche machen können, und vielleicht war genau dieser Aspekt für eine Bildhauerin interessant. Ihre Werke würden zweifelsfrei gewinnen, wenn sie Männer wie diesen in Ton verewigte. Sein Profil allerdings war das eines gut aussehenden Durchschnittstypen aus einer Familienserie. Vielleicht kam er mir deshalb bekannt vor.

Konnte man aus der offen zur Schau gestellten Intimität schließen, dass Frau Büscher keine Sorge hatte, von Klienten ihres Mannes oder Bekannten der Familie entdeckt zu werden? Sie wirkte gar nicht nervös, eher gönnerhaft und selbstzufrieden. Ich überließ sie ihrem Tennisspielertypen und ignorierte das Paar. Was ging mich das an? Die Sache erklärte für mich allenfalls die versteckte Aggressivität des Sohnes seiner Mutter gegenüber. Herr Dr. Büscher hätte mich mehr interessiert.

Zufrieden sank Bifi nach dem ausgiebigen Marsch auf die Hundedecke. Ich hingegen überlegte, wie ich mit meiner Hilfe für das Jenseits fortfahren sollte. Wie sollte ich als Mensch die Umtriebe von Dominik, Maria und Viktor unterbinden? Genügte es, den Drogenkurier zu finden und das Zeug zu vernichten, das Menschen angeblich in Unholde verwandelte? Oder musste ich die andere Spur verfolgen und den oder die Mörder von Olga Wisniewska und ihrem Lebensgefährten finden? Und wie sollte ich Luzifer aus Lüdinghausen vertreiben? Und mal Tacheles gesprochen: Hatten die Leute in der Bibel bei derartigen Aufträgen nicht ein bisschen mehr Hilfestellung bekommen?

Ich zuckte zusammen, als hätte mich ein göttlicher Blitz durchfahren, aber es war nur der Schreck über meine Türklingel.

»Na bitte«, knurrte ich. »Jetzt kommt hoffentlich Hilfe.«

Ich machte die Tür auf, nein, ich riss sie auf.

»Du machst aber ein ärgerliches Gesicht. Störe ich so sehr?«

Immerhin war nun für mein seelisches Wohl gesorgt. Eine Witwe mit Alkoholproblemen war zwar kaum die Hilfe, die mir von einer höheren Stelle geschickt worden wäre, aber ich freute mich sehr, Bea Wagner vor meiner Wohnungstür stehen zu sehen. Sie sah frisch und munter aus und trat mit sicherem Schritt in meine Wohnung. Sie lächelte mich an, und ich hätte dieses Lächeln am liebsten fotografiert, um es später stundenlang betrachten zu können.

»Ich dachte, du hättest vielleicht einen Auftrag für mich. Ich hatte mich ja von meinem Chef schon verabschiedet, da ich heute eigentlich in die Reha-Klinik aufbrechen sollte.«

Ich ging ihr voran in die Küche, um uns einen Kaffee zu kochen, und fragte sie: »Wo arbeitest du denn?«

»Ich bin Sekretärin mit Fremdsprachenkenntnissen und arbeite für einen Rechtsanwalt. Kochst du den Kaffee schön stark, bitte?«

Die Kaffeedose in der Hand drehte ich mich zu ihr um. »Dein Chef heißt aber nicht zufällig Dr. Büscher, oder?«

»Oh nein. Mein Chef ist viel netter. Das heißt, eigentlich kann ich auch nichts Negatives über Herrn Dr. Büscher sagen. Wenn ich mit ihm zu tun hatte, war er jedes Mal freundlich und zuvorkommend. Aber ...«

Der Satz blieb unvollendet.

»Aber?«

Bea setzte sich an den Küchentisch und stützte ihren Kopf in beide Hände. Entspanntes Nachdenken.

»Ich will nicht schlecht reden über einen Kollegen meines Chefs, aber dieser Büscher hat einen enormen Verschleiß an Mitarbeiterinnen.«

Die Maschine begann zu blubbern, und schon erfüllte Kaffeeduft die kleine Küche. Ich setzte mich zu ihr. »Behandelt er seine Mitarbeiterinnen so schlecht, dass sie kündigen, oder ist er nur schwer zufriedenzustellen?«

»Ehrlich, ich weiß es nicht. Einmal hat sich eine von ihm bei uns vorgestellt, aber die konnte kaum Englisch, und die deutsche Rechtschreibung schien ihr auch nicht gerade vertraut zu sein. Und ich rede hier nicht von einer Ausländerin.«

»Aha«, sagte ich. »Und die war vorher beim Büscher angestellt? Warum stellt der denn solche Profis ein?«

Bea zuckte mit den Schultern. »Manchmal braucht man eben ganz dringend eine Schreibkraft. Sie sah sehr gut aus und hatte durchaus Charme. Aber ich möchte dem Büscher nichts unterstellen.«

Sie sah mich an und lächelte entschuldigend. Eine gesprächige Kioskbesitzerin wäre mir jetzt lieber gewesen, aber nur einen kurzen Moment lang.

Also erzählte ich Bea von meinem Eindruck, den ich aus dem Kontakt mit anderen Familienmitgliedern gewonnen hatte.

Ich schloss mit den Worten: »Ich würde diesen Büscher gern mal sehen, ihn erleben, um einen Eindruck zu bekommen. Seine Familie ist so sympathisch wie eine Grippewelle, und seine Frau hat vor etwa einer Stunde im Café mit der Kopie eines Serienhelden herumgeschäkert. Übrigens aus einer Serie für ein jüngeres Publikum.«

Sie hob eine Augenbraue und warf einen Blick auf die Uhr, sodass ich schon annahm, ich hätte sie mit meinen Überlegungen zutiefst gelangweilt. Schnell stand ich auf und füllte ihre Tasse mit starkem Kaffee.

Sie blickte lächelnd auf und bemerkte: »Eines kann ich über Herrn Dr. Büscher noch sagen. Er ist ein absoluter Gewohnheitsmensch, und wenn er nicht irgendwo einen Termin hat, dann sitzt er um fünfzehn Uhr dreißig im Stadtcafé und trinkt einen Espresso. Dabei duldet er zur Gesellschaft lediglich die Tageszeitung, hinter der er sich für zwanzig Minuten vergräbt.«

Ich starrte sie misstrauisch an. »Woher weißt du das so genau?«

Bea lachte fröhlich. Ihre Stimmung schien so ganz anders als gestern Abend, beinahe befreit.

»Eine Freundin von mir arbeitet öfter mal im Stadtcafé. Deshalb weiß ich das. Na, Christian, führst du mich zu einem Stück Torte aus?«

Um fünfzehn Uhr zwanzig ließen wir uns wie zwei Autogrammjäger im Stadtcafé nieder. Während wir auf unseren Schmandkuchen warteten, besserte sich meine Laune zusehends. Vielleicht war die Hilfe bei himmlischen Aufträgen in der modernen Zeit doch etwas raffinierter? Ich hätte beinahe laut aufgelacht, als pünktlich um fünfzehn Uhr dreißig ein großer Herr Anfang fünfzig durch die Tür schritt und Bea mir bedeutungsvoll zunickte.

Das also war Dr. Büscher. Er wirkte auf den ersten Blick nicht unsympathisch. Grau melierte Haare, die sich zu Geheimratsecken lichteten, eher weiche Gesichtszüge, aber Augen, die mich an einen Dinosaurier aus »Jurassic Park« denken ließen. Und dieser Dino gehörte nicht zu den Pflanzenfressern!

Herr Dr. Büscher nickte meiner Begleiterin knapp, aber freundlich zu, dann setzte er sich an einen leeren Tisch und legte sich die Tageszeitung zurecht. Er bot den Anblick eines Mannes, der eine Pause dringend nötig hatte. Seine Bewegungen erschienen fahrig, er sah sich oft um, und sein Blick blieb so lange auf ein und demselben Artikel hängen, dass er ihn wahrscheinlich gar nicht las, sondern nur geistesabwesend anstarrte. Als sein Espresso serviert wurde, dankte er lediglich mit einer halbherzigen Handbewegung.

»Soll ich dich ihm vorstellen?«, fragte Bea.

»Ich glaube, das wäre keine gute Idee. Bestimmt hat sich seine Frau schon über mich beschwert.«

»Nanu? Hatte sie einen Grund?« Bea hatte ein spitzbübisches Lächeln um die Lippen und aß ihren Kuchen so genussvoll, als hätte sie nie etwas Besseres gegessen. Ich hatte meinen noch gar nicht angerührt, um ja keine Bewegung von Büscher zu verpassen. Als bekäme ich allein durch intensive Beobachtung einen Eindruck davon, ob er ein guter oder ein schlechter Mensch war.

Meine eigenmächtigen Ermittlungen hatten Frau Büscher ziemlich verärgert, grundlos, wie ich fand. Ich erzählte Bea von meinem Besuch bei Frau Büscher und ihrem Sohn Andreas und hielt mit meiner Abneigung nicht hinter dem Berg.

Bea hörte aufmerksam zu. Ich mochte es, ihr etwas zu erzählen, denn sie wirkte konzentriert, anstatt gelangweilt in die Ferne zu schauen. Sie wurde auch nicht ungeduldig, weil sie lieber selbst zu Wort gekommen wäre, und sie stellte Fragen, die verrieten, wie genau sie mir zugehört hatte.

Jetzt sagte sie: »Das Verhalten der Büscher-Söhne gegenüber Ausländern verrät ihre Intoleranz, aber es macht sie nicht gleich zu Mördern an einer polnischen Putzfrau, und es beweist auch nicht, dass sie mit Drogen handeln, nicht wahr?«

»Leider nein«, stimmte ich ihr zu, »aber es zeigt mir bedenkliche Charakterzüge. Und in diesem Fall bin ich es, der Vorurteile hat.« Etwas provozierend ergänzte ich: »Für Mord und Drogenhandel braucht man wohl auch eine skrupellose Haltung anderen Menschen gegenüber.«

Ein Handy klingelte, und ich beobachtete fasziniert, wie Herr Dr. Büscher sich eilfertig meldete. Über sein Gesicht huschte ein Strahlen, wie ich es von den Teenagern kannte, wenn sie ein Date ausmachten. Das Telefonat war nur kurz, hatte aber eine enorme Wirkung auf ihn. Der Anwalt wirkte sofort entspannter, trank seinen Espresso mit Genuss und faltete die Zeitung zusammen, als wollte er daraus Schiffchen bauen.

»Ich wüsste zu gern, wer da am anderen Ende der Leitung war.«

»So sieht man jedenfalls nicht aus, wenn es nur der Ehepartner war.«

»Erfahrungswerte?«, neckte ich.

Bea meinte trocken: »Mein Mann war ein Kontrollfreak. Er rief mich ständig an und fragte, wo ich sei, wann ich zurückkäme und ob ich daran gedacht habe, das rote Kleid zum Geschäftsessen anzuziehen. Er hätte stattdessen mal lieber seine Bremsen kontrollieren sollen.«

Ich wusste nicht, ob jetzt ein höflicher Lacher oder betretenes Schweigen angebracht war. Ich schwieg.

»Ich habe ihn wirklich geliebt, diesen Kerl, und dann rast er derart schnell in eine Kurve, dass seine kaputten Bremsklötze keine Chance hatten. Er ist wie ein achtzehnjähriger Fahranfänger aus der Kurve geflogen.«

»War er sofort tot?« Ich fragte das eigentlich nur, um endlich etwas zu sagen. Im Grunde genommen spielte es keine Rolle.

»Die Polizei hat mir gesagt, er müsste sofort tot gewesen sein, aber ich weiß, dass er noch einige Minuten gelebt hat. Jedenfalls lange genug, um mir eine Nachricht zu hinterlassen.«

Überrascht von ihrer Antwort starrte ich sie an.

»Das machte es ja so schlimm. Wir hatten immer einen kleinen Notizblock im Auto. Ich habe den Zettel erst Tage später gefunden. ›Ich liebe dich, Bea!‹ Der Satz und ein blutiger Fingerabdruck waren sein Abschiedsgruß.« Mit einem scheppernden Geräusch legte sie die Kuchengabel auf ihren Teller und fügte hinzu: »So etwas erleichtert die Trauerarbeit nicht gerade. Das macht ein schlechtes Gewissen. Ein Leben lang!«

Ich nickte verständnisvoll. Die Liebeserklärung eines sterbenden Partners konnte den überlebenden Adressaten bestimmt unerträglich belasten. Da konnte die Ehe statt rosig auch nur rostbraun gewesen sein – diese letzten Worte färbten die Erinnerungen irgendwie ein. Ich rief mich innerlich zur Ordnung. Immerhin hatte Bea eigentlich nicht explizit gesagt, dass ihre Ehe schlecht gewesen sei.

Herr Dr. Büscher legte nun Kleingeld neben seine Tasse und erhob sich. Die Zeitung ließ er unbeachtet auf dem Tisch liegen.

Bea stand abrupt auf. Ihr Stuhl fiel mit einem lauten Knall nach hinten um, die Aufmerksamkeit der Leute in dem Café war ihr sicher. Hatte sie die Erinnerung an ihren toten Mann derart aufgewühlt?

Auf einmal fuhr sie mich an: »Verdammt noch mal, das lasse ich mir doch nicht gefallen! Ich werde mir einen Anwalt nehmen.«

Als Gentleman, der die Dame auch noch kannte, konnte Herr Dr. Büscher nun nicht so einfach aus dem Café verschwinden. Ich nahm an, dass mindestens ein Drittel der Anwesenden wusste, wer der hochgewachsene Mann war. Er zögerte nur kurz, dann kam er zu unserem Tisch und hob den Stuhl auf. Laut genug für alle Interessierten sagte er: »Frau Wagner, nicht wahr? Kann ich Ihnen beistehen? Werden Sie belästigt?«

Bea strich sich eine Haarsträhne aus der Stirn und legte dann in einer theatralischen Geste eine Hand auf die Brust. »Dieser dahergelaufene neue Küster wagt doch tatsächlich, mich des Diebstahls zu verdächtigen. Gut, dass Sie da sind, Herr Dr. Büscher.«

Ich gab mir Mühe, so souverän wie möglich mitzuspielen. »So habe ich das aber nicht formuliert, Frau Wagner!«

»Ach, Sie glauben doch, nur weil ich aus Polen komme, hätte ich etwas mit dem Diebstahl dieser Engelsbilder zu tun. Das ist Diskriminierung, wissen Sie das? Und die Drogen, die man im Jugendzentrum gefunden hat? Wollen Sie mir die auch noch auf meine polnische Fahne schreiben?«

»Frau Wagner, ich bitte Sie!«, flehte ich und bewunderte zugleich ihren Auftritt.

Die Augenbrauen von Büscher zuckten. »Um diesen Fall geht es also? Sollten wir nicht für einen Moment in mein Büro gehen?« Dabei schaute er sich mit einem vielsagenden Blick im Café um.

Der Kommissar hätte seine helle Freude an mir gehabt. Jetzt hatte ich mich erneut bei einem Schwung Leute bekannt gemacht. Allerdings war ich mir noch nicht sicher, ob ich Beas Recherchemethode für sinnvoll halten sollte. Wir zahlten und folgten Herrn Dr. Büscher die wenigen Schritte bis zu seiner Kanzlei.

»Ich möchte mal zehn Minuten nicht gestört werden, Frau Heger.«

Er lächelte seiner Sekretärin knapp zu und hielt uns auf so altväterliche Art die Tür auf, dass ich an die Besuche bei meinem alten Kinderarzt denken musste.

Herr Dr. Büschers Lächeln wurde breiter, als er sich nun zunächst an mich wandte. »Mein Name ist Dr. Büscher. Wissen Sie, was eine Anzeige wegen Verleumdung ist, Herr …?«

»Mein Name ist Christian Grothe. Ja, ich weiß, was eine Verleumdungsklage ist, und daher kann ich Ihnen sagen, dass die Bedingungen für eine derartige Klage hier überhaupt nicht erfüllt sind. Ich habe mich lediglich mit Frau Wagner über den Raub in unserer Kirche unterhalten. Wenn sie sich dabei angegriffen gefühlt hat, tut mir das herzlich leid, aber ich habe sie keineswegs in Verdacht. Das müssen Sie mir glauben.«

Jetzt sah er mich mit diesen Saurieraugen an, als überlegte er, welches Körperteil schmackhafter war, das Herz oder der Kopf.

»Wenn ich richtig informiert bin, haben Sie auch meine Familie belästigt. Was nehmen Sie sich heraus?«

Ich beugte mich auf dem unbequemen, aber eleganten Stuhl nach vorne und antwortete: »Ich bitte Sie, Herr Dr. Büscher! Ich bin der neue Küster und habe mich lediglich vorgestellt. Dort, wo ich herkomme, legt man Wert darauf, die Gemeindemitglieder kennenzulernen.«

»Wir gehen nicht in die Kirche.«

Nun lächelte ich. »Das brauchen Sie auch nicht. Ich war in meiner Eigenschaft als kommissarischer Leiter des Jugendzentrums bei Ihrer Frau und bat sie, mit Ihren Söhnen sprechen zu dürfen. Dabei war ich so nett, darauf hinzuweisen, dass die beiden in Kürze von der Polizei vernommen werden würden. Ihre Söhne besuchen nämlich hin und wieder das Jugendzentrum der Kirche.«

Herr Dr. Büscher war für einen Moment sprachlos, während Bea weiterhin perfekt die Rolle der etwas empfindlichen Dame spielte.

»Also gut, wenn Herr Grothe sich bei mir entschuldigt, dann werde ich von einer Klage absehen. Herr Dr. Büscher, haben Sie denn eine Ahnung, wer diese arme Putzfrau umgebracht hat? Ich zünde doch so oft eine Kerze für meinen verstorbenen Mann an, nicht auszudenken, wenn ich gerade da in der Kirche gewesen wäre. Und Ihre armen Jungen erst! Zwei sind es, nicht wahr? Da schickt man sie in ein Jugendzentrum, damit sie sich wohlbehütet beschäftigen, und dann geraten die Kinder in ein Drogenloch.«

Ich hätte beinahe losgelacht. Wenn dieser Anwalt Frau Wagner nur ein wenig gekannt hätte, dann hätte er ihr Theater durchschaut, denn mit der echten Bea hatte es wenig zu tun.

Herr Dr. Büscher hielt es nicht für nötig, auf Beas Fragen zu antworten, stattdessen sagte er zu mir: »Ich würde es sehr begrüßen, wenn meine Jungen sich in Zukunft von diesem Zentrum fernhalten würden.«

Ich lächelte wieder und fühlte mich auf der Siegerspur. »Schade! Dabei wird das Zentrum nun richtig gut von der Polizei überwacht. Aber mit der Polizei stehen Ihre Söhne gerade etwas auf Kriegsfuß, habe ich gehört?«

Nun nahm seine Stimme einen Tonfall an, der zu den Augen passte. »Was wollen Sie damit andeuten, Herr Grothe? Meine Familienangelegenheiten gehen Sie nichts an.«

Ich winkte lässig ab. »Ach, ich kenne die Familie des Mädchens, das, sagen wir, von Ihren Söhnen nicht so nett behandelt wurde. Jungen tun in der Pubertät manchmal Dinge, die sie zwei Jahre später selbst abstoßend finden würden.«

Erwachsene Männer offensichtlich auch. Ich log wie ein Profi und merkte es nicht einmal.

Beas Fuß tippte gegen meinen Knöchel. Offenbar hielt sie es für angebracht, die Anwaltskanzlei zu verlassen. Ich hätte den Anwalt gern noch etwas mehr in Rage gebracht, vielleicht hätte er sich dann zu der einen oder anderen unkontrollierten Aussage hinreißen lassen.

Aber Herr Dr. Büscher beruhigte sich schnell. »Glauben Sie mir, ich hätte die Verteidigung meiner Jungen selbst übernehmen sollen, dann wäre die Sache anders ausgegangen. Die beiden sind einfach provoziert worden. Wenn man ihnen etwas vorwerfen kann, dann jugendliche Dummheit. Frau Wagner, wenn sich alles geklärt hat, würde ich Sie nun gern verabschieden. Ein Termin wartet auf mich.«

Als wir wieder auf der Straße standen, verhielten wir uns ohne Absprache unauffällig und gingen artig bis zur nächsten Kurve nebeneinanderher. Doch kaum waren wir um die Ecke gebogen, brach Bea in lautes Lachen aus.

»Christian, tut mir leid, dass ich das Ganze nicht mit dir abgesprochen hatte, aber es ist einfach über mich gekommen. Der Büscher wollte weg, und wir hatten noch kein Wort mit ihm gewechselt«, stieß sie hervor. »Und dann dein Gesicht, als ich den Stuhl umgeschmissen habe! Kein Schauspieler der Welt hätte das besser gemacht.«

»Ich musste meine Überraschung ja auch nicht spielen.«

»Aber den Rest hast du großartig gemacht. Und auf diese Weise sind wir ganz einfach in sein Büro gekommen, nicht wahr?«

Ich nickte ihr zu, sagte aber dann: »Viel Neues haben wir allerdings nicht erfahren. Auf den ersten Blick wirkt er auf mich genauso kalt und distanziert wie seine liebreizende Künstlergattin. Die Söhne müssen in einer Gletscherspalte groß geworden sein.«

Wir schlugen den Weg zum Auto ein. Die Stadt füllte sich allmählich mit Besuchern, viele Leute hatten Feierabend und erledigten ihre Einkäufe oder nutzten die Freizeit für einen Bummel durch die Fußgängerzone. Diese war nicht besonders groß, aber es gab einige nette Läden mit einer persönlichen Note. Wer es mochte, dass sich ein Verkäufer an seine Kunden erinnerte, der konnte in Lüdinghausen nette Gespräche beim Shoppen erleben.

Bea bewies wieder einmal ihre erstaunliche Beobachtungsgabe, als sie aufzählte, was ihr in Büschers Büroraum alles aufgefallen war.

»Ich glaube, unser guter Anwalt trinkt hin und wieder ein Gläschen. Es roch leicht nach Alkohol, und sein Blick ging einmal zu oft zu dem Tablett im Regal, auf dem sich mehrere Flaschen befanden. Ein Glas stand benutzt daneben. Das ist auffällig, denn hätte er mit einem Besucher zusammen getrunken, wären zwei Gläser schmutzig. Wer trinkt schon während der Arbeit ganz allein einen Cognac?«

Sie hatte recht. Ich hatte den Geruch allerdings für Rasierwasser gehalten. Da Bea sich mit Alkoholsucht selbst gut auskannte, hatte sie mit Sicherheit eine bessere Nase als ich.

Sie fuhr fort: »Es war kein Foto seiner Familie zu sehen. Das ist ungewöhnlich. Die meisten Anwälte betonen so ihr harmonisches Privatleben.«

Ich schaute sie fragend an.

»Das wirkt beruhigend auf die Mandanten. Es zeigt moralische Werte, Stabilität und menschliche Wärme, und das wünscht man sich doch von einem Anwalt, nicht wahr?«

»Was du alles weißt.«

Wir hatten den Parkplatz und damit mein Auto erreicht. Galant hielt ich ihr die Autotür auf, und sie stieg lächelnd und mit betonter Grazie ein. Erneut fiel mir die Verwandlung auf, die mit Bea vor sich gegangen war. Sie wirkte so viel lockerer, fröhlicher seit gestern Abend oder genauer gesagt, seitdem sie ihre Entziehungskur verschoben hatte.

»Weißt du übrigens, worauf Büscher sich spezialisiert hat?«

Ich zuckte mit den Schultern und startete den Wagen. Darüber hatte ich noch gar nicht nachgedacht, viele Anwälte spezialisierten sich auf ein bestimmtes Gebiet.

»Zwangsvollstreckungsrecht und Makler- und Immobilienrecht.«

Ich stutzte. »Du meinst, er hilft anderen, irgendwelche armen Schlucker aus der Wohnung zu werfen, und unterstützt Immobilienhaie und Wohnungsbaugesellschaften?«

»Er hat schon einige recht lukrative Kunden, aber ob er immer nur die eine Seite vertritt, das kann ich dir nicht sagen. Ich hatte bislang nur einmal mit ihm zu tun, als mein Chef die Gegenseite vertrat.«

»Und? Wer hat gewonnen?«

Sie schmunzelte. »Es kam zu einem Vergleich, und jeder konnte sich einreden, der Sieger zu sein.«

Ein weiterer Gedanke schoss mir durch den Kopf. Luzifer war Immobilienbesitzerin, hier wie auch anderswo. Wie wahrscheinlich war es da, dass Büscher und Luzifer sich kannten? Das wäre doch eine überaus interessante Verbindung. Im Grunde genommen hatte Luzifer mir sogar gestanden, dass sie die Familie gut kannte und – wie hatte sie sich ausgedrückt – die Zusammenarbeit so unkompliziert war.

Wieder allein in meiner Wohnung stellte ich mich so lange unter die Dusche, bis sich das Prasseln des Wassers fast zu einem Tinnitus-Geräusch entwickelte.

In Ermangelung eines großen Sofas legte ich mich danach ausgestreckt auf mein Bett und dachte nach. Welche Möglichkeiten hatte ich von hier, von der irdischen Welt aus, dem Treiben polnischer Jugendlicher im Jenseits Einhalt zu gebieten?

Die drei waren in Lüdinghausen gewesen, und ich hielt sie auch für die kreativen Köpfe, die hinter dieser besonderen Droge steckten. Experimente, um die böse Seite von Menschen hervorzulocken, könnten meiner Ansicht nach eine durchaus passende Beschäftigung für das Kleeblatt gewesen sein. Aber waren sie nach Lüdinghausen gekommen, weil sie ihrer alten Erzieherin Frau Wisniewska hinterhergereist waren oder weil sie sich bei Luzifer um einen Job beworben hatten?

Ich setzte mich ruckartig auf. Das ergab doch einen Sinn! Luzifer entdeckt mit einem Kennerblick das dunkle Potenzial dieser Waisenkinder und schickt sie los, um einen Bereich zu erobern, zu dem ihr der Zugang leider schon seit längerer Zeit verwehrt ist. So fragwürdig die Charaktere von Viktor, Dominik und Maria auch waren, aber menschlich waren sie durch und durch, was ihnen auch den Zugang zum Jenseits ermöglicht hatte.

Ich spann die Geschichte im Kopf weiter. Frau Wisniewska musste irgendwie geahnt haben, dass es einen teuflischen Deal gab. Sie konnte zu keinem Zeitpunkt wissen, dass Dominik, Maria und Viktor längst nicht mehr auf der Erde weilten, sie musste die drei jederzeit fürchten. Umso mutiger von ihr, ein Paket Drogen an sich zu nehmen. Mutig, aber nachvollziehbar. Warum sie aber die Bilder der Erzengel nach Puerto Rico schicken ließ, blieb mir ein Rätsel. Genauso wenig verstand ich das Interesse Luzifers an diesen Gemälden. In einer narzisstisch angehauchten Ecke meines Selbst regte sich ein leises Gefühl der Kränkung, weil eine polnische Putzfrau offenbar mehr Durchblick gehabt hatte als ich mit all meinen guten Kontakten zu den Erzengeln.

Ich schüttelte diesen Gedanken ab, zog mich an und begab mich zum Jugendzentrum. Immerhin hatte ich damit geprahlt, dass es wieder geöffnet war.

Während die jüngeren Kinder von ihren Eltern derzeit wohl eher nicht ins Zentrum geschickt wurden, hatte ich so eine Ahnung, dass die älteren sich durch den Hauch von Kriminalität, der seit dem Drogenfund durch die Räume zog, eher angezogen fühlten.

Die erste Besucherin, die sich in mein Büro schob, war allerdings keine Schülerin, sondern eine Mutter, eine sehr besorgte Mutter. Es war Frau Hartmann, die Kioskbesitzerin.

Sie stürzte auf mich zu und griff nach meiner Hand, als würden wir uns schon lange kennen. Die Absätze ihrer Stiefeletten waren für derartige Aktionen allerdings mehr als ungeeignet. Sie knickte mit dem linken Fuß ein, sodass ich sie schließlich am Arm hängen hatte.

»Frau Hartmann, vorsichtig. Setzen Sie sich lieber.«

»Gott sei Dank sind Sie hier. Ich war schon in der Kirche und in der Sakristei, aber da habe ich mich nicht hineingetraut. Ich habe nur gerufen. Sie wissen schon, wegen der ermordeten Putzfrau. Der Pastor meinte, Sie seien vielleicht hier.«

Ich seufzte kurz. Pastor Klein hatte hoffentlich keine wilden Phantasien, weil eine aufgelöste, tief dekolletierte Frau mich verzweifelt suchte.

»Nun haben Sie mich ja gefunden, Frau Hartmann.« Sanft entzog ich ihr meine Hand und setzte mich an den Schreibtisch. Damit schaffte ich einen Abstand von zwei Metern, der mir nötig erschien.

»Sie hatten recht. Sie hatten ja so recht! Die haben einen derartig schlechten Einfluss auf meinen Axel. Ich erkenne ihn nicht wieder. Sie müssen diese Jungen verhaften lassen.«

»Ich bin der Küster hier, Frau Hartmann, nicht der Dorfsheriff. Und ich kann Ihnen nur schwer folgen.«

Herrje, jetzt hatte sie auch noch Tränen in den Augen.

»Ich rede von den Büscher-Söhnen. Die haben sich meinen Axel gekrallt. Sie horchen ihn aus und zwingen ihn zu kriminellen Handlungen. Er hat auf einmal jede Menge Geld und ist gemein zu mir. So ist Axel nicht. Er steht unter schlechtem Einfluss.«

An dieser Stelle wollte ich ihr gar nicht widersprechen, doch ich hatte durchaus den Eindruck gewonnen, dass Axel freiwillig und bereitwillig mit Martin und Andreas Büscher zusammen gegessen und ihnen seine Informationen geliefert hatte.

Im Hintergrund hörte ich einige jugendliche Besucher kommen. Frau Hartmann beugte sich vor, und ich versuchte verzweifelt, an ihren üppigen Formen vorbeizuschauen, die sich allerdings deutlich in mein Blickfeld drängten.

»Herr Grothe, seien Sie ehrlich. Haben Sie nicht auch den Verdacht, dass die Büscher-Söhne etwas mit den Drogen zu tun haben, die man hier gefunden hat? Sie sind doch auch gleich zu denen nach Hause gefahren, stimmt es?«

Die Frau war tatsächlich gut informiert, ein absoluter Profi, dachte ich verdutzt.

»Und was soll ich Ihrer Meinung nach nun unternehmen?«

Sie strahlte mich plötzlich an, als hätte ich ihr eine Karibikreise angeboten.

»Reden Sie doch mal mit Axel. Mir gegenüber zeigt er sich aggressiv und ausweichend.«

»Das scheinen mir die üblichen Begleiterscheinungen der Pubertät zu sein.«

Sie überhörte meinen Einwand. »Früher hat er die beiden Büschers nicht ausstehen können, und jetzt verteidigt er sie. Oh Gott, nicht auszudenken, wenn er auch noch in die rechtsradikale Szene abrutscht. Dann kommt kein Mensch mehr in meinen Kiosk.«

»Wo ist Axel jetzt?«

Sie richtete sich auf und schien sich zu beruhigen. »Im Kiosk natürlich. Er verkauft.«

Es konnte mit dem üblen Betragen des Sohnes wohl kaum so schlimm sein, wenn sie ihm den Laden mitsamt der Kasse anvertraut hatte.

Hinter ihr sah ich drei junge Leute am Billardtisch herumlungern. Sie schauten immer wieder ins Büro, und ich wollte diese Unterhaltung nun beenden. Ich traute Martin und Andreas nicht, aber bislang ließ sich ein konkretes Eingreifen noch nicht rechtfertigen.

Das änderte sich nun. Frau Hartmann kramte in ihrer überdimensionalen Handtasche und knallte ein Päckchen auf den Tisch. Es war wie ein Déjà-vu-Erlebnis. Gestern war es Kevin gewesen, der mir so etwas auf denselben Tisch gelegt hatte. Ich hoffte, es war nicht das Gleiche.

»Woher haben Sie das?«

Sie schnaubte kurz. »Das habe ich bei Axel in der Tasche gefunden.«

»Und was ist es?«

»Ich habe keine Ahnung. Ich verkaufe Zigaretten, kleine Mengen Alkohol und Zeitschriften. Hier und da einen Schokoriegel oder ein Eis. Mit so was …«, sie zeigte mit spitzen Fingern auf das Päckchen, »… kenne ich mich nicht aus. Kann von Hasch bis Heroin alles sein.«

Ich stand nun auf und griff nach dem Beutel. Er wog schätzungsweise fünfzig Gramm. Im Gegensatz zu dem Päckchen, das ich von

Kevin erhalten hatte, konnte man den Inhalt durchschimmern sehen, grünlich und faserig.

Beruhigend sagte ich zu ihr: »Das ist aller Wahrscheinlichkeit nach Marihuana, die getrockneten Blütenstände und Blätter der Hanfpflanze. Raucht Ihr Sohn?«

Sie schaute mich irritiert an und zuckte mit den Achseln. »Wir haben einen Kiosk.«

Einleuchtend fand ich diese Antwort nicht, deutete sie aber als ein Ja.

»Frau Hartmann, es gibt wahrscheinlich kaum einen Jungen in der Pubertät, der nicht schon mal einen Joint geraucht hätte. Aber wir müssen das Zeug der Polizei übergeben, damit sie eine genaue Bestimmung vornimmt.«

»Aber Marihuana ist doch harmlos. Das müssen wir doch nicht melden.« Nun wehrte die besorgte Mutter ab.

Ich versuchte erneut, sie zu beruhigen, machte ihr aber deutlich, dass sich sehr gefährlicher Stoff im Umlauf befand, dessen Grundlage Marihuana war. Leider musste ich ihr versprechen, den Namen von Axel aus dem Spiel zu lassen, falls ich die Polizei kontaktierte.

»Frau Hartmann, das tue ich, wenn Sie Ihren Sohn persönlich zu mir schicken, damit ich ihn befragen kann. Und so harmlos ist der Konsum von Marihuana oder Cannabis auch nicht, fragen Sie mal in der Psychiatrie nach.«

Dann kam mir noch eine Frage in den Sinn.

»Kennen Sie eigentlich eine schlanke rothaarige Frau, die mit Immobilien handelt? Ihr gehört auch dieses Gebäude hier.«

Ein Lächeln ging über Frau Hartmanns Gesicht, und sie lehnte sich zurück, als wollte sie nun noch länger bleiben.

»Sie meinen sicherlich Luzy.«

Luzy, dachte ich, wie nett!

»Ja, die kenne ich. Wir sind ja praktisch beide alleinstehende Geschäftsfrauen, nicht wahr? Da muss man zusammenhalten.«

Ich schwieg, nickte langsam und sparte mir eine Bemerkung zu diesem Vergleich.

Frau Hartmann fuhr fort: »Ja, der Armen ist in ihrem Leben schon übel mitgespielt worden. Durch Neid und Missverständnisse hat sie ihre ganze Familie verloren, sie muss sich schon seit Langem allein durchkämpfen. Stellen Sie sich das mal vor, der eigene Vater hat sie verleumdet und fortgeschickt.«

Sieh an, unsere Luzifer war ja erstaunlich ehrlich bei der Präsentation ihrer Familiengeschichte, dachte ich belustigt.

Jetzt beugte Frau Hartmann sich wieder ganz nahe zu mir und gestand in verschwörerischem Tonfall: »Sie gibt mir manchmal wertvolle Tipps, wie ich Steuern sparen kann, Sie wissen schon.«

Ich wusste nur, dass es höchste Zeit war, mich um meine jugendlichen Besucher zu kümmern. Das Päckchen ließ ich in meinem Schreibtisch verschwinden. Ich würde später Herrn Hagedorn informieren. Aber noch nicht gleich. Meine jungen Besucher sollten hier nicht schon wieder der Polizei begegnen.

Frau Hartmann fand den Weg nach draußen allein, und ich mischte mich unter die jungen Leute, verkaufte Cola und Fanta, spielte eine Runde Billard mit und hörte zu. Verständlich, dass die jungen Leute eine Menge Fragen zu den Vorfällen hatten. Ich konnte nur wenige davon beantworten.

Um neunzehn Uhr kam Kevin. Er sah blass aus, die Haare waren nachlässig gegelt, und seine Jeanshose wies Flecken auf. Um diese Zeit waren fünf Besucher im Zentrum. Alle freuten sich, Kevin zu sehen. Jemand stellte ihm eine Cola und einen Schokoriegel hin, ein anderer schlug ihm kumpelhaft auf die Schulter. Fragen zu Lukas beantwortete er mit einem Schulterzucken und dem Hinweis, es gebe noch keine Besserung. Er sah jedoch noch niedergeschlagener aus als am Vortag.

Plötzlich bemerkte er: »Erst die Sache mit dem Rudi, und nun passiert so was mit Lukas. Ist ein bisschen viel, finde ich.«

Ich schluckte.

Als wir schließlich einen Moment unter uns waren, erkundigte ich mich genauer nach Lukas' Befinden.

»Mann, das glaubt man nicht. Der Lukas ist heute aufgewacht und hat voll den Hallas gemacht, hat um sich getreten und geschrien. Er ist richtig aggressiv geworden zu der Schwester im Zimmer. Sie mussten ihm ein Beruhigungsmittel geben.«

Ich war erschüttert, suchte aber nach erklärenden Worten. »Wer weiß, was Lukas erlebt hat. Wahrscheinlich war er noch nicht richtig wach und hat Angst bekommen in der fremden Umgebung.«

Er schaute mich aus müden Augen an. »Meinen Sie? Ich mach mir solche Vorwürfe. Hätte ich ihm das Zeug doch gar nicht erst gezeigt!«

»Hinterher ist man immer schlauer. Und es ist gut möglich, dass er trotzdem überfallen worden wäre, nicht wahr? Kennst du eigentlich den Sohn dieser Kioskbesitzerin?«

»Meinen Sie diesen Typen von Heidis Kiosk?«

»Kennst du ihn?«

Kevin nuckelte an seiner Cola, obgleich die Flasche bereits leer war. Den Schokoriegel nahm er nur in die Hand, um ihn auf dem Tisch hin und her zu drehen.

»Manchmal hilft da so ein Junge aus, das muss ihr Sohn sein. Ich sehe den nur, wenn ich mir mal eine Zeitschrift kaufe. Der geht nicht zu uns auf das Gymnasium. Und unter uns gesagt, der sieht nicht so aus, als wären bei ihm immer alle zu Hause.«

Kevin machte eine Handbewegung, aus der ich wohl schließen sollte, dass Axel nicht der Hellste war. Ich hatte Axel früher nie in meinem Jugendzentrum gesehen. Umso mehr wunderte es mich, dass seine Mutter hier aufgetaucht war, um Hilfe zu erhalten.

»He, Mann! Da ist doch der Typ aus dem Kiosk!«

Axel Hartmann schlich über den Flur. Die Hände hatte er ganz tief in die Hosentaschen gesteckt. Er hielt sich krumm, wie viele junge Menschen, die Schultern hingen zu weit nach vorn, und der Rücken ließ jegliche Spannung vermissen. Axel Hartmanns rundes Gesicht sollte durch den schütteren Spitzbart wohl erwachsener wirken.

Offenbar hatte seine Mutter ihn geschickt. Ich konnte seine Kiefermuskeln arbeiten sehen und registrierte einige Schweißperlen auf der glatten Stirn. Sicherlich war es kein einfacher Gang gewesen. Was immer ihm seine Mutter erzählt hatte, die Alternative musste für Axel schlimmer sein.

»Sie haben etwas, das mir gehört.«

Keine Anrede, keine Vorstellung. Er sah mich unbewegt an und gab sich offenbar alle Mühe, Kevin zu ignorieren.

Dieser erhob sich mit einem Blick auf seine Armbanduhr und sagte zu mir: »Ich haue ab, schönen Abend noch.«

Das war mir allerdings gar nicht recht. Es dämmerte bereits, und ich wollte nicht, dass ihn das gleiche Schicksal wie Lukas ereilte. Er schien meine Besorgnis zu ahnen, denn er sagte: »Keine Sorge, meine Ma holt mich ab.«

Dann war ich mit Axel Hartmann allein, was mir aus unbekannten Gründen ebenfalls unangenehm war.

»Möchtest du eine Cola, während wir darüber reden?«, fragte ich ihn und holte mir dabei ein Wasser aus dem Kasten.

»Ich möchte, dass Sie mich siezen. Ich bin achtzehn.«

Ich nickte verständnisvoll und erzählte ihm von den Drogenfunden im Jugendzentrum und von der Gefährlichkeit dieser Substanz.

»Woher haben Sie die Drogen, Axel? Und ich rate Ihnen, mir die Wahrheit zu sagen, andernfalls wird die Polizei diese Fragen noch einmal stellen.«

»Es ist nur Marihuana. Mit den anderen Drogen haben wir gar nichts zu tun.«

Ich ignorierte das »wir« in seinem Satz zunächst und erklärte: »Dann können wir ja eine Probe davon ins Labor geben. Ganz abgesehen davon weißt du, dass auch der Handel mit Marihuana in Deutschland verboten ist, nicht wahr? Also, raus mit der Sprache. Von wem ist es?«

Axel schaute verstockt auf seine Füße, und plötzlich kam ihm wohl ein Geistesblitz, denn er sagte mit einem überheblichen Lächeln: »Das werde ich Ihrem Pastor beichten. Da bin ich mir wenigstens sicher, dass er schweigen muss.«

Ich hatte große Lust, ihn in seine runden Wangen zu kneifen und zu schütteln. Stattdessen drehte ich mich um und ging in mein Büro zum Telefon.

Er kam hinterher.

»Was machen Sie da? Ich will jetzt mein Eigentum wiederhaben.«

Ich nickte ihm zu und begann zu wählen. Dabei sagte ich: »Ich frage Herrn Hauptkommissar Hagedorn, ob es in Ordnung ist, wenn ich nur eine Probe hierbehalte und dir den Rest zurückgebe.«

Er sah behäbiger aus, als er war. Mit einem Satz stand er neben mir, drückte mit der einen Hand auf die Gabel und schlug mir mit der anderen die Faust in die Magengrube. Ich japste auf, vor Schmerz und weil ich ziemlich überrascht war.

»Ich will es wiederhaben, Mister.« Mit geballten Fäusten stand er nun vor mir, aber seine Miene war ängstlich, nicht wütend. Ich beugte mich zum Schreibtisch und tat so, als suchte ich das Päckchen in der Schublade. Als er näher kam, rammte ich ihm meinen Ellbogen in die Seite und wandte einen Judogriff an. Wimmernd saß er schließlich am Boden. »Es ist mein Eigentum. Ich habe es selbst gezüchtet. Es sind meine Pflanzen!«

Ich ließ ihn los und schubste ihn an. »Dann geh jetzt und kümmere dich um deine Pflanzen, bevor die Polizei es tut.« Ich wollte ihn nur noch loswerden.

Zwanzig Minuten später stand Hauptkommissar Hagedorn in der Tür meines Büros und nahm das kleine Päckchen in Empfang. Er wog es in der Hand und sagte: »Ich brauche einen Namen, Herr Grothe. Wir sind schließlich nicht auf Schnitzeljagd.«

»Zehn zu eins, dass dieses Zeug reines Marihuana ohne irgendwelche Zusätze ist, Herr Hagedorn? Wenn nicht, können wir darüber reden.«

»Wir reden jetzt darüber, Herr Grothe.«

Ich fühlte mich allmählich ungerecht behandelt, und zwar von jedermann. Frau Hartmann erwartete mein pädagogisches Eingreifen, obgleich ich sie kaum kannte und ihren Sohn noch viel weniger. Axel Hartmann griff mich körperlich an, obwohl ich ihm helfen wollte, und der Kommissar setzte mich unter Druck, weil ich artig illegale Drogen bei ihm ablieferte.

Einfallslos griff ich die schlechte Idee von Axel auf und sagte: »Es tut mir leid, aber ich würde damit das Beichtgeheimnis verletzen. Ich darf es Ihnen nicht sagen.«

»Reden Sie keinen Stuss, Sie sind bloß der Küster. Und das auch noch in Vertretung! Ich kann Sie auch in Beugehaft nehmen.«

Als ich ihm ergeben meine Hände hinhielt, schnaubte er zornig und ging mit dem Päckchen in der Hand eilig zur Tür. Doch auch dieses Mal konnte er es nicht lassen, sich noch einmal umzudrehen. »Es ist sehr wichtig, dass so wenig wie möglich davon in den Handel gerät, das können Sie sich ja wohl denken. Eine kleine Vorstellung dessen, was uns erwartet, hat dieser Junge, Lukas Riedel, heute schon geliefert.«

Plötzlich kam der Kommissar wieder zurück und sagte: »In Süddeutschland sind plötzlich harmlose Schüler und Studenten durch rechtsradikale Ausschreitungen aufgefallen. Und dies in einer Art und Weise, die mich tatsächlich an die Enkel von Mr Hyde denken lässt. Wenn Sie also irgendetwas wissen, dann reden Sie, Mann. Ihren Beschützerinstinkt für die jungen Leute in allen Ehren.«

»Ich verspreche es.«

Ich wusste selbst nicht so genau, warum ich diesen Bengel von Heidi Hartmann deckte, aber ich war mir ziemlich sicher, dass dieses Päckchen nichts mit dem Fund zu tun hatte, der aus jedem Dr. Jekyll einen Mr Hyde machen konnte. Das wäre eine Nummer zu groß für Axel Hartmann. Im Zweifel für die Kinder, versuchte ich mein Schweigen zu rechtfertigen.

ZWÖLF

Endlich allein in meinem alten Büro stellte sich beileibe keine Entspannung ein. Die unbelebte Stille in den Räumen rief in mir das heillose Gefühl von Verlassenheit hervor. Zum ersten Mal konnte ich nachvollziehen, warum so viele verlassene Ehemänner, die allein in der leeren Wohnung zurückgeblieben waren, spätestens nach dem dritten einsamen Abend zur Flasche griffen. Es war idiotisch. Ich brauchte nur die Lichter auszuschalten, die Tür abzuschließen und in meine gemütliche kleine Wohnung mit Hund zurückzukehren. Aber ich blieb. Ich blieb im Zentrum und wanderte durch die Räume. Wie ein Wachtposten. Oder wie ein alter Schauspieler, der nach seinem letzten Bühnenauftritt nicht gehen kann. Er klammert sich an den Vorhang, der so lange den Applaus des Publikums begleitet hat und nun schlaff und freudlos herunterhängt wie die müde gewordene Haut unter der Theaterschminke.

Ich stand vor dem Spiegel der Jungentoilette und sagte zu meinem Spiegelbild: »Du kannst morgen wiederkommen. Mach die Lichter aus.«

Aber ich konnte es nicht. Eine ahnungsvolle Unruhe trieb mich um. Etwas stimmte nicht. Weder konnte ich auch nur ein Licht ausschalten noch die Räume verlassen. Die Kirchturmuhr schlug zur halben Stunde. Es war halb acht Uhr abends und dunkel in den Straßen. Die Laterne vor dem Gebäude flackerte. Diesen Wackelkontakt hatte sie schon sehr lange, er zeigte sich jedoch so selten und kurz, dass nur ein Querulant bei der Stadt um einen Wechsel der Birnen gebeten hätte. Einem kindlichen Impuls folgend wanderte ich durch die Räume und sorgte für so viel Licht, wie es Schalter und Lampen gab. Grell wirkte meine Umgebung nun, an den Wänden, Fußböden und Möbeln waren die hässlichen Abnutzungsflecken zu sehen.

Das Gebäude, in dem sich dieses Jugendzentrum nun schon seit vielen Jahren befand, war sehr alt. Es hatte die typischen hohen Decken aus einer Zeit, als man bei dem Wort »Energiesparen« nur an Körperkraft dachte. Die alten Dielenböden knarrten, sie sahen durch wiederholtes Abschleifen zahlreicher Vorbesitzer wie ramponierte

Schiffsplanken aus. Es gab hier auch einen Keller, er war finster, immer kalt und hätte aus einem Edgar-Allan-Poe-Film stammen können. Selten genug war ich dort unten gewesen, und jedes Mal wäre es mir passender vorgekommen, wenn ich mit einer brennenden Kerze durch die Flure gelaufen wäre. Elektrisches Licht passte einfach nicht zu diesem Teil des Gebäudes. Vom Heizungsraum abgesehen, kannte ich nur einen Raum dort unten besser, und das war ein Lagerraum, in dem sich einige ausrangierte Geräte sowie die Weihnachtsdekoration befanden.

Ich ließ alle Lichter brennen und stieg mit einer rühmenswerten Verachtung gegen jegliche dunklen Mächte und Machenschaften in den Keller hinab. Es wurde Zeit, dass ich mich den Dingen stellte.

Wo hatte denn alles angefangen? In meinem Jugendzentrum.

Wo hatte ich das erste Mal Luzifer höchstpersönlich getroffen? In meinem Jugendzentrum.

Und wo waren die gefährlichen Drogen gefunden worden, mit denen sich die hiesige Polizei nun beschäftigen musste? In meinem Jugendzentrum.

Fast wunderte es, dass die Putzfrau nicht auch in diesen Räumen umgebracht worden war. Aber sie hatte hier geputzt. Und sie hatte jede Menge Warnungen ausgesprochen. Hätte ich doch Olga Wisniewska heute an meiner Seite. An der Tür zur Kellertreppe drehte ich mich noch einmal um und holte mir ein Queue vom Billardtisch. Damit würde ich mich natürlich kaum wirkungsvoll zur Wehr setzen können, doch es gab mir wenigstens das Gefühl, bewaffnet zu sein. Die Treppe war mehr schlecht als recht beleuchtet, in trübem Licht stieg ich in den wohl tiefsten Kellerschacht, den ein normales Gebäude besitzen konnte. Wahrscheinlich war hier mal ein Verlies geplant, dachte ich, während die Kälte schon nach der vierten Stufe durch mein Hemd kroch.

Unten angekommen spürte ich die Feuchtigkeit des uralten Gemäuers. Das Licht war allerdings sehr grell, eine nackte Glühbirne baumelte von der Decke herab und beleuchtete die höhlenartige Umgebung. Der Gang hatte nicht überall dieselbe Deckenhöhe, war aber insgesamt recht niedrig. Es gab drei Holztüren und eine nachträglich eingebaute Feuerschutztür, hinter der sich der Heizungsraum befand. Unser Lagerraum für das Jugendzentrum lag hinter der ersten Tür in Treppennähe. Und viel weiter als bis zu dieser Tür hatte ich den Keller noch nie erforscht.

Das hatte ich auch jetzt nicht vor. Wie dumm war ich, dass ich mich zu einer Zeit hier unten herumtrieb, in der man auch in einer modernen Etagenwohnung mitunter Gespenster sehen konnte.

»Unser« Lagerraum sah aus, wie ich ihn kannte. Mehr oder weniger brauchbares Gerümpel war ohne erkennbare Ordnung hineingeschoben worden; benötigte man etwas, dann wurde es irgendwie herausgezogen, sodass die Unordnung ständig wuchs. Ich verschloss die Tür ordnungsgemäß, den entsprechenden Schlüssel hatte ich aus der Schublade im Büro mitgenommen. Ich hoffte, dass er auch zu den anderen Türen passte.

Die nächste Tür, eine massive Holztür, ließ sich damit nicht öffnen. Ich versuchte, durch das große Schlüsselloch etwas zu erkennen, doch es war zu dunkel. Allerdings glaubte ich, einen besonderen Geruch wahrzunehmen, würzig, nicht unangenehm.

Mit festen Schritten ging ich weiter den Flur entlang bis zum letzten Raum, der etwas abseits lag. Ich versprach mir nicht viel davon, wahrscheinlich würde auch hier mein Schlüssel nicht passen. Was hatte noch gleich im Mietvertrag gestanden? Ich hatte ihn mir flüchtig angesehen, als ich den Namen des Vermieters beziehungsweise der Vermieterin hatte erfahren wollen, direkt nach dem Gespräch mit Luzifer. Leider stand dort nur eine Immobilienfirma, und die Unterschrift unter dem Vertrag war so unleserlich wie die Kürzel der Ärzte auf einem Medikamentenrezept. Doch ich glaubte mich zu erinnern, dass in den Konditionen des Vertrages nur von zwei Kellerräumen die Rede war, dem Lagerraum und dem Heizungskeller. Die beiden anderen Keller waren nicht mitvermietet.

Das hatte mein Misstrauen geweckt. Wer würde schon zwei finstere Kellerräume für sich beanspruchen, wenn das Objekt ansonsten komplett an eine andere Partei vergeben war? Oder anders gefragt: Was wollte Luzifer mit zwei ausdrücklich nicht vermieteten Verliesen unter meinem Jugendzentrum? Wenn ich daran dachte, dass Olga Wisniewska das Böse in diesem Gebäude gespürt hatte, dann wurden mir die kalten Knie weich.

Zu meinem Erstaunen sprang die letzte Holztür nach einer geschmeidigen Umdrehung mit meinem Schlüssel auf.

Ich schrie. Ich bin mir sicher, dass ich laut geschrien habe – vor

Ekel, vor Angst und weil irgendetwas herauswollte, das mir im Hals steckte. Doch ich hörte keine Schreie. Nur ein leises Knistern von brennenden Kerzen unterstrich die Stille. Instinktiv hob ich das Queue.

Der Raum ähnelte unserem Lagerraum. Statt des Gerümpels befanden sich hier allerdings nur ein alter Holztisch und ein ausgerollter fleckiger Teppich. Und da lagen sie, die Leichen von Dominik, Maria und Viktor!

Man kann mir mangelnden Glauben vorwerfen, aber nun war ich mir sicher, dass Michaels Fähigkeiten begrenzt waren. Andernfalls hätte er doch gewusst, wo sich die Leichen von Dominik, Viktor und Maria die ganze Zeit über befunden hatten!

Eine Art perverse Faszination ließ mich näher an die Leichen herantreten. Ich konnte jeden von ihnen noch gut erkennen, denn die Toten waren mumifiziert. Die Haut spannte sich lederartig. Sie verwesten nicht, sie schienen zu trocknen.

Erst jetzt fiel mir auf, dass es in diesem Raum auch nicht besonders streng roch oder gar stank. Als ich noch näher herantrat, entdeckte ich überall auf dem Teppich weißes Pulver. Auch auf den Toten lag eine Schicht davon. Kein Wunder, dass ich es nicht sofort bemerkt hatte, denn die drei Körper waren mit weißen Gewändern bekleidet. Pathologie war nicht meine starke Seite, aber ich vermutete, dass es sich bei dem Pulver um Salz handelte. Jemand wollte, dass die Leichen trockneten und nicht wie üblich verwesten. Jemand wollte die Leichen haltbar machen, sie konservieren. Warum?

Wie aufgebahrt lagen die drei jungen Polen zu meinen Füßen, und einige gut postierte Kerzen gaben ihnen eine Würde, die ihnen aus meiner Sicht nicht zustand.

Leider dachte ich in diesem Moment nicht daran, dass Kerzen nur eine begrenzte Brenndauer haben. Außerdem ließ man sie besser niemals länger allein.

Daher traf mich der Schlag auf den Kopf völlig unerwartet, aber keinesfalls unverdient.

Etwas lief mir aus der Nase, klebrig und dickflüssig, und irgendwo in meinem Körper tat etwas sehr weh. Es pochte und brannte, aber ich konnte die Stelle nicht orten. Mit offenem Mund lag ich auf dem

Steinboden, weil meine Nase verstopft und völlig zu war. Es war allerdings nicht der Kopf, der mir wehtat, obgleich man dies nach dem Schlag hätte vermuten können.

Vorsichtig bewegte ich meine Hände und Füße und brachte mich, mutig geworden, langsam in eine andere Position. Der Schmerz wurde schlimmer und das Bewusstsein klarer. Aus meinem Knie ragte eine drei Zentimeter große Glasscherbe, auf die ich bei meinem Sturz gefallen sein musste. Ich zog sie heraus, atmete tief durch, um der einsetzenden Übelkeit entgegenzuwirken. Blut floss, aber der pochende Schmerz im Knie ließ nach.

Die Sondierung meiner Lage gab Anlass zur Verzweiflung. Die drei Toten lagen unverändert auf dem Teppich, ich saß daneben. Von den Kerzen brannte keine mehr, aber eine kleine Lampe verströmte ein diffuses Licht. Natürlich war die Tür verschlossen und mein Schlüsselbund nicht mehr auffindbar. Auch meine unzureichende Waffe, das Queue, war verschwunden. Gefangen mit drei mumifizierten Leichen in einem teuflisch tiefen Keller unter einer Stadt, in der Luzifer herumspazierte. Großartig. Da wäre ich besser im Jenseits geblieben und hätte Harfe spielen gelernt! Vorsichtig stand ich auf, nur ein kleiner Schwindel stellte sich ein. Ernstlich verletzt war ich nicht. Noch nicht.

Ich dachte nach. Da die Kerzen nicht mehr brannten, würde heute Nacht vielleicht keiner mehr kommen. Es war nicht so kalt wie in den anderen Kellerräumen, und ich entdeckte einen kleinen Heizkörper, der wohl vor allem die Feuchtigkeit aus dem Raum heraushalten sollte. Dann blickte ich wieder auf die Leichen von Viktor, Dominik und Maria. Diese drei waren eine ganze Zeit lang so präsent für mich gewesen, dass es ein unbeschreibliches Gefühl war, vor ihren toten Körpern zu stehen. Hier auf Erden konnten sie definitiv nichts mehr ausrichten: Tot, erstarrt, ja bereits mumifiziert und auf einmal so harmlos lagen sie vor mir, dass ich plötzlich voller Mitgefühl ihrer gedachte.

»Wie schön, dass du sie endlich gefunden hast, Christian. Ein Durchbruch, wie mir scheint.«

»Michael!« Ich drehte mich um und stand tatsächlich vor dem großen Erzengel. Er musterte mich und schüttelte langsam den Kopf, als könnte er nicht glauben, was er sah. »Dir läuft Blut aus der Nase.«

Ich schnaufte, meine Nase war wieder etwas durchlässiger. »Ja siehst du, das ist einer der Gründe, warum ich mich nicht wie nach einem großen Durchbruch fühle«, erwiderte ich. »Die Wahrheit ist, ich fühle mich wie vor einer großen Niederlage. Ich bin niedergeschlagen worden! Und ich glaube, dass das leider nur der Anfang war.«

»Sag bloß?« Michael schaute sich mit großen Augen in dem Raum um. »Ich habe mich bereits gewundert, warum du so spät am Abend noch so eine Expedition durchführst. Es ist ja eine recht ungewöhnliche Zeit, um einen Keller zu untersuchen, findest du nicht?«

Ich wusste nicht, ob Michael mich verhöhnte oder nur den Naiven spielte. Aber ich wusste, dass ich um kurz nach acht Uhr in den Keller hinabgestiegen war.

»Wie spät ist es?«

»Weit nach elf.«

Seine Antwort erschreckte mich. Ich hatte mehrere Stunden bewusstlos neben den Toten gelegen. Meiner Schätzung nach waren es keine fünf Minuten gewesen.

»Das gibt es doch nicht! Ich bin schon seit drei Stunden hier unten? Man hat mich k.o. geschlagen.«

Michael suchte sichtlich nach einer Möglichkeit, sich zu setzen. Ich hatte den Eindruck, er fühlte sich mit der Decke so nah über seinem Kopf nicht recht wohl. Schließlich ließ er sich auf dem Fußboden nieder, lehnte sich an die Wand und streckte die halb nackten, endlos langen Beine aus.

»Christian, könntest du dich bemühen, weitgehend unversehrt zu bleiben?«

Ich hatte in meinen zahlreichen Hosentaschen endlich ein Taschentuch gefunden und wischte mir vorsichtig die Nase ab. Sie fühlte sich merkwürdig an, angeschwollen und fremd. Wahrscheinlich war ich nicht nur in die Scherbe gefallen, sondern auch noch auf die Nase.

Michael wartete meine Antwort gar nicht ab, sondern erklärte: »Wenn du nämlich in diesem, hm, sagen wir, geliehenen Körper zu Tode kommst, hätte ich ein ungemein großes Problem. Dann würde ein Mann sterben, der dafür ganz sicher noch nicht vorgesehen war.«

Ich war empört. »Wieso? Nichts anderes haben Raoul und Jonas doch mit mir gemacht.«

Er nickte, und seine Stimme wurde sanft, als er erklärte: »Raoul und Jonas haben sogar zwei ungemein große Probleme. Also, tu mir den Gefallen und bleib am Leben.«

Ich setzte mich ihm gegenüber an die Wand und starrte zu den Leichen. »Hast du nicht gewusst, wo sie sind?«

»Nein. Ich kann nur diejenigen wahrnehmen und finden, deren Bewusstsein aktiv ist.«

Ich dachte bei mir, dass im Himmel auch nicht alles perfekt war, was Flügel hatte. Michaels entspannter Haltung entnahm ich, dass sowohl er als auch ich etwas Zeit hatten in dieser Nacht.

»Kann Luzifer das auch, Menschen wie Handys orten?« Ich dachte dabei an Lisa und den Besuch, den sie von Luzifer erhalten hatte.

Michael ließ sich Zeit mit der Antwort. Als er schließlich sprach, klang seine Stimme beinahe traurig. »Luzifer hat eine Menge Fähigkeiten eingebüßt, als er auf die Erde verstoßen wurde. Aber er ist überaus lernfähig. Und er lebt unter den Menschen wie ein Mafiaboss. Unglaublich viele Fäden laufen bei ihm zusammen, und ich denke, er bekommt jede Information, die er braucht. Früher oder später.«

Ich fragte mich, warum Michael meistens die männliche Form benutzte, wenn er von Luzifer sprach.

Wieder musste ich zu den drei toten jungen Menschen schauen. Sie wirkten wie Opfer einer Gewalttat, und ich musste mir klarmachen, dass sie diese Gewalttat wahrscheinlich selbst provoziert hatten.

Michael folgte meinem Blick und sagte leise: »Du musst sie zerstören, Christian. Am besten gleich.«

Nichts lag mir ferner, als einem Erzengel zu widersprechen, aber im ersten Moment glaubte ich an einen Scherz. »Soll ich sie mit bloßen Händen ein wenig zerfleddern, oder reicht es, wenn ich sie mit einem bösen Blick bedenke? Viel mehr Möglichkeiten fallen mir in meiner Situation nämlich nicht ein.«

Jetzt grinste Michael endlich wieder und musterte mich. »Weißt du, an wen mich dein Humor erinnert? An Josef. Marias Josef. Der konnte auch immer so nett wütend werden. Damals. Ich meine, er hatte mitunter auch Grund dazu. War ja nicht gerade eine Heldenrolle, die wir ihm zugedacht hatten. Aber lassen wir das, er ist ein netter Kerl.« Dann zeigte er auf den Teppich mit den Toten und sagte: »Diese Leichen verwesen nicht, sie sind mit Absicht mumifiziert worden. Das macht mich sehr misstrauisch.«

»Woran denkst du?«

»Die alten Ägypter, die hatten eine Menge Experimentiergeist und haben sich viel einfallen lassen, um eine Verbindung zum Totenreich zu bekommen. Von den Hohepriestern konnte selbst jemand wie Luzifer noch etwas lernen. Das ist nicht die erste Krise, die wir haben. Ich fürchte, Luzifer versucht, über diese Mumien Kontakt zum Jenseits zu erhalten. Er muss den Jugendlichen irgendwie beim Sterben geholfen haben, sonst hätten Raoul und Jonas davon gewusst.«

Ich erzählte ihm, wie ich diesen Raum vorgefunden hatte. »Es brannten mehrere Kerzen, und das ganze Arrangement vermittelte den Eindruck, als verehrte jemand diese Toten. Ist es Luzifer?«

Michael lachte hart auf. »Luzifer verehrt nur sich selbst. Schon vergessen, was der Ursprung seines Sturzes war? Nein, die Verehrung und Pflege dieser Leichen und auch der Überfall auf dich sind mit Sicherheit von einem Menschen getätigt worden. Aber ich habe so ein Gefühl, als stellten diese Mumien eine Verbindung her, die eigentlich nicht möglich sein sollte. Das, was Dominik, Viktor und Maria im Jenseits treiben, kann nicht die Idee einiger Schulkinder sein. Also lass dir etwas einfallen, Christian. Ich lass dich nun allein.«

Mir wurde übel. Das konnte er doch jetzt nicht machen, mich mit derlei Aufträgen hier sitzen zu lassen. Was war er denn für ein Engel, wenn er meine Probleme nur noch vergrößerte? Selbst ein pensionierter Schutzengel würde sich mehr Mühe geben. Verdammt!

Er sah mich plötzlich mit zorniger Miene an, und ich hoffte, dass ich nicht laut geflucht hatte. Dann verschwand der Ausdruck wieder, und sein freundliches Lächeln wirkte tröstlich. »Dir fällt bestimmt etwas ein, Christian. Doch die Zeit ist knapp. Wer dich niedergeschlagen hat, wird dich nicht lange als Zeugen dulden. Du bist nur noch nicht tot, weil jemand erst seinen Chef fragen musste.«

Ich schluckte. In dem verzweifelten Versuch, ihn zum Bleiben zu bewegen, erinnerte ich ihn an ein Versprechen. »Du wolltest mir bei unserem nächsten Treffen erzählen, warum Luzifer so vehement hinter den Bildern der Erzengel her ist.«

»Weil sie uns noch immer liebt! Luzifer kann unsere wahren Gesichter nur noch auf diesen Gemälden sehen. Sie braucht unsere Nähe mehr, als ihr lieb ist. Wenn diese Liebe erlischt, das Band reißt, dann ist Luzifer endgültig verloren. Dazu ist sie nicht bereit. Sie wird nicht mehr lange in Lüdinghausen verweilen. Da bin ich mir sicher.«

Er war verschwunden, und ich starrte ihm nach. Das klingt merkwürdig, denn natürlich sah ich ihn nicht durch die Mauer gehen oder sich in die Lüfte erheben. Er war einfach nicht mehr da.

Alles Mögliche hatte ich erwartet, aber nicht eine derartig von Emotionen erfüllte Erklärung. Und jetzt hatte Michael von ihr als Frau gesprochen. Sollte Luzifer noch immer so sehr unter der Trennung von ihren einstigen Kampfgefährten leiden, dann gab es an ihr eine interessante und sehr weiche Seite.

Ich blieb allein zurück mit der Aussicht auf meinen nächsten Tod. Sicherlich war ich der einzige Mensch in der Weltgeschichte, der innerhalb weniger Wochen gleich zweimal auf brutale Weise sterben sollte.

Fieberhaft überlegte ich, ob ich mich irgendwie befreien könnte. Der Raum besaß kein Fenster, dazu lag der Keller viel zu tief. Werkzeug fand sich auch bei genauerer Suche nicht, eine Stunde lang bemühte ich mich, etwas Geeignetes zu entdecken. Ja, ich schreckte auch nicht davor zurück, mit einem Streichholz im Schloss der Tür zu stochern. Kaum verwunderlich, dass mir jedes Zündholz eigentlich schon zwischen den Fingern zerbrach, wenn ich mich der Tür auch nur näherte.

Die Streichholzschachtel hatte ich neben den Kerzen gefunden. Meiner Verzweiflung, oder vielleicht besser: meiner Dummheit, Streichhölzer als Dietriche zu missbrauchen, hatte ich es zu verdanken, dass inzwischen nur noch drei intakte Zündhölzer in der Schachtel lagen. Einer Eingebung folgend zündete ich eine der Kerzen an. Sie spendete ein behagliches Licht, und ich konnte besser nachdenken, wenn ich in die lodernde Flamme blickte.

Und so ordneten sich allmählich meine Gedanken, bis ich wusste, was ich zu tun hatte. Dabei war der wichtigste Teil meines Plans die Zeit. Verkalkulierte ich mich, würde ich eines elenden Todes sterben, ohne dass ich auf irgendeinen Mörder warten musste.

Bei dieser Vorstellung begannen meine Hände zu zittern, und ich zündete die anderen Kerzen ebenfalls an. Neben sie auf den Boden legte ich meine Uhr, sodass der Blick von den tänzelnden Flammen immer wieder auch zur Uhr wandern konnte. Ich setzte mich im Schneidersitz davor und wartete. Anlehnen wollte ich mich nicht. Wenn ich einschliefe, wäre dies fatal für meinen Plan. Es gab viele »Wenn«, zu viele. Aber da selbst ein Erzengel meine Lage für kritisch hielt und sich Sorgen um meine derzeitige sterbliche Hülle machte, musste ich etwas riskieren.

Der Gedanke, dass ich im Falle meines Ablebens vielleicht nie erfahren würde, wie alles hier zusammenhing, wer die Putzfrau ermordet hatte und was es mit dieser Droge auf sich hatte, war mir unerträglich. Und wie jedes menschliche Wesen haderte ich mit meinen zuvor getroffenen Entscheidungen. Hätte ich doch nur jemanden mitgenommen, um den Keller zu inspizieren! Hätte ich es doch nur am nächsten Morgen getan! Hätte ich doch nur jemandem Bescheid gesagt, wo ich sein würde. Zahllose Möglichkeiten fielen mir ein, durch die ich meiner aktuellen Situation entgangen wäre.

Die Stunden zogen sich quälend dahin. Um zwei Uhr morgens überlegte ich, einige letzte Worte für Lisa in die Wand zu ritzen. Um drei Uhr liefen mir dicke Tränen über das Gesicht, und ich betete wie ein Schulkind: »Lieber Gott, mach, dass alles gut wird.«

Blieb nur zu hoffen, dass der liebe Gott, wie immer bei solchen Gebeten, wusste, was genau »alles gut« bedeutete. Unseren viel gerühmten eigenen Willen schrieben wir uns ja nur dann auf die Fahnen, wenn es bestens lief. Es war kein Geheimnis, dass die Kirchen in Not- und Kriegszeiten immer voll besucht waren. Zu meiner Ehrenrettung muss ich bemerken, dass ich auch dann betete, wenn alles in Ordnung war.

Um Viertel vor vier hatte ich die Hände fest zusammengepresst, sie zu einer Art Klumpen ineinander verhakt, mir war übel, und ich zitterte wie ein Lawinenopfer.

Konnte es sein, dass Helden kurz vor ihrer Heldentat so gar nicht wie solche aussahen?

Für das, was ich vorhatte, brauchte ich meine Hände. Ich zwang sie auseinander und atmete tief ein und aus. Einer Eingebung folgend tastete ich in meiner Tasche nach dem Rosenkranz, den Pastor Klein mir zu meinem Schutz überlassen hatte. Danach zitterte ich nicht mehr, ich hatte nur noch einen lächerlich banalen Schluckauf.

Ich schob die Leichen nah zusammen und positionierte sie genau vor der Tür. Zuvor hatte ich eine provisorisch angebrachte Isolierung am unteren Rahmen herausgetrennt. Die Türen im Keller besaßen einen relativ breiten Spalt, denn es handelte sich um alte Holztüren, die sich im Laufe der Zeit verzogen hatten. Leider gelang es mir nicht, die Leichen nur mit Fußtritten in die gewünschte Position zu bringen, daher zog und zerrte ich schließlich mit den bloßen Händen an den toten Körpern der drei jungen Leute herum, wegen denen sich mein Leben auf so grundlegende Weise verändert hatte.

Dann nahm ich die Kerzen und zündete an, was am schnellsten zu entzünden war. Das erwies sich als gar nicht so einfach, und ich beglückwünschte mich zu der simplen Idee, die Kerzen anzuzünden. Hätte ich es mit den wenigen Zündhölzern probiert, wäre meiner Brandstiftung ein rasches Ende beschert gewesen.

Rascher, als ich es für möglich gehalten hätte, entwickelte sich unangenehmer Rauch, dem ich in diesem engen Raum nicht allzu lange entkommen konnte.

Meiner Vorstellung nach gab es für mich zwei Möglichkeiten, um zu überleben. Entweder, mein kleines Feuer setzte der Holztür dermaßen zu, dass ich sie eintreten konnte, bevor ich durch eine Rauchvergiftung zu Boden sank. Oder aber, ein wenig komplizierter, der Zeitungsbote hörte das laute Signal des Rauchmelders und rettete mich, bevor ich erst erstickte und dann verbrannte.

Sollte nun der Verdacht aufkommen, ich riskierte hier ganz ohne Notwendigkeit mein Leben, so muss ich zu meiner Verteidigung anführen, dass ich einem Erzengel vertraute. Wenn Michael darauf hinwies, dass ich nur noch lebte, weil ein Mörder mit seinem Chef über die Art und Weise meines Ablebens Rücksprache halten musste, dann wollte ich nicht abwarten, bis er am nächsten Tag mit der Genehmigung in der Tasche wiederkam.

Immerhin, nachdem sie endlich Feuer gefangen hatten, brannten die ausgetrockneten Leichen besser, als ich gedacht hätte. Den Tisch hatte ich, so gut es ging, in Einzelteile zerlegt und nutzte ihn, um die Flammen zu füttern. Mehr möchte ich über die unwürdige Verbrennung der Toten nicht erzählen.

In kürzester Zeit juckten und brannten mir die Augen. Die Atemluft war noch nicht einmal besonders rauchig, aber mir liefen dennoch die Tränen herunter, und ich musste blinzeln wie ein Maulwurf beim Sonnenbad. Der meiste Rauch blieb natürlich im Raum, aber ich sah, dass unter dem großen Spalt die Tür kokelte und qualmte.

Leider war es im Kellerflur beträchtlich kälter als in meinem geheizten Domizil, sodass es eine Luftströmung nach innen gab. Das hatte ich natürlich nicht bedacht. Ich lauschte und wartete auf das Signal des Rauchmelders. Es gab zwei davon im Keller, das wusste ich, beide hingen seit etwa zwei Jahren im Flur und im Treppenhaus. Allerdings hatte ich keine Ahnung, ob die Rauchmelder so wie die Heizungsanlage regelmäßig gewartet wurden.

Plötzlich schien mir der Plan, auf den Alarm der Rauchmelder zu warten, sehr naiv. Selbst wenn der elektronische Ton laut genug war, um auf der Straße gehört zu werden, konnte ich nicht selbstverständlich davon ausgehen, dass der Zeitungsbote reagieren und nachsehen oder Hilfe holen würde. Meist wollten diese Austräger schnell fertig werden, um wieder ins Bett zu kommen. Was, wenn der Zeitungsbote ein rüstiger, aber schwerhöriger Rentner war? Das Atmen wurde schwerer. Oder bildete ich mir das nur ein? Ich begann zu hecheln, doch die Luft reichte nicht mehr. Es gab kein Fenster, ich war lebendig begraben und geriet immer mehr in Panik.

Das letzte Mal war ich an einem Freitag verstorben. Nun würde es ein Samstag werden. Starb es sich sonntags wohl festlicher als an anderen Tagen?

Der nächste Gedanke war von brutaler Logik. Heute war Samstag, und da kam der Zeitungsjunge, egal welchen Alters, nicht vor halb sechs. Wie konnte ich nur so blöd sein? Ich legte mich mit dem Gesicht nach unten auf den Boden und trommelte mit den Fäusten auf den Steinboden. Das machte Lisa mitunter, wenn sie verzweifelt war. Sie blieb dabei ganz still, und nur ihre Fäuste trommelten einen stoischen Rhythmus, der sie aber zu beruhigen schien. Bei mir funktionierte das nicht. Immer wieder schaute ich hinauf zur Tür, um zu sehen, wie weit ihr das Feuer schon zugesetzt hatte. Immerhin ein Teilsieg, die drei Mumien schmorten vor sich hin und zerfielen zunehmend. Allerdings sah ich so selten wie möglich zu ihnen hin. Ich würde weniger gut brennen, soviel stand fest. Mein Flüssigkeitshaushalt war in Ordnung.

Während der Raum sich immer mehr mit beißendem Rauch füllte, wusste ich, dass ich es nicht schaffen würde. Ich kauerte mich in die hinterste Ecke und legte die Hände vors Gesicht, um meine Augen zu entlasten. Und dann hörte ich doch noch den nervtötenden Ton eines Rauchmelders. Als mir die Sinne schwanden, dachte ich weder an Lisa noch an Bea, sondern ich lächelte, weil immerhin dieser Teil meines Plans gelungen war. Rechthaberisch wie eh und je.

Ein Wesen mit einer weißen Maske zerrte an mir herum. So eine merkwürdige Gestalt hatte ich bei meiner letzten Ankunft im Jenseits nicht gesehen. Ich blinzelte. Meine Augen brannten noch immer.

Da begann das Wesen zu sprechen: »Verdammt noch mal, Herr Grothe, nun helfen Sie doch mal mit! Ein alter Mann hebt keine achtzig Kilo mehr.« Also stand ich ächzend auf und ließ mich an der Hand fortführen. In Sekundenschnelle umfing mich kühlere Luft, und ich atmete so tief ein, dass ich von einem Hustenanfall geschüttelt wurde. Mittlerweile hatte ich begriffen, dass es sich hier um eine Rettungsaktion handelte und nicht etwa um eine weitere Exkursion ins Jenseits. Offenbar hatte ich mein Abenteuer fürs Erste überlebt.

Pastor Klein riss sich die Maske vom Gesicht und zog mich weiter hinter sich her, die Treppe hinauf nach oben. Ich fand die Hektik etwas übertrieben. Das Feuer war nicht so stark, dass man befürchten musste, der gesamte Keller würde in Flammen aufgehen. Außer der Tür war auch nichts Brennbares in der Nähe der Flammen. Nur der starke Rauch war ein Problem.

Oben angekommen strebte ich zum Büro und zum Telefon. Doch Pastor Klein hielt mich zurück. »Wo wollen Sie denn hin, Sie Narr? Weg hier, aber schnell!«

»Herr Klein, ich glaube nicht, dass hier alles in Kürze in die Luft fliegt. Beruhigen Sie sich. Ich rufe schnell die Feuerwehr an.«

Er starrte mich mit offenem Mund an, und ich glaubte schon, ihm habe der Rauch schlimmer zugesetzt als mir, mental zumindest. Doch er klang sehr klar, als er sagte: »Die Feuerwehr habe ich natürlich sofort angerufen, als der Rauchmelder losging.« Er wedelte mit einem Handy, das er jetzt wieder in seine Anzugtasche stopfte. »Deshalb müssen Sie auch schnellstmöglich verschwinden.«

Er trat dicht an mich heran, und ich roch einen herben, aber nicht unangenehmen Pfeifengeruch.

»Was glauben Sie, was die Polizei davon hält, wenn klar wird, dass Sie mit mindestens zwei Leichen in einem Kellerraum eingesperrt waren und diese auch noch in Brand gesteckt haben? Hä? Außer Leichenfledderei und Brandstiftung fallen denen bestimmt noch einige andere Vergehen ein.« Jetzt hob er sogar seinen Zeigefinger. »Glauben Sie etwa, ich hätte nicht gesehen, was da brannte und schmorte? Der Herrgott allein weiß, ob es notwendig war, was Sie da getan haben. Aber die Polizei wird sich in der Beurteilung der Sachlage sicher sein. Also gehen Sie verdammt noch eins nach Hause, duschen Sie ausgiebig, legen Sie sich ins Bett und tun Sie so harmlos wie eine Novizin, verstanden?«

Ich eilte davon, kehrte nach vier Metern noch einmal um, küsste Pastor Klein auf die Wange und begann dann zu rennen. Schon im Hausflur hörte ich die Sirenen der Feuerwehr durch die Nacht hallen. Ich wusste, die Polizei war meistens dicht dahinter. So schnell wie möglich, aber auch so leise wie nötig sprang ich unter die Dusche und goss das gesamte restliche Duschgel über meinen Körper, der noch in den Klamotten steckte. Die stopfte ich danach in die Waschmaschine.

Als ich schon im Bett lag, erkannte ich die Schwachstelle dieser Show. Meine liebgewonnene Haarmähne war nicht so einfach trocken zu rubbeln wie die früheren Kurzhaarfrisuren. Ich musste mir etwas einfallen lassen, falls Herr Hagedorn gleich vor meiner Tür stand.

In diesem Moment klingelte es bereits. Obwohl ich damit gerechnet hatte, erschrak ich zutiefst und blieb erst einmal wie erstarrt stehen. Erst nach dem zweiten Läuten stürzte ich ins Bad, ließ laut und vernehmlich das Wasser rauschen, hielt meinen Kopf samt der Haare kurz unter die Dusche und kam mir enorm clever vor.

Nun ertönte ein lang anhaltender, äußerst ungeduldiger Klingelton, und ich machte vorsichtig auf. Ein heftiger Stoß gegen die Tür warf mich so schnell in den kleinen Flur, dass ich gegen die Wand prallte.

Eine Hand griff nach meiner Kehle und drückte gerade so kräftig zu, dass ich zwar Luft bekam, aber einen unangenehmen Hustendrang verspürte. Kaum dem Feuer entronnen, bekam ich schon wieder Todesangst.

Bevor ich auch nur einen Mucks machen konnte, wurde meine Wohnungstür mit einem leisen Fußtritt geschlossen. Aber ich oder irgendein Nachbar hätte gegen diesen Gegner ohnehin nichts ausrichten können: Luzifer persönlich hatte mich am Wickel. Sie zischte wie eine Schlange völlig unverständlich vor sich hin, bis sie ihre Wut endlich im Griff hatte und mich losließ. Hustend, röchelnd und mir die Kehle reibend wich ich vor ihr zurück bis in die Küche.

Sie zupfte an ihrem dunkelgrünen Kostüm und schob sich eine Haarlocke hinter das Ohr. Ihr Lächeln war wie ein Gruß aus Hollywood. Grell und falsch.

»Ich mache immer wieder den gleichen Fehler. Da ich oft von zu viel Idiotie und Schwäche umgeben bin, rechne ich nicht mit der Kreativität eines Individuums. Ich habe dich unterschätzt.« Sie trat näher. »Du kannst ausatmen, Christian, ich werde dich nicht töten.«

Sie streckte ihre zierlichen und sehr gepflegten Hände vor sich aus und betrachtete sie. »Menschliches Versagen führt zu Mord und Zwietracht. Du jagst einen Menschen, und das weißt du.«

Ich sank auf einen Stuhl, durch meine Beine schien Blei statt Blut zu fließen. Dann stieß ich hervor: »Du verführst sie zum Bösen. Du setzt ihnen die Ideen in den Kopf und treibst sie an.«

Luzifers Augen schimmerten gelb. Ein Raubtier saß in meiner Küche.

»Na und? Nichts anderes hat Jesus gemacht. Er hat den Leuten Ideen in den Kopf gesetzt, sie angetrieben, etwas zu tun, anders als bisher zu handeln, und diese Veränderungen nannte er ›Gutes tun‹. Er hat sich eingemischt wie eine Mutter, die einen Streit schlichtet, hat Verbote ausgesprochen. Wer definiert denn, was gut und böse ist? Die Menschen, die mit mir zusammenarbeiten, leiden keine Not. Denen geht es gut. Warum soll es besser sein, die Wahrheit zu sagen, anstatt zu lügen? Du bist kein Dummkopf. Du weißt, dass sowohl die Wahrheit als auch die Lüge verletzen kann. Müssten sie daher nicht mindestens gleichwertig sein?«

Ich schüttelte ungeduldig den Kopf und antwortete: »Du verursachst Leid. Du bringst Menschen dazu, einander zu betrügen und Leben zu vernichten. Du …«

Sie unterbrach mich. »Sie bekommen doch ein neues Leben, eine neue Chance.«

Ich sprang auf, diese Haarspaltereien wollte ich mir nicht länger anhören. Das gehörte alles zu ihrer perfiden Verführung zum Bösen, zur Egozentrik.

»Luzifer, hör auf! Deine Liebe zu Gott reichte nicht aus, und darum bist du hier. Dass deine Liebe zu den Erzengeln damit nicht endet, damit konntest du nicht rechnen. Ein Dilemma, in dem du nun steckst. Aber vielleicht kann dieses Dilemma dich wieder auf den richtigen Weg bringen. Ich wünsche dir eine gute Reise nach Puerto Rico.«

Eigentlich war ich mir sicher, dass sie mir nun wieder an die Kehle gehen würde. Weit gefehlt. Luzifer wurde plötzlich so ruhig wie ein Eisklotz und genauso kalt.

»Ich werde dich heimsuchen, Christian. In diesem Leben, in den nächsten Leben. Du wirst meine ganz persönliche Herausforderung werden. Du wirst öfter sterben als Adam und Eva, und ich werde dich immer wieder finden, weil Hass noch viel mehr Anziehungskraft besitzt als Liebe.«

Mir genügte es völlig, dass ich einstweilen mit dem Leben davonzukommen schien, ihre Drohungen beeindruckten mich kaum.

Ein erneutes Klingeln an der Tür beendete das kurze Schweigen nach ihren letzten Worten. Viel schneller als ich war sie an der Wohnungstür. Von Kälte keine Spur mehr, sie war ganz verführerisches Weib. Ein Lächeln für den Hauptkommissar, ein zartes Händchen, das mir zuwinkte, und Abschiedsworte, die mich tief in der Seele trafen:

»Adieu, mein Schatz, ich schicke dir ein paar Voodoo-Puppen. Die gibt es doch in Puerto Rico, nicht wahr?«

DREIZEHN

Sie verschaffte mir eines der ältesten Alibis, die es gab: Der Kommissar musste von einem nächtlichen Rendezvous ausgehen. Meine nassen Haare erschienen so nachvollziehbar wie das dümmliche Grinsen, mit dem ich dem Teufelsweib hinterhersah.

Hauptkommissar Hagedorn wirkte um Jahre gealtert. Auch wenn er so aristokratisch aussah wie eh und je, sprachen doch Augenringe, eine ungesunde Gesichtsfarbe und tiefe Stirnfalten für eine anstrengende und sorgenvolle Woche. An diesem frühen Morgen kam nun auch noch fehlender Schlaf hinzu.

»Ich sehe, Sie haben die Nacht besser genutzt als ich, Herr Grothe. Verzeihen Sie mein Eindringen um diese Zeit.«

Es folgten die üblichen Fragen. Wann ich das Jugendzentrum verlassen habe. Ob mir etwas aufgefallen sei und wie ich mir drei Leichen in dem Keller erklärte. Ich hielt es für den passenden Moment, dem Kommissar nun von Dominik, Viktor und Maria aus Polen zu erzählen, und fütterte ihn mit den Informationen, die ich von Bea erhalten hatte.

»Herr Hagedorn, ich glaube, diese drei jungen Ausreißer könnten uns sehr viel über die Zusammensetzung der Drogen erzählen.«

»Ja, nur leider sind sie in einem Zustand, in dem das Sprechen ganz sicher nicht mehr funktioniert. Ihre Körper können allenfalls noch dem Gerichtsmediziner einige Informationen liefern. Wenn wir Glück haben. Sie sind recht, hm, angeschmort.«

Er saß an meinem kleinen Küchentisch und stützte den Kopf auf eine Hand. Mein Blick fiel auf seine teuren Schuhe und den akkuraten Schnitt seiner Hose. Herr Hagedorn hatte so gar keine Ähnlichkeit mit den Fernsehkommissaren, die meist Schlabberjeans und schief aufgekrempelte Hemden trugen, oft über Geldsorgen klagten und über verkrachte Beziehungen lamentierten.

»Würden Sie mir einen Kaffee kochen, Herr Grothe? Ich bekomme gerade üble Kopfschmerzen.«

Bereitwillig stand ich auf, und als ich die Dose mit dem frischen Kaffeepulver öffnete, konnte ich es selbst kaum erwarten, eine heiße Tasse duftenden Kaffee in den Händen zu halten.

Und wieder klingelte es an meiner Tür.

»Kochen Sie gleich etwas mehr, das wird mein Kollege sein.« Es war der Kollege, und in seiner Begleitung befand sich mein Lebensretter Pastor Klein.

Was sollte ich auf die Frage antworten, ob und warum ich alle Lichter im Jugendzentrum hatte brennen lassen?

Ich entschied mich dafür, so wenig wie möglich zu lügen, und gab zu, gestern Abend einer Eingebung folgend alle Lampen angeschaltet und die Räume durchsucht zu haben. »Dann, Herr Hagedorn, erschien mir plötzlich eine weibliche Göttin, deren Reize mich des Verstandes beraubten. Und ich habe alles vergessen, was mir sonst selbstverständlich erscheint.«

»Sie waren nicht zufällig auch im Keller? Mit Verstand oder ohne?«

»Sie glauben doch nicht wirklich, dass ich ein paar Leichen anzünde, alle Lichter brennen lasse und mich dann pfeifend in meine Wohnung begebe, um meine Besucherin zu beeindrucken?«

Herr Hagedorn trank seinen heißen Kaffee in kleinen Schlucken, aber so schnell, wie er konnte. Er sah zu seinem Kollegen, und dieser nickte ihm zu. Dann sagte er, und ich bewunderte seine logischen Schlussfolgerungen: »Alle Lichter brennen, drei Leichen – offenbar schon eine ganze Weile tot – schmoren im Keller, und ein Rauchmelder gibt Alarm. Da kommt mir schon der Gedanke, dass jemand uns nicht informieren konnte, aber auf etwas aufmerksam machen wollte. Die Leichen haben wir jetzt gefunden, aber es wird sehr schwer sein, sie zu identifizieren.« Er sah mich an und hob die Hand: »Ich weiß, Herr Grothe, Sie meinen zu wissen, wer die Toten sind. Aber was wir außerdem noch gefunden haben, lässt das Jugendzentrum noch in einem ganz anderen Licht erscheinen.«

Herr Hagedorn schaute in die Runde. »Es ist uns unter großen Mühen gelungen, die mehrfach gesicherte letzte Tür im Keller zu öffnen, und da war doch …«

Mein Blick fiel auf Pastor Klein. Etwas stimmte nicht mit ihm, seine Haut war fahl, und er nestelte an seinem Priesterkragen. In diesem Moment knickten ihm die Knie weg wie bei einer Stoffpuppe. Ich stürzte vor und kam gerade noch rechtzeitig, um ihn aufzufangen. Herr Hagedorn schaltete schnell und schob ihm einen Stuhl unter.

Der Assistent des Kommissars flatterte fahrig um uns herum und bemerkte: »Es war ein bisschen viel für den Herrn Pastor. Ist ja kein Wunder, dass nun der Blutdruck in den Keller sackt.«

Ich erinnerte mich an meinen ersten Tag, als ich mit Pastor Klein zusammen die tote Olga Wisniewska gefunden hatte. Auch damals hatte er sich erst einmal setzen müssen. Und was ich für reine Hysterie gehalten hatte, war wohl eher eine tiefe Empfindsamkeit beim Anblick bestimmter Schreckensbilder. Ich goss dem Pastor ein Glas Wasser ein und drückte es ihm in die zittrige rechte Hand.

Er murmelte einen Dank und sagte mehr zu sich selbst als zu uns allen: »Ich konnte nicht schlafen, heute Nacht. Die Edeltraud und ihre Schweinshaxe. Darum konnte ich nicht schlafen. Und um vier bin ich raus, um ein Pfeifchen zu rauchen. Alle Lichter brannten. Alle.«

Er trank das Wasser und richtete sich mit einem Seufzer auf. Dann wandte er sich an mich und fragte: »Was haben Sie sich nur dabei gedacht? Ich bin den Lichtern gefolgt wie dem Stern von Bethlehem. Wer weiß? Vielleicht wäre sonst alles verbrannt.« Unerwartet und nur ganz kurz strich er mit seiner linken Hand über meine herabhängende Rechte und fasste sie zart.

So viele Jahre der Zusammenarbeit mit ihm und so viel Unverständnis und Distanz. Und nun bloß ein paar Tage mit einem anderen Namen, und schon mochte ich den alten Sturkopf. Ich war erstaunt über das Vertrauen, das er mir von Beginn an entgegengebracht hatte. War ich doch ein anderer?

Der Hauptkommissar räusperte sich und fragte: »Wie gut kennen Sie sich mit Schlangen aus, Herr Grothe?«

Verwirrt sah ich ihn an. »Mit Schlangen? Ja, gar nicht.«

Hagedorn stand auf und sah auf seine elegante Armbanduhr. Wie ich erkennen konnte, war es schon nach sechs Uhr.

»Ich denke, Sie sollten sich das, was wir im Keller gefunden haben, gleich vor Ort ansehen. Es zeigt, wie schade es ist, dass so manches Genie leider ausschließlich an kriminelle Aktivitäten verschwendet wird. Herr Rupert, Sie begleiten bitte Herrn Pastor Klein nach Hause und folgen uns dann nach.«

Ein Feuerwehrauto stand noch vor dem Jugendzentrum, ansonsten war das Gebäude inzwischen von Polizei und Spurensicherung vollständig mit Beschlag belegt. In weiße Overalls gekleidete Männer liefen emsig zwischen ihren Autos und dem Jugendzentrum hin und her. Ein Leichenwagen stand etwas abseits und sorgte mit seiner Präsenz zweifellos für eine Menge Mutmaßungen unter den Schaulustigen. Ich fand es in höchstem Maße befremdlich, dass die Überreste von Dominik, Viktor und Maria so gewöhnlich abtransportiert werden sollten wie andere Leichen. Aber für die Polizei handelte es sich lediglich um drei tote jugendliche Personen, während sie für mich eine spektakuläre Entdeckung gewesen waren. Überhaupt wunderte es mich, dass nicht der Fund von drei vor sich hin kokelnden Toten im Mittelpunkt unserer Gespräche stand. Anscheinend bot der geheimnisvolle dritte Kellerraum eine noch größere Überraschung.

Wir stiegen die Kellertreppe hinab, und der Geruch von Rauch und Feuchtigkeit umfing uns. Ich hatte keine Angst, diesen Ort nach so kurzer Zeit erneut zu betreten. Warum auch? Es wimmelte von Polizeibeamten. Jetzt hatten wir die Kontrolle über den Keller. Dachte ich.

Herr Hagedorn ließ mir den Vortritt und gewährte mir einen ersten Blick in den unbekannten Raum. Ich staunte. Hier war es sehr warm und außerordentlich gut beleuchtet. Kaltes, grelles Licht reizte meine vom Rauch strapazierten Augen. Ich blinzelte und trat ein, dicht gefolgt von Herrn Hagedorn.

Wir befanden uns ganz offensichtlich in einem Labor. Steintische, teilweise mit einem Wasserhahn versehen, Bunsenbrenner, Reagenzgläser und kompliziert aussehende Apparaturen füllten den nicht gerade großen Raum vollständig aus. Hier konnten meiner Schätzung nach höchstens zwei Menschen arbeiten, ohne einander im Weg zu stehen. Bizarr wirkten die beiden großen Terrarien, die an der gegenüberliegenden Wand auf einem Regal standen. Auf dem Fußboden befanden sich noch ein paar kleinere Käfige mit weißen Ratten und Mäusen.

Ich trat an eines der Terrarien heran. Zwischen Steinen und Sand schlängelte sich eine, wie ich fand, hässliche große Schlange in eher unscheinbaren Farben und mit einem kleinen Kopf, der direkt in den Körper überging. Die helle Haut an den Seiten des Kopfes ließ das Tier ganz sicher nicht schöner aussehen. Ich hatte keine Ahnung, was für eine Art sich in diesem Glaskasten befand, aber ich war sehr froh, dass sie eingesperrt war.

»Na, was sagen Sie zu diesen Schlangen, Herr Grothe? Schon einmal so ein Exemplar gesehen?«

Herr Hagedorn ging ebenso dicht heran wie ich und hob die Hand. Blitzartig schnellte der Kopf mit weit geöffnetem Maul vor, und trotz der schützenden Glasscheibe zog der Kommissar die Hand zurück.

»Mit der ist nicht gut Kirschen essen, Herr Grothe, und wenn ich mich hier umsehe, bin ich mir sicher, dass diese Schlangen giftig sind.« Er drehte sich weg und schaute fragend zu einem Mann der Spurensicherung. »Hat der Schlangenexperte sich bereits geäußert?«

»Es sind nicht alle so früh auf wie wir, Chef! Ich hake noch mal nach.«

»Was meinen Sie, Herr Grothe, werden hier die Drogen zusammengemischt?«

Ich persönlich war mir sicher, und der Schock saß tief. Seit Jahren führte ich dieses Jugendzentrum, hatte es geführt bis zu meinem unerwarteten Tod. Wie lange schon herrschte eine derartige kriminelle Energie unter meinen Füßen? Wie lange schon wurde oben gespielt und Kameradschaft erprobt, während Luzifers Schergen im selben Haus am Unglück anderer Menschen arbeiteten?

Irgendwo klingelte ein Handy, und ich starrte mit einer selbstquälerischen Faszination auf die braune Schlange. Ihre Länge schätzte ich auf vielleicht eineinhalb Meter, was auch für das relativ große Terrarium etwas zu lang schien. Mein Blick wanderte zu dem benachbarten Glaskasten. Er war genauso groß, aber ich konnte keine Schlange darin entdecken. Ich weiß nicht, wie lange ich in Gedanken versunken vor den Kästen stand, während um mich herum die Betriebsamkeit langsam verebbte. Irgendwann drehte ich mich um und sah den Kommissar mit einem Mann der Spurensicherung sprechen. Dann kam er zurück zu mir.

»Das ist hochinteressant. Es handelt sich mit hoher Wahrscheinlichkeit um Küstentaipans.« Er schnalzte mit der Zunge. »Diese Tiere gehören zu den giftigsten Schlangen auf der Erde, sie stammen aus Australien.« Herrn Hagedorn schien diese Tatsache eher zu faszinieren als abzuschrecken.

Etwas machte mich nervös, aber es war eine rein körperliche Reaktion. Den Grund für das Ansteigen meines Adrenalinspiegels kannte ich nicht. Ich schaute zu den beiden Männern, die noch im

Raum waren, der Hauptkommissar und sein Kollege von der Spurensicherung. Beide betrachteten die Schlange.

»Was heißt das?«, hörte ich mich fragen.

»Das heißt, dass der Biss eines Taipans unbehandelt immer tödlich endet und auch trotz einer sofort eingeleiteten Rettungsmaßnahme zu schweren Komplikationen führen kann. Das heißt außerdem, dass diese Küstentaipans, wenn sie bedrängt werden, vehement und außerordentlich entschlossen angreifen. Wir sollen von den beiden Kästen wegbleiben und warten. Ein Experte zum Abtransport ist schon unterwegs.« Er nickte dem Mann von der Spurensicherung zu, der in seinem weißen Overall und den Handschuhen nun den Kellerraum verließ. Das Rascheln des Overalls hörte man noch einige Meter, bis die massive Tür mit einem dumpfen Knall in den Türrahmen fiel. Irgendwo musste es einen Luftzug gegeben haben.

Und dann wusste ich, was mich nervös machte. Eine Vorahnung, eine Unstimmigkeit zwischen Gesagtem und Gesehenem.

»Herr Hagedorn, hier ist nur eine Schlange.«

»In jedem Kasten ist eines von diesen Viechern. Ich habe sie doch beide selbst gesehen.«

Mit einer geschmeidigen Bewegung drehte er sich um und stutzte. Seine Hand krallte sich instinktiv in den Ärmel meines Parkas.

»Herr Grothe, wir müssen hier raus.«

Der Raum war klein und vollgestellt mit Apparaturen und Käfigen. Er war ungefähr so übersichtlich wie ein winziges Kinderzimmer, das sich zwei Geschwister teilten. Dieser Taipan konnte überall lauern, und der Beschreibung nach hatte er ein sehr fragiles Nervenkostüm. Jede unserer Bewegungen konnte diese Schlange als Bedrohung werten. Und was sie dann tat, wurde offensichtlich selbst im Tierreich als äußerst rabiat angesehen.

Leise sagte ich: »Wir bleiben ganz ruhig stehen und versuchen erst einmal, sie zu entdecken. Wenn wir weit genug weg sind, bewegen wir uns gemächlich wie zwei Schildkröten zur Tür, okay?«

Herr Hagedorn drückte kurz meinen Arm.

Vorsichtig spähten wir durch den Raum, wobei wir unsere Köpfe wie Eulen über den bewegungslosen Körpern drehten, suchten nach Nischen zwischen den Käfigen und erforschten die wenigen Regale. Dabei hätten wir gar keine so komplizierten Verrenkungen zu vollziehen brauchen, denn der Taipan befand sich plötzlich gut sichtbar direkt vor der Tür und sah zu uns herüber. Ein Teil seines Körpers lag der Länge nach vor dem Türspalt und erinnerte mich an diese gestopften Stoffwülste, die man – gern mit Kopf und Schwanz eines Dackels verziert – zur Wärmedämmung innen vor die Haustüren legte. Hässliche, unpraktische Accessoires, die nur von Kindern geliebt werden konnten.

»Wenn die Tür aufgeht, wird das Vieh in unsere Richtung geschoben und greift an.«

Eine logische Schlussfolgerung des Kommissars, die umso bedeutsamer war, als auf der Kellertreppe Schritte zu vernehmen waren. Mit Erstaunen sah ich, dass Herr Hagedorn vorsichtig seine Waffe aus dem Halfter zog.

Meine Hände waren schweißnass. Es war schon faszinierend, auf wie viele verschiedene Arten man zu Tode kommen konnte. In meinem alten Leben war mir nie aufgefallen, dass das Leben so gefährlich war.

»Ich werde sie einfach erschießen.«

Das Tier fixierte uns. Da die Schlange wissen musste, dass wir von der Größe her nicht in ihr Beuteschema passten, schätzte sie wohl die potenzielle Bedrohung ab, die von uns ausging. Kannte sie die Bedeutung einer sich hebenden Hand, in der eine Schusswaffe steckte?

»Wenn Sie nicht beim ersten Schuss treffen, geht sie auf uns los wie eine tollwütige Ratte. Sie haben es ja gehört, überaus vehement im Angriff. Mit anderen Worten: Das Tier ist extrem aggressiv!«

Der Kommissar hielt in der ohnehin quälend langsamen Bewegung inne. Es war nicht etwa so, dass wir uns mit entspannter Kiefermuskulatur und in normaler Lautstärke unterhielten. Vielmehr zischten wir uns gegenseitig die Worte zu, so, als wären wir Artgenossen der Schlange. Auch lautes Sprechen konnte als Bedrohung aufgefasst werden.

Jemand kam pfeifend den Flur entlang. Der Taipan hob den Kopf, nun kam die Bedrohung aus zwei Richtungen. Uns trennten noch etwa drei Meter von dem Reptil. Gleich würde die aufspringende Tür die aggressive Giftschlange zu uns befördern. »Schießen Sie!«

Mit dem Kommando spannte ich die Muskeln, um sofort zur Seite springen zu können.

Dann ging alles sehr schnell. Ich hörte den Knall und Hagedorns laute Stimme: »Weg von der Tür!«

Aber ich sah auch, wie die Schlange fauchend auf uns zuschoss, dann gab es einen weiteren Knall, und als ich dem Ablauf der Ereignisse wieder folgen konnte, stand ich noch immer an der gleichen Stelle.

»Um Himmels willen, ist jemand verletzt?«

In der Türöffnung stand ein unbekannter Mann mit einer dicken Tasche. Ich folgte seinem Blick und sah den Küstentaipan zu meinen Füßen. Sein geöffnetes Maul hing in meinem linken Schuh. Das Tier schien tot, an einigen Stellen hatten Kugeln den Leib regelrecht zerfetzt.

Ich starrte entsetzt auf meinen Fuß und rief so etwas wie: »Oh mein Gott, oh mein Gott! Tun Sie doch was!« Gleichzeitig schüttelte ich wie wild meinen Fuß, bis eine Pranke auf der Schulter mich innehalten ließ.

Der unbekannte Mann sagte mit ruhiger Stimme: »Halten Sie still, vielleicht ist doch nur das Leder Ihres Schuhs betroffen. Und wenn nicht, macht es das ganze Schütteln und Herumspringen noch schlimmer. Ich kann Ihnen helfen.«

Ich blieb stocksteif stehen, wahrscheinlich hielt ich auch den Atem an.

Der Unbekannte zog dicke Handschuhe an, prüfte mit einer Art Schlangenstock, ob die Schlange tatsächlich tot war, und zerrte sie dann vorsichtig von meinem Schuh weg.

Spitz und gefährlich ragten die Giftzähne aus dem weit offen stehenden Kiefer. Sie hatten das Leder nur angeritzt, mein Fuß war unversehrt geblieben.

»Malte Krüger vom Tropeninstitut Münster«, stellte der Schlangenexperte sich nun vor. »Schade um dieses schöne Exemplar, aber da ging es wohl ums bloße Überleben.« Er grinste jungenhaft und ging hinüber zu dem Terrarium, in dem der zweite Küstentaipan angespannt ausharrte.

»Das ist faszinierend! Es handelt sich tatsächlich um australische Küstentaipans. Etwas unübliche Haustiere, wie ich finde.«

»Seien Sie gewiss, dass diese Tiere nicht gemeldet und registriert sind.« Herr Hagedorn schlug mir kurz auf die Schulter, der einzige Hinweis, dass wir zusammen ein kleines Abenteuer überstanden hatten.

»Was ist das denn für ein Gift? Was macht es so gefährlich?«, wollte Hagedorn nun wissen.

Malte Krüger drückte seine Nase an der Glasscheibe platt und betrachtete den Taipan. Mit seinem verstrubbelten blonden Haarschopf und einem roten Sweatshirt wirkte er auf den ersten Blick jünger, als er wahrscheinlich war. Man hatte der Polizei sicherlich keinen Praktikanten geschickt.

Jetzt zog er die Handschuhe wieder aus und hielt uns einen kurzen, aber informativen Vortrag über das Gift des Küstentaipans. Das setzte sich zusammen aus einem Nervengift, das zu Lähmungen führte, und einer weiteren Substanz, die die Blutgerinnung hemmte und die roten Blutkörperchen regelrecht zerstörte. Von Sprach- und Schluckbeschwerden bis hin zur vollständigen Muskel- und Atemlähmung reichten die Folgen eines Bisses. Darüber hinaus traten Übelkeit und Erbrechen auf, es kam zu Nierenversagen und anderen organischen Schäden. Dabei war das Gift des Küstentaipans etwas schwächer als das des Inlandtaipans. Unsere Art galt aber als aggressiver.

»Ein Biss endet ohne Behandlung immer tödlich, und auch mit einer sofort eingeleiteten Therapie kann es zu schlimmen Spätfolgen kommen. Ich werde Ihnen das andere Exemplar daher mal schnell abnehmen.«

Malte Krüger bereitete sich darauf vor, die zweite Schlange in einer Transportbox zu verstauen. Er beschrieb die Schlange als einen tierischen Amokläufer und ging dennoch so sorglos vor, als setze er eine Schildkröte um. Jungenhaftes Imponiergehabe, nahm ich an. Ich bat ihn also: »Ziehen Sie doch bitte die bissfesten Handschuhe an. Ich fürchte mich sonst.«

Zu meiner Überraschung tat er es, nahm dann seinen Stock, der vorne mit einer Greifzange ausgerüstet war, und schob ganz langsam den Deckel zur Seite. Er hatte das vordere Teil des Stabes gerade mal zwei Zentimeter durch die Öffnung geschoben, da schoss die Schlange in einer irren Geschwindigkeit nach oben und versuchte, durch die Lücke zu entkommen. Mit weit offenem Maul schnappte sie hektisch um sich. Herr Hagedorn sprang vor und schob den Deckel wieder ein Stück zu. Nun war auch Malte Krüger etwas blass geworden. Das hier war *hardcore*. Es dauerte zehn Minuten, dann war der Taipan endlich in einer sicheren Transportbox untergebracht. Die tote Schlange nahm Herr Krüger zu Untersuchungszwecken ebenfalls mit.

»Könnten Sie sich vorstellen, warum jemand Schlangengift zur Herstellung von Drogen verwendet?«, fragte Herr Hagedorn nun.

Zunächst zuckte der Schlangenexperte die Schulter, dann überlegte er laut: »Es kommt natürlich auf den Grad der Verdünnung an. In der Medizin wird Schlangengift zur Behandlung von Krankheiten wie Rheuma, Migräne oder bestimmten Allergien eingesetzt, ebenso als Blutgerinnungshemmer. Ganz neu sind Erkenntnisse, wonach das Gift der Taipans auch für Herzkranke hilfreich sein kann. Es gibt Forschungen, inwieweit Schlangengift in der Krebsbehandlung eingesetzt werden kann. Bei Drogen – da kann ich nur spekulieren. Vielleicht geht es darum, die Schmerzgrenze zu senken oder bestimmte Vorgänge im Körper zu verlangsamen? Eventuell verbleibt das Rauschmittel durch das Gift länger im Körper. Das hieße, die gleiche Menge Drogen hätte einen länger andauernden Effekt. So wie in der Werbung für Duracell-Batterien, verstehen Sie? Aber das sind alles Spekulationen.«

Herr Hagedorn überlegte einen Moment und rieb sich den Nasenrücken, fragte aber nicht weiter. Mir hingegen kam noch eine andere Idee, die ich dem Kommissar mitteilte, als Herr Krüger bereits den Keller verlassen hatte.

»Ich könnte mir vorstellen, dass die Schlangen eine reine Symbolwirkung hatten. Das schließt natürlich nicht aus, dass sich etwas von dem Gift in unserer mysteriösen Droge befinden könnte.«

»Worauf wollen Sie hinaus?«

»Nun, ich denke an Ihre Vermutung, dass diese Droge die Geschichte von Dr. Jekyll und Mr Hyde aufgreift und aus jedem Menschen eben einen Mr Hyde machen kann. Sie weckt versteckte Aggressivität. Und dieser Küstentaipan gilt als eines der aggressivsten Tiere überhaupt.«

»Ich verstehe. Mir zittern jetzt noch die Glieder, und ich bin kurz davor, eine dieser albernen Phobien zu entwickeln.« Er lächelte mich an und setzte hinzu: »Doch Dank sei dem Adrenalin, das meinen Kopfschmerz gelindert hat.«

Wenn er mich so anlächelte, hätte ich ihm liebend gern die gesamte Wahrheit über das Geschehen der vergangenen Nacht erzählt. So ging er von völlig falschen Voraussetzungen aus.

Ich haderte mit mir. Immerhin stünde Pastor Klein dann wie ein Lügner da, dabei war er ein Kirchenmann, der mir hatte helfen wollen. Und so schwieg ich und lächelte stumm zurück. Ich war ein Narr.

»Herr Grothe«, sagte Hauptkommissar Hagedorn nun zu mir, »ich will Ihnen noch etwas sagen. Heute Nacht war jemand in diesem anderen Kellerraum in großen Schwierigkeiten. Nur darum sind diese Leichen, die wahrscheinlich bereits recht lange dort unten lagen, angezündet worden. Sie wurden vor den Türspalt geschleppt – die Schleifspuren kann man sehr gut sehen – und angezündet, damit sie den Alarm auslösten. Ein riskanter Plan, der eigentlich nur aus einer Notlage heraus entstanden sein kann, meinen Sie nicht?«

Ich schwieg und lief neben ihm her und wunderte mich nicht, als wir plötzlich in meinem gestrigen Gefängnis standen. Mit Erschrecken entdeckte ich die Bluttropfen auf dem Betonboden und fragte mich, ob er mein leichtes Humpeln aufgrund der Knieverletzung bemerkt hatte.

Herr Hagedorn sprach ungerührt weiter und entwickelte seine brillanten Schlussfolgerungen lässiger als Hercule Poirot.

»Ein anonymer Anruf bei Tag hätte schließlich ausgereicht, um uns schnell auf die Spur der Toten zu führen. Nein, hier ging es ganz offensichtlich ums Überleben, das war ein Hilferuf.« Er zeigte beiläufig auf die Blutspur. »Verletzt war der arme Kerl auch noch.«

»Aber Pastor Klein müsste doch wissen, ob hier jemand war.«

Mein Einwand klang wie ein billiger Test, das war mir selbst klar.

»Den alten Herrn lassen wir für heute mal lieber in Ruhe. Ich vermute, er wird sich ohnehin auf das Beichtgeheimnis berufen, auch wenn es ihm ausgerechnet in einem brennenden Keller abverlangt worden ist, meinen Sie nicht?«

Er fragte mich zu oft nach meiner Meinung. Ich war die Maus, mit der die Katze spielte. Aber er tat mir nicht weh, noch nicht.

»Was werden Sie jetzt unternehmen, Herr Hagedorn?«

»Nun, ich habe die Ergebnisse der Spurensicherung hoffentlich bald auf dem Tisch, dann werden alle Fingerabdrücke durch den Rechner gejagt, und die Nachbarn im Umkreis des Jugendzentrums müssen befragt werden. Der Eingang zu diesem Keller liegt zwar etwas versteckt, aber vielleicht gibt es eine Personenbeschreibung, mit der wir etwas anfangen können. Ich werde mich also in die Tiefen langweiliger Polizeiarbeit begeben. Und unterdessen werde ich auf einen Anruf von Ihnen warten, Herr Grothe, denn ich nehme doch an, dass Sie eigenen Ermittlungen nachgehen.«

Er hob die Hand, als ich mich dazu äußern wollte, und ergänzte: »Das Zeug, das ich gestern Abend von Ihnen so bereitwillig erhalten habe, ist wahrscheinlich wirklich nur Marihuana. Aber Sie sollten diesen jungen Dealer fragen, wer seine Kunden sind. Darunter könnte sich ein großer Hai befinden.«

Da ich auch schon daran gedacht hatte, dass Axels »Pflanzen-Plantage« sicher nicht nur für kleine Partys unter Freunden genutzt wurde, stand er ohnehin ganz oben auf meiner Liste der zu besuchenden Personen.

Herr Hagedorn wandte sich zum Gehen, und ich folgte ihm den Flur entlang und die Treppe hinauf.

Oben angekommen, gab er mir lächelnd die Hand und verabschiedete sich mit den Worten: »Sie haben eine Verletzung am Bein, nicht wahr? Hoffentlich nichts Ernstes.«

Aufrecht, beinahe munter verließ er den Tatort und ließ mich verlegen zurück.

Mit Erstaunen stellte ich fest, dass die Haarfarbe von Frau Büscher nicht mehr blond, sondern hennarot war. Kein Tuch zierte diese glänzende Pracht, die Haare umrahmten das Gesicht wie bei einem Pagenkopf und endeten auf Schulterhöhe. Sie sah damit sehr modern und aristokratisch aus und begrüßte mich in etwa so herzlich wie ein feindlicher General.

»Ich sage es mal westfälisch direkt: Sie sind hier nicht willkommen.«

»Sie sollten mich sogar sehr willkommen heißen, Frau Büscher. Ihre Söhne verscherbeln für einen gewissen Axel Hartmann illegal angebaute Marihuana-Pflanzen. Dafür gibt es Zeugen. Während ich versuche, an Informationen zu kommen, ohne die Polizei auf diese Spur zu setzen, treiben Sie mich aus dem Haus. Dabei müssten Sie doch genau wissen, dass andernfalls Profis die Befragung übernehmen werden. Stimmt etwas nicht mit Ihren mütterlichen Instinkten?«

Diese Frau ging mir auf die Nerven. Ich schob die Tür weiter auf und ging an ihr vorbei ins Haus.

Axel Hartmann hatte mir recht glaubhaft versichert, dass er lediglich für die Pflege und Ernte der Pflanzen zuständig war. Um den Verkauf kümmerten sich die Büscher-Söhne. Wenn er klüger war, als er aussah, dann war Axel Hartmann jetzt gerade damit beschäftigt, seine lukrative Plantage in ein harmloses Beet umzuwandeln.

»Ich weiß nicht, ob meine Söhne überhaupt da sind.«

»Oh, diese Unsicherheit kann ich Ihnen nehmen. Es ist Samstagmorgen, früher Morgen. Wer da als Teenager schon unterwegs ist, der hat Zahnschmerzen oder eine schwere Kindheit.«

Erst jetzt bemerkte ich, dass auch Frau Büscher nicht richtig angezogen war, sondern sich lediglich einen bunten Kimono übergeworfen hatte. Das edle Gewand unterstrich ihre schlanke Gestalt, brachte aber auch die dünne Haut unter den Augen und eine knittrige Blässe zum Vorschein. Brennend hätte mich nun interessiert, ob Herr Dr. Büscher neben seiner Gattin genächtigt hatte. Eigentlich hatte ich erwartet, dass er paragrafenwedelnd gegen mein unbefugtes Eindringen vorging.

»Ihr Mann ist wohl nicht zu Hause?«

»Er joggt.«

Ich nickte gelangweilt und bat sie: »Ich hätte gerne als Erstes Andreas gesprochen. Und erzählen Sie bitte beiden von folgender Bedingung: Entweder sie reden mit mir, oder sie sind in zwanzig Minuten auf dem Präsidium und reden mit Kriminalhauptkommissar Hagedorn.«

Dieses Mal benutzte sie nicht den Hausanschluss, sondern wandte sich gequält zur Treppe, um ihre Söhne zu holen.

Ganz offensichtlich schien sie nichts dagegen zu haben, dass ich mich in der Wohnung umsah, denn man ließ mich etwa eine Viertelstunde lang allein. Ich schaute mir derweil die wenigen Bücher an, die im Wohnbereich standen. Es handelte sich in erster Linie um Sachbücher oder Kunstbände, Romane schien man in dieser Familie nicht zu lesen. Lediglich ein Buch von Wolf Serno stand in einer Ecke, es hatte sich vermutlich als ungeliebtes Geschenk in dieses Haus verirrt, denn die Schutzfolie lag noch um den Einband.

Es war Martin Büscher, der schließlich als Erster die Treppe herunterstolzierte. Er trug die dünnen Haare zu einem kleinen Zopf nach hinten gebunden. Seine blauen Augen waren geschwollen, als hätte er zu wenig Schlaf bekommen.

Anders als sein Bruder gab er mir sofort die Hand und stellte sich vor. Seiner Freundlichkeit traute ich nicht so recht über den Weg.

»Sie sind doch der Küster von Pastor Klein, richtig?«

»Ja, das bin ich. Grothe ist mein Name.«

»Und was treibt einen Küster dazu, nebenberuflich als Kommissar und Pädagoge aufzutreten? Meinen Sie nicht, Sie überschätzen Ihre beruflichen Qualifikationen ein wenig, Herr Grothe?«

»In dem Maße, in dem Sie Ihre kriminellen Fähigkeiten überschätzen? Nehmen Sie doch einfach mal an, dass ich gute Gründe habe, hier aufzutauchen. Gründe, die damit zu tun haben, dass ich sehr viele Informationen über Sie habe. Sie und Ihr Bruder verkaufen das Marihuana von Axel Hartmann. Ich will wissen, wer zu Ihrem Kundenstamm gehört.«

Er warf sich gelangweilt auf das Sofa und betrachtete mich spöttisch.

»Wer sind Sie eigentlich? Der Moralwauwau des Pastors? Andi und ich kaufen nur für den Eigenverbrauch. Wenn Alex Ihnen was anderes erzählt hat, dann lügt er.«

Ich drehte mich um und holte mein Handy aus der Tasche, um Herrn Hagedorn anzurufen. Dabei schaltete ich die Lautsprecherfunktion ein, damit Martin das Gespräch mithören konnte. Die Reaktion kam prompt.

»Okay, okay, lassen Sie den Kinderkram. Meine Mutter kauft das Zeug und ein paar unserer Mitschüler. Die Namen können Sie haben.«

»Deine Mutter?« Unwillkürlich duzte ich den Jungen.

Der verdrehte die Augen und wedelte mit der Hand. »Was glauben Sie, was in Künstlerkreisen so los ist. Meine Mutter hat einen Stammtisch, zu dem gehören Musiker und Theaterschauspieler. Die kiffen wie früher die Hippies.«

»Mhm«, war mein vorläufiger Kommentar dazu. Ich fand es gar nicht mal abwegig, dass ein gewisser Künstlernimbus zu Frau Büschers Inszenierung gehörte.

»Verkehrt Ihr Vater eigentlich auch in diesen Kreisen?«

Martin Büscher verzog keine Miene, als er erklärte: »Das Einzige, was meine Eltern gemeinsam haben, ist die biologische Tatsache, dass sie miteinander zwei Söhne haben. Wobei sich mein Vater einen Zacken besser an uns erinnert als meine Mutter.«

Seine Stimme klang in keiner Weise verbittert.

»Wo ist Ihr Bruder Andreas?«

»Der hat heute auswärts geschlafen.«

»Und was ist mit Ihnen? Sie sehen aus, als wären Sie sehr spät ins Bett gekommen.«

Nun grinste er mich kurz an und erwiderte: »Im Bett war ich eigentlich recht früh. Ich hatte mir zwei Tüten Chips und ein paar DVDs besorgt und einen ›Einsamer-Wolf-Abend‹ genossen.«

»Ihre Mutter kann das sicherlich bestätigen, nicht wahr?«

Seine Mutter stand, wie ich jetzt bemerkte, am Treppengeländer und sah auf uns herab. Ich hatte keine Ahnung, wie viel sie von diesem Gespräch bereits mitbekommen hatte. Jetzt stieg sie nach unten und sagte dabei: »Die Mutter kann das bestätigen. Ich habe ihn mehrfach auffordern müssen, den Ton leiser zu drehen. Es hörte sich an, als wären wir mitten im dritten Weltkrieg.«

Ich war in höchstem Maße überrascht, aber nicht über die Antwort, sondern weil Frau Büscher offenbar eine neue Taktik anwandte. Ihren Morgenmantel hatte sie gegen eine weit ausgeschnittene schwarze Tunika und eine elegante Jeanshose ausgetauscht. Neu war vor allem auch dieses zurückhaltende und dennoch verführerische Lächeln in ihrem Gesicht. Luzifer schien eine eifrige Schülerin zu haben.

»Darf ich Ihnen einen Kaffee anbieten, Herr Grothe?«

In meiner überdrehten Phantasie bot sie mir einen vergifteten Apfel an. Ich lehnte dankend ab.

Der Rest des Gespräches ergab wenig neue Informationen. Martin schrieb mir tatsächlich vier Namen von Mitschülern auf, die regelmäßig Joints bei ihm kauften. Die Namen waren mir alle unbekannt.

»Richten Sie Andreas bitte aus, dass er sich mit mir in Verbindung setzen soll.« Ich schaute auf die Uhr. »Sagen wir, er hat Zeit bis elf Uhr dreißig.«

Martin stand gelangweilt auf, nickte mir zu und nahm sich ein Buch aus dem Regal, ein Buch mit vielen Bildern.

Ich ging zur Haustür, während Frau Büscher ihrem Sohn einen Kaffee brachte. Ein merkwürdiges Duo, diese beiden.

Nun, ich würde nicht verhindern können, dass die Polizei heute noch bei Familie Büscher auftauchte. Denn ich war fest entschlossen, Herrn Hagedorn die Liste der Cannabiskäufer auszuhändigen. Frau Büscher stand darauf.

Nach meinem Besuch im Präsidium schaute ich in der Kirche nach dem Rechten. Ich hatte schließlich noch einen Job zu erledigen. Einer Eingebung folgend hatte ich ein paar gute Flaschen Rotwein gekauft und exquisiten Pfeifentabak dazugelegt. Natürlich waren Pastoren dazu da, Seelen zu retten, doch für die waschechte Lebensrettung wollte ich Pastor Klein meinen persönlichen Dank abstatten und wohl auch meine Freundschaft anbieten. Er konnte nicht ahnen, wie sehr ihn dieses Angebot hätte überraschen sollen.

»Junge, Junge, vier Uhr in der Früh! Das ist sonst gar nicht meine Zeit. Ich wache immer nur einmal auf, und das ist um zwei Uhr herum. Da geh ich zur Toilette. Und dann war ich tatsächlich um vier Uhr wieder wach. Hellwach. So ein Wunder.«

Er bekreuzigte sich langsam. »Gut, dass Sie alle Lichter angemacht haben, bevor Sie in den Keller gegangen sind. Haben Sie einen Tipp bekommen wegen der Drogen?«

»So was in der Art, ja.«

Pastor Klein schob sich in eine Kirchenbank und bedeutete mir mit einem Klopfen, dass ich mich neben ihn setzen sollte.

»Die Sache mit dem Feueralarm habe ich verstanden. Ohne diesen lauten Ton hätte ich Sie im Keller gar nicht gefunden.«

Ich unterbrach ihn und warf ein: »Eigentlich hatte ich auf den Zeitungsjungen gesetzt, aber es ist ja Samstag.«

Pastor Klein nickte bedächtig und bereitete seine nächsten Fragen vor. Ich wartete besorgt.

»Sie hätten den Teppich nehmen können. Oder bloß den Holztisch. Solche Sachen brennen.«

»Ja, das hätte ich machen können.«

»Sie haben drei Leichen genommen.«

»Ja.«

Er bewegte sich nicht, schaute stur geradeaus. Ein schwerer Seufzer ging durch seinen Körper.

»Die drei Toten, das waren diese polnischen Jugendlichen, vor denen sich unsere Putzfrau so gefürchtet hat, oder?«

»Ja. Das waren Viktor, Dominik und Maria.«

Jetzt sah er mir in die Augen und stellte eine Frage, die ihm offenbar auf der Seele lastete.

»Herr Grothe, Sie haben diese drei nicht umgebracht?«

»Nein, Pastor Klein. Das habe ich ganz sicher nicht. Ich habe die drei Toten nur angezündet.«

Er stand auf. »Ich verurteile eine solche Leichenfledderei. Ich nehme an, Sie befanden sich in Panik.«

»Ja, ich hatte Todesangst, und ich glaube, derjenige, der mich niedergeschlagen hat, ist auch der Mörder. Ich bin Ihnen unendlich dankbar.«

Er legte seine faltige Hand kurz auf meine Schulter.

Dann ging er in die Sakristei und knurrte: »Aber die Haare lassen Sie sich wohl trotzdem nicht schneiden? Die stinken immer noch nach Rauch.«

Mein Anrufbeantworter blinkte, und ich war unendlich müde. Meine Augen brannten und tränten immer noch, der Kopf fühlte sich dumpf an. Es würde nicht mehr lange dauern, bis ich unangenehme Kopfschmerzen hatte und der Körper nach Schlaf verlangte. Ich wollte mich allerdings erst hinlegen, wenn Andreas sich gemeldet hatte, also spätestens gegen Mittag.

Ich drückte auf die entsprechende Taste und hörte zwei Nachrichten. »Hier Hagedorn von der Kriminalpolizei. Herr Grothe, bitte melden Sie sich umgehend bei mir. Es geht um Andreas Büscher.«

»Hallo, Christian. Ich bin's, Lisa. Wir kommen heute nach Hause. Sagen Sie Bifi, ich freue mich auf ihn. Wann können Sie kommen?«

Ich redete mir bereits seit Stunden ein, dass wir uns dem Showdown näherten, da wäre es mir eigentlich lieber gewesen, meine Lisa wäre nicht so nahe am Ort des Geschehens. Doch mir fiel keine Ausrede für Frau Schneider ein, sie noch weiterhin von ihrer Wohnung fernzuhalten.

Ich griff zum Hörer und meldete mich bei Herrn Hagedorn.

»Hören Sie, Herr Grothe, Andreas Büscher ist als vermisst gemeldet.«

»Was?«, entfuhr es mir. »Seit wann das denn?«

»Die Anzeige wurde vor knapp zwei Stunden aufgenommen.«

»Das kann nicht sein. Ich war doch eben noch bei ihm zu Hause. Er war zwar nicht dort, aber keiner hat etwas von seinem Verschwinden erwähnt.«

»Darüber reden wir später. Sein Vater erschien persönlich, um ihn als vermisst zu melden. Es ging ihm nicht gut, dem Vater.«

Ich raufte mir die Haare und wusste nichts mehr dazu zu sagen. Frau Büscher hatte nun wirklich nicht wie eine besorgte Mutter gewirkt. Wusste sie am Ende gar nichts von der Anzeige? Sein Bruder Martin hatte erwähnt, dass Andreas nicht zu Hause geschlafen hatte. Woher wusste Herr Büscher eigentlich, dass Andreas verschwunden war? Jungen in dem Alter trieben sich schon mal herum, ohne dass Eltern gleich die Polizei einschalteten.

»Kommen Sie doch bitte unverzüglich ins Präsidium.«

»Ich wollte mich eigentlich für ein paar Stunden ins Bett legen.«

»Sie können ein Bett in einer unserer Zellen bekommen. Wenn ich nicht das Gefühl hätte, Ihre Recherchen brächten uns weiter, wären Sie bereits in Untersuchungshaft. Ich erwarte Sie.«

Er legte einfach auf, dieser launische Mensch. Noch ein paar Stunden, und Hagedorn könnte mich in einen Aktenschrank sperren, Hauptsache, ich dürfte schlafen.

In seinem Büro wurde mir immerhin ein heißer Kaffee serviert, und ich durfte zwischen Croissants und Plunderteilchen wählen.

Um gleich für eine gute Stimmung zu sorgen, überreichte ich Herrn Hagedorn die Liste mit den Namen derjenigen, die bei Andreas und Martin regelmäßig Marihuana gekauft hatten. Dann erst biss ich herzhaft in eine Puddingschnecke.

»Frau Büscher? Was soll das denn?«

Ich kaute, schluckte und erwiderte: »Das soll heißen, Frau Büscher pflegt mit ihren Künstlerfreunden wohl Rauchgewohnheiten, durch die sich die Welt rosabunt und inspirierend darstellt. Das soll unter Künstlern ja nicht so selten vorkommen, auch wenn bei den Profis eher Kokain in Mode ist.«

»Na, Sie kennen sich ja aus. Bei den anderen Namen handelt es sich also um Schüler. Unwahrscheinlich, dass darunter unser Spezialist für die Dr. Jekyll-Mr Hyde-Droge ist. Aber ich werde diese Personen befragen lassen.«

Hauptkommissar Hagedorn verließ mit dem Zettel das Büro und kam erst zehn Minuten später wieder zu mir zurück. Ich hatte mir mittlerweile den zweiten Kaffee bringen lassen und liebäugelte mit einer Quarktasche.

»Hände weg von der Quarktasche. Die ist das Einzige, was ich von den Kuchen mag.«

Ich wartete, bis er sich eingerichtet hatte, und machte ein artiges Gesicht.

»Vor etwa zwei Stunden tauchte ein ziemlich aufgeregter Herr Büscher hier auf. Ich kannte ihn, da er es war, der den Tod des Herrn Schweig gemeldet hatte. Von seiner jüngst gezeigten Selbstsicherheit war heute Morgen nicht viel zu sehen. Der Mann wirkte ernsthaft beunruhigt. Ein Vater, der Angst um sein Kind hat.«

Ich fand das überaus interessant. Herr Dr. Büscher schien ein Mann zu sein, der sich mit sehr unterschiedlichen Gesichtern präsentierte.

Ich fragte: »Warum macht er sich solche Sorgen um einen immerhin achtzehnjährigen Jungen?«

Herr Hagedorn hatte eine Serviette um seine Quarktasche gewickelt und schien bemüht, keine klebrigen Brösel an die Hände zu bekommen. Auch den Mund tupfte er sich regelmäßig ab.

»Herr Dr. Büscher behauptete, gestern Abend mit seinem Sohn Andreas verabredet gewesen zu sein, doch dieser sei nicht erschienen. Telefonisch habe er nur die Mailbox erreicht. Andreas sei zuverlässig und habe dem Vater sein Erscheinen fest zugesagt. Angeblich wollte Büscher mit ihm über die Anzeige aufgrund der Belästigung des ausländischen Mädchens reden und ein Schreiben aufsetzen.«

»Ich werde das Gefühl nicht los, dass das Ehepaar Büscher gar nicht mehr zusammenlebt.« Ich erzählte Herrn Hagedorn, dass ich Frau Büscher im Café mit einem anderen Mann gesehen hatte, und von meinem Besuch heute Morgen.

»Roch er eigentlich nach Alkohol, als er hier war?«, fragte ich einer plötzlichen Eingebung folgend.

»Er roch nach einem teuren Aftershave und wirkte durchaus geduscht und frisch gekleidet. Also nicht wie jemand, der mit dem Kopf auf dem Schreibtisch geschlafen hat.«

»Hatte er mit seiner Frau schon darüber gesprochen? Die schien mir relativ entspannt, wenn man mal davon absieht, dass ihr mein Besuch nicht gelegen kam.«

Herr Hagedorn untersuchte jeden Finger nach möglichen Rückständen und trank seinen Kaffee mit einem Schluck aus. Dann sagte er: »Herr Büscher wollte sie nicht beunruhigen, wie er mir sagte, und bat um Stillschweigen dem Rest der Familie gegenüber.«

»Finden Sie das nicht merkwürdig? Der Mann ist offenbar außerordentlich besorgt, jedenfalls so sehr, dass er an einem Samstag hier im Präsidium auftaucht, aber seine Frau oder den Bruder des verschwundenen Sohnes will er nicht informieren. Das stinkt doch bis in den Keller.«

»Bis in den Himmel. Es heißt, es stinkt zum Himmel.«

»Nein, das ist düster und abgründig und stinkt in den Keller, verdammt. Lassen Sie uns doch Frau Büscher auseinandernehmen. Und dann leiern Sie eine Großfahndung an, damit von Münster bis Coesfeld jeder mitbekommt, wer gesucht wird.«

Immer wieder drehte sich alles um diese Büschers. Die führten uns an der Nase herum, und jeder von ihnen schien sein eigenes Spiel zu spielen.

Hauptkommissar Hagedorn zog eine Augenbraue hoch, und ich ahnte, dass ich meine Kompetenzen überschritten hatte.

»Sie erzählen mir jetzt mal, inwieweit die Büscher-Söhne mit dem Kraut handeln, das Sie mir gestern Abend so freundlich überlassen haben. Das Marihuana war im Übrigen von sehr guter Qualität, und wir gehen zurzeit davon aus, dass dieser Stoff einen Teil dieser neuen, sehr gefährlichen Droge ausmacht. Es ist also enorm wichtig, dass Sie mir weitere Namen nennen.«

Herr Hagedorn hatte recht. Warum sollte ich weiterhin versuchen, Andreas und Martin aus der Sache herauszuhalten, wenn sie offenbar gefährlich weite Kreise zog.

Auf die Frage, woher die beiden das Marihuana hatten, antwortete ich aber nur: »Da müssen Sie die Büschers selbst fragen.«

Ich brach ungern mein Wort, auch wenn mir dieser Axel Hartmann sehr unsympathisch war.

Herr Hagedorn stand auf und sagte: »Warten Sie mal ein paar Minuten.«

Dann ging er hinaus und kam nach drei Minuten wieder.

»Herr Dr. Büscher kommt vorbei. Ich habe ihm mitgeteilt, dass ich seinen Sohn Andreas zur Fahndung ausgeschrieben habe, auch unter der Prämisse, dass er ein wichtiger Zeuge ist. Martin Büscher bekommt gleich Besuch von meinem Kollegen Rupert. Ist alles zu Ihrer Zufriedenheit, Kollege Grothe?« Er lächelte süffisant, aber nicht unfreundlich.

»Ich wäre gern bei dem Gespräch mit Herrn Dr. Büscher dabei.«

Der Dr. Büscher, der wenig später Hagedorns Büro betrat, unterschied sich deutlich von dem Rechtsanwalt, den ich im Café kennengelernt hatte. Sein Gesicht war angespannt und blass, die Kiefermuskeln mahlten, und die Augen waren gerötet. Er grüßte mich so, als würde er mich gar nicht erkennen, und setzte sich auf den Stuhl wie auf einen Schleudersitz. Den angebotenen Kaffee lehnte er ab.

»Wussten Sie, dass Ihre Söhne mit Marihuana handeln, Herr Dr. Büscher?«

Er seufzte und sagte: »Ich glaube tatsächlich, dass ich es geahnt habe. Man verschließt vor so einigem die Augen.«

Ich wollte etwas sagen, doch Herr Hagedorn nahm mir mit einem ernsten und drohenden Blick den Mut dafür. Ich hörte also lediglich zu und war erstaunt darüber, dass Büscher meine Anwesenheit kommentarlos duldete. Wer weiß, was Hagedorn ihm erzählt hatte.

»Und wissen oder ahnen Sie auch, dass Ihre Frau eine gute Kundin ist?«

Büschers Blick wurde eine Spur lebendiger, und er erwiderte: »Ich wäre nicht einmal erstaunt, wenn Sie meine Frau des Waffenhandels mit den Taliban verdächtigten.«

Das war deutlich. Die nächste Frage des Hauptkommissars fand ich eigentlich überflüssig.

»Ich hoffe, ich trete ihnen nicht zu nahe, aber Ihre Ehe scheint mir nicht gerade harmonisch zu sein. Leben Sie noch zusammen?«

Der Mund des Rechtsanwalts schloss sich zu einem Strich. Mit der nächsten Frage würde Hagedorn ihm bestimmt zu nahe treten.

»Darf ich fragen, wo Sie derzeit wohnen? Bei unserem letzten Zusammentreffen haben Sie uns die Adresse des gemeinsamen Hauses angegeben.«

»Ist das so wichtig? Sie sollen meinen Sohn finden.«

»Ja, das ist wichtig.«

Büscher stand auf, und ich dachte, er würde zur Tür hinausstürmen, doch er wanderte nur ein wenig umher und blieb am Fenster stehen. »Ich schlafe in meinem Büro. Da ich gern zum Büro jogge, habe ich mir mal eine Dusche einbauen lassen. Eine Zeit lang kann ich mich ganz gut einrichten.«

»Und Ihr Sohn Andreas wollte Sie dort treffen?«

Büscher drehte sich um und ging zum Schreibtisch. »Hören Sie, wir waren verabredet. Ich hatte bereits Pizza für uns beide bestellt. Er kam gern zu mir.«

Ich meldete mich jetzt doch zu Wort und fragte: »Wusste Ihr anderer Sohn Martin von dem Treffen?«

Herr Dr. Büscher setzte sich wieder auf seinen Stuhl und zuckte mit den Schultern. »Ich habe keine Ahnung. Mitunter sind die beiden ganz dicke zusammen, dann wieder habe ich das Gefühl, Andreas will sich abnabeln. Als Zwilling lässt Martin das aber kaum zu.«

»Als Zwilling?« Was erzählte Büscher uns denn da? Hauptkommissar Hagedorn schien wenig erstaunt. Wahrscheinlich kannte er die Personalien der ganzen Familie.

Für mich war es von Bedeutung, dass die beiden verdächtigen Brüder Zwillinge waren. Also fragte ich weiter: »Aber Martin ist doch eine Klasse weiter, und sie sehen sich nicht so ähnlich, wie man es bei Zwillingen vermuten würde.«

»Sie sind zweieiige Zwillinge. Andreas hatte mit knapp acht Jahren einen schweren Unfall und lange Krankenhausaufenthalte. Wir hielten es für besser, ihn das zweite Schuljahr wiederholen zu lassen. Er hatte so viel durchgemacht und eine Menge verpasst. Für Andreas schien das eine gute Lösung, aber für Martin war es nur schwer zu akzeptieren.«

Ich bekam einen völlig neuen Einblick in die Familiengeschichte. Je länger ich über diese Konstellation nachdachte, desto mehr Sorgen bereitete mir das Verschwinden des einen Sohnes. Dabei irritierte mich besonders die Sorglosigkeit von Mutter und Bruder.

»Haben Sie denn mal zu Hause angerufen und nachgefragt?«

Ich nahm mir geistesabwesend das dritte Kuchenteilchen, während ich auf die Antwort wartete.

Büscher wandte sich zunächst an Hagedorn, bevor er mir antwortete. »Könnte ich bitte doch einen Kaffee bekommen? – Danke. Ja, natürlich habe ich bei meiner Frau nachgefragt. Gestern Abend noch. Wir reden durchaus miteinander.«

Ich staunte. »Aber Ihre Frau weiß nicht, dass Sie die Polizei eingeschaltet haben?«

Herr Hagedorn legte das Telefon beiseite, nachdem er weiteren Kaffee geordert hatte, und mischte sich wieder in das Gespräch ein.

»Ich bin mal ganz offen, Herr Dr. Büscher. Ich habe den Eindruck, dass Sie uns etwas verschweigen. Und zwar eine ganz bestimmte Sorge, die Sie in Bezug auf Ihren Sohn Andreas haben. Nicht etwa Rücksichtnahme, sondern diese Sorge hält Sie davon ab, Ihre Frau über Ihren Schritt zu informieren.«

Wenn ich die Andeutungen des Kommissars richtig verstand, dann hielt Büscher es für möglich, dass seine Frau oder sein Sohn Martin nicht unschuldig am Verschwinden von Andreas waren. Eine ungeheure Vorstellung. Er traute seiner eigenen Familie nicht mehr und ging zur Polizei! Der Mann hatte große Angst.

Noch vor wenigen Minuten hatte ich überlegt, ob vielleicht Dr. Büscher der nächtliche Angreifer im Keller gewesen war. Jetzt sah ich ihn vor mir, um Haltung ringend und von einer Sorge beseelt, die ich ihm eigentlich gar nicht zugetraut hätte.

Mir fiel etwas ein, und ich fragte in das Schweigen hinein, das Hagedorns laut geäußerte Überlegung ausgelöst hatte: »Kennen Ihre Söhne sich gut mit Schlangen aus?«

Die Blicke, die mich nun trafen, waren absolut verdient. Hagedorn starrte mir aus dunklen Augen bis auf den Grund meiner Seele, Büscher musterte mich, als hätte ich Ähnlichkeit mit einem solchen Kriechtier. Etwas von seiner früheren Arroganz kehrte zurück. »Haben Sie in meinem Haus geschnüffelt, oder was soll diese Frage?«

Hagedorn schaltete sich ein: »Herr Grothe und ich sind heute Morgen von einer Giftschlange angegriffen worden. Es werden sich noch mehr Personen diese Frage anhören müssen. Nun bitte ich um eine Antwort.«

Nach diesen Worten ging Herr Hagedorn zur Tür und nahm drei Tassen mit frisch dampfendem Kaffee in Empfang.

»Einer meiner Söhne hat sich schon immer für Schlangen interessiert. Er hat ein Händchen für diese Viecher, weiß Gott warum. In seinem Zimmer steht ein Terrarium mit einer heimischen Kreuzotter und einer Äskulapnatter. Er geht sehr verantwortungsvoll damit um. Ich kann mir nicht vorstellen, dass die Schlangen frei in unserem Haus herumgekrochen sind.«

Herr Hagedorn lächelte ihn milde an. »Wir sind auch nicht in Ihrem Haus angegriffen worden, sondern im Keller des Jugendzentrums. Und es war sicher keine Äskulapnatter oder eine Kreuzotter, sondern etwas wesentlich Gefährlicheres.«

»Damit hat mein Sohn nichts zu tun.«

»Hat Martin etwas mit dem Verschwinden von Andreas zu tun?«

Dr. Büscher fuhr sich in einer Geste der Erschöpfung übers Gesicht. Dann schüttelte er den Kopf. »Er würde seinem Bruder nichts antun.«

»Und einem trauernden Witwer, zum Beispiel Herrn Schweig?«

Mir war die Frage herausgerutscht, und beide Männer starrten mich erneut auf eine höchst unangenehme Art und Weise an.

»Was soll das? Der Mann hat sich doch erhängt.«

»Ja, und Sie haben ihn gefunden, weil Sie einen Termin mit Herrn Schweig hatten. Zufällig weiß ich aber, dass die tote Freundin von Herrn Schweig, unser erstes Mordopfer Olga Wisniewska, sicher nicht Sie zu ihrem Anwalt auserkoren hätte.«

Herr Büscher zuckte nur mit den Schultern und erklärte, dass er Frau Wisniewska nie kennengelernt habe. »Herr Schweig wusste doch gar nicht, dass ich komme. Er hatte einen Kollegen beauftragt, der krank geworden ist, leider eine langwierige Geschichte. Dieser Kollege hat Herrn Schweig davon in Kenntnis gesetzt und ihm angeboten, jemanden statt seiner zu schicken. So bin ich zu diesem Auftrag gekommen. Einen potenziellen Mandanten am Strick hängend vorzufinden, war ein ziemlicher Schock, das können Sie mir glauben.«

Herr Hagedorn schaute den Rechtsanwalt an und schien doch durch ihn hindurchzusehen. Dann atmete er tief ein und stand auf. Er erklärte: »Herr Dr. Büscher, wir werden gleich eine Hausdurchsuchung bei Ihnen durchführen, nicht in Ihrem Büro, sondern in Ihrem Haus. Die Kollegen müssten bereits vor Ort sein.«

Einen Moment lang dachte ich, Büscher würde lauthals protestieren. Diese Eröffnung traf ihn kalt. Doch schließlich blies er die Backen auf und zog die Augenbrauen bis zum Haaransatz hoch. »Ich habe nichts zu verbergen, und wenn meine Söhne illegale Geschäfte tätigen, dann werden sie sich verantworten müssen. Ich hoffe doch sehr, dass diese Maßnahme der Suche nach meinem Sohn Andreas zuträglich ist.«

»Das hoffen wir auch, Herr Dr. Büscher. Das hoffen wir auch.«

VIERZEHN

Zwei Stunden später saß ich endlich mit der Person zusammen, mit der ich selbst ein Gespräch über eine Wurzelbehandlung beim Zahnarzt genossen hätte. Ich hatte Beata Wagner gerade von meinen Abenteuern der Nacht und des frühen Morgens erzählt, und sie schien sichtlich beeindruckt zu sein, einen Mann zu kennen, der wie Indiana Jones von einer gefährlichen Situation in die andere geriet.

»Ist es nicht unglaublich, was in der Welt passiert, während man selbst im warmen Bett liegt und von Blumenwiesen träumt?«, rief sie aus. Wir saßen in ihrer Küche, einem freundlichen Raum, dem man ansah, dass seine Bewohnerin sich hier erstens oft aufhielt und zweitens gern kochte.

Nun fragte sie: »Glaubst du, dass das Böse, das Olga Wisniewska gespürt hat, von den drei Leichen im Keller ausgegangen ist?«

»Von den Schlangen, von den Leichen, weiß der Geier, was sie genau gespürt hat, aber …«, ich nickte heftig, »ich bin mir sicher, dass diese Botschaft vom Keller ausgegangen ist.«

Ich rührte in meiner Tasse herum. Wir hatten beide einen Henkelbecher mit einem undefinierbaren Tee vor uns stehen, der wohl nur deshalb so gut schmeckte, weil Bea ein Profi im Zubereiten solcher Getränke war. Er roch ein wenig nach Hustensaft, schmeckte aber viel besser, nach Anis und Pfefferminz und einem herben Honig.

Ich rüstete mich für die Zusammenfassung der Fakten, Bea knabberte an einem dünnen Schokoladenkeks.

»Diese neue Droge ist also im Keller des Jugendzentrums hergestellt worden, mit Zutaten, die wir noch immer nicht genau kennen. Axel Hartmann betreibt einen kleinen Marihuana-Handel und lieferte eventuell einen Teil des Grundmaterials.«

»Mit oder ohne Wissen um die Gefahr?«, fragte Bea nicht unberechtigt.

»Nun, Axel wusste vielleicht wirklich nicht, wer alles von seinem grünen Daumen profitierte. Aber Andreas und Martin traue ich durchaus zu, dass sie uns einen wichtigen Kunden unterschlagen haben. Wenn man sich ins Drogenmilieu begibt, bringt man sich leicht selbst in Gefahr.«

»Vielleicht ist genau das der Grund, warum Andreas Büscher verschwunden ist.«

Ich dachte darüber nach, welche Meinung ich von Andreas Büscher gewonnen hatte. Hatte er seinen Vater einfach versetzt, weil er vielleicht ein Rendezvous hatte? Oder war er in Gefahr, weil er etwas wusste, das er mit seinem Vater, ja eventuell sogar mit der Polizei hatte besprechen wollen? Denkbar. Meiner Einschätzung nach und auch nach den Schilderungen des Vaters schien mir Andreas der zugänglichere von beiden zu sein. Außerdem war es Martin, der sich mit Schlangen auskannte. Sollte Martin als Tierpfleger für die tödlich giftigen Taipans zuständig gewesen sein, so müsste er den Boss des Drogenlabors eigentlich kennen. Es würde auch die Anwesenheit Martins im Jugendzentrum erklären, als ich das erste Mal mit Luzifer zusammengetroffen war. Von Hagedorn wusste ich, dass es keinerlei Fingerabdrücke in dem Kellerlabor gegeben hatte. Offenbar war in bewundernswerter Konsequenz nur mit Handschuhen gearbeitet worden.

Als ich aufblickte, sah ich, dass Bea mich leise lächelnd beobachtete. Sie sagte: »Für einen zugereisten Küster steckst du ganz schön drin in dieser Geschichte, nicht wahr? Ist die Stelle eigentlich befristet?«

Ich nickte. Was sollte ich dazu sagen?

»Und wenn unser alter Küster lieber in der Karibik bleibt oder ihm die Katholiken in Puerto Rico einen guten Job anbieten?«

Ich starrte sie an. »Wie kommst du auf Puerto Rico?«

Sie lachte und erzählte unbeschwert: »Meine Nachbarin hat erzählt, dass sie eine Karte von Herrn Burkhart, also dem alten Küster, bekommen hat. Sie sind gute Bekannte. Und diese Karte kam aus Puerto Rico.«

Mein Hemd war mir plötzlich zu eng und viel zu warm. Wäre ich ein Computer gewesen, so wäre ich jetzt abgestürzt, weil zu viele Anwendungen gleichzeitig geöffnet waren. Endlich hatte ich eine Verbindung zu jenem Ort, an den ich als Handlanger die Gemälde von den Erzengeln geschickt hatte! Puerto Rico, der »reiche Hafen«, ein US-amerikanischer Außenposten in der Karibik. So weit ich wusste, war der größte Teil der Bevölkerung römisch-katholisch. Welch ein Betätigungsfeld für Luzifer.

»Was stand auf der Karte?«

»Also Christian, ich habe die Karte doch gar nicht gesehen. Meine Nachbarin hat mir nur erzählt, dass Herr Burkhart in Puerto Rico ist, es ihm gut geht und er es dort phantastisch findet.«

»Kannten Olga Wisniewska und Herr Burkhart sich gut?«

Jetzt verschwanden auch die letzten Spuren eines Lächelns aus Beas Gesicht. Sie lehnte sich mit verschränkten Armen in ihrem Stuhl zurück. »Vielleicht solltest du mir mal sagen, warum dich Puerto Rico so interessiert, Christian.«

Ich seufzte. Hätten diese gestohlenen Bilder nicht so viel mit den echten Erzengeln und den Problemen im Jenseits zu tun, hätte ich Bea längst davon erzählt.

Ich berichtete ihr von einer Immobilienmaklerin namens Luzy, die besessen sei von diesen Bildern und mich bereits bedroht habe. Ich erwähnte auch meine Rolle als ahnungsloser Kurier und ließ nicht aus, dass diese Luzy jetzt nach Puerto Rico reisen wollte.

»Nebenbei bemerkt hat diese Frau die Familie Büscher um den Finger gewickelt, und zwar jeden Einzelnen, wenn man ihr Glauben schenken darf«, fügte ich hinzu.

»Ist sie schön?«, fragte Bea. Die Frage klang keineswegs eifersüchtig, und ich antwortete wahrheitsgetreu: »Ja, sie ist sehr schön. Aber das sind Fliegenpilze auch.«

»Traust du ihr einen Mord zu?«

Was für eine Frage! Traute ich dem Teufel höchstpersönlich einen Mord zu? Wie viel Unglück hatte dieser gefallene Engel durch seine perfiden Verführungskünste wohl schon verursacht? Und doch, einen Einwand Luzifers musste ich gelten lassen. Letztendlich wurden die bösen Taten von den Menschen selbst begangen.

»Diese Person tötet nicht selbst, Bea. Sie animiert andere zu töten, zu betrügen und allerhand mehr.«

Bea schüttelte sich, dann stand sie auf und sagte: »Ich bekomme offensichtlich nur dann Informationen, wenn du welche von mir benötigst. Ich gehe jetzt zu meiner Nachbarin und lasse mir die Karte zeigen. Vielleicht hat Herr Burkhart eine Adresse angegeben, unter der er erreichbar ist.« Sie dachte kurz nach und ergänzte: »Wenn er sich die Bilder hat schicken lassen, dann ist er in Gefahr, nicht wahr?«

Bevor ich noch etwas sagen konnte, hörte ich die Tür ins Schloss fallen.

Ich ärgerte mich, weil ich sie verärgert hatte, und ich ärgerte mich, weil ich keine Kopie von dem Paketschein gemacht hatte. Dann hätten wir jetzt eine Adresse. So hatte ich Luzifer auch noch selbst auf Burkharts Spur gebracht, indem ich ihr den Paketschein überließ.

Natürlich mussten Herr Burkhart und Frau Wisniewska sich gut gekannt haben. Als langjähriger Küster war er sicher oft mit der Putzfrau zusammengetroffen. Ich spann mir eine Geschichte zusammen: Frau Wisniewska trifft die drei polnischen Waisenkinder aus ihrer Heimat wieder, um deren Bösartigkeit sie nur zu gut weiß. Sie ist aufmerksam, spürt böse Mächte am Ort und ahnt vielleicht sogar etwas von Luzifers Verbindung zu den Gemälden. Plötzlich findet sie ein Päckchen mit Drogen und nimmt es an sich. Sie muss gehofft haben, dass sie das Böse vertreiben kann, wenn sie die Bilder der Erzengel aus Lüdinghausen verbannt. Es war mir schleierhaft, warum Olga Wisniewska so viel mehr herausgefunden hatte als ich, der ich immerhin eine überirdische Informationsquelle besaß. Und ich fragte mich plötzlich, auf welche Weise Hubert Schweig eigentlich den Auftrag bekommen hatte, die Bilder nach ihrem Tode unbedingt aus der Kirche zu holen und nach Puerto Rico zu schicken. Hatte sie ihm einen Brief hinterlassen? »Schatz, falls mir etwas zustößt, schau in der kleinen Schublade in meinem braunen Schmuckkasten nach, dort findest du letzte Anweisungen. Nein, nicht in dem roten, sondern in dem braunen Schmuckkasten.«

So eine Szene konnte ich mir zwischen den beiden eigentlich nicht vorstellen. Aber vielleicht hatten sie über die Bilder gesprochen, und Herr Schweig wusste, wie wichtig es seiner Olga gewesen war, sie auf eine weite Reise zu schicken. Und da sie jemanden brauchten, der die Bilder an einem fremden Ort in Empfang nahm, war Herr Burkhart, der alte Küster, noch vor seiner Reise eingeweiht worden.

Aber das waren natürlich ziemlich haltlose Spekulationen. Unbewusst seufzte ich schon wieder und sah mich dann in der Wohnung von Bea um. Ich wollte keineswegs schnüffeln, sondern nur sehen, wie eine Witwe allein zurechtkam. Die Einrichtung war so geschmackvoll, wie Beas Auftreten es vermuten ließ. Helle Möbel, eine cremefarbene Couch und ein paar ausgesuchte Deko-Artikel strahlten eine ruhige Freundlichkeit aus. Das Bücherregal bot ein buntes Potpourri der aktuellen Belletristik. Auch einige Romane in polnischer Sprache waren vertreten. Auf dem Tisch lagen eine angebrochene Tafel Schokolade und die Fernsehzeitung. Und dann bemerkte ich die Statue, eine schmale, aufgerichtete Gestalt, die entfernt an eine Figur aus »Cats« erinnerte, halb Katze, halb Mensch. Ich war kein besonders kunstinteressierter Mensch, aber ich hätte meinen Eckzahn verwettet, dass diese Arbeit den Händen der Frau Büscher entstammte.

Es konnte hundertundeine Erklärung dafür geben, warum diese Statue in Beas Regal stand, dennoch versetzte mir diese Tatsache zunächst einen Stich. Kannte Bea die Familie Büscher besser, als sie zugegeben hatte?

Gewöhnlich kaufte man doch ein Kunstobjekt, weil es einem gut gefiel. Ich hätte nie erwartet, dass Bea sich für dieses kalte Stück erwärmen konnte.

Vielleicht hatte sie es gekauft, weil die Künstlerin eine gute Freundin war und sie ihr eine Freude machen wollte?

Was wusste ich überhaupt über Bea? Wieso vertraute ich ihr so blind? Weil sie eine hübsche Witwe polnischer Herkunft war, mit einem bislang charmant verborgenen Alkoholproblem?

Bea war von Beginn an sehr an der ganzen Sache interessiert gewesen, sie hatte mir bereitwillig geholfen und war schnell zur Vertrauten geworden.

Als Bea zurückkehrte, hielt ich die Skulptur in der Hand wie ein anklagendes Indiz.

»Sag nicht, die gefällt dir!«, sagte sie erstaunt.

»Sag du mir lieber, warum du so etwas besitzt!«

Ich konnte mich nicht zurückhalten, mein Tonfall war anklagend, und Bea schaute mich verwundert an.

»Du benimmst dich, als hätte ich sie gestohlen. Das Gegenteil ist der Fall. Ich habe sie geschenkt bekommen.«

»Weißt du denn eigentlich, von wem diese Skulptur stammt?«

Bea trat zu mir und nahm mir das Ding aus der Hand. Sie stellte es ins Regal zurück und drehte sich zu mir um.

»Nein, aber so wie du dich benimmst, hat vermutlich Satan persönlich Modell gestanden.«

Leider konnte ich mich noch immer nicht zügeln und machte ihr Vorhaltungen: »Du hast eine Skulptur von Frau Büscher, der Mutter unserer beiden Hauptverdächtigen, in der Wohnung herumstehen und behauptest, dass du die Frau nicht kennst?«

Sie ließ sich auf der Couch nieder und nahm sich ein Stück Schokolade. Ihre Ruhe wirkte kalt und abweisend, aber ich hatte es so verdient. Als sie nun zu einer Erklärung ansetzte, sah ich das auch endlich ein.

»Ich habe die Skulptur letztes Jahr von meinem Chef geschenkt bekommen. Ich hatte sehr viele Überstunden machen müssen, und zum Dank erhielt ich am Jahresende dieses Ding. Er hat mir bestimmt erzählt, von wem sie gemacht worden ist, aber ich habe nicht richtig zugehört. Ich wusste nur, dass es eine Künstlerin aus der Umgebung ist. Ich finde sie sogar recht nett anzusehen, aber wo immer ich sie auch hinstelle, nirgendwo passt sie richtig dazu.« Sie knabberte an ihrer Schokolade, und ich fühlte mich gemein.

»Es tut mir leid. Seit dem Angriff der Schlange wittere ich überall Verschwörungen. Demnächst werde ich noch im Park nach einem Wolf Ausschau halten.«

Sie lächelte. »Ich habe keine Drogen von den Büschers, sondern nur eine tote Skulptur.«

Ja, tot war genau das Adjektiv, das auch mir zu den Arbeiten dieser Künstlerin einfiel.

Bea hingegen war lebendig. Sie saß auf der Couch, Schokolade in der Hand, und strahlte mich an. Ich musste mich zu ihr setzen.

»Was hast du herausgefunden?«, fragte ich sie und nahm mir auf ihre Aufforderung hin ebenfalls ein Stück Schokolade.

Sie schüttelte den Kopf. »Nichts. Auf der Karte steht nur ein Gruß von Herrn Burkhart. Abgestempelt ist die Karte in San Juan, der Hauptstadt von Puerto Rico.«

Und dann kam die Frage, auf die ich nun wirklich keine Antwort hatte. »Sag mal, warum hast du nicht einfach der Polizei Bescheid gesagt? Oder tust es jetzt? Du weißt doch, wer die Bilder gestohlen hat und wohin sie unterwegs sind. Es handelt sich immerhin um alte Kirchenschätze. Die kann unsere Gemeinde doch nicht einfach hergeben. Weiß denn Pastor Klein davon?«

Ich saß neben ihr auf der cremefarbenen Couch und schwitzte. Ihre Nähe war mir plötzlich unangenehm, weil sie mitten ins Schwarze getroffen hatte. Ich roch ein blumiges Parfum und einen Hauch von Schokolade, als sie sich zu mir beugte.

»Ist alles in Ordnung mit dir? Du hast einen ganz roten Kopf. Ich hole dir mal ein Glas Wasser.«

Gott sei Dank. Sie sprang auf und war weg. Nur wenige Augenblicke später reichte sie mir ein Glas Wasser. Leitungswasser. Ich trank und konnte ihren forschenden Augen nicht ausweichen. Gedanklich probierte ich so Sätze aus wie: »Weißt du, Bea, in Lüdinghausen treibt zurzeit der Teufel in Gestalt einer Immobilienmaklerin sein Unwesen. Sie hetzt unsere Jugend zu Verbrechen auf. Und weißt du, sie hält sich immer an dem Ort auf, wo sich die Gemälde der Erzengel befinden. Du weißt schon, eine alte Geschichte. Es sind ihre ehemaligen Brüder, und sie will sie stets um sich haben. Die Bilder aus unserer Kirche zeigen übrigens die echten Antlitze der vier Erzengel.«

Und dann könnte ich noch die Erklärung anhängen, dass ich eigentlich ein toter Mann war und mir nur den Körper eines anderen ausgeliehen hatte.

Da ich nicht vorhatte, in Beas Augen als Psychotiker dazustehen, versuchte ich es schließlich mit einem Teil der Wahrheit. Ich berichtete ihr, dass ich zunächst gar nicht gewusst habe, was ich da nach Puerto Rico schickte. Außerdem sei ich bedroht worden beziehungsweise eine mir sehr nahestehende Person. Ich schloss mit den Worten: »Halte mich für sentimental oder naiv, aber ich vertraue auf die guten Ideen von Olga Wisniewska. Wenn sie gemeint hat, dass eine Gefahr von Lüdinghausen abgewendet werden kann, wenn diese wirklich schönen Bilder aus der Kirche verschwinden, nun, dann will ich ihr nicht dazwischenfunken. Streng genommen ist es vielleicht gar kein Diebstahl, wenn unser eigener Küster sich um die Gemälde kümmert.«

»Ich glaube dir kein Wort, Chris. Wahrscheinlich arbeitest du für Interpol oder die Mafia. Aber egal. Was steht heute zur Rettung Lüdinghausens noch auf dem Plan?«

Mir fiel ein, dass Lisa heute nach Hause kommen würde, und ich wollte sie unbedingt sehen. Da ich Luzifer bereits auf dem Weg nach Puerto Rico wähnte, machte ich mir um meine Schwester nicht mehr allzu viele Sorgen. Ich hatte noch immer nicht begriffen, dass Luzifer zwar die Figuren aufs Spielfeld schickte, sie aber dort dann ganz eigenverantwortlich das Spiel fortführten.

Einer plötzlichen Eingebung folgend hatte ich mich von Bea verabschiedet, um Lukas im Krankenhaus zu besuchen.

Nachdem ich den Bedürfnissen meines Pflegehundes nachgekommen war, fuhr ich zum St.-Marien-Hospital.

Es war wirklich eigentümlich. Ganz egal, ob man im Sommer bei strahlendem Sonnenschein oder im Herbst mit Regen und Wind im Rücken ein Krankenhaus betrat, immer landete man in einer anderen Welt. Man ließ den Alltag hinter sich, und allein schon die Gerüche forderten zu einer gewissen Demut auf. Mir ging es jedenfalls so. In einem Krankenhaus schlich ich beinahe verstohlen durch die Gänge, mit einem komischen Gefühl, weil ich selbst gesund und munter war. Dort, wo es nach schlechten Diagnosen, Siechtum und Mitleid roch, hielt man sich eben nicht gern auf.

An einem Samstagmittag herrschte dort lebhafter Betrieb. Viele nutzten diesen Tag, um ihren Lieben einen Besuch abzustatten, und wer nicht das Bett hüten musste, schleppte sich auf Krücken, mit einem Rollator oder nur mit einem leidenden Gesicht in die Cafeteria, bekleidet mit einem bequemen Jogginganzug, der ihn eindeutig von den Besuchern unterschied.

Ich hoffte, Lukas nicht gerade beim Gespräch mit seinen Eltern zu stören, und klopfte laut an die Zimmertür. Da mir die zuständige Krankenschwester nicht von einem Besuch abgeraten hatte, nahm ich an, Lukas' Verfassung habe sich deutlich gebessert.

Sein »Ja, bitte« klang gut, aber sein Anblick war erschreckend. Ein Auge blickte klar, das andere war noch immer angeschwollen und geschlossen. Eine aufgeplatzte Lippe und ein bandagierter Arm vervollständigten das Bild.

»Der neue Küster«, sagte er nur und nickte ein paarmal. Ich wertete dies als Anerkennung und reichte ihm eine Zeitschrift und eine Cola. »Ich wusste nicht, inwieweit deine Zähne betroffen sind, sonst hätte ich auch noch Chips mitgebracht.«

Er grinste wie eh und je. »Chips und Cola, das wäre was für die Oberschwester! Da könnte ich auch gleich Kopfball trainieren. Gießen Sie mir bitte ein Glas ein, bevor man mir die Flasche wegnimmt.«

Wir sprachen über seine Verletzungen, und zu meiner Überraschung erzählte er lebhaft Anekdoten aus der Zeit seiner Genesung. Sonst ließ Lukas meist andere sprechen und gab den aufmerksamen Beobachter. Ich wertete es als Nervosität, dass er so viel redete, und wartete ab, bis er bereit war, zum Wesentlichen zu kommen. Das tat er dann recht plötzlich. Er trank sein Glas Cola leer, stellte es hart auf den Tisch zurück und sagte: »Ich habe etwas Erschreckendes über mich entdeckt, Herr Grothe.«

Ich schaute auf sein geschlagenes und noch so junges Gesicht. Die Augen blickten gequält.

»Ich habe eine durch und durch böse Seite in mir. Da sind ganz viel Hass und Lust auf Gewalt.«

»Lukas, du hast die letzten zwei Tage unter Drogen gestanden.«

»Das tut nichts zur Sache. Alkohol oder Drogen setzen nur frei, was ohnehin da ist.«

Ich schüttelte den Kopf. »Nein, das stimmt so nicht. Und außerdem hast du eine Menge Gründe, verdammt wütend zu sein und dir auszumalen, wie du deine Fäuste in die Gesichter deiner Angreifer schlägst, finde ich.«

Er lächelte schief, und ich fragte: »Hat die Polizei schon mit dir geredet?«

»Nur kurz. Dann bin ich ausgerastet, und danach haben sie keinen mehr zu mir gelassen. Vielleicht haben die Schläge in meinem Kopf etwas kaputtgemacht, und ich bin jetzt ein Psycho.«

Erneut schüttelte ich den Kopf. »An dir hat man eine neue Droge ausprobiert, eine sehr gefährliche Droge.«

»Ist es das Zeug, das Kevin und ich gefunden haben?«

»Genau. Das ist heiße Ware, wie du ja am eigenen Leib erfahren musstest.«

Ich dachte an Hagedorns Vermutung, dass eine »Dr. Jekyll-und-Mr Hyde-Droge« entwickelt worden war. Lukas musste Dinge gefühlt haben, die ihn jetzt noch tief erschütterten. Dies sprach für die enorme Gefährlichkeit der Droge.

Lukas richtete sich in seinem Bett auf und quetschte sich das Kissen in den Rücken. Dann sagte er: »Ich habe gehört, dass die ermordete Putzfrau ebenfalls so ein Päckchen beiseitegeschafft hat. Musste sie deshalb sterben?«

Ich war erstaunt, dass diese polizeiliche Information den Weg zu ihm gefunden hatte. Augenscheinlich hatten zusammengeschlagene Jugendliche bezüglich der Informationsbeschaffung mehr auf dem Kasten als hiesige Journalisten. Denn aus der Zeitung hatte er das nicht.

»Hast du den Angreifer gesehen?«

Er tippte mit seiner gesunden Hand gegen seinen Kopf. »Sie glauben doch nicht, dass einer allein das geschafft hätte. Sie waren natürlich in der Überzahl.«

Das klang nach einer ganzen Bande. »Also, es waren zwei, aber sie kamen aus dem Hinterhalt, und als ich den ersten Schlag auf den Kopf erhalten hatte, war ich schon ganz benommen und habe nichts mehr gesehen. Nur noch gefühlt.« Er verzog schmerzlich das Gesicht.

»Haben sie etwas gesagt?«

»Ich kann mich nicht erinnern. Wie gesagt, der erste Schlag saß, sonst hätte man die Täter an ihren starken Verletzungen erkannt, das kann ich Ihnen sagen.«

Ich seufzte, natürlich nur innerlich. Also war von Lukas erst einmal keine Hilfe zu erwarten. Er musste mir meine Enttäuschung angesehen haben, denn er fügte hinzu: »Die Ärzte sagen, die Schläge seien mit einer ganz schönen Kraft geführt worden. Wenn die mich hätten töten wollen, dann wäre ich jetzt auch tot.«

Ich erzählte ihm noch von meinen Abenteuern und machte mich dann zum Aufbruch bereit.

Als ich mein Auto nahe der Kirche abstellte und mich auf den Weg zu meiner Wohnung machte, wurde ich von Pastor Klein abgefangen. Er nahm mich bei der Schulter und schob mich in Richtung der Sakristei. »Herr Grothe, ich bin ein alter Mann, und ich habe einen Küster, damit er mich unterstützt und nicht, damit er die Verbrecher reizt.« Sein Schritttempo war so langsam wie das eines alten Mannes.

»In der Bibel heißt es doch, nicht die gesunden Schafe, sondern die kranken bedürfen unser?«, neckte ich ihn.

»Sie heilen aber nicht, mein Lieber, Sie sind auf der Jagd. Das hat unser Heiland sicher nicht gemeint.«

Ich musste lachen und folgte ihm artig. In der Sakristei warteten drei Frauen, und Pastor Klein übergab mich ihnen wie ein All-inclusive-Paket. »Das ist unser Küster, Herr Grothe. Er wird Ihnen bei der Gestaltung der Kirche helfen.«

Sobald es darum geht, mit einer Grundschullehrerin und zwei eifrigen Müttern eine Kirche für einen Kindergottesdienst vorzubereiten, nimmt der Beruf eines Küsters alptraumartige Züge an. Ich erspare mir eine schriftliche Wiederholung des erlebten und überlebten Grauens. Aber immerhin hatte ich mich mit geschickten Fragen, wie ich meinte, bei den Frauen beliebt gemacht und Interesse an allem gezeigt, was sie *Stadtgespräch* nannten. Die Grundschullehrerin wusste zu berichten, dass die Ehe der Büschers sich bereits seit Jahren abgekühlt habe. Ich gewann den Eindruck, dass Herr Dr. Büscher in den Augen der Damen mehr Punkte machte als der Rest der Familie. Die Künstlerin mit ihrem extravaganten Bekanntenkreis rief bei ihnen Misstrauen hervor. Ein Anwalt hingegen, wenn er nicht gerade der Held einer John-Grisham-Verfilmung war, galt als angesehener Bürger.

Über die ermordete Putzfrau wurde natürlich viel lamentiert und debattiert. Die Mutmaßungen reichten von dem Hinweis auf ein Beziehungsdrama bis zur Vermutung, es handle sich um einen Auftragsmord durch die polnische Mafia. Eine der Mütter raunte mir schließlich verschwörerisch zu: »Sie konnte Kontakt zu den Toten aufnehmen. Meine Schwägerin hat es selbst mal erlebt.« Ein schnelles Kreuzzeichen begleitete die Worte. Ich starrte sie an.

»Aber sie hat es nicht gern getan. Sie meinte, man dürfe die Toten nicht stören, sonst könnten sie sich nicht vorbereiten.«

»Worauf vorbereiten?«

Leider beendete die Mutter das Gespräch, als die Lehrerin rufend um Hilfe bat.

Zwei Stunden später schleppte ich mich in meine Wohnung. Der vorwurfsvolle Blick meines Pflegehundes traf mich ins Mark. In wenigen Stunden würde Lisa wieder zu Hause sein, wenn sie es nicht schon längst war. Was genau hatte ich hier eigentlich noch zu tun? Die Leichen von Dominik, Maria und Victor waren gefunden und vernichtet. Der Teufel war auf Reisen, Luzifer konnte jetzt die Strände Puerto Ricos genießen.

Den Mord an Olga Wisniewska musste die Polizei aufklären, ebenso wie die Frage, wer für die Drogenherstellung verantwortlich war. Ich fühlte mich überflüssig und hatte das dringende Bedürfnis, Lisa zu sehen. Wie wenig mitfühlend und unerwartet man aus dem Leben katapultiert werden konnte, wusste ich schon. Also suchte ich das Armband heraus, das ich in der Stadt für meine Schwester erstanden hatte, und nahm Bifi an die Leine.

Ich dachte an ein fröhliches Lachen und Hände, die klatschten. Ich dachte auch an Calzone und Rotwein, und ich dachte an eine Brünette, die mit mir spontan im Stadtcafé Theater gespielt hatte, damit ich einen mir unbekannten Rechtsanwalt kennenlernen konnte. Und bei alldem stellte ich fest, dass diese Gedanken wehtaten wie schlimme Bauchschmerzen nach dem Genuss unreifer Äpfel. Als Bifi auf dem Weg zum Auto meine Hand leckte, musste ich blinzeln. Vielleicht würde ich ihn heute zum allerletzten Mal sehen. Auch wenn es für einen persönlich irgendwie weiterging, so war der Tod doch endgültig. Ich sollte mich glücklich schätzen, weil ich trotz meines plötzlichen Hinscheidens noch in der Lage war, mich von allen verabschieden zu können. Aber ich fühlte mich nicht glücklich. Mehr Spielfigur als ich konnte man kaum sein. Eine Spielfigur, die kurz vorm Ausscheiden stand.

FÜNFZEHN

Im Auto sah ich auf die Uhr. Es war vierzehn Uhr, vielleicht war Lisa noch unterwegs. Eigentlich hätte ich anrufen sollen. Doch der Drang, meine Lisa jetzt zu sehen, war so groß, dass ich lieber vor der Tür wartete, bis sie endlich im Taxi vorfuhr.

Ich bog in die Straße ein und konnte schon von dort sehen, dass kein Taxi, sondern ein Polizeiwagen vor der Tür stand. Ein Krankenwagen hätte mich nicht mehr beunruhigen können. Bei Lisa konnte schon eine herkömmliche Grippe zu Komplikationen führen und das Herz angreifen. Aus meiner Jugendzeit kannte ich die Aufregungen und Sorgen um Lisas Gesundheitszustand noch zu gut. So manches Mal hatte meine Mutter einen Notarzt gerufen, und nicht selten war Lisa zur Beobachtung ins Krankenhaus gekommen.

In den letzten Jahren allerdings hatte es kaum Anlass zur Sorge gegeben. Ihre Gesundheit sei robust wie die eines Pferdes, meinte ihr Hausarzt immer, und Lisa fügte hinzu, darum sehe sie wohl auch ein wenig so aus wie ein Pferd. Ich fand sie genauso hinreißend wie eh und je.

Ich parkte hinter dem Polizeiwagen. Vielleicht waren Lisa und Frau Schneider noch gar nicht zurückgekehrt, und die Alarmanlage war durch irgendetwas ausgelöst worden?

Ich klingelte. Der Mann, der mir öffnete, ließ keinen Zweifel aufkommen, dass die Lage ernst war.

»Herr Grothe! Wie haben Sie mich denn gefunden?«

»Ich habe gar nicht Sie gesucht, Herr Hagedorn, sondern ich kenne die Leute, die hier wohnen. Ich hatte ihren Hund in Pflege.« Zur Bestätigung zeigte ich auf mein Auto, in dem Bifi sich gerade schwanzwedelnd die feuchte Hundenase an der Heckscheibe platt drückte.

Die Haustür in der Hand starrte der Hauptkommissar zu dem Hund hinüber. Er sagte schließlich: »Ich fürchte, ich habe keine guten Nachrichten. Kommen Sie rein.«

Das weibliche Schluchzen im Hintergrund war unerträglich. Unerträglich, weil ich nun wusste, dass es um Lisa ging.

Ich ging ins Wohnzimmer, dem Kommissar hinterher. Im Dunkeln hätte ich diesen Weg gekannt!

Ich eilte zu Frau Schneider. Die arme Frau saß an dem großen Tisch, steif wie eine Gouvernante, ein Taschentuch in der Hand, und rang um Fassung. Als sie mich sah, wechselte ihr Gesichtsausdruck, Misstrauen und Flehen sah ich darin. »Haben Sie Lisa bei sich, Herr Grothe? Bitte sagen Sie mir, wo sie ist.«

Natürlich. In ihren Augen war ich ein Fremder, der sich merkwürdig freundlich angeboten hatte, einen unbekannten Hund in Pflege zu nehmen. Und vielleicht hatte ich mich nun auch der jungen, behinderten Frau bemächtigt? Sie musste so denken. Ich machte auf dem Absatz kehrt und ging zu meinem Wagen. Vielleicht beruhigte es Frau Schneider, wenn Bifi wieder da war. Dann würde ich mich ins Auto setzen und nach Lisa suchen, aber erst musste ich erfahren, was genau passiert war.

Als ich wieder ins Haus trat, hörte ich Herrn Hagedorn eine Vermisstenanzeige aufgeben, seine zweite an diesem Samstag. Am liebsten hätte ich ihm eine Ohrfeige gegeben. Wie klang das denn: »Gesucht wird eine Frau um die dreißig mit einer mongoloiden Behinderung. Sie besitzt einen auffällig tapsigen Gang, ein kindliches, meist fröhliches Wesen. Die Haare sind rotblond, zu einem Zopf gebunden. Zum Zeitpunkt ihres Verschwindens war die Frau gekleidet in einen ...«

Ich hörte nicht mehr hin. Bifi begrüßte Frau Schneider begeistert und lief dann suchend durch Küche und Wohnzimmer. Natürlich erwartete er, Lisa zu finden.

»Darf ich erfahren, was geschehen ist?« Es hätte nicht viel gefehlt, und meine Hände hätten sich in Frau Schneiders Schulter gekrallt, um sie zu schütteln.

Frau Schneider strich Bifi über den Rücken und erzählte stockend, wie sie mit Lisa am Bahnhof angekommen war. Sie selbst habe ein Taxi gerufen, während Lisa die Toilette suchte.

»Der Bahnhof in Lüdinghausen hat weder eine Toilette noch Taxistände«, wagte ich einen Einwand, der angesichts meiner Gemütslage heftiger ausfiel als beabsichtigt. Eigentlich hätte Frau Schneider dies wissen sollen.

Sie nickte. »Ja, das stimmt. Ich habe das Taxi per Handy bestellt.«

»Aber Lisa konnte dort gar nicht auf die Toilette gehen!«

»Ich weiß. Aber ich habe nicht daran gedacht.«

»Und was ist dann passiert?« Frau Schneider war viel zu aufgelöst, um sich gegen mein Verhör zu wehren.

»Sie kam nicht mehr wieder. Ich habe sie überall gesucht, gerufen, Passanten gefragt. Lisa war wie vom Erdboden verschwunden.«

Hauptkommissar Hagedorn trat zu uns und fragte: »Macht sie das öfter? Also läuft sie einfach weg oder geht mit fremden Menschen mit? Könnte es sein, dass sie die Orientierung verloren hat?«

Ich schnaubte. Was glaubte er, wer Lisa war? Eine Schwachsinnige? Ich machte empört den Mund auf und klappte ihn wieder zu. Frau Schneider wies den Kommissar zurecht. Lisa wäre in der Lage gewesen, allein mit dem Bus nach Hause zu fahren. Deshalb war Frau Schneider auch zunächst nach Hause zurückgekehrt, in der Hoffnung, Lisa erlaube sich einen Scherz und sei mit dem Bus gefahren.

»Sie ist entführt worden.« Frau Schneider zog die Nase hoch und wappnete sich für alles, was nun bevorstand.

»Könnte sie zu Ihnen gefahren sein, weil sie so schnell wie möglich ihren Hund wiedersehen wollte?«, fragte Herr Hagedorn und warf uns damit einen letzten Rettungsanker zu.

Ich nahm den Anker auf. »Ich fahr zurück und rufe dann an.« Bifi ließ ich bei Frau Schneider.

Allerdings machte ich mir wenig Hoffnung. Wäre sie vom Bahnhof sofort zu meiner Wohnung gefahren, dann wäre Lisa noch vor meiner Abfahrt bei mir aufgetaucht. Vielmehr musste ich daran denken, dass Andreas Büscher verschwunden war, Luzifer sich auf dem Weg nach Puerto Rico befand und jemand offenbar meine kleine Schwester abgefangen hatte. Schwer vorstellbar, dass diese Ereignisse nicht miteinander zusammenhingen. Zu Hause stellte ich dann auch fest, dass leider keine junge Frau vor meiner Tür wartete.

Keine zwanzig Minuten später stand Hauptkommissar Hagedorn vor meiner Tür. Blass und mit Augenringen, um die ihn jeder Vampir beneidet hätte, schob er sich in die Wohnung. Seine Neuigkeiten, die er mitbrachte, waren ungeheuerlich, ließen sie doch alles in einem anderen Licht erscheinen. Er warf mir die aktuellen Ermittlungsergebnisse hin wie Müll, den ich wegräumen sollte. Olga Wisniewska hatte sich selbst erhängt! Wie Olga hatte auch ihr Lebensgefährte Tagebuch geführt, und darin hatte er die Umstände ihres Todes angeblich genau beschrieben.

Ich glaubte ihm nicht. Am liebsten hätte ich mir sogar die Ohren zugehalten, als er mir die Beweislage schilderte.

Wie zwei verletzte Kriegsveteranen, die noch mal in die Schlacht ziehen müssen, saßen wir dann an meinem Küchentisch und tranken erst einmal ein Bier. Wir saßen uns gegenüber, tranken und schwiegen eine ganze Weile. Ich glaube, ich habe auch gebetet.

Dann blickte ich auf und erklärte: »Die Gemälde aus der Kirche, auf denen die Erzengel dargestellt sind, die hat Herr Schweig genommen. Ich persönlich habe sie schließlich auf seine Bitte hin nach Puerto Rico geschickt.«

Ich war es dem Kommissar schuldig, ihn darüber zu informieren.

Er sah mich entgeistert an, und ich erläuterte ihm, wie es dazu gekommen war.

»Glauben Sie, der Mann war geisteskrank?«

Ich schüttelte den Kopf. »Allenfalls liebeskrank. Er muss seiner Olga blind vertraut haben.«

»Jetzt sind beide tot.«

Ich sagte ihm nicht, dass es unter Umständen noch schlimmer hätte kommen können. Für mich war ohnehin das Schlimmste eingetreten, Lisa war in Gefahr.

Laut der Notizen von Herrn Schweig hatte Olga in ständiger Angst gelebt, seitdem im Herbst letzten Jahres drei jugendliche Waisenkinder aus ihrer Heimat aufgetaucht waren.

»Sie glaubte, dass die drei einen Pakt mit dem Teufel geschlossen hatten.« Hagedorn sah von seinem goldgelben Bier auf. Er wirkte wie ein Mensch, dem sein festes Weltbild abhandenzukommen drohte. Dann sprach er weiter: »Offenbar hatte Olga Wisniewska Erfahrungen als Medium. Sie glaubte, Kontakt mit Toten aufnehmen zu können, und sie hatte Visionen. Glauben Sie an so etwas? Kontaktaufnahme mit Verstorbenen? Vorhersagen durch Tarotkarten und Ähnliches?«

Zunächst überlegte ich nur recht lange und erwiderte nichts. Ich dachte an Lisa, als sie noch ein Kleinkind war. Oft hatten wir den Eindruck gehabt, dass sie mit einem unsichtbaren Wesen in Kontakt stand. Sie lächelte jemanden an, ohne uns zu meinen, und schien manchmal sogar nach jemandem zu greifen. Sie hatte einen unerschütterlichen Kinderglauben entwickelt und erklärte sich die Welt und ihren Platz darin mit ihrer Religion. Wenn sie auf einem Friedhof war, glaubte sie, die Toten erzählten ihr etwas, in der Kirche sah sie manchmal Engel. Und ich dachte an ihre unglaubliche Menschenkenntnis. Wenn Lisa jemanden nicht mochte, hatte dieser Mensch beinahe immer einen schwierigen Charakter. Um das zu erkennen, brauchte sie keine Tarotkarten.

»Meine Frau Ruth«, sagte Hagedorn, »also meine Frau hat ein Faible für solche Dinge. Ich habe darüber immer nur gelacht. Vor einem Jahr hat sie mich mal überredet, an einer dieser Séancen teilzunehmen. Sie und ihre Freundinnen wollten Kontakt zu einer toten Verwandten aufnehmen. Nur zum Spaß habe ich zugesagt.«

Hier brach er ab und pustete in seine Bierflasche, sodass ein dunkler, singender Ton erklang. »Nie wieder würde ich so etwas mitmachen. Nie wieder.«

»Was ist geschehen?«

Müde stellte der Kommissar die Bierflasche ab. »Ich kann es mir bis heute nicht erklären. Eine Frau gab das Medium. Ich kannte sie nicht, und ganz sicher hatte sie meine Mutter nie kennengelernt. Doch plötzlich war meine Mutter im Raum. Diese Frau, sie war plötzlich meine Mutter, streng, ungeduldig und voller Abneigung gegen Ruth, ganz wie früher. Ohne eine wahrnehmbare Handbewegung flogen als Erstes die Zigaretten meiner Frau durch das Zimmer. Meine Mutter hat es nie toleriert, dass sie rauchte. Und dann war da noch dieser Satz, in der Handschrift meiner Mutter geschrieben. Es war irgend so ein typischer Spruch von ihr.«

Er zuckte mit den Schultern. Dann grinste er kurz. »Aber immerhin hat meine Frau seit diesem Abend nie wieder eine Zigarette angefasst.«

»Und Sie«, fragte ich, »haben Sie auch etwas verändert?«

»Jedenfalls nicht bewusst. Meine Mutter soll sich aus meinem Leben heraushalten. Ich habe sie sehr geliebt, aber ihre Einmischung werde ich ihr auch als Tote nicht durchgehen lassen.« Er lachte halbherzig. »Hören Sie, das war sicherlich alles ein dummer Zufall oder das Ergebnis unserer überspannten Nerven. Bei Tageslicht betrachtet komme ich mir sehr albern vor.«

Nun konnte ich mir unsere Olga Wisniewska recht gut als Medium vorstellen. Meiner Meinung nach hatte diese Frau Fähigkeiten besessen, die über den üblichen Menschenverstand hinausgingen.

Und plötzlich wurde mir klar, dass ich die ganze Zeit über auf dem Holzweg gewesen war. Luzifer wollte Kontakt zum Jenseits, sie wollte sich ein Gebiet zurückerobern, aus dem man sie vertrieben hatte. Sie hätte überhaupt kein Interesse daran gehabt, ein wichtiges Medium zu verlieren. Wer immer mit Viktor, Dominik und Maria irgendwelche Absprachen getroffen hatte, hätte Olga Wisniewska am Leben gelassen.

Ich drängte den Hauptkommissar, mir mehr über das Tagebuch von Herrn Schweig zu erzählen. Ich hoffte auf einen Hinweis, wer Lisa entführt hatte und warum.

»Wenn man darin liest, gewinnt man zeitweilig den Eindruck, der Teufel persönlich treibe in Lüdinghausen sein Unwesen. Und dann schreibt Schweig plötzlich, er selbst habe seine geliebte Olga umgebracht. Wie krank ist das denn?«

Wieder zuckte ich zusammen ob dieser unglaublichen Behauptung. Hubert Schweig soll Olga Wisniewska umgebracht haben? In der Welt von Hubert Schweig hatte es bislang weder Mord noch Gewalt gegeben. Die Angst seiner Partnerin musste ihm bisweilen recht diffus vorgekommen sein. Aber wie viele Angehörige hatte er auf keinen Fall ahnen können, dass seine Partnerin in letzter Konsequenz den Freitod wählte, anstatt Hilfe zu erbitten. Der Gedanke brachte mich auf eine Frage. »Erwähnt Herr Schweig an irgendeiner Stelle mal, wovor seine Olga sich konkret gefürchtet hat? Hatte sie Angst, entführt zu werden?«

Hagedorn sah mich überrascht an. »Woher wissen Sie das? Sie soll Angst vor diesen Waisenkindern gehabt haben, aber es wird nicht erwähnt, warum. Dann gibt es dazu monatelang keinen Eintrag mehr, erst kurz vor ihrem Tod gab es wieder eine Bemerkung. Schweig schrieb in etwa, Olga glaubte, dass jemand sie holen komme. Sie sollte bösen Mächten dienen.« Mit skeptischem Blick erklärte er: »Ganz ehrlich, Herr Grothe, wenn meine Frau derartige Dinge äußern würde, wäre ich mit ihr sofort bei einem Arzt. Ob mit oder ohne ihr Einverständnis.«

»Vielleicht ist es das, was Herr Schweig sich vorgeworfen hat? Dass er die Ängste seiner Partnerin nicht ernst genug genommen hat?«

Dabei blickte auch ich skeptisch, sagte aber nichts weiter. Wenn die Untersuchungsergebnisse stimmten, dann hatte Olga Wisniewska sich erhängt! Hubert Schweig wollte sie von der Arbeit abholen und fand sie. Was für ein Schock für den armen Mann! Als frommer Mann hatte er offensichtlich alle Spuren einer Selbsttötung beseitigt, damit kein Schatten auf seine Lebenspartnerin fiel. Ordentlich beerdigt worden wäre sie natürlich in jedem Fall – die Zeiten, in denen man Selbstmörder außerhalb geweihter Friedhofserde verscharrte, waren längst vorbei. Doch welch grausame Ironie, dass Hubert Schweig auf die gleiche Art gestorben war und man bei ihm selbstverständlich von einem Selbstmord ausging. Mir wurde übel, als ich darüber nachdachte, dass der Mord an Hubert Schweig vielleicht eine billige Rache für Olgas Freitod war.

»Was nun?«, fragte ich, um Haltung bemüht.

Der Hauptkommissar überraschte mich. Mit einem letzten Zug trank er sein Bier aus. »Ich habe innerhalb weniger Stunden zwei Leute unabhängig voneinander zur Fahndung ausgeschrieben. Wir sind hier nicht in L.A., wissen Sie. So etwas klingt für die Kollegen nach Spontan-Paranoia.«

»Sie sind der Chef.«

»Ja, genau. Und ich stehe zwischen der Entscheidung, mich ein paar Stunden einfach ins Bett zu legen und die Kollegen arbeiten zu lassen oder …«

Er machte eine Pause und hoffte wohl, dass ich ihn genau zu dieser Idee überredete.

»Oder?«

»Oder ich mache Sie zum Hilfssheriff, und wir drehen jeden Pflasterstein in Lüdinghausen um und suchen unsere Vermissten. Eventuell sind sie ja beide am selben Ort.«

»Als Ihr Hilfssheriff möchte ich Sie darauf aufmerksam machen, dass wir Martin Büscher dringend überwachen lassen sollten. Er weiß vielleicht, wo sein Bruder sich aufhält.«

Der Blick, der mich traf, deutete an, dass er mir den gerade verliehenen Sheriffstern ebenso schnell wieder abnehmen konnte.

Die nächsten Stunden verbrachten wir im Auto oder auf der Straße. Hagedorn telefonierte etwa alle zwanzig Minuten. Meistens wurde er angerufen, und ich fragte mich, wie er hätte ausruhen können. Und um achtzehn Uhr, als wir einigermaßen frustriert in einem Bistro einen Hamburger aßen, legte er zum wiederholten Male das Handy aus der Hand und fragte mich: »Raten Sie mal, woran Ihre polnischen Ausreißer gestorben sind.«

»Durch Schlangengift, nehme ich an.«

»Eine naheliegende Schlussfolgerung, aber Sie irren. Die Pathologen behaupten, dass alle drei mit hoher Wahrscheinlichkeit an einem plötzlichen Herztod gestorben sind.«

»Was soll das heißen?«

»Nun, Sie dürfen die Aussage ganz wörtlich nehmen. Ihre Herzen hörten auf zu schlagen. Bei drei jungen, gesunden Menschen bleibt das Herz stehen, noch dazu zeitlich fast gleichzeitig, wie wir vermuten können. Mir fällt nur eine Erklärung ein: Diese Polen wurden zu Tode erschreckt.«

Mir fiel noch eine weitere Erklärung ein. Luzifer hatte ihre Grenzen überschritten und tatsächlich selbst Hand angelegt, und zwar so, dass auch Raoul und Jonas überrascht worden waren.

Sicher war ich mir, dass es Tötung auf Verlangen war. Ich schwieg dazu.

In Lüdinghausens Innenstadt gab es nicht an jeder Ecke einen guten Hamburger. Insofern war es nicht verwunderlich, dass man beim Schlemmen das eine oder andere bekannte Gesicht traf. Doch ich erschrak mindestens genauso wie Axel Hartmann. Er machte die Tür auf, sog genussvoll den Duft würzigen Fettes und gebratenen Fleisches ein. Dann sah er mich, und der lustvolle Ausdruck wandelte sich in Entsetzen. Hinter ihm drängte eine dreiköpfige hungrige Mannschaft nach, sodass er schlecht rückwärts wieder hinauskonnte. Ich sprang auf und zog ihn an unseren Tisch, bevor er sich aus dem Staub machte.

»Hauptkommissar Hagedorn«, stellte ich mit sadistisch angehauchter Freude vor. »Axel, wir suchen Andreas Büscher. Weißt du, wo er sich aufhält oder was er vorhatte? Wir machen uns große Sorgen.«

Der Blick des Jungen wanderte von mir zu Hagedorn und wieder zurück. Misstrauen lag darin, als könne er nicht glauben, dass es um Andreas ging und nicht um seinen »grünen Daumen«.

Dann sagte er: »Er wollte abends zu seinem Vater, Pizza essen. Mehr weiß ich nicht.«

Immerhin sagte Axel die Wahrheit.

Hauptkommissar Hagedorn tat unbeteiligt, er versuchte gerade mit unglücklichem Gesicht, seine Hände von Remouladensoße zu befreien. »Ich verschwinde kurz und wasche mich«, verkündete er.

Die Zeit nutzte ich natürlich. »Und? Wie steht es?«

»Ja, beschissen, Mann. Das wissen Sie doch. Jahrelange Arbeit wird mit Füßen getreten.«

»Ja, das ist bitter. Vielleicht findet der Hauptkommissar noch ein paar lobende Worte für dein grünes Händchen?« Ich ignorierte den wahrhaft giftigen Blick des jungen Mannes und fügte hinzu: »Versuch es mal mit Orchideen. Und sei dankbar, dass du für diese jahrelange Arbeit nicht verhaftet wirst.«

»Warum hängen Sie mit einem Polizisten herum?«

»Weil meine Schw … weil eine junge Frau, die ich gut kenne, entführt worden ist und weil wir Andreas Büscher suchen.«

In diesem Moment trat Hagedorn wieder an unseren Stehtisch und musterte Axel Hartmann. Sein Blick blieb an den hochgeschobenen Ärmeln seines Anoraks hängen, unter dem sich auf dem linken Unterarm der Teil eines tätowierten Schlangenkopfes zeigte.

»Sagen Sie, Axel, haben Sie auch Schlangen als Haustiere?«

Kopfschütteln. Ein hartes Lachen. »Ich doch nicht! Meine Mutter würde erst den Kammerjäger rufen und mich anschließend zum Psychologen schleppen.«

»Frau Büscher sieht das offensichtlich entspannter. Dann beneidest du den Martin sicherlich, nicht wahr?«, fragte Hagedorn weiter. »Weißt du, was für Schlangen er besitzt?«

Axels Miene war ehrlich erstaunt. »Wieso soll ich den Martin beneiden? Er hat eine regelrechte Abneigung gegen diese Tiere und ekelt sich, wenn wir nur davon reden.«

Das Erstaunen war nun auf unseren Gesichtern. »Wem gehören denn die Schlangen bei Büschers im Haus?«

»Andreas natürlich. Er ist ein echter Freak. Aber er lässt niemanden an seine Schlangen ran. Kann ich jetzt meinen Hamburger essen gehen?«

Ich schaute den Kommissar an, und der griff nach seinem Handy.

»Hat eigentlich jemand mal kontrolliert, was für Schlangen da im Terrarium der Büschers herumlungern? Nein? Das dachte ich mir. Schick sofort einen Experten in das Haus. Ich will die deutsche und die zoologisch korrekte Bezeichnung eines jeden Tieres haben, das sich in diesem Haus aufhält.«

Während wir zum Auto marschierten, überlegte ich laut: »Wenn Andreas Büscher der Schlangenexperte war und die Tiere im Keller des Jugendzentrums versorgt hat, sieht sein Verschwinden weniger nach einer Entführung als nach einer geplanten Flucht aus.«

Hagedorn drehte sich zu mir um und fragte: »Gibt es eine Verbindung zwischen dieser Lisa Kemper und Andreas Büscher? Kannten sie sich?«

Die einzige Verbindung, die mir einfiel, wäre die über Luzifer. Sie allein konnte wissen, dass Lisa ursprünglich mal meine Schwester war, und damit wäre es theoretisch natürlich möglich, dass Andreas Büscher Lisa in der Gewalt hatte. Luzifer lenkte und genoss, dessen war ich mir sicher. Mir kam ein furchtbarer Gedanke. »Haben Sie eigentlich die Flughäfen überprüft?«

Er setzte sich ins Auto. »Wenn die Kriminalpolizei Personen sucht, dann wissen die Behörden am Flughafen dies in der Regel als Erste. Andreas Büscher kann sich zurzeit nicht in ein Flugzeug setzen, es sei denn, er hat eine unglaublich gute Verkleidung und einen neuen Pass. Ich bin mir sogar sicher, dass die beiden vermissten Personen sich gar nicht weit von uns entfernt aufhalten.«

»Also glauben Sie, Andreas Büscher könnte Lisa Kemper in seiner Gewalt haben?«

»Das, oder eine dritte Person kümmert sich um beide.« Er trommelte mit den Fingern auf dem Lenkrad, ungeduldig und wenig rhythmisch. »Mir fehlt noch das Motiv. Warum sollte jemand eine geistig behinderte Frau entführen? Die Familie ist weder reich noch berühmt. Und diese Frau ist wohl kaum in den Drogenhandel verwickelt.«

Ich ärgerte mich schon wieder über Hagedorns Art, Lisa zu beschreiben. Aus seiner laienhaften Sicht hatte er natürlich recht. Downsyndrom zählte nun mal zu den geistigen Behinderungen.

»Wissen Sie, wie die Indianer und auch einige andere Naturstämme über Menschen mit geistiger Behinderung gedacht haben?«, fragte ich ihn.

Er schüttelte stumm den Kopf und fädelte sich in den Verkehr ein.

»Sie glaubten, dass diese Menschen den Geistern näher waren und mit ihnen kommunizierten. Sie galten nicht als dumm, wie in unserer Gesellschaft, sie befanden sich nur auf einer anderen geistigen Ebene. Ist doch eine schöne Sicht auf die Besonderheiten eines Menschen. Wir sehen alles immer so defizitär.«

»Hm. Ich glaube, neurologisch gesehen kommen wir der Wahrheit aber näher, nicht wahr?«

»Ich habe Lisa kennengelernt, und ich fand sie wunderbar.«

Er warf mir einen schnellen Seitenblick zu und fragte: »Aber Sie würden niemals auf die Idee kommen, mit einer Frau wie Lisa eine Partnerschaft oder gar eine Ehe einzugehen, oder?«

Ich fand die Frage ungerecht, wusste aber nicht, warum. Natürlich wurden Leute wie Lisa nicht von normal begabten Menschen geheiratet. Alle Freunde, die Lisa bislang nach Hause mitgebracht hatte, arbeiteten, wie sie selbst, in einer Werkstatt für Menschen mit Behinderungen.

Vor der Haustür der Büschers parkten ein Polizeiauto und ein grüner Opel. Wir stellten uns dahinter. Ich konnte mir vorstellen, dass Frau Büscher Feuer spukte, wenn ich schon wieder vor ihrer Tür stand, wenn auch dieses Mal mit polizeilicher Begleitung. Doch als wir von einem Beamten eingelassen wurden, erfuhren wir, dass Frau Büscher schon vor Stunden aus dem Haus gegangen war.

»Ist ihr jemand gefolgt?« Hagedorns Frage ließ eine gereizte Stimmung vermuten.

»Wir sollten doch nur Martin Büscher im Auge behalten. Und der war den ganzen Nachmittag in seinem Zimmer.«

Kopfschüttelnd ließ Hagedorn sich von dem Beamten zu einem Mann mittleren Alters führen, der eher wie ein Mitglied der Hells Angels aussah als wie ein Mitarbeiter des Tropischen Instituts in Münster. Der Mann schrieb etwas in ein Notizbuch, und er hatte eine ähnliche Transportbox dabei, wie sie für die Taipans im Kellerraum benutzt worden war. Da ich keinerlei Ambitionen verspürte, wieder einer Schlange zu begegnen, hielt ich mich abseits.

»Dr. Drescher«, stellte sich der Mann vor und kam sofort zur Sache. »Ich habe in einem der oberen Zimmer zwei Schlangen gefunden, eine Kreuzotter und eine Äskulapnatter. Beide werden ordnungsgemäß gehalten und sind auf den Namen Andreas Büscher zugelassen. Eine Genehmigung ist bei diesen Arten nicht mal notwendig. Die Natter ist harmlos, die Kreuzotter ist zwar giftig, beißt aber eher selten zu und sondert dabei meist nur sehr wenig bis gar kein Gift ab. Beide sind tagsüber aktiv, sodass man sie nicht selten als Haustiere findet.«

Axel Hartmann hatte also recht, Andreas war der Schlangenhalter und wohl auch der Experte. Diese beruhigende Mitteilung des Mannes erklärte allerdings nicht seine besorgte Miene.

»Nicht gemeldet ist allerdings das Exemplar, das wir im Keller versteckt gefunden haben. Und das ist für Menschen überaus gefährlich.«

»Doch wohl nicht noch ein Taipan?«, fragte Hagedorn entnervt.

Der Schlangenexperte lächelte flüchtig und erklärte: »Gott bewahre, nein, es handelt sich nur um eine Schwarze Mamba. Der Biss dieser Schlange allerdings kann bereits nach zwanzig Minuten zum Tode führen.«

Ich fand nicht, dass diese Erklärung die Mamba harmloser erscheinen ließ als einen Taipan.

Hauptkommissar Hagedorn wandte sich an Martin Büscher, der zusammengesunken auf dem Sofa saß.

»Sie haben davon natürlich nichts gewusst, nicht wahr?«

Der Blick, mit dem Martin aufschaute, rührte mich beinahe. Der Junge war blass, verwirrt und machte einen überforderten Eindruck.

»Hören Sie, ich kann Schlangen nicht ausstehen. Seit drei Jahren war ich nicht mehr im Zimmer meines Bruders. Hätte ich gewusst, dass er eine der gefährlichsten Schlangen der Welt in unserem Haus hält, hätte ich mir einen Heimplatz gesucht. Ich deale ein bisschen, um mein Taschengeld aufzupeppen, und ich …«, er ließ die Schultern hängen, »… und ich habe keine Ahnung, wo mein Bruder ist.«

Ich mischte mich in das Gespräch ein. »Und warum ist Ihre Mutter nicht hier?«

Ein typisches Schulterzucken. »Sie wird meinen Bruder suchen.«

Hauptkommissar Hagedorn trat näher an den Jungen heran und fragte ihn: »Machst du dir auch Sorgen um Andreas, oder hältst du das für den üblichen Tanz von Eltern, die sich um ihre Kinder erst sorgen, weil die Polizei nach ihnen fahndet?«

Er starrte den Kommissar an, als hätte ihn dieser ohne Vorwarnung in den Magen getreten. Dann sah er zu mir und sagte: »Meist mache ich mir Sorgen um die Personen, die leichtsinnig genug sind, mit Andreas Geschäfte zu machen oder seine Freundschaft zu suchen.«

»Hältst du deinen Bruder für so gefährlich?«

»Er hatte eine Schwarze Mamba im Keller und hat es niemandem im Haus erzählt. Wie nennen Sie das denn? Tierliebe?«

Da ich den Eindruck gewann, Martin war verzweifelt genug, mit uns zu reden, fragte ich ihn nach den Taipans, den Schlangen im Kellerraum des Jugendzentrums.

»Kann es sein, dass Ihr Bruder noch außerhalb dieses Hauses seinem Hobby frönte und zwei Küstentaipans besaß?«

Sein Erstaunen wirkte ehrlich. »Was soll das sein?«

»Der australische Küstentaipan gilt als die gefährlichste Schlange der Welt, weil er sehr giftig und zugleich enorm angriffslustig ist.«

Der Schlangenexperte war zu uns getreten und musterte Martin abweisend. Ich konnte mir gut vorstellen, dass die beiden bereits aneinandergeraten waren. Besucher waren in diesem Haus nicht beliebt.

Martin lachte auf. Es war ein freudloses Lachen. »Na, dann weiß ich schon, was mein Bruder sich zu Weihnachten wünscht.«

Herr Hagedorn verlor angesichts der Andeutungen des Büscher-Sohnes sichtlich die Geduld. Schlussendlich brauchte er Ergebnisse, damit man die eine oder andere Anklage formulieren konnte. »Herr Büscher, möchten Sie nun eine Aussage machen? Haben Sie konkrete Vorwürfe gegen Ihren Bruder zu erheben?«

Martin sprang auf. »Gegen meinen Bruder? Können Sie mir sagen, warum mein Vater nach Andreas sucht und meine Mutter ebenfalls losgerannt ist und keiner hier bei mir geblieben ist, während das Haus langsam von der Polizei übernommen wird?«

Er drehte sich um Haltung bemüht um und ging die Treppe hinauf in das Obergeschoss. Eine Tür wurde sehr leise geschlossen. Bei all den kriminalistischen Ermittlungen und wohl auch wegen des überheblichen Verhaltens des Jungen hatte keiner daran gedacht, dass Martin ein junger Mensch auf der Schwelle zum Erwachsenwerden war. Ein Jugendlicher, der sich vielleicht gerade von seinem Zwillingsbruder verlassen und von beiden Eltern missachtet fühlte.

Ich dachte über dieses sehr eigenartige Elternpaar nach. Herr Dr. Büscher schien sich große Sorgen um Andreas zu machen, während Frau Büscher vor ein paar Stunden noch lässige Zuversicht gezeigt hatte. Wenn sie nun tatsächlich losgezogen war, um ihren Sohn zu suchen, was bedeutete das für Andreas? War er doch in Gefahr? Es war merkwürdig, nicht zu wissen, ob man ein Opfer suchte oder einen Täter.

Da Lisa eindeutig ein Opfer war, quälten mich noch ganz andere Sorgen. Wo konnte man sie hingebracht haben? Sie fürchtete sich vor fremden Menschen und kam mit Unfreundlichkeit und Häme nicht zurecht. Ich durfte gar nicht daran denken, wie sehr sie litt.

»Herr Hagedorn, Sie müssen überprüfen lassen, welche Gebäude hier in der Nähe alle dieser Frau gehören, dieser Immobilienbesitzerin. Lukas meinte, es wären vor allem kirchliche Gebäude.«

Er warf mir einen fragenden Blick zu, und ich erklärte ungeduldig: »Sie haben die Frau doch gesehen, sie kam heute Nacht aus meiner Wohnung. Rote Haare, teuflisch schön und provozierend.«

Er lachte. »Ich habe eine recht ansehnliche Dame aus Ihrer Wohnung kommen sehen, Sie Angeber, doch ich glaube kaum, dass dies die Frau ist, über deren Einfluss und guten Leumund nicht nur hier in Deutschland kein Zweifel besteht. Jegliche Kontaktaufnahme mit ihr wurde untersagt und ist auch nutzlos. Die Frau wohnt nicht einmal hier.«

Erst war ich verdutzt, dann wütend. »Nein, nein, so geht das nicht. Fragen Sie mal den Vater des überfallenen Jungen. Der sitzt im Stadtrat. Oder auch Frau Hartmann vom Kiosk. Sie alle kennen diese Frau. Sie nennt sich Luzy, und ich weiß, dass sie auch Geschäfte im Ausland betreibt.«

»Vergessen Sie es, Herr Grothe. Es gibt ein Immobilienbüro in der Stadt, das die Interessen der Dame vertritt, aber dort wurde ausgesagt, der Schlüssel zu den Kellerräumen habe immer neben der Kellertreppe gehangen. Jeder hätte ihn nehmen können, und keiner konnte Auskunft darüber geben, wie lange er schon weg war, ob drei Jahre oder erst einen Monat.«

Ich schluckte eine Antwort hinunter. Gesehen hatte ich in all den Jahren keinen Schlüssel, allerdings hatte ich auch nie darauf geachtet. Die Kellerräume hatten mich nicht interessiert. Aber ich war mir sicher, dass derjenige, der in diesen Räumen seine finsteren Pläne verfolgt hatte, diese nun anderswo weiterführen würde. Und nach all dem, was ich über die Probleme von Raoul und Jonas in ihrem Jenseits wusste, gab es wohl auch ein wenig Zeitdruck.

Hauptkommissar Hagedorn tippte mir auf die Schulter. »Ich muss ins Büro zurück. Wenn mir etwas ein- oder auffällt, melde ich mich. Halten Sie es ebenso?«

Ich zögerte kurz. »Ich werde mich aufrichtig bemühen«, gab ich zurück.

»Das ist ehrlicher, als ich erwartet hatte.« Er lächelte mir aufmunternd zu und drehte sich um.

SECHZEHN

Als ich zehn Minuten später in meine Wohnung zurückkehrte, blinkte hektisch der Anrufbeantworter.

Die erste Nachricht kam von Kevin Ludwig, der mir hörbar erleichtert mitteilte, dass sein Freund Lukas aus dem Krankenhaus entlassen worden war und sich zu Hause ausruhte.

Die zweite Anruferin begann sehr zögerlich zu sprechen, jedes Wort war wohlüberlegt und mit einem eindeutigen Ostakzent ausgesprochen. Die Frau stellte sich als Ivana Dobrowska vor. Sie sei eine alte Freundin und Kollegin von Olga Wisniewska und nun in Deutschland, um sich von der Toten zu verabschieden. Mich bat sie zu einem Gespräch ins »Hotel zur Post«.

»Ich bin bis Dienstag in Lüdinghausen, und Sie können mich jederzeit bemühen.« Sie hinterließ ihre Handynummer. Der Stimme nach konnte ich das Alter der Frau nur schwer schätzen. Auffallend war der äußerst kontrollierte Ton in der Stimme.

Das Hotel kannte ich, es befand sich mitten in der Stadt. Sollte ich vorher anrufen oder diese Dame einfach gleich aufsuchen? Ich überlegte dreißig Sekunden, dann entschied ich mich gegen einen Anruf aus Sorge, der fremden Frau wäre ein Termin am morgigen Tag lieber. Während ich meinen Volvo Richtung Innenstadt lenkte, fiel mir ein: Ich musste Beata anrufen. Sie war es schließlich gewesen, die für mich den Kontakt zu dem Waisenhaus hergestellt und Erkundigungen eingezogen hatte. Sie hatte nicht nur ein Recht darauf, bei dem Gespräch dabei zu sein, ich konnte mir auch vorstellen, dass Frau Dobrowska sich wohler fühlte, wenn eine Polin anwesend war. Nach einem kurzen Anruf mit dem Handy wendete ich an der nächsten Kreuzung, um Bea abzuholen. In dem Gefühl, dieses Mal alles richtig gemacht zu haben, fuhr ich ein wenig schneller.

»Frau Dobrowska hatte sich bei mir gemeldet, und ich habe ihr erzählt, dass eigentlich du mit dieser Angelegenheit befasst bist. Deine Nummer hatte sie von mir. Ich hatte gehofft, dass du mich fragst, Christian.« Alles richtig gemacht.

Unterwegs im Auto klärte sie mich auf: »Frau Dobrowska ist die

Leiterin des Waisenhauses. Sie war also Olgas Chefin und außerdem eine enge Freundin. Anfangs war sie sehr wütend, als Olga ihr von dem Entschluss erzählte, zu kündigen und nach Deutschland zu gehen. Doch dann hatte sie Olgas Furcht gespürt, in den wenigen Tagen, die Olga noch zur Arbeit erschienen war.«

Ich warf ihr einen schnellen Blick zu und schaute dann wieder auf die Straße. Es war Samstagabend, und nicht gerade wenige Menschen waren unterwegs. Ich fragte: »Furcht vor Dominik, Viktor und Maria?«

»Ja. So sagte sie.« Sie zögerte kurz und fuhr dann etwas lauter fort: »Ich verstehe nicht, wie drei so junge, liederliche Teenager eine derartige Macht ausüben und Angst verbreiten konnten. Himmel noch eins.«

Diesen Satz wiederholte Bea dann auch, als wir schließlich mit Frau Dobrowska in dem kleinen Restaurant des Hotels saßen. Aus Rücksicht auf Bea hatte ich mir eine große Apfelschorle bestellt, obgleich ich große Lust auf einen Merlot gehabt hätte.

Frau Dobrowska war eine sehr schlanke Frau Mitte vierzig mit einem erstaunlich kräftigen Händedruck. Ihre schwarzen Haare, von silbernen Fäden durchzogen, trug sie modisch kurz geschnitten, und sie hatte ein dunkelblaues Kostüm an. Aufrecht sitzend, die Hände locker gefaltet, wirkte sie auf mich eher wie eine Hotelmanagerin und nicht wie die Leiterin eines polnischen Waisenhauses. Ihr Deutsch hatte einen starken Akzent, war aber gut zu verstehen. Ich fand es bewundernswert, dass sie den weiten Weg auf sich genommen hatte, um eine Kollegin zu Grabe zu tragen.

»Weiß man schon, wer Olga umgebracht hat?«

Ich räusperte mich und suchte nach den richtigen Worten. Meine Antwort würde auch für Bea überraschend sein.

»Nach den neuesten Erkenntnissen handelt es sich nicht um Mord. Sie hat sich erhängt.«

Bea stupste mich leicht an. »Was redest du denn da?«

»Ich weiß es auch erst seit wenigen Stunden. Sie hat sich in der Sakristei erhängt, und ihr Lebensgefährte hat wenig später den Strick entfernt und sie hingelegt, als wäre sie ein Mordopfer. Herr Schweig machte sich natürlich die größten Vorwürfe, weil er seine Olga nicht davon abhalten konnte. Er kam zu spät und tat dann, was er für notwendig hielt. Seine Freundin war sehr religiös, Selbstmord gilt immerhin als Sünde. Er steckte den Strick ein, bettete sie vorsichtig auf den Fußboden und verabschiedete sich von ihr. So hat Herr Schweig es in seinem Tagebuch geschildert.«

Mit Tränen in den Augen sah Frau Dobrowska abwechselnd Bea und mich an.

»Aber was, um Himmels willen, hat sie denn noch mehr gefürchtet als den Tod?«

Ich reichte ihr ein Taschentuch. Bestimmt hätte diese Frau eines in der Handtasche gehabt, aber ich wollte irgendetwas tun.

Dann sagte ich: »Zu Bösem verführt zu werden vielleicht?«

Dann erzählte ich ihr von den merkwürdigen Drogen, die vor einiger Zeit in der Stadt aufgetaucht waren, von den Schlangen und schließlich von den drei mumifizierten Leichen.

»Dominik, Viktor und Maria waren also längst tot?«, fragte Frau Dobrowska nun völlig perplex. »Ich hatte angenommen, sie hätten mit all diesen Vorkommnissen zu tun. Diese drei haben auch schon in Polen merkwürdige Drogen unter den jungen Leuten verteilt, müssen Sie wissen.«

»Was für Drogen?«

Frau Dobrowska zuckte mit den Schultern und nippte an ihrem Glas Orangensaft, als handle es sich um einen starken Likör.

»Es war ein gefährlicher, zusammengemischter Stoff, und viele Jugendliche mussten damals in der Psychiatrie behandelt werden. Das Zeug löste Psychosen aus.« Sie schüttelte den Kopf. »Ich kann nicht glauben, dass sie tot sind. ›Das teuflische Kleeblatt‹, so haben wir sie genannt.«

Wie überaus passend, dachte ich bei mir. Meiner Meinung nach hatte dieses Kleeblatt in Polen mit seinen selbst hergestellten Drogen nur geübt. Als sie das Rezept perfektioniert hatten, waren sie nach Deutschland gekommen, direkt zu ihrer alten Betreuerin Frau Wisniewska.

Sie waren nicht hierhergekommen, weil Frau Wisniewska von dem Mord an dem Mädchen gewusst hatte, das war den dreien aller Wahrscheinlichkeit nach herzlich egal. Nein, sie hatten sich in irgendeiner Weise Hilfe erhofft, Hilfe bei ihrem teuflischen Plan, das Jenseits zu erobern oder besser gesagt zu besetzen. In Luzifer hatten sie bereits die perfekte Unterstützung. Aber Frau Wisniewska hätte ihnen niemals freiwillig geholfen. War diese »Dr. Jekyll-und-Mr Hyde-Droge« vielleicht für sie entwickelt worden? Unwillkürlich raufte ich mir die Haare, und beide Frauen schauten mich an. Ich fand meine Gedankengänge selbst skurril.

»Frau Dobrowska«, wandte ich mich wieder an die Heimleiterin, »wissen Sie, was genau die drei eigentlich vorhatten? War das alles nur ein Spiel um Macht und Einfluss, oder verfolgten sie ein bestimmtes Ziel?«

Sie überlegte eine Weile, und da ein Kellner gerade nach unseren Bestellungen fragte, wandten wir uns alle kurz der Speisekarte zu. Ich bestellte ein Wildgericht, während Bea die hausgemachten Nudeln mit Lachssoße wählte. Unsere Besucherin wollte lediglich einen großen Salat mit Schinken und Ei.

Nachdem der Kellner die Bestellung notiert hatte, nahm Frau Dobrowska den Faden wieder auf.

»Maria war ein sehr phlegmatisches Mädchen. Sie interessierte sich für nichts, konnte stundenlang in der Sonne sitzen und vor sich hin starren und schien eigentlich immer auf etwas zu warten, von dem sie gleichzeitig wusste, dass es nicht kommen würde. Ein Gespräch mit ihr zu führen war so, als watete man durch tiefen, zähen Schlamm. Wenn man endlich wieder herausgefunden hatte, fühlte man sich ausgelaugt und merkwürdig schmutzig.«

Ich erinnerte mich an die beiden Gespräche mit Maria und wusste genau, was sie meinte.

»Das klingt nach einem sehr unglücklichen Mädchen«, sagte Bea.

»Willkommen in einem Waisenhaus.« Frau Dobrowska verzog den Mund. Die schmerzliche Miene zeugte von der Härte ihres Berufes. Dann erzählte sie weiter.

»Viktor, der schöne, geheimnisvolle Viktor. Ihn habe ich eine Zeit lang für den Kopf des Kleeblattes gehalten. Wenn Viktor einen mit diesen tiefen, nachtdunklen Augen anschaute, rief er oft Furcht hervor. Diese Wirkung schien er zu genießen wie andere ein Kompliment.«

Bea hob plötzlich die Hand und fragte in bedeutungsvollem Ton: »Diese Namen, sind die wirklich Zufall?«

»Wie bitte? Was meinen Sie?«, fragte Frau Dobrowska höflich. »Wir geben den Kindern nicht einfach andere Namen, wenn sie zu uns ins Heim kommen.«

»Entschuldigung, das habe ich nicht gemeint. Aber diese drei Namen, Viktor, Dominik und Maria, die haben doch alle eine interessante Übersetzung.«

»Viktor heißt übersetzt ›Sieger‹, meinst du das?«, fragte ich sie.

Sie nickte heftig und schob eine Haarsträhne zur Seite. »Dominik heißt wörtlich: ›zum Herrn gehörig‹.«

»Und Maria?«

Bea zuckte mit den Schultern, aber Frau Dobrowska wusste mehr: »Meine Schwester heißt Maria. Der Name leitet sich vom hebräischen ›Mirjam‹ ab. Wir haben meine Schwester oft geärgert, denn es heißt wörtlich: ›die Widerspenstige, die Unbezähmbare‹.« Sie lächelte kurz und ergänzte. »Es gibt auch noch eine andere Übersetzung: ›die Wohlbeleibte‹, aber ich denke, diese Bedeutung können wir außen vor lassen.«

»Der Sieger, zum Herrn gehörig und die Widerspenstige«, zählte ich auf, »ganz unpassend sind die Namen nicht. Was ist mit Dominik? Welche Rolle spielte er?«

Ivanas Blick ging zur Decke. »Dominik war der Charmeur, stets gut gelaunt. Er tänzelte mit einer Leichtigkeit durch sein Leben, um die man ihn im ersten Moment hätte beneiden können. Doch ich glaube, dahinter verbarg sich eine große Distanz zu allem und ein sehr verletztes, nur leider auch sehr kaltes Herz.«

Bea neben mir erschauderte bei dieser Beschreibung. Einiges hatte sie schon einmal gehört, als sie für mich mit dem Waisenhaus telefoniert hatte. Nun fragte sie: »Aber warum hat man diese drei nicht voneinander getrennt? Man hätte sie doch auf andere Heime verteilen können.«

»So einfach ist das nicht. Schwierige Kinder will keine Einrichtung der Welt haben. Wir haben es natürlich versucht.« Ivana Dobrowska lächelte sanft. »Als die drei dann verschwunden waren, hat keiner lange nach ihnen gesucht. Schließlich waren sie beinahe schon junge Erwachsene. Niemals hätte ich mir träumen lassen, dass ausgerechnet diese drei gemeinsam zu Tode kommen könnten.« Sie machte eine kurze Pause und sagte schließlich: »Wir müssen uns wohl alle erhebliche Vorwürfe machen.«

Ich schüttelte vehement den Kopf. Nun war es an mir, ihr von dem Fund der drei Toten zu erzählen, von ihrer Mumifizierung und der Aufbahrung, die an eine Anbetung erinnerte. Beas schräge Seitenblicke, mit denen sie mein neuerliches Geständnis quittierte, ignorierte ich zunächst.

»Sie wollen mir sagen, Dominik, Viktor und Maria hätten den Freitod gewählt, um sich dann mumifizieren und anbeten zu lassen? Das setzt aber einen ungewöhnlichen Glauben an die Mächte der Finsternis voraus.«

Ich, der ich wusste, dass unser Kleeblatt im Jenseits tatsächlich eine Menge Ärger veranstaltete, fand so etwas nicht mehr ganz so ungewöhnlich. Ich gab daher zu bedenken, dass die drei doch schon in Polen als Satanisten galten.

»Nun ja, man sagte ihnen nach, dass sie Tieropfer dargebracht, junge Frauen verführt und merkwürdige Rituale vollzogen haben, aber es hat deshalb nicht wirklich Frösche geregnet oder so.«

Bea erinnerte uns an gemeinschaftliche Freitode von bestimmten Sektenmitgliedern, die auch alle fest daran glaubten, dass sie damit eine andere Dimension erreichen würden.

Dann sagte sie: »Spinnen wir das doch mal ein wenig weiter. Drei junge Menschen suchen den Tod, damit sie in eine jenseitige Welt gelangen können. Das allein scheint ihnen aber nicht zu reichen. Sie hätten gemeinsam von einer Brücke springen können, das wäre einfacher gewesen. Haben sie aber nicht getan. Stattdessen haben ihnen Komplizen beim Sterben geholfen und sie auf eine bestimmte Art bestattet. Ihre Leichen wurden besucht und gepflegt.«

Bea machte das gut, und ich hörte ihr gebannt zu.

»Diese Komplizen arbeiten mit einer Droge, die aus einem netten Dr. Jekyll einen Mr Hyde macht, also jegliche Toleranzgrenze senkt oder gar aufhebt. Was brauchen sie noch? Es kann schließlich kein Zufall sein, dass das Zeug direkt neben dem Raum mit den Mumien hergestellt worden ist. Meiner Meinung nach brauchten sie Frau Wisniewska.«

Ivana Dobrowska starrte Bea an, schien aber gleichzeitig durch sie hindurchzusehen. Schließlich stöhnte sie: »Mein Gott, sie wollten ein Medium haben!«

Ich wandte mich an Ivana: »Olga konnte so etwas, nicht wahr? Sie konnte Kontakt zu den Toten aufnehmen, oder?«

Wir schwiegen alle einen Moment lang, während der Kellner unser Besteck brachte und einen Teller mit kleinen Brötchen und Kräuterbutter servierte. Trotz des Hamburgers, den ich mit dem

Hauptkommissar vor zwei Stunden gegessen hatte, spürte ich plötzlich großen Appetit, eine fast manische Esslust, so als müsste ich meine Nerven füttern, damit ich nicht durchdrehte. Der bloße Gedanke an Lisa ließ mir das Herz rasen und den Nacken heiß werden.

»Wissen Sie«, sagte Ivana, während sie ein Brötchen exakt in der Mitte aufschnitt und genauso sorgfältig mit Kräuterbutter bestrich, »wissen Sie, ich glaube eigentlich nicht an diese Séancen, bei denen irgendein Medium mit dem Jenseits kommuniziert. Ich halte es für eine lächerliche Art, sich interessant zu machen. Aber bei Olga war das etwas anderes. Sie hat keine Séancen abgehalten, sie hat auch nicht mit bestimmten Toten Kontakt aufgenommen, sondern sie schien eher über so einen allgemeinen Kontakt zum Totenreich oder zum Jenseits zu verfügen. Sie wusste mitunter Dinge, die kein Lebender eigentlich wissen konnte. Sie konnte das Böse in einem Menschen erkennen, als wäre es eine sichtbare Narbe auf der Stirn. – Einmal, es war nach einer Geburtstagsparty bei mir zu Hause, da sagte sie: ›Ivana, du hast einen ganz besonderen Vater. Er hat eine alte, wunderschöne Seele.‹ Verstehen Sie? Solche Sätze waren es eher, die Olga zu einer Art Medium machten.«

Ivana richtete den Blick auf ihr Brötchen und fügte leise hinzu: »Niemals hätte Olga mit dem toten Kleeblatt in irgendeiner Form Kontakt aufgenommen. Niemals.« Dann biss sie beinahe wütend hinein.

»Christian, glaubst du wirklich, dass jemand sich umbringt, weil er fürchtet, als Medium missbraucht zu werden?«, fragte Bea mit zweifelndem Gesichtsausdruck. Es klang zu verrückt, um ein wirkliches Motiv zu sein. Allerdings war in einer derartigen Ausnahmesituation, die der Freitod nun einmal darstellte, allein wichtig, was derjenige dachte und glaubte. Immerhin war kaum ein Selbstmord aus der Sicht anderer wirklich nachvollziehbar. Wenn Olga daran geglaubt hatte, dass Dominik, Viktor und Maria sie für ein teuflisches Ritual als Medium missbrauchen wollten, und sie keinen Weg sah, dies zu verhindern, dann konnte die Verzweiflung schon sehr groß gewesen sein. Und wenn sie dann noch davon ausging, dass mit ihrer Hilfe etwas Teuflisches in Bewegung gebracht werden sollte, musste ihr der Freitod als einzige Rettung erschienen sein. Zur Polizei hätte sie mit ihren Befürchtungen wahrlich schlecht gehen können. Nach all dem, was ich von Olga Wisniewska wusste, war sie eine außerordentlich gläubige Frau gewesen. Der Tod war für sie nicht das Ende von allem.

Hätte sie doch nur ein klein wenig länger durchgehalten! Wir beide zusammen wären ein gutes Team geworden.

Bea schob ungeduldig ihren Teller hin und her. Schließlich sagte sie: »So richtig verstehe ich das alles dennoch nicht. Ich habe Frau Wisniewska eigentlich nicht für sehr ängstlich gehalten. Die wenigen Male, die ich sie in der Kirche getroffen habe, wirkte sie in sich ruhend und selbstsicher, auch wenn sie nur die Putzfrau war. Wie konnte sie sich vor drei jungen Menschen derart fürchten?«

Ivana schob die Krümel auf ihrem Teller mit einem Messer zusammen. »Sie fürchtete sich nicht vor den Jugendlichen, sie fürchtete sich vor dem Bösen. Ihrer Meinung nach verkörperte Dominik ein ganz altes …« Sie machte eine Pause, als suche sie das richtige Wort. »… Biest.«

»Ein altes Biest?«

»Ja, ein uraltes Wesen, dass immer schon böse war.«

Bea hakte weiter nach. »Sie meinen, so was wie ein Vampir? Hielt sie ihn für unsterblich?«

»Nun, unsterblich war er im körperlichen Sinne offensichtlich nicht«, warf ich ein.

Ivana verschränkte ihre Finger ineinander und wusste offenbar nicht recht, wie sie erklären sollte, was sie selbst nicht verstand. »Ich glaube, Olga hat damit das Urböse im Menschen gemeint, etwas, das sich bei Dominik manifestiert hat.«

»Sie hatte wirklich keine gute Meinung von diesen dreien.« Bea lehnte sich zurück, als nun unser Essen gebracht wurde.

Während ich aß, überlegte ich, welchen Eindruck ich selbst von den jungen Polen gehabt hatte. Überheblichkeit, kam mir als erste Beschreibung in den Sinn.

Das Wildgericht war bestimmt gut zubereitet, doch kam ich mir vor wie ein verschnupfter Mensch, dessen Geschmacksnerven lahmgelegt waren. Beinahe vorwurfsvoll war der Blick des Kellners, als ich um Pfeffer und Salz bat.

Einer stillschweigenden Übereinkunft folgend sprachen wir während des Essens nicht viel und nur über allgemeine Themen. Ivana hatte sich während der wenigen Stunden, die sie in Lüdinghausen weilte, bereits recht fleißig umgeschaut. Sie war tief beeindruckt von den Burgen und der großen alten Kirche St. Felizitas mitten in der Stadt.

»Diese Fenster und diese Säulen! Es ist eine wunderschöne, riesige Kirche. Wie herrlich muss es sein, dort die heilige Messe zu hören.« Ich berichtete ihr, dass diese Kirche Anfang des 16. Jahrhunderts erbaut worden war. Sie war ein wunderschönes Exemplar spätgotischer Baukunst. Und sie besaß die dicksten Kirchensäulen Europas.

Wir sprachen über die kunstvollen Reliefs in der Kirche und über die prachtvollen bunten Glasfenster. Einer Eingebung folgend fragte ich Ivana: »Wenn Dominik, Viktor und Maria hier in Lüdinghausen ihr Unwesen treiben würden, welchen Ort würden sie wohl als Treffpunkt bevorzugen?«

Sie musste nicht einmal nachdenken. »Sie wären in einer der Burgen zu finden. Schlösser, Verriegelungen oder gar Verbote waren nie ein Hindernis für sie, sondern stellten allenfalls sicher, dass sie nicht gestört wurden. Das Mystische, die Düsternis dieser Gebäude wäre genau das Richtige für die drei.« Sie machte eine Pause. »In und um diese Stadt gibt es so viele Burgen, wie ich es noch selten irgendwo gesehen habe. Drei direkt am Ort und dann noch so viele weitere im Umkreis. Das ist nicht normal für eine deutsche Stadt, oder?«

Ich musste mir unbedingt die Burgen vornehmen. Ich hatte keinen blassen Schimmer, wie ich jetzt, am Abend, drei abgeschlossene Burgen durchsuchen sollte, aber mir würde schon etwas einfallen. Ich bastelte gerade an einer Entschuldigung, damit ich eilig aufbrechen konnte, da klingelte mein Handy. »Hagedorn hier. Ich habe mir die Objekte dieses Immobilienbüros noch mal angeschaut, und dabei ist mir ein interessantes Gebäude aufgefallen. In diesem Fall hat das Büro nicht vermietet, sondern ist selbst Mieter.«

»Ja, ich höre.« Meine Hände wurden feucht. Ich spürte eine gewisse Spannung, die in der Luft zu liegen schien.

»Und zwar ist im Auftrag dieses Immobilienbüros ein Raum angemietet worden, in dem ein Café betrieben wird.« Meine Anspannung verschwand wie bei einem Stromausfall. Wie unwichtig war das denn?

»Was stöhnen Sie denn so aufgeblasen? Hören Sie doch erst weiter. Es handelt sich um das Café, das sich auf der Burg Vischering befindet.«

Hagedorn hatte meine Aufmerksamkeit wieder.

Er fuhr fort: »Ich verstehe nicht, warum ein so renommiertes, mit großen Objekten befasstes Immobilienbüro einen kleinen, eher spartanisch ausgerüsteten Raum wie dieses Café mietet. Es ist in keiner Weise mit dem Café und Restaurant von Schloss Nordkirchen vergleichbar. Also, was soll das?«

»Ganz klar, da wollte jemand Zugang zu anderen dunklen Räumen haben. Wir müssen dahin.«

Diese Nachricht ersparte mir die Suche nach der richtigen Burg. In der Burg Vischering befand sich das Münsterlandmuseum, wechselnde Ausstellungen und Konzerte fanden dort statt, ebenso Kinderveranstaltungen. In den zu besichtigenden Innenräumen konnte man alte Möbel, Handwerksgegenstände und Waffen bewundern. Allein der Anblick der alten Kamine und der Holzfußböden war einen Besuch wert. Darüber hinaus hatte diese Burg alles, wonach sich ein abenteuerlustiges Jungenherz sehnte: Kalte, uralte Burgmauern, Zugbrücken und Verliese. Wenn ich den Teufel anrufen oder düstere Geisterséancen abhalten wollte, täte ich es genau dort.

Mir lief es eiskalt über den Rücken, als ich mich daran erinnerte, dass meine Schwester Lisa diesen Ort nicht ausstehen konnte. Sie war nicht einmal zu einem Spaziergang rund um die Burg bereit gewesen. Hielte wirklich jemand Lisa dort in einem Verlies fest, musste sie noch Schlimmeres aushalten als erwartet.

»Sagen Sie mir, wo ich Sie abholen soll«, sagte Hagedorn. »Sie ziehen auf gar keinen Fall allein los. Ich bin in zehn Minuten dort!«

Natürlich hatte ich Bea und auch Ivana von dem verschwundenen geistig behinderten Mädchen erzählt, doch dass ich nun mit dem Kommissar mitfahren sollte, um sie zu suchen, fanden beide Frauen einigermaßen befremdlich.

»Ist es ein Zeichen für unsere Wirtschaftskrise, dass die Polizei Bürger in den Nachtdienst mitnimmt?« Bea grinste mich an, aber ich sah auch ihre Verwunderung und interpretierte noch ein wenig Enttäuschung über meinen plötzlichen Aufbruch mit hinein.

Umständlich erklärte ich dann, dass ich als eine Art Bezugsperson mitkäme, da mich diese junge Frau aus unerklärlichen Gründen ins Herz geschlossen habe. Ich hätte ja sogar ihren Hund versorgen dürfen. Falls der Kommissar also wirklich auf der richtigen Spur sei und wir sie fänden, wäre es gut, wenn ein vertrautes Gesicht anwesend sei. Ich hörte meine Verteidigungsrede und kam mir unglaublich tot vor. Ich musste erklären, warum ich meine kleine Schwester suchen und retten wollte!

»Das letzte Mal, als du mit dem Kommissar auf der Pirsch warst, wurdet ihr von der gefährlichsten Schlange der Welt angegriffen, oder?«

»Richtig. Und ich darf erinnern, dass die Schlange dabei gestorben ist.«

Bis ich die Rechnung für uns drei bezahlt sowie mein Glas ausgetrunken hatte, waren zwölf Minuten vergangen. Wenn ich noch länger warten musste, würde in meinem Kopf bestimmt eine wichtige Ader platzen. Ich sprang auf und verkündete: »Sag dem Hauptkommissar, ich bin schon vorgefahren, bitte, Bea.«

»Pass auf dich auf«, sagte sie am Ausgang. Sie wollte mit Ivana noch eine Weile plaudern, vielleicht ein Gespräch in ihrer Muttersprache führen. Ich war froh, dass sie nicht auf die gefährliche Idee verfallen war, mich zu begleiten. Und ein klein wenig enttäuscht war ich, dass sie es nicht einmal versucht hatte. Na ja, eigentlich war ich sogar sehr enttäuscht.

Burg Vischering war eine Wasserburg, die von wassergefüllten Gräben, sogenannten Gräften, umgeben war. Es gab drei Brücken, die über die Gräften führten, zwei davon gingen zur Vorburg, eine weitere ermöglichte von dort aus den Zugang zur Hauptburg und zum Innenhof, wo sich das Café befand. Wir mussten also durch zwei Tore hindurch. Auch wenn die Burg einst zu Verteidigungszwecken erbaut worden war – heute gab es sicher keine bewaffneten Wachen mehr am Tor. Die großen Tore am Ende der Brücke waren abgeschlossen, aber Hauptkommissar Hagedorn hatte hoffentlich kein Problem, um diese Zeit eingelassen zu werden. Wäre der Anlass kein so ernster gewesen, hätte ich es recht unterhaltsam gefunden, eine Burg bei Nacht zu besuchen.

Schon als ich aus dem Auto gestiegen war und die Burg grau, majestätisch und abweisend vor mir liegen sah, fühlte ich mich der modernen Zeit völlig entrückt. Hier konnte man an Vampire glauben, an Hexen und an traurige Gespenster, die noch immer an den Ketten ihres alten, elenden Lebens hingen. Mir war innerlich heiß, aber zugleich spürte ich unangenehm die nächtliche Kälte. Warum ließ Hagedorn sich so viel Zeit? Seine Handynummer hatte ich bereits unterwegs im Auto drei Mal gewählt, aber es war immer besetzt. Vielleicht hatte er die Tastensperre nicht bedient, und nun wählte das Telefon in der Tasche im Alleingang? Ich fluchte und marschierte schließlich los.

Zunächst probierte ich es am Hauptweg zur Vorburg, einer breiten Zugbrücke, an deren Ende ein doppelflügeliges Holztor den Zugang zum ersten Innenhof versperrte. Es ragte mehrere Meter in die Höhe und war verschlossen. Ich machte mir wenig Hoffnung, lief nun aber auch noch zur zweiten Brücke, die etwas weniger massiv war. Wütend kickte ich einen Stein beiseite. Ohne den Kommissar würde ich hier nichts ausrichten können. Dabei war ich aus irgendwelchen Gründen fest davon überzeugt, dass sich genau hier eine Spur zu Lisa finden würde.

Ich erschrak, als der Stein gegen eine in der Ecke liegende Coladose prallte. Es schepperte hallend durch die Nacht. Und dann erlebte ich eine Überraschung. Das Tor ließ sich mit einem knarrenden Geräusch öffnen. Hatte ein unaufmerksamer Angestellter es versäumt, dieses Tor abzusperren, oder hatte nach dem Schließen des Museums noch jemand die Burg betreten?

Wenn doch nur endlich Hagedorn auftauchen würde! Ich blieb zunächst vor dem Tor stehen und wählte erneut seine Handynummer. Wenn in der Burg tatsächlich die Machenschaften stattfanden, die ich befürchtete, wäre es absolute Dummheit, weiterzugehen. Ich hatte keine Waffe, keine Berechtigung, und ich hatte gerade richtig Angst. An meiner Unterlippe nagend blieb ich vor dem offenen Tor stehen, als handle es sich um eine Schwelle in die Unterwelt. Schließlich versuchte ich über die Auskunft, seine Dienststelle zu erreichen.

»Hauptkommissar Hagedorn ist unterwegs, Kommissar Rupert ist bei ihm. Kann ich etwas ausrichten?«

»Hören Sie, er wollte mich vor einer halben Stunde abholen, vielleicht ist ihm etwas dazwischengekommen? Ich muss ihn dringend erreichen. Es ist sozusagen Gefahr im Verzug«, redete ich dringlich auf den wachhabenden Beamten ein. Im Hintergrund schien eine Sportsendung zu laufen. Der Mann vertraute offenbar ruhig darauf, dass sein Chef schon wusste, was er tat.

»Sind Sie in akuter Gefahr, Herr …?«

»Grothe. Nein, es handelt sich …«

»Dann rate ich Ihnen, sich ruhig zu verhalten und auf keinen Fall den Helden zu spielen. Wenn Hauptkommissar Hagedorn sagt, er kommt, dann kommt er auch. Wo sind Sie denn überhaupt?«

»Ich stehe hier am Tor zur Burg Vischering.«

»Das Museum ist um diese Zeit aber geschlossen, Herr Grothe.«

»Das weiß ich, aber hier ist ein Tor offen, vielleicht sind Eindringlinge in der Burg und …«

Ich hörte tatsächlich, dass der Beamte nun mit vollem Mund sprach, so als habe er soeben einige Chips zu sich genommen.

»Das kann ja schon mal passieren. Wissen Sie, wie viele Türen und Tore die Leute dort jeden Abend abschließen müssen?« Dann schien der Beamte diesem Telefonat endlich einmal seine volle Konzentration zu widmen, denn er fragte: »Warum wollten Sie sich dort mit Hauptkommissar Hagedorn treffen?«

Ich seufzte. Auf mein Frösteln folgte nun heftiges Schwitzen. »Weil wir dort Eindringlinge vermuten. Es handelt sich um eine Spur im Fall Lisa Kemper.«

»Die entführte Behinderte?« Ich zählte bis zehn und biss mir auf die Lippen.

Der Beamte schien zu überlegen. Offenbar brauchte er dazu seine Kiefermuskulatur. Er kaute. Eine halbe Ewigkeit später verkündete er: »Wissen Sie was? Ich versuche, Herrn Hagedorn anzufunken. Wenn das nicht klappt, schicke ich Ihnen einen Streifenwagen.«

Ich wusste nicht, ob das gut oder schlecht war.

SIEBZEHN

Zweieinhalb Minuten später verlor ich die Geduld. Langsam schritt ich durch das Tor wie ein armer Sünder auf einem dornigen Pilgerpfad.

Der Innenhof lag im Dunkeln, rings um mich ragten die Gebäude der Vorburg auf, die mich allerdings kaum interessierten. Der Vorsicht halber ging ich die Mauern ab, lauschte nach Geräuschen und hielt nach Lichtschein Ausschau. Dann spähte ich zu dem gepflasterten Weg, der zur Hauptburg führte. Was sollte ich tun, wenn das nächste Tor verschlossen war?

Es war offen. Ich ging den Verbindungsweg zur Hauptburg entlang und öffnete schon fast selbstverständlich auch das große Tor zum Innenhof der Hauptburg.

Vielleicht kam es tatsächlich einmal vor, dass eines der Tore unverschlossen geblieben war, aber wenn ich ungehindert durch drei Tore gehen konnte, als wäre ich ein geladener Gast, dann hätte ich mich nicht nur wundern, sondern unbedingt auf Verstärkung warten müssen.

Wenn man keine Eindringlinge wünscht, schließt man sorgfältig ab. Wenn man Eindringling ist und keinen unerwünschten Spion bei seinen Umtrieben dabeihaben möchte, schließt man ebenfalls ab. Falls man aber hofft, dass sich einfältige, übermüdete Leihküster zu einer nächtlichen Soiree einfinden, lässt man alle notwendigen Tore offen und wartet.

Als ich ein lässiges Händeklatschen hörte, wusste ich, wie groß die Falle war, in die ich gerade stolperte.

Der Mond lugte als Sichel aus einer Wolkenlücke, neugierig, aber schmal genug, um keine Aufmerksamkeit zu erregen.

»Haben Sie keinen Flug mehr bekommen, oder warum sind Sie nicht in Puerto Rico?«

Sie sah toll aus. Ein langes nachtblaues Samtkleid, passend zur mittelalterlichen Umgebung, umspielte eng ihren provokant perfekten Körper. Ihre zarten Füße mit dem goldenen Nagellack wurden von keinem Schuh behindert, immer wieder musste ich hinschauen, um sicherzugehen, dass sich keines dieser Kunstwerke in einen Bocksfuß verwandelte. Ihr dunkelrotes Haar war länger, weiß der Geier, wie es innerhalb weniger Stunden so hatte wachsen können. Es umspielte ihr Gesicht und fiel ihr lockig auf die Schultern. Ich wunderte mich nicht darüber, dass sie meine Ankunft vorhergesehen hatte.

»Ach, Christian. Mal abgesehen davon, dass Entfernungen für mich nicht ganz so viel bedeuten wie für andere, wollte ich hier mein Spiel zu Ende bringen.«

Mit einer grazilen Handbewegung lud sie mich ein, ihr zu folgen. Also ging ich hinter Luzifer her, wegzulaufen wäre nur peinliche Zeitverschwendung gewesen. Doch ich musste mich wohl umgeschaut haben, denn sie lachte plötzlich leise und sagte: »Der Hauptkommissar, dieser edle Ritter, kommt heute nicht mehr, Christian. Er hatte leider einen Unfall.«

Diese Nachricht setzte mir zu. Während auf den Pflastersteinen nur meine Schuhe ein Geräusch machten, näherten wir uns, wie vermutet, dem Burgcafé.

»Ist er verletzt?«, fragte ich.

Sie drehte sich um, und eine steile Falte erschien auf der makellosen Stirn. »Er lebt.«

Das konnte alles und nichts bedeuten. Ihr gleichgültiges Zucken mit der linken Schulter erschreckte mich. Ich musste mich um Lisa kümmern.

Wir betraten das Café, durchquerten die kleine Küche und stiegen eine Treppe hinab. Muffige, feuchte Luft schlug mir entgegen. Wir kamen durch zwei alte Holztüren und standen dann überraschend vor einer grob zusammengefügten Steinwand, die flüchtigen Betrachtern den Eindruck vermittelte, hier wäre der Keller zu Ende. Sekunden später waren wir vor einer grauen Stahltür mit einem Sicherheitsschloss. Hier also befand sich der Raum, um den es Luzifer eigentlich gegangen war, als sie das Café mieten ließ. Hierher verirrte sich so schnell keiner der Angestellten und schon gar kein Tourist. Ich nahm an, dass dieser Raum schon in frühen Zeiten als Versteck gedient hatte. Es handelte sich um ein Kellergewölbe, etwa zwanzig Quadratmeter groß, mit einer sehr niedrigen Decke. Ich beugte den Kopf etwas nach vorne, um nicht am Steingewölbe anzustoßen, und war froh, als ich mich auf eine Holzbank setzen sollte. Die Wände waren mit Tierfellen behängt, vor allem von Schafen und Kühen. Auf dem Boden lagen alte, einst sicher wertvolle Teppiche. An den Wänden brannten zahlreiche Kerzen, und ein schwerer Duft stieg mir in die Nase.

Es gab eine Art Diwan mit Decken und Kissen, der aussah, als käme Kleopatra zum Nachmittagstee. Vermutlich war dies Luzifers Lieblingsplatz. Nun thronte dort allerdings jemand anders, eine Frau, die mir durchaus bekannt war. Ich würdigte sie keines Blickes, sondern herrschte Luzifer an wie ein Diktator: »Wo ist Lisa? Ich will sie sofort sehen!«

»Sie schläft. Schrei nicht so herum.«

Luzifer öffnete eine unscheinbare Tür, die von einem Gobelin verdeckt war, und ich sprang auf. Nur knapp verfehlte mein Kopf die niedrige Decke. Ich fand es entwürdigend, dass ich vorgebeugt stehen musste wie ein Buckliger, um mich nicht zu stoßen.

Der Raum, in den ich nun blickte, war klein und kalt. Lisa lag auf einer Holzpritsche und schlief. Ihr Gesichtsausdruck war angespannt, aber immerhin hatte man sie warm zugedeckt. Ich wollte zu ihr laufen, doch ein Arm wie von Stahl hielt mich zurück.

»Es geht ihr gut«, zischte Luzifer. »Sie hat ein starkes Beruhigungsmittel bekommen. Du kannst dir vorstellen, dass das nötig war.«

Ich bebte. Vor Zorn, vor Hilflosigkeit. So unbeteiligt die Frau auf dem Diwan auch schien, ich hatte die Waffe in ihrer Hand gesehen.

»Lassen wir sie schlafen, Christian, sie soll nicht leiden.« Sie schob mich sanft zurück und schloss die Tür. Ich roch eine Mischung aus Zimt und Koriander und fühlte mich plötzlich merkwürdig träge. Diese Schlange hypnotisierte mich wie ein Beutetier.

Ich wankte zurück zur Bank und dachte daran, dass Michael mich ermahnt hatte, auf die Unversehrtheit meines Körpers zu achten. Luzifer setzte sich jetzt an das Fußende des Diwans, zündete sich eine Zigarette an und lächelte mich an. Genau so lächelte man einen Eisbecher an, den man sich nach einer anstrengenden Fahrradtour verdient hatte.

»Ich weiß genau, was Sie mit Lisa vorhaben«, sagte ich.

Eine fein geschwungene Augenbraue wurde hochgezogen, und die Zigarette blieb in der Luft hängen. »Mit Lisa? Was soll ich denn mit einer Frau anfangen, die die Intelligenz einer Zehnjährigen hat? Tiermemory spielen? Hier geht es um dich, mein Lieber.«

Den letzten Satz hörte ich gar nicht, so wütend war ich. »Lisa hatte immerhin genug Intelligenz, um Ihre teuflische Seele schon aus der Entfernung zu erkennen.«

Aufgebracht wandte ich mich nun an die Frau mit der Waffe. »Frau Büscher, wissen Sie überhaupt, mit wem Sie hier Freundschaft pflegen? Sie ist der Teufel persönlich.«

»Nun, ich hoffe doch, dass sie mir diesbezüglich nichts vorgemacht hat. Haben Sie wirklich geglaubt, ich mache nur mit Schuljungen Geschäfte? Axel liefert einen hervorragenden Stoff. Selten habe ich bei einem so jungen Kerl eine solche gärtnerische Begabung erlebt. Doch mit Cannabis allein kann man allenfalls desillusionierte Teenager zufriedenstellen. Das, was auf der Grundlage dieses Stoffes entstanden ist, das ist eine wahrhaft geniale Kreation. Sie haben ja keine Ahnung, Herr Grothe.«

Angeekelt sah ich ihr ins Gesicht. Diese Frau war so kalt wie eine Eisscholle. Sie kannte kein Mitleid und keine Fürsorge. Kein Wunder, dass ihr Mann lieber in einem nüchternen Büro schlief als in ihrer Nähe.

Das Licht schmeichelte ihr, aber das wallende Kleid aus rotem und gelbem Batikstoff wirkte lächerlich. Ein Drachenkostüm hätte Hilde Büscher besser zu Gesicht gestanden, dachte ich. Wie alle Verbrecher prahlte sie gern mit ihrer vermeintlichen Genialität, sobald sich endlich die Gelegenheit dafür bot.

»Tun Sie doch nicht so, als hätten Sie selbst diese Droge entwickelt. Ich bin mir sicher, dass das Rezept dafür von Dominik, Viktor und Maria stammte. Und Andreas hat sich diese Taipans sicher auch nicht aus eigenem Antrieb angeschafft.«

»Die Taipans gehörten mir. Glauben Sie etwa, ich ließe einen Teenager mit einem derart gefährlichen Tier spielen?«

Ich schnalzte mit der Zunge. »Dann gehörte die Mamba im Keller Ihres Hauses also auch zu Ihrem persönlichen Streichelzoo?«

Im nächsten Moment war sie nach vorne geschnellt, und die Waffe zeigte auf mein linkes Auge.

»Was haben Sie mit ihr gemacht?«

Ein Blick von Luzifer, und Frau Büscher ließ die Waffe wieder neben sich gleiten. Ich wollte die Frage nicht beantworten. Stattdessen fragte ich Luzifer: »Seit wann arbeiten Sie mit derart schlechtem Personal zusammen?«

Dann bat ich Luzifer eindringlich: »Bitte gib mir meine Schwester Lisa und lass zu, dass ich sie in Sicherheit bringe. Sie kann euch nicht helfen.« Ohne es zu bemerken, war ich zum Du gewechselt.

Jetzt lachte Luzifer laut auf. »Natürlich kann sie uns nicht helfen. Was hast du geglaubt, warum sie hier ist?«

»Du willst sie als Medium missbrauchen. Dafür brauchst du doch diese ›Dr. Jekyll-und-Mr Hyde-Droge‹. Lisa würde nie freiwillig für dich arbeiten!«

Mein Tonfall war nun nicht mehr flehend, sondern zornig. Wahrscheinlich war es pure Dummheit, was ich hier tat. Ich war wütend, voller Angst und so hilflos wie eine eingesperrte Ratte.

Luzifers Gesicht verzerrte sich zu einer hämischen Grimasse. Für einen Moment sah ich tatsächlich den Teufel leibhaftig in ihr. Es war eine Fratze, wie sie in den Phantasien der Menschen über den Teufel seit Anbeginn der Zeit vorherrschte. »Du armer Narr. Deine Lisa ist in doppelter Hinsicht ganz und gar nutzlos für mich: Sie ist einfältig bis in die borstigen Haarspitzen, und ihr fehlt es an jeglicher Form von Bösartigkeit. Wenn sie aufwacht, kann sie sich an nichts mehr erinnern, also reg dich ab.«

Sie drehte sich mit wiegenden Hüften um und ging zu dem Diwan. Mit sanfter Stimme, die aber keine Widerworte duldete, sagte sie zu Frau Büscher: »Geh doch bitte kurz ins Café und koch unserem Gast einen Kaffee. Er hat eine anstrengende Nacht vor sich.«

Hilde Büscher stand sofort auf. Sie nahm den Revolver und gab ihn Luzifer mit den Worten: »Pass auf dich auf. Du darfst einem Mann nie den Rücken zuwenden.«

Da wusste ich, dass Hilde Büscher nicht wirklich an die Existenz des Teufels glaubte.

»Setz dich, Christian.« Ich setzte mich wieder auf die Holzbank, während Luzifer es sich auf dem Diwan bequem machte. Die Waffe legte sie achtlos in die Kissen. Sie brauchte sie nicht.

»Das Dilemma ist Folgendes: Ein schlechter Charakter besitzt niemals die Fähigkeit, mit den Toten in Kontakt zu treten. Niemals.« Mit einem fast schüchternen Blick auf ihre Hände setzte sie hinzu: »Ich kann es sowieso nicht. Den einzigen Kontakt, den ich noch zu meiner Heimat und zu meinen Brüdern habe, den habe ich durch die vier Gemälde, die Michael, Raphael, Gabriel und Uriel so zeigen, wie sie wirklich aussehen. Du hast ja keine Ahnung, wie sehr ich sie geliebt habe und wie sehr ich sie noch immer vermisse.«

Beinahe hätte sie mir leidgetan, diese schöne Frau, die ihre Einsamkeit beklagte.

»Olga hat mich zwei, drei Mal beobachtet, als ich meine Bilder besuchte.« Luzifers Gesicht zeigte ein leises und trauriges Lächeln.

Ich sagte: »Und Olga Wisniewska hat geglaubt, wenn sie die Bilder weit wegschickt, verschwindest du ebenfalls aus Lüdinghausen. Oder?«

Luzifer lachte kurz. Dann antwortete sie, und ihre Hand strich dabei zärtlich über die Decke des Diwans: »Lass es mich so ausdrücken: Ich habe zumindest meinen Hauptwohnsitz gern in der Nähe der Bilder. Das gibt mir ein rudimentäres Heimatgefühl.« Mit angespannter Miene fuhr sie fort: »Olga hatte sich mit dem alten Küster verabredet. Ganz plötzlich hatte dieser alte Kerl sehr viel Geld gewonnen und seine Traumreise in die Karibik gebucht. Er sollte die Bilder dort in Empfang nehmen, und ich bin mir nicht sicher, ob der alte Narr sie nicht auch noch zu vernichten versucht.«

Ich äußerte mich skeptisch: »Du kannst doch nicht wirklich glauben, dass der alte Burkhart Gemälde zerstört, die mehrere hundert Jahre alt sind.«

»Nun, ich gehe lieber auf Nummer sicher. Hilde war so nett, ihren Sohn Andreas noch gestern Abend hinterherzuschicken. Hier wird es für den Jungen auch allmählich etwas unangenehm, nicht wahr?«

»Sie hat einen Schuljungen allein nach Puerto Rico geschickt?«

»Na, na, Christian. Du darfst ihre Mutterinstinkte nicht in Misskredit bringen. Sie hat ihm ihren Yogalehrer zur Seite gestellt. Der gute Mann glaubt, dass Hilde zu einem kleinen Strandurlaub nachkommt. Die beiden Männer sind als Brüder gereist. Süß, nicht wahr?«

Ich dachte an den jungen, athletischen Mann aus dem Café.

Diese Nachricht musste ich erst einmal verdauen. Andreas Büscher war also längst schon unterwegs gewesen, als Hagedorn die Flughäfen hatte kontrollieren lassen. Der alte Küster befand sich meiner Einschätzung nach in Lebensgefahr.

»Wer hat Lukas Riedel so zugerichtet?«

»Entspann dich. Der Lukas ist, soweit ich weiß, wieder fit. Andreas ist ein etwas hitziger junger Mann, und Lukas ist ihm in der Schule wegen irgendeiner Sache derbe auf die Füße getreten. Leider verlief die Schlägerei etwas unglücklich, und der Junge wurde bewusstlos. Hilde hatte daher die Idee, ihm eine Dosis der Droge zu verpassen, damit man die Tat mit der anderen Geschichte in Verbindung brachte. Das hat ja auch prima funktioniert.«

»Ja, verdammt prima«, knurrte ich. »Dem Jungen ging es echt dreckig.«

»Die Dosierung unserer Droge ist bei einer Injektion etwas schwer abzuschätzen.«

»Ihr benutzt die Menschen wie alte Schuhe!«

Luzifer räkelte sich weiter auf dem Diwan, betrachtete ihre goldenen Fußnägel und meinte: »Ja, ich betrachte das als Teil meines Jobs. Diese Olga war eine würdige Gegnerin, sie hat mich empfindlich gestört.«

»Maria, Viktor und Dominik ins Jenseits zu befördern war sinnlos, wenn du keinen Kontakt zu ihnen aufnehmen kannst, richtig?«, fragte ich sie.

Luzifer nickte. »Olga Wisniewska war ein perfektes Medium. Ich habe selten einen Menschen getroffen, der über derart sensible Antennen verfügte. Es hat der armen Frau ganz schön zu schaffen gemacht, als sie feststellte, dass sie mir die Kommunikation mit den toten drei Waisenkindern ermöglicht hatte.«

»Du hast sie in den Tod getrieben.«

»Ganz bestimmt nicht. Ich hatte ganz sicher etwas dagegen, dass sie zu Tode kam, das kannst du mir glauben. Eigentlich bin ich nicht so für die Erhaltung des Lebens zuständig, aber bei Olga hätte ich alles versucht.«

Ich glaubte ihr. Keiner hatte damit gerechnet, dass Olga Wisniewskas Tod in Wirklichkeit Selbstmord gewesen war, ich am allerwenigsten.

Eine Frage brannte mir schon lange auf der Seele, und jetzt schien mir der richtige Moment zu sein, sie zu stellen: »Wer hat Hubert Schweig umgebracht?«

»Das hast du also auch herausgefunden, Christian? Nun, ich fürchte, das war auch jugendliche Unbeholfenheit. Andreas hat bei Schweig in der Wohnung nach den Bildern gesucht und ist dabei überrascht worden. Der alte Schweig hat die Gefahr gar nicht erkannt, er hat Andreas ausgeschimpft und sich dann umgedreht, um die Polizei anzurufen. In dem Moment hat Andreas ihm eine Gardinenkordel um den Hals geworfen und zugezogen. Und dann hat er den armen Mann daran aufgehängt. Leider kann ein Gerichtsmediziner ganz gut erkennen, ob jemand frei schwebend erhängt worden ist oder im Sitzen beziehungsweise Stehen erwürgt. Die Kaltblütigkeit und Kraft des Jungen ist allerdings enorm. Aus Andreas kann noch mal richtig was werden.«

Ich verzog angeekelt das Gesicht, unter menschlichen Qualitäten verstand ich etwas anderes. Es war merkwürdig, dieser zarten, schönen Frau gegenüberzusitzen, von der man mitfühlende Worte erwarten würde, und solche Bösartigkeiten von ihr zu hören. Ein bocksfüßiger, haariger Teufel wäre glaubhafter gewesen.

Aber war da wirklich gar nichts Gutes in ihr? Sie hatte doch neben Michael und den anderen Erzengeln gesessen. Ich schaute sie an, suchte in ihrem Gesicht, in ihrem Blick nach Spuren von Sympathie oder Wärme. Vergeblich. Ich ließ mich dennoch von dem schönen Körper täuschen und hegte immer noch die Hoffnung, als Held diese Sache zu beenden.

Luzifer erklärte: »Ich wandele nun schon etwas zu lange auf dieser Erde. Es wird Zeit, etwas Neues zu probieren.«

»Du meinst, es wird Zeit, nun auch das Jenseits mit Bösem zu infiltrieren, ja?«

Sie winkte gelangweilt ab, und da sie schon einmal so auskunftsbereit war, fragte ich weiter: »Wie lange kennst du Dominik, Viktor und Maria schon? Sind sie wegen dir oder wegen ihrer alten Erzieherin nach Lüdinghausen gekommen?«

Ich erschrak, als Luzifer ganz plötzlich sehr laut loslachte.

»Sie haben dir nichts erzählt, nicht wahr, Christian? Raoul nicht, Jonas nicht und der edle Michael schon gar nicht. Du hast dich da auf einen völlig aussichtslosen Job beworben.« Sie unterbrach sich. »Entschuldige, du hast dich ja gar nicht beworben, du bist sozusagen versetzt worden.«

Nun stand sie auf und spazierte um mich herum. »Die Mitarbeit bei mir ist normalerweise freiwillig. Du hattest ja durchaus die Möglichkeit, mit mir zu kooperieren.«

Es fühlte sich zurzeit nicht freiwillig an, und mir wäre wesentlich wohler gewesen, wenn ich zumindest Lisa schon mal aus diesem Kellergewölbe herausgeschafft hätte.

»So etwas wie dich hat es noch nicht gegeben, Christian, und soweit ich mich erinnern kann, ist es absolut unerlaubt, himmlische Kräfte derartig zu missbrauchen.« Sie schnalzte affektiert mit der Zunge. »Vielleicht wurden die Regeln dort oben ja an die neuen Zeiten angepasst. Du weißt schon: Wirtschaftskrisen, immer weniger Kirchenmitglieder und so etwas. Ich war ja lange nicht mehr dort.«

Gut, dachte ich, dann plaudern wir eben über den Weltfrieden und über Engelchen und Teufelchen.

»Was führt eigentlich Frau Büscher im Schilde? Was hat sie von dieser Partnerschaft mit dir?«

»Nun, zunächst einmal hat sie die Partnerschaft.« Luzifer warf mir einen vielsagenden Blick zu, und ich staunte nicht schlecht bei der Vorstellung, dass diese beiden Frauen tatsächlich noch mehr miteinander verband als krumme Geschäfte. Offenbar war die gute Frau Büscher eher dem weiblichen Geschlecht zugetan. Das erklärte den Auszug von Herrn Dr. Büscher.

»Warum willst du überhaupt wieder zu den anderen Engeln, wenn du auf der Erde so viel Spaß hast?«, fragte ich und meinte es ehrlich.

»Spaß!« Sie spuckte das Wort förmlich aus. »Hast du vergessen, warum ich hier unten gelandet bin? Warum man mich aus dem Jenseits hinausgeworfen hat?«

Natürlich kannte ich die Geschichte von dem gefallenen Engel, der Gottes Herrschaft in Frage stellte und Gottes Liebe zu den Menschen nicht ertragen konnte. Luzifer hatte sich selbst für etwas Besseres, Schöneres gehalten und konnte Gott nicht verzeihen, dass er sich um diese sündigen und unvollkommenen Menschen bemühte und ihnen stets Vorteile verschaffte. Sie, die Engel, waren schön und gut und lebten mit ihm in Frieden. Aber Gott verlangte von seinen Engeln Gehorsam, während die Menschen tun durften, wonach ihnen der Sinn stand.

»Es hat sich nichts geändert, Christian«, sagte Luzifer, »ich hasse die Menschen wie eh und je. Ich wünschte, sie würden sich endlich selbst vernichten. Möchtest du in einer Gesellschaft leben, die dir verhasst ist? Über Jahrtausende hinweg? Ich befinde mich wahrlich in der Hölle, Christian, aber ich bin nicht der Höllenfürst. Ich bin das gequälte Opfer.«

Es fiel mir schwer, in Luzifer ein Opfer zu sehen, auch wenn er in Gestalt einer schönen, herrischen Dame auftrat. Ich war auch nie der Ansicht gewesen, dass eigenes Leid eine Entschuldigung für ungerechte Taten und Verbrechen sein konnte. Luzifer war für ihre Situation selbst verantwortlich. Ich schwieg also dazu.

»Es gibt nur einen Menschen, der sich in einer ähnlichen Situation befindet, dessen eigenmächtiges Handeln ähnlich hart bestraft wurde, obwohl er ein Mensch ist.«

Sie blickte mir forschend ins Gesicht, doch ich musste passen. Ich hatte keine Ahnung, von wem Luzifer sprach.

»Du bist weniger gut informiert, als ich gedacht habe. Ich spreche von dem Mann, den du als Dominik kennst.«

Wieder traf mich ihr fragender Blick. Wieder sagte ich nichts. Aber ich dachte daran, dass ich die drei jungen Polen für recht junge und unerfahrene Seelen gehalten hatte. Sollte ich mich geirrt haben?

Ich hörte Luzifer weitererzählen und konnte kaum glauben, was sie sagte. Ich hatte immer geglaubt, drei dumme Teenager würden sich aufspielen, dabei schien das Ganze eine abgesprochene und gut geplante Sache zu sein. Abgesprochen mit dem schlimmsten Widersacher von Gott.

»Dominik und ich, wir arbeiten schon sehr lange auf der Erde zusammen. Es war an der Zeit, etwas Neues auszuprobieren. Als Mensch kann Dominik immerhin ins Jenseits gelangen.«

An dieser Stelle unterbrach ich sie: »Aber er nutzt dir dort nichts, wenn du keinen Kontakt aufnehmen kannst, nicht wahr? Dafür hättest du Olga Wisniewska gebraucht. Wie grausam, ausgerechnet von ihr zu verlangen, mit ihrem ehemaligen Schutzbefohlenen zu verhandeln.«

»Die gute Olga hätte das nie freiwillig getan. Da kamen mir Hilde und ihr Sohn genau recht. Sie entwickelten gerade eine Droge, die das Gewissen lahmlegen sollte und den eigenen moralischen Anspruch. Ich glaube, sie hat inzwischen einen Namen. Die ›Dr. Jekyll-Mr Hyde-Droge‹. Aber die Droge des armen Dr. Jekyll hatte einen Schönheitsfehler. Das Monster Hyde verwandelte sich erst wieder zurück in den braven Doktor, wenn Hyde ein Gegenmittel schluckte. Aber wer möchte schon mitten im gewissenlosen Rausch dieses Gegenmittel schlucken? Unsere Droge verwandelt niemanden auf Dauer in ein Monster, denn dann hätten wir keine Kontrolle mehr. Ihre Wirkung hält maximal vierundzwanzig Stunden an und macht nicht abhängig.«

Ich konnte es kaum glauben. Hilde Büscher und ihr Sohn sollten diese Droge entwickelt haben? Warum?

»Was ist mit dem anderen Bruder, mit Martin Büscher?«, fragte ich.

Sie lächelte und zündete sich eine Zigarette an, die sie aus einer blauen Packung nahm. »Rauchen ist tödlich«, stand darauf, und heute ärgerte mich diese Phrase.

»Hier haben wir wieder ein Beispiel dafür, dass Bösartigkeit menschlich ist, Christian. Martin war der Erste, der in den Genuss dieser Droge gekommen ist. Mit dem Ergebnis, dass er nun eine Anzeige wegen der Belästigung eines ausländischen Mädchens am Hals hat. Ich glaube nicht, dass er sonst auf den Gedanken gekommen wäre, ein unschuldiges Mädchen zu belästigen.«

Ich glaube, ich starrte sie mit offenem Mund an. »Die Mutter hat ihren eigenen Sohn als Versuchskaninchen missbraucht?«

Luzifer lächelte diabolisch. »Sie ist toll, nicht wahr? Manchen Menschen braucht man nichts mehr beizubringen.«

»Und warum habe ich dich mit Martin zusammen bei unserem ersten Treffen im Zentrum gesehen?«

Sie wedelte grazil mit der linken Hand. »Ich wollte sehen, was ich dem Bruder noch so beibringen könnte, aber er war leider nur an meinem Körper interessiert.«

»Wenn diese Droge quasi beim Familienpicknick serviert wird, wieso sind dann im Jugendzentrum Päckchen davon gefunden worden? Hier wurde doch im großen Stil gedealt, oder etwa nicht?«

Luzifer traf einige Vorbereitungen, während sie antwortete: »Wie alle Menschen ist auch Hilde geldgierig, und du kannst dir vorstellen, dass eine solche Droge bereitwillige Abnehmer im Bereich des organisierten Verbrechens findet, und nicht nur dort. Hilde hatte seit Kurzem irgendwelche Händler an der Hand, die Übergabe lief über ein zwölfjähriges Kind, das in einem Jugendzentrum nun wirklich nicht auffällt, nicht wahr?« Sie unterbrach ihre Tätigkeit, nachdem sie einen Tisch leer geräumt und ein Tuch darübergelegt hatte. Mit amüsierter Miene bemerkte sie: »Der guten Hilde steht noch ein wenig Ärger ins Haus, wenn sie nach Auflösung des Labors nicht mehr produzieren kann.«

»An wen hat sie das Zeug verkauft?«

»Lass mich nachdenken. Wenn man die zahlreichen Hintermänner mal bis ans Ende der Kette verfolgt, landet man bei einem wichtigen Regierungspolitiker. Ich schätze, dass Hilde in dieser Sache so naiv ist wie ein TUI-Tourist bei der Begegnung mit einem hungrigen Dingo. Der lässt sich auch nicht streicheln. So, mein Lieber, nun setz dich auf den Diwan und mach es dir gemütlich.« Sie sah zur Tür, und tatsächlich trat Hilde Büscher jetzt mit einem Tablett herein, auf dem sich natürlich nicht nur der Kaffee für mich befand, sondern auch eine selbst gedrehte Zigarette, oder genauer gesagt, eine Tüte.

Was war ich für ein Schaf. Erst beim Anblick des Joints verstand ich, dass ich das neue Medium sein sollte, um Kontakt zu Dominik und seinen Anhängern aufzunehmen.

Das war der Super-GAU. Nun wurde ich von beiden Seiten missbraucht. Ich musste lachen, laut, kalt und ohne Humor.

»Das ist lächerlich. Ich bin so wenig Medium wie ein Wüstenkamel.«

Luzifer legte Hilde Büscher zärtlich eine Hand um die Taille und bat sie: »Hilde, es wird jetzt Zeit, Lisa nach Hause zu bringen. Komm danach so schnell wie möglich wieder her.« Keine Einwände, kein Nachfragen, die Büscher setzte sich in Bewegung. Sie verschwand im Nachbarraum und kam kurze Zeit später mit Lisa am Arm wieder heraus. Ihr auffallendes Kleid hatte sie eingetauscht gegen eine Jeanshose und eine kurze Lederjacke.

Lisa war in einer Art Trance, stand aber auf eigenen Füßen. Ihre Augen waren mehr geschlossen als offen und blickten ins Leere. Der Mund stand daumenbreit auf. Ich stürzte auf sie zu, und keiner hinderte mich daran, meine Lisa in den Arm zu nehmen. Eine Weile hielt ich sie einfach nur. Ich roch den vertrauten Duft nach Vanille und spürte ihren lauten Atem an meinem Ohr. Nun wusste ich, dass zumindest Lisa heil nach Hause kommen würde. Sie hatte lediglich als Lockvogel gedient. In dieser Hinsicht vertraute ich Luzifer auf eine irrsinnige Weise.

Ich trank meinen Kaffee, den die Büscher wirklich hervorragend zubereitet hatte, und überdachte meine Möglichkeiten. Ich hatte den Eindruck, dass Luzifer zunehmend nervöser wurde. Wenn dem so war, konnte also auch etwas schief gehen. Selbst wenn ich in diesem Moment vor einem Abgrund gestanden hätte – ich könnte mich niemals umbringen, so wie es Olga in ihrer Verzweiflung getan hatte. Ich war nicht in der Lage, mich auch nur minimal selbst zu verletzen. Schon mit dreizehn Jahren hatte ich altklug über Hepatitis und Aids referiert, bis meine Aversion gegen eine Blutsbrüderschaft auch dem letzten Indianerromantiker unter meinen Freunden klar geworden war.

Luzifer zündete derweil die Zigarette an, nahm einen tiefen Zug, drehte sie um und reichte sie mir. Ich nahm das qualmende Ding entgegen und verspürte einen großen Ekel. Ich wusste, dass Hilde noch mit Lisa unterwegs war und jederzeit eine neue Anweisung erhalten und befolgen konnte. Und Luzifer wusste, dass mich genau diese Tatsache antreiben würde.

Kurz bevor ich die Augen schloss, um einen tiefen Zug einer Droge zu nehmen, die aus mir einen seelenlosen Vermittler zwischen Luzifer und Dominik machen würde, sah ich plötzlich einen entsetzten Ausdruck auf Luzifers Gesicht.

Jemand rief: »Nimm den Joint vom Mund!« Und ich hielt in der Bewegung inne, denn diese Stimme kannte ich nur zu gut.

Ein unmenschlicher Schrei tönte durch den Kellerraum, in dem Erzengel Michael nur gebückt stehen konnte. Rau, kehlig und böse klang das, was Luzifer von sich gab. Doch schneller als erwartet hatte sie sich wieder in der Gewalt. Sie war mit dem Rücken bis zur Wand zurückgewichen, während Michael sich nun nonchalant auf den Diwan setzte und den breiten Oberkörper endlich wieder aufrichten konnte. »Wie immer bist du schön anzusehen, Luzifer, aber damit hört es auch schon auf.«

Luzifer zeigte auf ihn und zischte: »Du darfst nicht hier sein. Du verstößt gegen die heilige Regel.« Dann zeigte sie auf mich und fügte hinzu: »Und du verstößt ohnehin gegen alle möglichen Regeln.«

»Das ist so süß, dass du dir Sorgen um meine Vergehen machst, Luzifer. Du, der Profi in Sachen Sünden und Hinterlist.«

»Pah, was denkst du dir? Ich werde Ihm schon noch beweisen, dass Seine Menschen nichts taugen. Schau dich doch in der Welt um! Ich habe immer weniger zu tun.«

Michael schüttelte resigniert den Kopf. »Was ist nur aus dir geworden! Dein eigener Hass zerstört dich allmählich. Was du auf der Erde mit den Menschen für Handel treibst, ist eine Sache, aber«, er streckte drohend eine Hand in ihre Richtung aus, »das Jenseits bleibt für dich auf ewig versiegelt. Noch ein solcher Versuch, und ich werde dafür sorgen, dass du noch mehr von deinen Fähigkeiten verlierst.«

Luzifer rückte grazil ein Stück nach vorne und sagte lächelnd, aber mit einem misstrauischen Unterton: »Das kannst du gar nicht, du oberster Erzengel, du.«

Michael zuckte mit den Schultern. »Stell mich nicht auf die Probe«, sagte er. Ich gewann allmählich den Eindruck, dass ich für die beiden gar nicht mehr existierte. Nichts würde mich davon abhalten, aus diesem Keller zu verschwinden, abgesehen von meiner Neugier. Ich bewegte mich gerade ein paar vorsichtige Schritte rückwärts, da nahm das Gespräch eine interessante Wendung.

»Glaubst du, ich wüsste nicht, was du mit dem Jungen, wie nennt er sich gerade – Dominik? –, vorhast? Du denkst, wenn er sich im Jenseits breitmacht und auch noch mit dir Kontakt sucht, dann wäre endlich Schluss mit Seiner Geduld. Aber lass dir sagen, Luzifer, der Junge ist ein Mensch, und Gott liebt ihn. Er hat die Hoffnung nie aufgegeben, dass der Junge sich doch noch dem Guten zuwendet.«

Luzifer betrachtete gelangweilt ihre Fingernägel und erwiderte: »Ja, das hofft Er nun bereits seit ermüdend langer Zeit. Ich bin beeindruckt.«

Ich hörte wie hypnotisiert zu. Ich wollte endlich einen Namen hören, den richtigen Namen von Dominik. Wer war dieser Mensch, der offenbar seit Tausenden von Jahren immer wieder als Mensch zur Erde geschickt wurde, um sich zu bessern? Bei aller Liebe zum Leben, das musste eine Tortur sein.

Auf einmal fiel mir der Name ein. Es gab nur einen, der von Gott so geliebt wurde, dass Er ihn nicht aufgeben wollte. Ein Mensch, der Gott deshalb so nahestand, weil er eigentlich so etwas wie Sein Enkelsohn war. Und so war ich nicht mehr erstaunt, als der Name von Michael auch ausgesprochen wurde. »Wenn du deine Krallen endlich von Kain lassen würdest, dann wüsste man vielleicht, wie er sich außerhalb deines Dunstkreises entwickelt.«

Kain, der Bruder von Abel, der Sohn Adams und Evas, der erste Mörder in der Geschichte der Menschheit. Aus Neid, weil Gott Abels Opfer offenbar besser gefallen hatte, hatte Kain seinen Bruder erschlagen.

Mir wurden die Knie schwach ob dieser unheimlichen Entdeckung. Ich versuchte mir jedes Wort in Erinnerung zu rufen, das ich mit Dominik gewechselt hatte, doch es gelang mir kaum. Dominik! Übersetzt hieß das »zum Herrn gehörig« – bedeutete diese Namensgebung nicht, dass Kain schlussendlich seinem Gott doch näherstand als Luzifer? Und wer waren Maria und Viktor, dass sie bereitwillig ihre Seele riskierten und sich auf so bösartige Spiele einließen?

Ich war so vertieft in diese Überlegungen, dass mir das Schweigen in dem Gewölbe erst nach einiger Zeit auffiel. Die Szenerie hatte sich verändert. Luzifer hockte unterhalb des Diwans auf dem Boden, die Arme um den Körper geschlungen, sehr weiblich, sehr anrührend. Michaels Blick ruhte unendlich traurig auf ihr. Die beiden Engel mussten sich einst sehr nahegestanden haben. Ein Teil dieser Vertrautheit blitzte kurz auf wie das unerlaubte Lächeln eines Wachsoldaten. Doch als Luzifer vorsichtig ihre Hand ausstreckte, um den Erzengel zu berühren, wich dieser zurück. »Oh nein, berühren darfst du mich nicht. Gib deinen Hass gegen die Menschen auf, Luzifer. Liebe das, was dein Gott liebt, dann sind wir eines Tages wieder vereint.«

Luzifer wiegte sich ein wenig hin und her, um dann geschmeidig und sehr schnell aufzuspringen. »Ihr alle werdet euch noch bei mir entschuldigen. Die Menschen werden die Erde und sich selbst vernichten. Höre auf meine Worte und erinnere dich daran, wenn es so weit ist.«

»Jetzt ist es erst einmal so weit, dass Christian alles, was von dieser merkwürdigen Droge noch übrig ist, an sich nimmt.«

Luzifer lachte hart, ohne Freude, ihre Worte klangen höhnisch.

»Du bist wahrlich der Racheengel, Michael. Edel und stur deinem Herrn dienend, selbstgerecht, eitel und anmaßend. So bist du immer schon gewesen.«

»Das hat dir doch mal recht gut gefallen, meine Liebe«, warf Michael schnell ein, bevor Luzifer weitersprach.

Sie sagte: »Pass auf, dass du am Ende nicht auf das falsche Pferd gesetzt hast.«

Michael richtete sich auf, und ich spürte, dass er uns nun verlassen würde. »Ich, Raphael, Gabriel und auch Uriel werden siegen, weil wir eben nicht auf irgendein Pferd gesetzt haben, sondern auf Gott.«

Dann war er weg, und ich stand da wie ein Tropf. Wusste Michael, was er tat? Reichte diese kleine Lektion, damit Luzifer mich nun zufriedenließ? Ich beobachtete Luzifer, und ein merkwürdiges Gefühl regte sich in mir, das ich erst nach einiger Zeit als Mitleid erkannte. Sie war ein so wunderschöner Engel, der sich leider dem falschen Plan verschrieben hatte. Sie wollte Gott beweisen, dass er sich in den Menschen irrte. Sie wollte ein Paradies, in dem nur Gott mit seinen Engeln regierte. Ihr war nicht einmal vorzuwerfen, dass sie böse Ideen in die Köpfe der Menschen zu pflanzen versuchte. Es stand jedem frei, mitzumachen oder es zu lassen. Sie hatte keine Drogen gemischt, hatte Herrn Schweig nicht ermordet und auch Lisa nicht selbst entführt. Sie bot giftige Schokolade an, ohne das Gift darin verbergen zu wollen.

Ein interessanter Gedanke – den Konflikt zwischen den Erzengeln und Luzifer konnten wohl weder Gott noch Michael lösen, sondern nur der Mensch. Wenn wir dem Teufel zeigten, dass wir uns nicht verführen ließen, und Gott weiterhin ehrten, müsste sie ihren Fehler eingestehen und aufgeben.

Aber natürlich war das Gegenteil der Fall. Luzifer fand unendlich viele Beweise, die für ihre Theorie sprachen. Bereits das erste Kind, das ein Mensch gebar, Kain, war ein Mörder gewesen.

Zehn Minuten später wanderte ich erneut über die Zugbrücke, in der Hand eine Tasche mit drei Paketen der gefährlichen Droge. Luzifer schaute mir nach. »Wir sehen uns, Chris«, war ihr zweideutiger Kommentar gewesen.

Natürlich fuhr ich erst zu Lisa und Frau Schneider und überzeugte mich von Lisas Unversehrtheit. Sie war müde, noch etwas benommen und konnte sich leider an gar nichts mehr erinnern, sodass sie als Zeugin nicht in Frage kommen würde, wenn es darum ging, Hilde Büscher anzuzeigen. Vielleicht war es besser so. Lisa verstand die ganze Aufregung nicht, sie freute sich darauf, wieder in ihrem eigenen Bett zu schlafen, in das sie schließlich mit einem rosa Jogginganzug bekleidet hineinwankte. Zuvor verkündete sie schläfrig: »Morgen gehe ich aber mal wieder arbeiten.«

»Morgen schlafen wir beide erst einmal aus«, erwiderte eine sichtlich erleichterte Frau Schneider. »Es ist nämlich Sonntag.«

ACHTZEHN

Hauptkommissar Hagedorn hatte einen Autounfall gehabt und befand sich mit seinem Kollegen zusammen im Krankenhaus. Das hatte ich bei einem erneuten Anruf in seiner Dienststelle erfahren. Ich war zu aufgeregt, um nach dem genauen Hergang des Unfalls zu fragen, nachdem der Kollege etwas von einer Gehirnerschütterung und einem Schleudertrauma gesagt hatte.

Innerlich zu aufgewühlt, um nach Hause zu fahren, parkte ich meinen Volvo gegen halb drei Uhr in der Nacht auf dem Parkplatz des St.-Marien-Hospitals. An der Pforte fragte ich wichtig nach der Zimmernummer des Hauptkommissars.

»Den können Sie jetzt nicht mehr besuchen, Sie Spaßvogel.«

Die Dame hinter der Glasscheibe machte diesen Job mindestens schon vierzig Jahre lang.

»Ich muss eine dringende Nachricht hinterlassen. Ich gehe natürlich nicht ins Zimmer.«

»Dann habe ich eine gute Nachricht für Sie. Sie müssen nicht einmal zur Station laufen, sondern können Ihre Botschaft hier hinterlassen.« Ihr Blick konnte Stahl sprengen, dessen war ich mir sicher.

»Wo denken Sie hin, das ist streng vertraulich. Ich werde ihm etwas aufschreiben.«

Sieben Minuten später stand ich neben Hagedorns Bett und legte ihm vorsichtig die Hand auf den Arm. Er war sofort wach. »Herr Grothe, wo kommen Sie denn jetzt her? Ich hatte Ihnen extra einen Wagen geschickt. Nach dem Crash.«

Er sah recht mitgenommen aus, der Hauptkommissar. Mehrere kleine Pflaster zierten sein Gesicht, sein Nacken wurde von einer dieser unkleidsamen Halskrausen geschmückt, und seine Hautfarbe war so merkwürdig beigefarben, dass ich mich nach einer Schale umschaute, falls er sich gleich übergeben musste.

»Ich war auf Burg Vischering, wie verabredet.«

»Na, eben nicht. Im Restaurant waren Sie nicht mehr, und auf der Burg war alles abgeschlossen und finster.«

»Sie haben ja feine Mitarbeiter.« Ich erzählte ihm in Kürze die wichtigsten Details und ließ auch nicht aus, eine gewisse Immobilienbesitzerin als Verbündete von Frau Büscher zu erwähnen. Natürlich würden sie Luzifer nicht belangen können. Sie hatte bestimmt ein wasserdichtes Alibi: ein Hummeressen in Puerto Rico oder den Besuch einer Feng-Shui-Ausstellung in China oder was auch immer. Es würde sicher mehrere Zeugen geben, die sie irgendwo auf der Welt gesehen hatten.

Die Fahndung nach Frau Hilde Büscher lief zwei Minuten später an. Hagedorn veranlasste auch eine Kontaktaufnahme mit Herrn Burkhart, dem echten Küster. Drei Minuten später betrat eine Nachtschwester das Zimmer, und ich stand zum zweiten Mal in dieser Nacht dem Teufel gegenüber. Sie machte mir die Hölle heiß und drohte so lange, bis Hagedorn dienstlich wurde und sie hinauswarf.

»Wo ist Ihr Kollege Rupert?« Zu meiner Schande musste ich gestehen, dass mir der ebenfalls verletzte Kollege erst jetzt einfiel.

»Rupert hat leider einen weniger harten Schädel. Seine Gehirnerschütterung ist von schwererer Natur, und er liegt zur Bewachung auf der Intensivstation.«

»Wie ist der Unfall passiert?«

»Man hat auf uns geschossen. Wir waren noch gar nicht weit weg vom Revier, als uns jemand beide Hinterreifen zerschoss. Rupert saß am Steuer, und ich wollte soeben telefonieren. Der Wagen geriet ins Schleudern, und wir prallten gegen eine Hauswand. Zum Glück waren wir noch nicht so schnell.«

Ich musste sofort an die Waffe denken, die Hilde Büscher bei sich gehabt hatte. Theoretisch hätte sie auf die beiden Beamten schießen können und wäre dann kurz vor mir auf der Burg Vischering gewesen, um mir zuvorkommend alle notwendigen Türen aufzuschließen.

Und dann fiel mir endlich etwas ein, woran ich in meiner Naivität gar nicht gedacht hatte. Ich konnte dem Hauptkommissar alle Fakten frei Haus liefern, weil Michael mich so freundlich aus den Klauen der Damen befreit hatte. Hilde Büscher hätte mich niemals laufen lassen dürfen. Sie hatte Lisa weggebracht, aber ich selbst hätte das Verlies nicht mehr verlassen sollen. Michael hatte eingegriffen, weil er sonst in Schwierigkeiten geraten wäre. Er musste den geliehenen Körper schützen, nicht meine Person an sich. Mann, jeder von denen benutzte mich, als wäre ich ein alter Rasenmäher.

»Herr Grothe, ich habe Sie gefragt, ob Sie Polizeischutz wünschen?«

»Blödsinn. Auf mich passen die Erzengel auf.« Das sagte ich ganz lässig, und Herr Hagedorn fand es witzig. Ich nicht.

Er behauptete, er sei morgen wieder im Büro, und ich versprach vorbeizukommen.

Hilde Büscher befand sich mit Sicherheit bereits auf dem Weg nach Puerto Rico. Außer mir selbst tat mir in dieser ganzen Geschichte vor allem Martin Büscher leid. Die Mutter kriminell bis in die Haarspitzen und so mütterlich zugewandt wie ein Klappmesser. Der Bruder bereits in jungen Jahren mindestens so kriminell wie die Mutter und der Vater tatenlos und immer auf der Flucht vor der Familie. Im Moment beneidete Martin Büscher vielleicht sogar Heimkinder in Polen!

Desillusioniert und müde zog ich mir wenig später in meiner Wohnung die Bettdecke über die Ohren und nahm mir vor, es Michael nicht leicht zu machen. Doch er kam gar nicht. In dieser Nacht nicht und auch am nächsten Tag nicht.

Ich schlief bis Mittag und schaffte es gerade noch zu duschen. Danach stand das Telefon nicht still. Ich weiß auch gar nicht mehr, in welcher Reihenfolge die Anrufe auf mich eintrommelten: Pastor Klein, Hagedorn, Beata, Frau Schneider, die Behindertenwerkstatt – manche riefen sogar mehrmals an.

Eine Nachricht erschütterte mich zutiefst, eine andere löste Erleichterung aus.

Die erste betraf Hilde Büscher. Sie war tot.

Sie war auf dem Weg zum Flughafen Münster/Osnabrück von der Landstraße abgekommen und frontal gegen einen Baum geprallt. Der Unfall musste sich in den frühen Morgenstunden ereignet haben. Zu einfach, fand ich, doch bei der Untersuchung ihres Blutes hatte man festgestellt, dass sie eine nicht unerhebliche Menge Cannabis geraucht hatte. Dies und die Tatsache, dass sie unter enormen Stress gestanden hatte, musste als Erklärung für diesen Unfall genügen. Die kleine Pistole fand man in ihrem Auto, und für die Ballistiker war es ein Leichtes, diese Pistole als die Waffe zu identifizieren, mit der am Abend zuvor auf den Wagen des Hauptkommissars geschossen worden war. In ihrer Handtasche befand sich ein falscher Pass, außerdem hatte sie einen erstaunlich kleinen Geldbetrag bei sich. Für eine Frau, die unter falschem Namen in die Ferne reisen wollte, war diese Summe lächerlich. Ich persönlich glaubte so wenig an einen Unfall wie an ihren guten Charakter.

Die zweite Information kam aus großer Entfernung. Unser Küster, Ulrich Burkhart, hatte die Gemälde in Empfang genommen und nicht vernichtet. Ohne zu wissen, ob das gut war, fühlte ich Erleichterung. Die alten, wunderschönen und vor allem echten Abbilder der vier Erzengel konnten ihren Zauber weiter entfalten, und sie würden auch in Zukunft ein Band zwischen Luzifer und ihren Brüdern aufrechterhalten. Wer konnte schon wissen, wozu Luzifer in der Lage wäre, wenn sie die Antlitze ihrer einstigen Brüder nicht mehr betrachten konnte?

Andreas Büscher blieb derweil verschwunden, und sein Vater, Rechtsanwalt Dr. Büscher, zog wieder zurück in sein Haus, um sich um den verbliebenen Sohn zu kümmern. Ihn hatte ich falsch eingeschätzt. Sein größtes Vergehen war wohl seine Hilflosigkeit.

Interessant, aber nicht wirklich überraschend war der Hinweis des Hauptkommissars, dass sich in meinem Joint, den Hilde Büscher so sorgsam mit meinem Kaffee zusammen zubereitet hatte, eine gehörige Portion Gift befunden hatte. Durch das Saugen an der Zigarette hätte ich es zu mir genommen, und dann wäre nur wenige Stunden später das Jenseits für mich wieder sehr aktuell geworden. Ob ich wirklich Kontakt zu Dominik hatte aufnehmen sollen, hätte aufnehmen können, bleibt eine unbeantwortete Frage. Ich sollte in jedem Fall aus dem Verkehr gezogen werden. Aber es war Hilde Büscher gewesen, die mir den giftigen Joint gereicht hatte.

Luzifer war bemüht gewesen, Dominik alias Kain endgültig bei Gott in Ungnade fallen zu lassen, und zwar in einer Weise, die Er ihm nicht mehr durchgehen lassen konnte. Es ging beim Teufel doch immer nur darum, Menschen zum Bösen zu verführen. Geschäfte in Augenhöhe waren mit ihm eigentlich nicht möglich. Das musste auch ein Kain noch lernen.

Das Finale der Geschichte? Das gibt es nicht. Noch nicht. Der Kreislauf des Lebens dreht sich weiter. Der Glaube treibt den Menschen zu unglaublichen Dingen an, Zweifel und Gier arbeiten für die Gegenseite.

Irgendwann an diesem Tag telefonierte ich auch einige Minuten mit Beata. Nach einem Blick auf die Uhr stellte ich erstaunt fest, dass es dreiundfünfzig Minuten gewesen waren.

Meine Stimmung war so düster, als triebe ich auf eine Nebelwand zu. Ich hatte keine Zukunft hier. Ich hatte nichts bewirkt, niemanden gerettet, keine Tat verhindert. Kurzum, ich war in dieser Geschichte eine Nebenfigur gewesen, mehr nicht. Wie ein recherchierender Journalist hatte ich ein paar Dinge herausgefunden, letztendlich aber stand mir keine Heldenrolle zu, und nur Michael hatte meine Opferrolle verhindert. Warum hatte er nicht gleich alles allein gemacht?

Missmutig schüttete ich zu viel Kaffeepulver in den Filter und hätte mit meinen fahrigen Bewegungen schließlich beinahe die ganze Maschine umgeworfen.

»Gute Idee. Ich nehme meinen wieder mit Sahne.«

Da stand er in meiner Küche, strahlte wie ein Footballstar und ließ mit funkelnden Augen seine Muskeln spielen.

Da ich annahm, dies wäre der letzte Kaffee in diesem Leben, konnte ich mich nicht freuen. Michael breitete die Arme aus, als wollte er mich umarmen – was er natürlich nicht tat – und sagte: »Du warst ein perfekter Mitstreiter, Christian. Ich danke dir.«

Das war gemein. Er brauchte mich nicht auch noch zu verhöhnen. Das sagte ich ihm auch. Michaels Lächeln gefror, er wirkte tatsächlich betroffen. Für einen Erzengel brauchte er ganz schön lange, um zu bemerken, dass es mir miserabel ging.

»Ihr habt mich alle nur benutzt, und erreicht habe ich gar nichts.«

Michael zog mich nun sanft auf einen Stuhl und setzte sich mir gegenüber. »Ich glaube beinahe, du hast deine Aufgabe und deine Bedeutung gar nicht richtig verstanden, Christian«, sagte er. »Wenn Luzifer ihre schurkischen Verbündeten ins Feld schickt, müssen wir dafür sorgen, dass es ein Pendant dazu gibt. Es steht sogar in eurer Bibel, dass Gott die sündige Stadt Sodom vor der Zerstörung verschonen wollte, wenn Lot, Abrahams Neffe, ihm zehn anständige Männer darin zeigte.« Er machte eine Pause, in der er meinen Blick suchte. Dann erst sprach er weiter.

»Menschen wie du, Menschen, die sich dem Teufel widersetzen, die für das Gute kämpfen und um der Liebe zu einer einzigen Person willen bereit sind, alles zu opfern, sind unsere Hoffnung. Du hättest sogar diese verteufelte Droge genommen, nur damit Lisa heil nach Hause kommt, und ohne Rücksicht darauf, was mit dir passiert. Wenn du einen einzigen Menschen so liebst, wie könntest du die Schöpfung unseres Herrn mehr ehren?«

Er stand wieder auf und umkreiste den Tisch, die Hände hinter dem Rücken verschränkt. »Luzifer versichert stets, sie liebe ihren Gott und wolle Ihn vor einer Enttäuschung bewahren, aber wie kann sie Ihn lieben, wenn sie alles hasst, was Er erschaffen hat?« Nun stand er hinter mir und hielt meinen Stuhlrahmen umfasst. »Nein, Christian, du hast alles richtig gemacht. Du hast mir vertraut, du hast gekämpft, und du hast dich Luzifer widersetzt, was sehr schwierig ist.« Er blinzelte kurz.

»Du und Luzifer, was ist da zwischen euch?«

»Gewesen«, ergänzte er. »Ich selbst habe gegen sie gekämpft und sie zur Erde gestürzt. Aber du hast sie ja kennengelernt, vergessen kann man sie nie. Ich fürchte, ich will sie noch immer retten.«

Natürlich kannte ich die Darstellungen des Erzengels Michael und seines Kampfs gegen den Drachen, als welcher Luzifer aus dem Himmelreich zur Erde gestürzt wurde. Es waren ja gerade diese Darstellungen, die Michael unter all den Erzengeln zum Kämpfer, zum Ritter Gottes werden ließen.

Michael nahm seine Wanderung um den Tisch wieder auf.

»Und die Seelen unserer drei Stubenhocker Dominik, Viktor und Maria müssen wir retten. Wenn Gott drei Menschen endgültig aufgibt, wenn Sein Projekt auch nur an einer Stelle scheitert, dann müsste Er sich selbst ein Scheitern eingestehen. Dazu darf es nicht kommen. Ich kenne Dominik schon sehr lange. Nun, da Luzifer keinen Kontakt zum Jenseits aufnehmen kann, wird es ihm schnell langweilig werden. Ohne Plan und ohne teuflische Verbündete wird es Dominik keinen Spaß mehr machen.« Eine steile Falte entstand zwischen den Brauen. »Leider geht es ihm in erster Linie um Spaß.«

»Und die beiden anderen?«, wagte ich zu fragen. »Wer sind sie, und wie geht es für sie weiter?«

Die Kaffeemaschine gab mit einem lauten Röcheln zu verstehen, dass der Kaffee fertig war.

Michael zuckte mit den Schultern. »Ich fürchte, sie sind einfach nur Beispiele dafür, dass die Verführung zum Bösen einfacher ist, als Mitglieder für den Malteserorden anzuwerben.« Er rieb sich jungenhaft die Stirn und ergänzte, für mich rätselhaft: »Um sie fürchte ich mehr als um Dominik, obgleich er der Anführer war. Kann ich meinen Kaffee haben?«

Ich sah wieder Maria und Viktor vor mir. Die eine so gleichgültig und emotionslos, dass es wehtat, der andere voller Geist und Charme und dabei doch eiskalt.

»Was ist eigentlich mit Andreas Büscher geschehen?« Ein weiterer junger Mensch mit krimineller Energie.

»Sagen wir es mal so: Zurzeit ist das Rezept für diese ›Dr. Jekyll-und-Mr Hyde-Droge‹ nicht mehr zugänglich. Du hast die anderen Päckchen hoffentlich vernichtet?«

Ich nickte. Ich hatte sie noch in der Nacht verbrannt. »Also ist Andreas Büscher tot?«

Er schüttelte langsam den Kopf. »Nein, tot ist er nicht. Ein Menschenleben ist von enormer Bedeutung. Man löscht es nicht einfach aus, weder durch Mord noch durch Selbsttötung. Man kann auf der Erde nicht eine Runde nach der anderen drehen.« Michael sprach eindringlich auf mich ein. »Das Leben ist kostbar, großartig und sehr begrenzt, und deshalb muss ich dem echten Christian Grothe seines zurückgeben.« In gespielter Verzweiflung hatte Michael damit das Thema auf meine größte Sorge gelenkt.

»An die Kostbarkeit meines eigenen Lebens habt ihr bei diesem Auftrag nicht gedacht, nicht wahr? Ich war im besten Alter, fing gerade an, an eine neue Partnerschaft zu denken, und liebte mein Leben.«

Michaels Lachen hallte durch die Küche wie ein Echo.

»Ach ja? Du warst desillusioniert, hast kein weibliches Wesen mehr als zehn Meter an dich herangelassen, ausgenommen deine Schwester Lisa und einen Hund, und die einzigen Menschen, die es mit dir ausgehalten haben, waren die jungen Leute aus dem Jugendzentrum. Du hast einem armen alten Pastor das Leben zur Hölle gemacht. Und du bist wie ein schwerhöriger Blinder durch deine Welt getappt, sonst hättest du Frau Wisniewska beistehen können. Erst mit diesem Auftrag hat dein Leben doch wieder an Wert gewonnen! Du hast zum Glück schnell die Kurve gekriegt. Im Übrigen bist du nur der viertbeste Sozialpädagoge, aber …«, und hier lachte er heiter, »… einer der besten Küster, den eine Gemeinde haben kann.«

Ich war erschüttert über seine Worte. »Es ging gar nicht um meine Qualitäten, sondern um meine Defizite. Ist es das, was du mir sagen willst?«, fragte ich Michael einigermaßen entsetzt.

»Ich will damit sagen, dass Raoul und Jonas nicht alles falsch gemacht haben. Sie haben in jedem Fall die richtige Person ausgewählt. Christian, du warst auf dem besten Wege, dich zu einem ignoranten Egomanen zu entwickeln. Das konnte ich nicht zulassen. Ich habe es deiner Mutter versprochen.« Hier zwinkerte er verschmitzt.

Später lag ich erschöpft auf meinem Bett, starrte zur Decke und betrachtete drei dunkle Flecke, die einst vielleicht mal Spinnen gewesen waren. Das ganze Theater mit den drei Polen und einem möglichen Kontakt zum Jenseits war doch wirklich schräg. Inzwischen war ich mir sicher, dass jeder Standard-Engel das irgendwie hätte lösen können. Als ich beispielsweise mit den drei halb mumifizierten Leichen eingesperrt war und Michael mir den Hinweis gegeben hatte, ich solle sie zerstören, um eine mögliche Verbindung zum Jenseits zu unterbrechen, da war das natürlich Nonsens. Er hatte mir nur einen Weg zeigen wollen, wie ich mich retten beziehungsweise auf mich aufmerksam machen konnte.

Nein, in dieser Geschichte sollte vielmehr ein Exempel statuiert werden, an Luzifer mit ihren Grenzüberschreitungen, an Kain alias Dominik und an mir, dem man zu einem Sinneswandel verhelfen wollte, bevor ich mich ebenfalls in einen Eisblock verwandelte. Dazu hatte man aus mir und meinem Auto zunächst mal einen Schrotthaufen gemacht. Manch einem wäre der Eisblock da vielleicht lieber gewesen.

Die mächtigsten Diener Gottes hatten sich ein kleines Spiel geliefert. Und da erinnerte ich mich an die Bemerkung Michaels zu Beginn unseres Kontakts: »Du musst spielen.« Und so war ich zur Erde zurückgeschickt worden. Angeblich in einem geliehenen Körper! Auch Nonsens, davon war ich überzeugt. Michael hatte mir einfach ein anderes Outfit gegeben und einen anderen Namen in der Hoffnung, dass ich mich in diesem Spiel auf meine wahren Werte berief. Ich glaubte nicht, dass es noch einen echteren Christian Grothe gab als mich. Ergo konnte er mich auch leben lassen. Es würde mir großen Spaß machen, nach einem weiteren Christian Grothe zu suchen, aber ich würde sicherlich nichts finden.

Zum Abschied hatte sich Michael mir zugewandt, eine Hand auf meiner Schulter, und gönnerhaft gesagt: »Also gut, ich lass mir etwas einfallen. Ein wenig Zeit hast du dir verdient. Ich gebe dir Nachricht.« Er wedelte lässig mit der rechten Hand und fügte hinzu: »Bitte, Christian, hol den Rosenkranz von Pastor Klein endlich aus der Waschmaschine und gib ihn zurück. Für den Pastor ist er etwas Besonderes.«

Den »Schutzengel« des Pastors hatte ich total vergessen, wie ich zu meiner Schande gestehen muss. Er war mit der verrauchten Hose zusammen in der Maschine gelandet.

Und dann sagte Michael etwas, dessen Bedeutung so zweideutig war, dass ich sie nicht verstand.

»Und verdirb es dir nicht mit der sympathischen Polin. Sie ist eine hervorragende Krankenschwester.«

Weg war er, und ich ahnte, dass ich den Erzengel Michael so bald nicht wiedersehen würde.

Epilog

Die Apparate summten gleichmäßig, einschläfernd. Nur fünf Minuten sitzen, dachte die Krankenschwester, die seit sieben Stunden auf den Beinen war und seitdem nur eine Tasse Kaffee und drei trockene Kekse im Stehen zu sich genommen hatte. Für einen kurzen Augenblick beneidete sie den Mann, der, in weiße Laken gehüllt, in einem gut temperierten Zimmer lag und schon seit knapp zehn Tagen nichts anderes tat, als zu schlafen.

Wenn ich anfange, die Patienten der Intensivstation zu beneiden, dann sollte ich nicht nur den Job wechseln, sondern auch Medikamente gegen Depression einnehmen, dachte sie und erhob sich. Sie trug die Vitaldaten des Patienten in eine Kurve ein und wandte sich zur Tür.

Eine Bewegung, die sie aus den Augenwinkeln gerade noch wahrnahm, ließ sie aufmerksam werden. Sie ging zurück zum Bett. Tatsächlich, der Mann zuckte mit dem Arm, seine Finger fassten die Bettdecke und lösten sich wieder. Dann flackerten auch die Augenlider. Die Krankenschwester drückte den Signalknopf, mit dem sie einen Arzt herbeirufen konnte, und legte die Krankenakte zur Seite.

Leicht berührte sie den rechten Arm, der linke befand sich in einem dicken Verband. Beide Beine wurden durch Gipsverbände in einer bestimmten Position gehalten, und sie wusste, dass der Mann auch unter der Bettdecke einige Verbände trug, an weiteren operierten Stellen seines verunglückten Körpers.

»Können Sie mich hören, Herr Kemper?«

»Bin ich im Himmel?«

»Sie schmeicheln mir. Nein. Der Himmel hat Sie offenbar wieder zurückgeschickt. Sie hatten einen schlimmen Unfall und lagen zehn Tage im Koma.«

»Was ist passiert?« Rudolf Kemper blinzelte irritiert, schaute die Schwester aber auf eine durchdringende Art und Weise an.

»Sie lagen zehn Tage im Koma. Sie wurden an einem Bahnübergang mit defekten Schranken von einem Güterzug gestreift. Man musste Sie aus den Wrackteilen Ihres Autos schneiden, Herr Kemper, aber das Schlimmste haben Sie nun überstanden. Herr Dr. Hagedorn kommt gleich zu Ihnen. Ich benachrichtige Ihre Angehörigen, wenn es recht ist.«

Sie wandte sich zum Gehen, doch er fragte schnell: »Hatte ich Besuch, ich meine, war jemand bei mir?«

Die Krankenschwester lachte leise. »Ich war ungefähr zehn Mal am Tag bei Ihnen, aber wir haben auch Ihre Angehörigen gebeten, immer wieder mit Ihnen zu sprechen. Schlussendlich weiß man nicht genau, was einen Komapatienten ins Leben zurückholt, aber bekannte Stimmen oder Musik haben schon häufig für Wunder gesorgt.«

Sein Blick strich durchs Zimmer, blieb an ihrer Gestalt hängen, was ihr nicht einmal unangenehm war, und wanderte schließlich zum Nachttisch. Er griff unbeholfen nach einem Gegenstand, der darauf lag, und ließ dann eine Kette baumeln.

Sie trat wieder an sein Bett und sagte: »Diesen schönen Rosenkranz hat Pastor Klein Ihnen hiergelassen. Er meinte, Sie würden ihn zurzeit mehr brauchen.« Perlmuttkugeln an einer Silberkette schimmerten im Licht der Deckenleuchte.

Abrupt wandte Herr Kemper sich ab, als eine Träne sich löste und an seiner Nase entlanglief. Es war doch etwas viel, dachte die Schwester und war erleichtert, als der Arzt hereinkam.

Am nächsten Morgen drängte es sie zu Herrn Kemper. Die Frühschicht hatte den Patienten bereits auf ein normales Zimmer gebracht. Sein Zustand schien stabil. Nur geschlafen hatte er nicht mehr viel in der Nacht.

»Und, Herr Kemper, haben Sie sich wieder an die Erde gewöhnt?«

Er fuhr sich mit beiden Händen durch die dunklen Haare und erwiderte lächelnd: »Ich habe mich heute Morgen schon mit meiner kleinen Schwester gestritten. Guten Morgen, Frau …«, er beugte sich vor, um ihr Namensschild zu lesen, »Frau Beata Wagner. Ich bin also alltagstauglich.«

»Ich habe Ihre Schwester kennengelernt. Lisa hat sich bestimmt wahnsinnig gefreut, nicht wahr? Sie hat mir so leidgetan in ihrem Kummer. Worüber haben Sie sich denn gestritten?«

»Ich habe ihr gesagt, dass ich mir die Haare länger wachsen lasse. Es würde besser zu meinen zahlreichen Narben passen, finden Sie nicht?«

Sabine Schulze Gronover
TODGEWEIHT IM MÜNSTERLAND
Broschur, 176 Seiten
ISBN 978-3-89705-925-2

»Mit Witz und Charme erzählt Sabine Schulze Gronover die Geschichte, die an zahlreichen Schauplätzen im Münsterland spielt. Dabei dürfen natürlich auch Abstecher in ihren Wohnort Drensteinfurt nicht fehlen.« Dreingau Zeitung

»Wir sagen: kaufen Sie sich das Buch und entdecken Sie eine aufregend gewobene Geschichte.« Antenne Münster